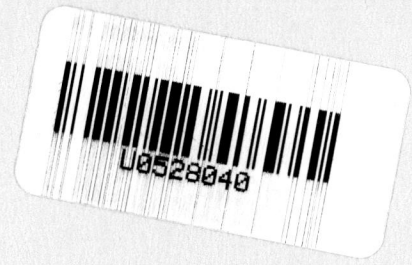

劉操南（1917年12月13日—1998年3月29日）
（1990年後攝於杭州）

劉操南先生與詩友相聚時的開心場景

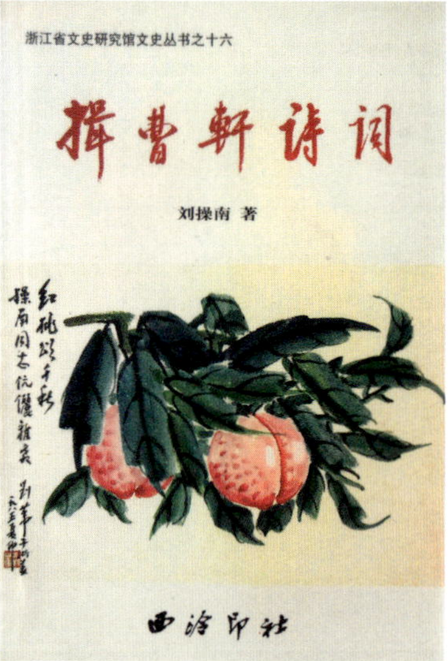

2002年出版的《揖曹軒詩詞》

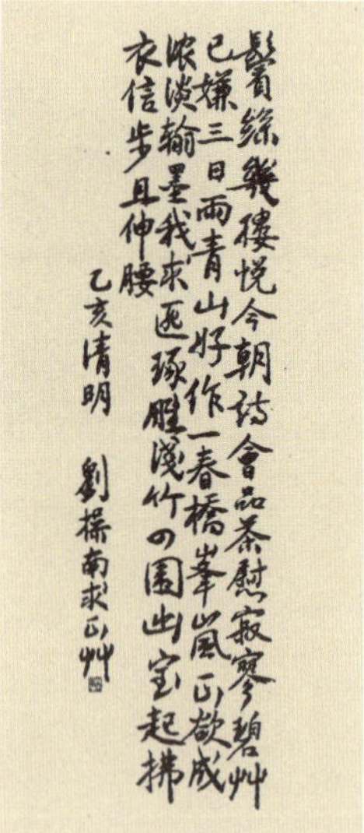

1995年清明撰寫的七絕

攝於上世紀九十年代的劉操南先生夫婦

兒劉文涵
在山東大學求學時所攝

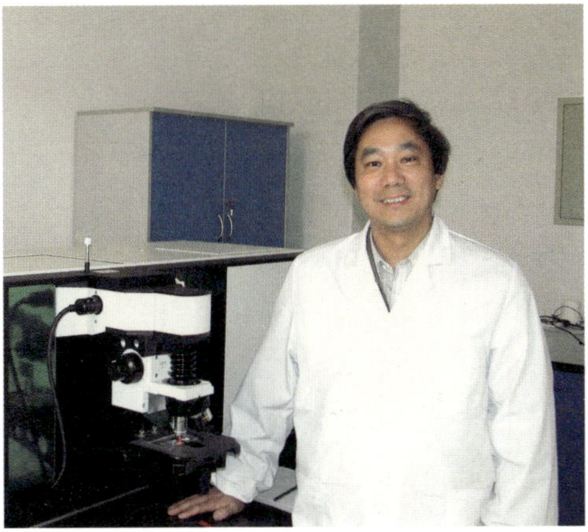

浙江工業大學實驗室中的劉文涵教授

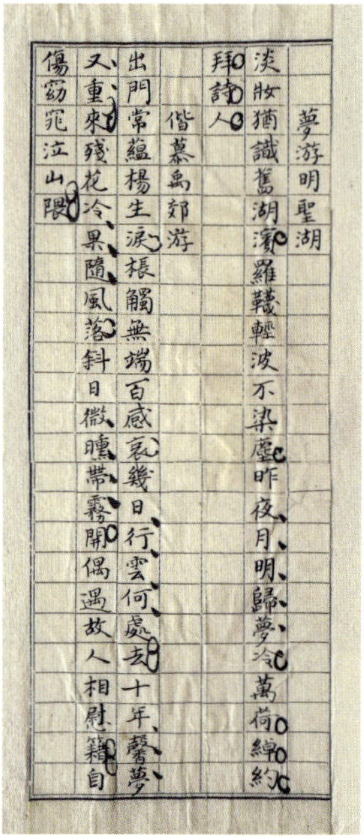

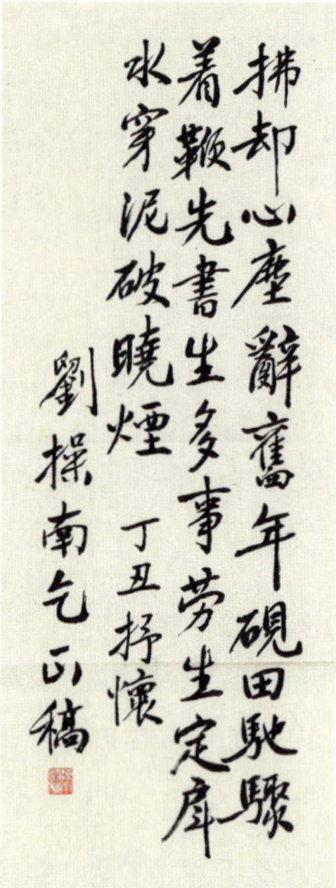

左圖：讀國立浙江大學時的課堂作業

右圖：1997年的抒懷，時已病沉

1998年3月31日貼在杭州大學東門劉操南先生去世的訃告

照片由劉操南先生之子劉文涵教授、之孫劉昭明研究員策劃編製

“劉操南全集”編輯委員會

劉操南全集

揖曹軒詩詞

劉操南 著

浙江大學出版社
ZHEJIANG UNIVERSITY PRESS
· 杭州

圖書在版編目(CIP)數據

揖曹軒詩詞 / 劉操南著. --杭州 : 浙江大學出版社，2024. 12. --(劉操南全集). -- ISBN 978-7-308-25530-1

Ⅰ. I227

中國國家版本館 CIP 數據核字第 2024LF3310 號

揖曹軒詩詞

劉操南　著

策劃主持　宋旭華　王榮鑫

責任編輯　宋旭華　吴心怡

責任校對　吴　慶

封面設計　項夢怡

出版發行　浙江大學出版社

（杭州市天目山路 148 號　郵政編碼 310007）

（網址：http://www.zjupress.com）

排　　版　浙江大千時代文化傳媒有限公司

印　　刷　浙江新華數碼印務有限公司

開　　本　880mm×1230mm　1/32

印　　張　20.625

插　　頁　2

字　　數　479 千

版 印 次　2024 年 12 月第 1 版　2024 年 12 月第 1 次印刷

書　　號　ISBN 978-7-308-25530-1

定　　價　138.00 圓

劉操南全集總目録

序

中華號稱詩國，以其善於言志且美於聲律也。《虞書》曰："詩言志，歌永言，聲依永，律和聲。""志"謂思想内容，"律"謂格律形式；"志"爲詩文所共有，"律"爲詩之所獨具；聲律之和，乃成有别於"文"之"詩"。故知"詩"之異於"文"者，"律"也；言"志"而不講"律"，則"詩"與"文"無以别；無以别，則夷"詩"於"文"而"詩"亡矣。

中華之詩，蓋源於《詩三百》，《詩》之所以有别於他經者，非惟内容，亦在聲律。《詩》之聲律，要在音節與用韻。音節以四言爲基，用韻以古音爲則。爰及漢晉，從四言而衍爲五言、七言；迨夫齊梁，由用韻而講究四聲、對仗。初唐而成近體，詩律於焉定型；晚唐演爲詩餘，詞譜從而流傳。散曲爲詞之繼體，樂府乃詩之遺音。自遠古至清季，聲韻格律爲詩詞之體，言志抒情爲詩詞之用，不講聲律則不可謂之詩詞，千古共識，一脈相承，概莫能異也。

然自西學東漸，國學日見式微，詩詞爲國學之精華，受害尤烈。有學者僅以思想内容論詩而不及格律，則論詩與論文無以異矣；讀古詩而不能作詩，則詩詞之命脈絶矣。詩詞之衰微，至此爲極。於斯時也，苟有嚴遵格律以作詩，且能首創詩社而振起之者，得非詩界豪傑之士乎哉！有其人乎？予於操南劉先生見之矣！

劉操南先生(1917—1998),字筆薰,號冰絃,江蘇無錫人。垂髫入塾,誦習《詩》《書》。既長,畢業於浙江大學中文系,留校任教。繼又執教於浙江師範學院、杭州大學,爲杭州大學古籍研究所教授,兼爲浙江省文史研究館館員。教務之暇,凡有所感,言志抒情,悉發於詩,而不知倦也。嘗言"詩者,繫乎人之性情","余故高香山之詩,爲時爲民而作也"。即此可知先生作詩深得風雅之旨矣。又自謂"弱冠迄於皓首,六十餘寒暑以逮,未嘗稍輟,矻矻孜孜,聚盈千累百,惜前半於'文革'時損毀"。即此可見先生雖在詩詞備受摧殘之時,仍能拔乎流俗而吟寫不懈,其於詩詞,可謂好之彌深而作之辛且勤矣。

庚申之歲,浩劫乍過,百廢待興。先生協同朱玉吾、張慕槎等六賢發起創建西湖詩社以弘揚風雅,實爲改革開放以來全國創建詩社之先聲,而先生被推任爲副社長。是年底,予適離家赴杭就職於浙江省社會科學院,並成爲西湖詩社最年輕之社員,乃初聆先生之教於西湖明鑒樓雅集之會。繼又常在杭大古籍研究所旁聽先生講習《詩》《書》,於是即以師道私淑先生而時常請益焉。戊辰端陽,浙江省詩詞學會成立,衆推先生爲副會長。觀夫先生身處詩道衰微之際,仍能好之不懈,且能引領詩壇而振起之,其於扶輪風雅,可謂功莫大焉。則先生洵足爲吾浙詩界之表率矣。

歲次壬申,臺灣"中國六經學術研究會"舉辦"六經儒學徵文競賽",予文僥倖居首,而先生屈居第二,予方心愧不安,不料先生竟枉駕親臨敝舍,百般嘉獎,且引爲忘年之交,令予深感先生胸襟寬宏,獎勵後進不遺餘力。由是而知先生不惟其學足重,尤以其德之足尊也。先生不幸於戊寅季春仙逝,予悲傷之餘,撰聯以挽之曰:"學界沐春暉,桃李滿園嘉後進;詩壇沉泰斗,風霜連月泣先生。"語雖不工,實出肺腑,蓋予受先生之知遇可謂深且厚矣。

去歲秋，先生長女文漪女士攜先生詩稿來訪，謂予曰："先父在時曾有遺言：'吾詩若有付梓之時，全稿當付徐某編輯，必能稱吾之意也。'明年爲先父一百周歲，浙江大學將爲先父出版《全集》，詩詞部分當遵先父遺囑，故請先生撥冗玉成之。"既爲先生遺言所托，予敢以不文辭乎？乃敬而受之。

予拜閱之餘，深感先生所作具有四大特色：一曰胸襟廣大，以其反映國計民生者居多，而抒發自身怨愁者絶少也；二曰學力深厚，以其博通經史，廣究詩文，故能遣辭用典皆極自然也；三曰格律嚴謹，以其雖受"重内容而輕形式"之時風影響，頗有突破詩律之例，但其追求嚴格工整實爲主流也；四曰神韻高妙，以其熟讀《詩》《騷》，深得比興之旨也。具此四美，以之傳世，蓋無疑焉。

編録既畢，略叙所感，以慰先生在天之靈，且謝先生知遇之深，並酬文漪女士之所托也。是爲序。

歲次丁酉孟秋之月（公曆二〇一七年九月）

後學　徐儒宗　謹撰

自序(代)

余劉操南,字肇薰,號冰絃。江蘇無錫人也。生於 1917 年。垂髫入塾,誦《詩》《書》《左氏春秋》等。既長,畢業於無錫縣立初中和輔仁高中。抗戰軍興,負笈於國立浙江大學,隨校西遷,1942 年在貴州遵義中國文學系畢業,留校任教。全國解放初期,高校院系調整,由浙江大學而至浙江師範學院、杭州大學。白首窮經,教學科研不止。

余在浙大求學時,聽校長竺藕舫(可楨)講學,師事錢琢如(寶琮)、繆彦威(鉞)諸教授。竺、錢、繆是余讀書時傳道、授業、解惑的恩師。余明學於至理要道,應有真知灼見,不篤舊以自封,不鶩新而忘本。平理若衡,照物如鏡。庶幾從違取捨,咸得其宜。篤實光輝,樹立風氣,余受之。拳拳服膺,未曾忘也。

余累於塵務,愧無一日之暇也;然不能無感焉。有所感,寄之於詩,亦不知倦也。詩者,志之所之也;又曰緣情而綺靡。有人之所以爲詩者,志也。有詩之所以爲詩者,情也。志者,人之抱負,襟懷磊落。樂以天下,憂以天下。情者,喜怒之未發、之已發。肝膽相照,如見其肺肝然! 余故高香山之詩,爲時爲民而作。不見肝鬲,舞文弄墨,烏足以言詩也。詩者,繫乎人之性情也。有志、有情,則詩有其魂矣! 不然,雕蟲篆刻,類於遊戲之積木而已。

嘗聞林文忠公之爲詩曰:“苟利國家生死以,豈因禍福避趨之。”鴉片議和,林公深受委屈。方其謫戍於伊犁也,荷戈而吟。越伊犁賽里木湖,四顧茫然。因吟詩曰:“我與天山同一笑,滿頭晴雪共難消。”騾車長嘯,不墜其志。大哉林公,乃統天矣!及其抵伊犁也,延伊犁河數十里,率民築皇渠以效力。嗣後考察南疆,開物成務。其高風亮節,爲何如耶?余於此知人之所以爲詩,亦知詩之爲詩矣。功夫固在詩外也。

《揖曹軒詩詞》爲余弱冠迄於皓首之詩詞積集。六十餘寒暑以逮,余未嘗稍輟,矻矻孜孜,聚盈千累百,惜前半於“文革”時損毀。今又囿於條件,深愧無暇整理,庋之櫥中,類多未問世也。余年已望八,體衰事冗,難遂初衷,不知何日見之梨棗?誠恐一旦溘逝,終成遺憾,當此盛明之世,思之悽然焉!

據劉操南先生遺稿摘編以代自序

目録

上編

下　編

五言古詩

五言古詩輯佚

七言古詩

五言絶句

七言絶句

七言絶句輯佚

五言律詩

七言律詩

七言律詩輯佚

詞

外　編

楹　聯

楹聯輯佚

詩　鐘

其　他(祝辭、吊辭等)

附　録

上编

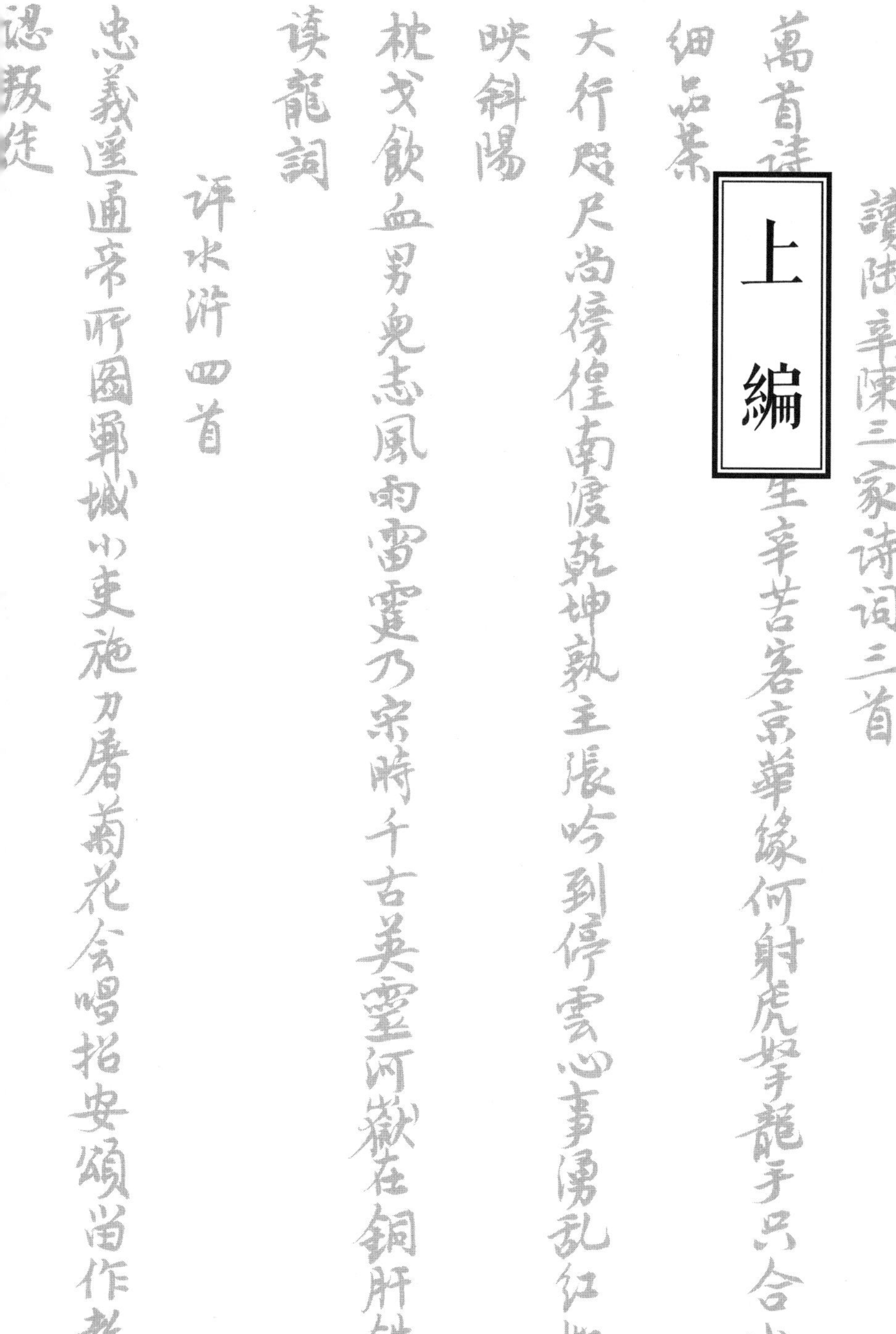
讀陸、辛、陳三家诗词三首
萬首詩
生辛苦客京華緣何射虎好拏龍手只合小樓
细品茶
大行咫尺尚彷徨南渡乾坤孰主張吟到停雲心事湧亂紅如雨
映斜陽
枕戈飲血男兒志風雨雷霆乃宗時千古英靈河嶽在銅肝鉄胆
读龍詞
评水浒四首
忠義遥通帝府圖寧城小吏施刀屠萬花会唱招安頌留作教材
認叛徒

黄山吟三十五韻

一九六四年夏，杭州酷暑，杭大工會組織黄山之行。同遊者三十七人。余力稍弱，未能造巔。盤桓於紫石峰下，沐浴湯池。坐茶，看峰色，聽雨聲，悠然自得，心情舒暢。回憶十五年前，每歲苦於一紙聘書，斤斤爲活口計，遑論遊山逭暑也哉。新舊對比，此樂不能無詩以記之。作黄山吟，謝工會，並博同遊諸君子一粲。

朱砂、紫石峰如戟，怪雲騰空猶電疾；槭槭文楸送風來，龍墜天驚山鬼嚇。萬斛珠璣從天下，人字瀑前鳴金石。桃花潭水水洶湧[①]，虎頭巖上泉汐瀉[②]。一松一竹雲漱之，一峰一壑雲爲驛。飛逐既驚變態殊，浮沉亦駭陰陽擘。村農告我黄山性，疇人拍手稱奇賾。雨在山之腳，雲在山之脊。倏忽山腰雨復晴，天際隱隱見白日，奇哉雲色與峰色，妙哉雲易峰亦易。賓虹山水列眼前，冪冪雲林開畫壁。因識名師師造化，狀山蒼潤崱屴，六法盡棄，

---

① 桃花峰下沿澗，桃數萬株。花時競艷，遍山皆赤，名桃花澗。巨石磊落如屋，從欹側中數折入。飛珠濺玉，俱注於桃花潭中。水聲砰訇，對面幾不聞人聲，雨後尤甚。

② 虎頭巖上有三迭泉。泉上有醉石，聞爲唐李白所曾遊歷處。

不施丹青，轉以禿墨，推陳出新有創獲[1]。故人邀遊白雲裏，矯舉宛如生雙翮。仰視天都八百仞，俯窺蓮溝一萬尺。朝揖玉屏夕北海[2]，奇松怪石蕩胸臆。迎客送客相揖讓[3]，松鱗鬣枝秀可掇。北海館東霞萬道，水湧浪推紅日出。猴子觀海瞻之三[4]，閻王壁前一聲砉[5]。芙蓉萬朵躡足底，天風海濤侵巾幘。有時仄徑落空明，攜手一笑山爲栗[6]。泱背蓬萊三島際，襟懷直與天地一。愧我無力上絶巘，兀坐雲根少見識。温泉三湯三沐之，聞道可以療風疾。大中刺史李敬方，萬曆澄江徐霞客。水泡池底汩汩起，湯氣噴噴稱香苾。峭壁時沸朱砂水，化驗饒於礦物質。氧

① 黄山聚千百奇峰，劈地摩天於數百里内。後魏酈道元《水經注》云："浙江又北歷黟山，縣居山之陽，故縣氏之。"宋羅願《新安志》云：黄山名黟山。天寶六年六月，敕改爲黄山。山有峰三十六，溪二十四，洞十有二，巖八。水流而下，合揚之水，爲浙江之源。《寰宇志》亦稱北黟山。清歙汪洪度《黄山領要録》云：黝即黟也。色微青黑之謂黝，色黑而澤之謂黟。山膚剥盡而骨僅存，空青所凝，遥望成黛。又肌理細膩，蒼潤鮮華，以黟名山，允爲不易。自唐好道家之説，僞撰《周書異記》引黄帝，改稱黄山。嗣後遂因之。余按：黄山以稱黟山爲是。賓虹山水實得黟山之肌理神髓。

② 同遊者遊山四日。一日自湯池至玉屏，二日自玉屏至北海，三日在北海，四日自北海經雲谷寺返湯池。

③ 上文殊院，坡上兩松側生。根緣石罅，枝葉相接。與遊人相揖讓，曰：迎送松。

④ 猴子觀海或瞻之三，遊者咸歎爲神品。

⑤ 沈鏡如先生遊山時身無附麗，視無崖岸。嚮導曰：此閻王壁也，心怦然動。

⑥ 平慧善同志膽極壯。或曰：此險境也，一笑而上。

化鋁、氧化鉀、氧化鎂、氧化鈉、氧化鈣、二氧化矽①。賞此峰雲多變幻，始知黄山三十六峰二十四溪，一峰一溪皆奇特。同人聚首騰言笑，都道此行此樂黨之德。工會同志巧安排，遊山結合勞與逸。十五年事如反掌，風塵澒洞天地隔。羅苑宗派有霸氣，談虎色變精神失。新舊對比生覺悟，温故知新不斷革命兮，參加建設社會主義之中國。

黄山松爲鄰兒所踐歌

我自黄山歸，始識山松犖。高者不盈丈，低僅數寸弱。幹曲枝似虯，鬣短頂如削。愈短則愈老，愈小則愈礴。山膚蝕且盡，山骨益嶄岩。一子偶着土，萬根破罅躍。或没於銀海，或挺於翠崅。屈曲搶陽光，一一壯山塄。不怕冰霜嚴，遑論雲火焯。刻苦以自勵，千載一瞬若。我愛冰骨肌，買一置家屋。一日三瞻之，勝觀卷百軸。此行得奇品，一解幽人獨。奈何鄰兒來，背人逞其虐。針葉一朝傷，養之百難復。念彼塵世中，屏幃出謡諑。風雨每瀟瀟，壟中傷命薄。願得造化功，終古常馥郁。

---

① 唐大曆年間，刺史薛邕就立廬舍，設盆湯，以病人浴者多愈。後至大中，刺史李敬方以風疾，比歲凡再入浴而疾瘳。元符三年正月，休寧太平民三人來浴。凌晨水變赤色，地勢傾動，波沸湧聲如雷。馳以告寺之人。曰：此朱砂見也。山下民聞之者，争來汲飲。成化中，泉赤三日，人無知者。一僧浴之，壽逾百歲。萬曆乙卯，朱砂見，遍溪皆赤，香聞數里。一九四八年曾流過一次紅水，化驗確爲朱砂。張君川、吴響諸先生此行極樂，爲余所言如此，周公樓君擘劃，功不可泯。

參加"社教運動"十六首

寒夜訪貧農斯林亞

斯林亞,諸暨斯宅張家塢人也。年十歲到西家沿五家河鄧紹言家作童養媳。鄧家兄弟四人有屋一間,種租田。斯至婆家,婆性歹,常受打罵,不得温飽,深苦之。居九年,斯逃至獨山舅母趙紛雲家中。舂米煮飯。爲作雜工,月獲工資七角。事爲鄧家所知,遣人來唤,斯懼焉。再出走,受薦到塘口村黄巖寶家。黄雇長工種田四十餘畝,有屋廿餘間。斯至做重活。一日雷雨驟至,黄家曬穀廿餘併簟,斯出搶穀,背脊爲暴雨所侵襲。次晨冷熱病大作。黄睹狀,逼其速即離去。斯不得已,狼狽還娘家。病癒又爲鄧家所悉。婆唤人來誘迫,返其家,暗與西山黄元標議。元標賣田一畝餘,得錢百三十元畀之。鄧婆誑斯至西山探親,用篗籠抬斯至黄家,黄遂與斯拜堂。時黄年三十五,斯年二十一。黄做短工,斯助舂米,生活艱難。土改時,黄始翻身焉。聞斯訴往事,始悟魯迅所述祥林嫂事,舊社會中比比皆是也。

一九六四年十二月二十五日記

孤燈吐寒熒,一室暖如春。貧婦有苦事,反復請痛陳。女生方十歲,作媳出門庭。慈母豈不愛,絶處欲求生。詎知婆性歹,鞭笞不容情。春茶滿山野,唤我上峻陵。風雨千往來,採摘不辭辛。秋穀既登場，背鷄入田塍；放養苟有失，雙拳怒目瞪。喂我六穀糊，殘湯雜草莖；穿我單破衫，酷暑及霜晨。吃菜腸已緑，骨瘦面已皺。殘臘家叙宴，酒氣熱騰騰；我自嚼鹽菜，無語對灶神。鄧家近嵊縣，爺是斯宅人；相去里四十，邈若越與秦。悠悠逾歲月，寒暑九年更。一夕出樊籠，偷向獨山行。舅母幸垂憐，給食喜調匀。身如魚網漏，情若鳥弓驚。作活未數月，事爲鄧姓偵。夜中忽夢囈，悵悵欲何營？參星横山側，轉輾到天明。受薦去塘口，烹茶洗衣繃。黄姓大地主，有屋二十楹。日浣廿人衣，日煮廿人羹。周屋勤灑掃，兒女出入迎。主人重盤剥，上下事精明。一日迅雷至，稻穀場圃横；併簟二十餘，搶收無餘贏。冷雨淋背脊，寒氣不可擎。次日高燒發，昏昏亦冥冥。主人睹情狀，速離不讓停。口乾舌百爛，難以寬其凌。伶俜回娘家，倒地如入暝。茫茫天地間，何處話公平？鄰人相勸説，飲泣復吞聲。數月病漸愈，婆家已知情。唤我還家去，甘言聳視聽。遂與黄家約，百元贖我身。哀哉貧家女，棄之若路塵。鄧婆得錢財，篌籠誘我行。行行到西山，天色已將暝。一屋燭煌煌，賓客七八人。元標來挽我，拜堂遂成親。從此相依附，驚恐似稍平。男人作短工，我助舂米粳。叔世繁租税，兩口難救貧。既怕壯丁抽，亦虧田地畇。日寇勢猖獗，土匪尤狰獰。悠悠十餘年，日月坐愁城。今幸得解放，如釋倒懸絙。元標入農會，翻身鬧革命。剷除剥削苦，鬥霸冤氣伸。回顧小兒女，叮嚀復叮嚀。牢記舊時苦，庶知今日馨。聞言俱感發，置之座右銘。出門歸二隊，參觜將西湮。

與劉雲泉、陳銘自盤山歸，小憩下西山涼亭

溪北有涼亭，亭南有紫竹。稀疏百千竿，映帶一窗緑。柏葉久無蔭，柳枝亦已秃。共來涼亭上，絮語寫心曲。密葉亂無數，

秀色濃可掬。瀟灑動微風，徙倚托芳躅。因念金蕭隊，長嘯振崖谷。瞻彼風流士，從容非局蹙。

西山郊遊

一九六五年一月廿一日，將歸杭州，度春節。同志中多有遊陳蔡者，余自公路往，見崖壁間，山石風化，獨石英及石英中雜有雲母者不爛。村農刨土種植，白石錯落於坡上，琳琅滿目。古云：藍田種玉，得巧遇之。歸經大樟樹，俯仰上下，天宇淨明。聯想舊遊，數十百里溪流，歷歷如在眼底。余愛馬鄮、西山，水治整飭，生産發展，真喜不寐矣。

溪上撐古樟，樟上懸蒼巖。小憩石作磴，放眼雲爲簾。溪曲如龍虯，奔湍過盤巉。云自斯宅來，源出太白巔。波流入浦陽，遂與錢塘連。兩岸累巨石，洪發田不淹。陳蔡林鬱秀，窨煙空際黏。崖谷或剝蝕，刨土以爲田。翩翩雲母石，閃礫豆麥尖。我來緣發徑，卓立舒眺瞻。俯仰天宇明，山水相澄涵。人傑地亦靈，豐收已可占。願爲老農歌，淺醉儲一壇。

西山曉望

一九六五年二月二十日，宿雨初晴，曉望西山，草麥青青，顧而樂之。

陣鴉一喧散，晨熹動原隰。層層斂積霧，天外群峰入。春風始蕩漾，水氣猶滃泌。東白一片雲，馬鄮萬木立。鴨游知晝暖，柳垂聞香裛；草子受微風，柔波山前揖。張詠[1]持麥鍬，赤腳衝寒濕；蔡陳[2]壯且勇，汗流浹背濕。殘歲培育功，欣此青青色。西山萃煙巒，頃土萬户給。村農奮水利，堰塘序行列。矯矯劉雲泉，挑土逾嶺岌。恨我力微弱，挖泥在泉滐。今春水涓涓，秩然流與集。不怕六龍怒，羨説咸池溢。水肥兩無虞，爰思汗與血，愧饗盤中粟，欣然投我筆。

西山清明

四月五日聞將去斯宅丁家山書懷。丁家山離西山四十五里，在太白山上。

山上清明雨，蕭蕭春似秋。激蕩成暑氣，轉折衝寒流。欲樹百年計，先爲六億謀。風光無限好，險處在高頭。

蔡良驥、趙家良、趙家瑩諸同志組織分配去斯宅丁家山，詩以贈之。

四月十八日

晨别澧浦地，暮宿斯宅鄉。纔鋤黄隴麥，又插緑水秧。離離豆莢小，隱隱柳絲長。長憶西山好，行歌慨而慷。

① 張詠：張頌南，同校老師。
② 蔡陳：蔡良驥、陳銘，均同校老師。

贈别胡克鐸

四月十九日

太白峙浙東，拔海三千尺。虯松何亭亭，參天映黛色。龍門勢崔嵬，丁宅亦窄隘。卓哉胡組長，探險上絶巘。革命争朝夕，陳里再開劈。三年社教功，實踐知規律。發動貧下農，煌煌有氣魄。擊敵穩準狠，縛鵬羨有術。或聽言嘖嘖，或見和顏色；論事先調查，一一具體析。學個每事問，慎莫逞胸臆。東風各自勵，百世同灼灼。

柯溪塢記行五百字

五月九日在諸暨澧浦西山外出調查，遂至孝四公社柯溪塢。暴雨驟至，遥念丁家山諸友。

晨曉衝寒出，疏星淡以没。同行兩年少，笑語青山側。雲霞爍成錦，爛熳東山赤。褰裳涉湍流，水急不滑跌。緊步上官嶺，魯村在前陌。巖上撑古樟，或云千年物。溪澗自東來，渾湲漸南佚。歲久洲渚生，築堤成兩截。得田幾及頃，官村足衣食。黨政拯元元，兢兢齊民術。伴走有老農，笑顏侃侃説。桑柔滿山崗，沃若亦稠密。插秧趁良辰，驅牛呵叱叱。八哥鳴柏樹，堂前穿乳鳦。言談詣陳蔡，山鎮百貨集。周匝十餘里，去來人絡繹。一渠復一澗，高下同流汩。造化與人巧，拍手稱雙絶。溯溪東千武，虹橋凌波越。橋面貫鐵索，離婁任洪發。雲和彭兆明，遐思撩胸臆。仄徑路漫漫，伐薪出斯宅。來歲物益夥，於何暢車轍。緣溪再行邁，紆回幾嶂壁。崗巒多蔓延，絶不讓咫尺。旁壑村塢聚，柯溪垂眼襭。曖曖野人家,幽幽花柳窟。日躍萍波行,泉穿發徑咽。新筍蔚爲竹,豌苗亦已實。主人適在家,烹茶水清洌。戚戚思往事,抵足談一一。童君展素箋,録語標甲乙。實事求其是,事以階級析。細研事物理,材料反覆核。事了一揖别,食堂餐鮮蕨。停午暴雨至,半空響霹靂。初驚天柱動,復駭地軸裂。山山盡馳騖,樹樹相磨切。五指①失所在,坐看山嶽易。白雲蕩天際,溪江水沕潏。遥念丁家山,有朋站危鯱。鳥道懸半空,羊腸轉百折。捫胸生層雲,探賾試巀嶭。鶴榮語謙和,家瑩人真率。温州蔡良驥,大膽能創劈。海鹽趙家良,辦事足氣魄。入穴得虎子,一展縛鵬術。古云冰水寒,今見桃李苾。柯溪居壑底,險易難相匹。我今還西山,諒能再閲歷。

遊白屠塢

五月十八日

白屠山塢中,小滿雨初斷。紅日起遥岑,微風送輕暖。一去十餘里,秀色無近遠。天遣放晨霽,飽我看山眼。驕陽映翠坦,奕奕崖谷滿。秧苗插空明,婉孌隨風偃。修竹水之涘,映帶恣繾綣。轉覺晴山好,停午景亦鮮。《詩論》距離説,雲雨藏山巘。濛濛生美感,滔滔語多謫。

大兼溪曉行

五月卅一日應保和社教工作隊邀,去大兼溪。夜説紅巖,次晨登山,賦此。

① 五指:當地山名。

晨熹映太虛，百雀驚夢碎。攬衣上高崗，萬里無塵穢。俯仰三呼吸，一粲衆山翠。黄隴麥正熟，菽實滿山埭。幽禽上下鳴，雲霞蔚爲靉。不覺入山深，溪村失所在。水庫澄如鏡，浩瀚足灌溉。欣看兒童團，攀登入險礙。紅旗何顯赫，號角聲聲吹。壯哉一令下，氣象慷以慨。我亦多意氣，起舞正咱輩。澒洞翔陽升，良辰去復再。

贈别西山

六月廿六日

三日黴時雨，勞勞送客情。出山黄水闊，回首白雲生。自笑思多拙，愛君功獨成。良機如可再，踴躍請長纓。

書懷西山

涼亭幽竹裏，揮手獨躊躇。一水吼千里，數峰聳太虛。農村天地闊，友朋道儀舒。工作逾寒暑，相思勞夢餘。

題廉先師舊作梅雪圖卷

一九六五年十一月廿二日

衝寒上嶺去，興酣寒自失。造巔一長嘯，四顧愜所適。劘戛作繁響，眩目一駭絶。誰施鏤鐫手，一片紅與白。幽香襲衣袖，嶙峋耀眉睫。莫謂春意無，春色在溪嶧。哲人愛嘉樹，因之抒胸臆。宅心高虹霓，結念抱冰雪。卓哉祝夫子，奇情拂邪慝。豈無芳洲荇，矯矯不肯食。留此梅雪圖，實爲高人式。晚歲見河清，歡樂天地隔。五洲雲水怒,四海風雷激。一橋飛南北,群湖出石壁。亦煩老都講,欣投如椽筆。

雪窗即興

十二月十七日

夜中屋瓦響,漏雪拂被涼。今朝零度下,開窗迎曙光。改戲屢呵凍,手絀心飛揚。因念薛聲震,土改樹榜樣。咳喘風雪裏,雄心猶未已。赤藎辦系務,聞道可夕死。騷瑣腸胃病,我亦一笑耳。俯首搞工作,虛心學道理。三同心肺易,雜飯勝魚豨。

臨海龍潭嶴治山歌

夢遊龍潭嶴,插翅入雲煙。兩峽挾堂隍,一嶂撐青天。松卷海上月,竹蔭石下泉。葉透千山雨,水流萬頃阡。周流吾乃下,驚贊景物妍。憶昔盤雲路,磽圯緊相連。山上蒼崖裂,山下水聯綿。闢榛成水庫,往復苦旱漣。晴久庫底燥,雨急塘壩顛。老農紓懷抱,隰地育林先。風調雨亦順,山水方周旋。自笑束髮時,琅琅山水田。三字句逗讀,蒙昧數十年。嗤彼李太白,對嶺頻愛仙。不懈與天爭,行歌舞蹁躚。實踐悟真理,寫入辯證篇。

敝室連日在零下四度,屋漏不避風雪,夜難安寐,然鬥志則未稍挫也

十二月廿六日

白日隱遥岑,白雪翻前麓。狂飆不稍息,衝擊蕩我屋。雪漏拂衣涼,侵晨手爲瀌。探首額欲冰,埋臉呼又促。衾寒如積鐵,

兩腳伸復縮。自慚少鍛煉,一宵傷局蹙。卻愛農家子,呼呼睡正熟。轉羨拿龍手,正宜寒江浴。邁步從此始,報國紓丹渥。

壽丁庶爲①教授

一九六六年一月十二日(乙巳年十二月廿一日)

我頌丁夫子,歡聲齊昆侖。公如千頃波,浩瀚無涯垠。少負不羈才,廪選出國門。歸爲一祭酒,烏獲舉一鈞。學紹疇人業,丹爐九折肱。煌煌化學史,鑽之實彌深。交遊國之彦,相契若苔岑。桃李滿天下,一一曝才能。師母班孟才,翹翹世上英。浮海三萬里,總角去英倫。服務教育界,煒奕著令聲。下走苦學晚,拜揖湄江濱。清言流肺腑,一見靄然親。俗艷競相媚,孤愜難爲名。時余方養晦,蓄志得稍伸。往事勞夢寐,奄忽二十春。湖上風光好,晚歲欣河清。觀魚玉泉去,探梅靈峰行。著述益翩翩,教育彌諄諄。春日晉屠蘇,祝嘏逾大椿。

① 丁緒賢(1885—1978),安徽阜陽人,字庶爲,早年留學英國倫敦大學化學系。歸國後到國立浙江大學任化學教授。終身在浙大從教直到逝世。爲分析化學家、化學教育家和化學史家。

回杭診病，遂遊孤山

春風四面來，群緑紛披扶。青松鬱後崗，山茶燦前隅。逡巡上孤山，顧盼入畫圖。緑萼嫣然笑，幽香盈後湖。蕩漾爲微吟，不覺孤山孤。廿載客西泠，興逾今朝無。

用韻答呈蘇師步青

賡唱聯吟意可珍，高情頻寄緑衣塵。冲之覈曆精神健，務觀耽詩歲月深。絶代詞華推國手，平生風誼見丹心。明時共看遵共惜，願倩遊絲長伴春。

附蘇步青原詩：

寄杭大劉操南同志

故人湖上平安否？遥想雲山秋已深。到處備荒還備戰，當前批孔又批林。由來革命人間好，畢竟導師教義真。共看明時須共惜，盼從辛亥到如今。

登硤石西山

課餘佳日洵優遊，來登西山觀日樓。危石幾疑天上落，假山卻能水中浮。春風五色花枝笑，汽笛千聲貨物流。齊道紅霞無限好，海天萬里碧雲遒。

甲寅冬日過胥塘卓然先生居

我來卓家園，寒冬卉木稠。瞻矚恣留連，小齋暢以幽。紅竺垂朱巖，素蘭披青丘。傍池纖鱗見，沾盆淡煙浮。遥知春二月，芳菲侵户幬。主人殷勤甚，聯翩結詩儔。嘯詠及藝事，格高韻亦遒。嚶鳴有餘樂，遑論春與秋。

題自浩先生惠畫四色梅花

卓家四色梅，迎風爛熳開。寒冬經霜雪，笑道春光來。

晚耘先生法書歌

先生法書諸體優,先生聲名動九州。老驥伏櫪志千里,武水迢遞胥塘幽。篆如龍蛇遊大澤,雲蒸雨施八荒流。隸無波磔少矯作,神鸞出巢新意求。草衍晉唐淳化帖,錯落驚竦似野鷗。楷法肇自北魏碑,張玄豐腴龍藏遒。雕蟲篆刻胡爲乎?妙在評法作傳郵。荀況粲然法後王,勒之鼎彝孰與儔。帛書韓非五蠹篇,一法深爲明主謀。魏武曉諭二三子,明揚仄陋壯志謳。柳子政論贊秦王,控制四海廢群侯。詞文並茂庶足奇,精華或向法家搜。先生之書懸素壁,日月摩娑豁雙眸。書家堂奥何由及,引得詩心汗漫遊。

讀曆有感

天體運行永不停,泰山壓頂挺斯身。已傷劉焯輿棺哭①,更

① 隋劉焯造《皇極曆》,首先運用等間距二次内插法,計算日月五星的位置。廢除平朔,改用定朔。這是一項傑出創造。遭到太史令張胄玄、袁充的瘋狂反對。劉焯擡了棺材到朝廷上去痛苦力争,終被壓制,"曆竟不行"。

惜張蒼病絀吟①。三角表傳賢者笑②,大明曆造狂夫瞋③。曆家顛倒幾何事,贏得今人仔細論。

自東山觀電視夜歸

樓火星光拂遠隈,天風笑語送人回。眼前一幅好圖畫,應是蓬萊剪取來。

讀陸、辛、陳三家詩詞(三首)

萬首詩成願未賒,半生辛苦客京華。緣何射虎拿龍手,只合小樓細品茶。

---

① 漢丞相張蒼"善律曆",以反對魯人公孫臣説曆,"有黄龍當見",據説黄龍真的見於成紀井中,張蒼被迫罷相,"自絀","病免"。

② 古希臘三角函數表傳至印度,唐時由印度傳入中國。有幾個小人物如陳玄景等努力研究,被張遂,即僧一行摒棄抑制。這三角函數表可補中國曆法計算的空白,使中國曆法研究開闢一個新的途徑,但由於受壓,被摧殘和埋没了。直至明末清初,從歐洲再度傳入,學者早已不知道這件事了。

③ 南北朝時祖冲之造《大明曆》,遭到朝廷中以戴法興爲首的頑固派的瘋狂反對,新曆不能施行,直到他死了十年後,他兒子祖暅力争,在梁朝纔得頒行。

大行咫尺尚彷徨,南渡乾坤孰主張?吟到停雲心事湧,亂紅如雨映斜陽。

枕戈飲血男兒志,風雨雷霆乃宋時。千古英靈河嶽在,銅肝鐵膽讀龍詞。

讀蘇師步青教授生死謡

有生必有死,有死纔能生。新陳與代謝,相輔而相成。我讀生死謡,高言暢懷抱。有破乃能立,運動永不了。自然辯證法,規律原可道。宇宙無中心,天地浩渺渺。地球一微塵,銀河系小島。有的方青春,有的日衰老。一朝微塵碎,新種復興紹。物質原不滅,亦不能創造。萬紫與千紅,變態知多少。轉化無窮已,愈來愈美好。萬物非吾心,愚者向神禱。康得先驗論,私意徒嗷嗷。或謂社會則,產自哲人腦。此語極荒唐,必須狠批倒。庶有所發明,庶有所創造。願隨蘇師後,蘭膏自煎熬。青山甚嫵媚,紅日欣光耀。攀登珠朗峰,相期拾瑶草。

張紫峰吟長見示五泄吟百韻長篇,賦此呈政

暇日坐晴軒,發書理緗縹。叩户故人來,跫然舒眉梢。盞茶薦秋英,絮沓久未了。示我五泄吟,再拜誦詩稿。足躡萬峰巔,神遊八荒表。五泄與五嶺,遊蹤恣探考。泄泄似玉龍,玉龍何夭矯。翻騰從天下,幻作登雲道。亦如織女機,千絲垂冥杳。人間勝天堂,神仙忙劬勞。亦如鮫人宫,飛珠濺瓊瑙。砯訇聲喧闐,驟疑昆柱倒。泄與泄之間,蜿蜒山石繞。溯洄尋水源,松楸響如搗。大哉五泄瀑,造化之奇巧。一覽匡廬妒,再覽雁蕩小。五瀑鍾靈秀,五嶺割昏曉。峥嶸復磅礴,静閟而窈窕。翠崖媚丹嶂,寒雲塞蒼昊。或駢若相從,或蹙若相撓。或舞若蛟龍,或踞若虎獠。或如走曠獸,或如開籠鳥。或如老衲滯,或如素娥姣。或盤若雲鬟,或窄若舞襖。或如萬馬奔,風飄而雨潦。或如千軍散,龍争而虎慓。或如一綫天,一綫曙光兆。或如雙龍門,雙龍殷護保。綿綿斷復續,離離睽還紹。大哉五泄山,李杜惜未到。黄山小弟兄,桂林猶褓褓。西湖嫌平淡,五泄庶蘊灝。聆言多啓發,我試將言告。嘗觀大龍湫,飛流墮茫渺。百尺尚是水,百丈煙霧嫋。合併忽分散,徐疾争分秒。人立百步外,寒泉撲面攪;及至逼龍湫,轉覺毛髮燥。變幻無定形,曦光動幽窅。山靈故作戲,拙筆豈能道。亦嘗遊黄山,紅日出杲杲。一巖萃群峰,煙雲恣繚繞。前峰看雲入,忽見後峰掉。左峰看雲出,又見右峰繞。晚霞忽西襲,孤霧呈幽悄。卻睹蓮花峰,巍峨插雲杪。是峰還是雲,是海還是島。乾坤一氣接,海天浩淼淼。撥雲上見峰,依舊青天

嫋。勝處各有妍，雌黄徒糾譎。山川效靈秀，天地信美好。豈徒頌河清，亦欲資源饒。或窮動植理，或將礦床擣。宇宙動不息，自然崇改造。海底出明月，天空藏瑰寶。朽株齊努力，力量豈云小。面向大人群，勵志誠宜早。敢忘國士風，一瓢苟温飽。我力誠區區，君詩甚皎皎。俯仰各自勉，他年證懷抱。

附函：

紫峰同志：大作五泄吟，諷讀再三，獲益匪淺。月來忙於實習，頗爲勞累。恐負雅意，星期日始抽暇寫詩作答，然才疏學淺，不足以博先生之一粲也。

匆此，並致　敬禮。

操南上　十一月廿日

紫峰吟長出示杭堇浦老人梅花全韻詩手稿，奉題七古一首，録呈哂政

梅花俏麗推奇絶，大寒天閉地欲裂。幽香馥郁遍山阿，雪虐風饕情自悦。堇浦老人在揚州，日坐春風寫林樾。新詩句句逼鴻濛，灑向梅花同傲兀。南枝北枝惹是非，自流清芬傳禹域。一枝寒瘦幽人賞，冷雋只合伴明月。詩稿傳世知者鮮，亂離卻喜張翁瞥。三十年來縈清夢，一室融融盈香苾。古來哲人多遐思，雨露冰霜久閲歷。眷愛幽姿出雲煙，玉貌翩翩香郁郁。願翁搜圖庋高閣，百神呵護寶此物；不然影印五百卷，托諭清遠，貌執心裁，播與世人繼芳烈。

壬子秋日，誦趙濤翰女史詩，再題梅雪圖卷

入秋已多悲，摇落況逾半。擎雨池荷枯，戰風庭葉亂。蕭蕭一室中，凜凜星物换。冰雪邈難期，梅花夢久斷。奮翮從兹始，黽勉莫長歎。

次韻奉答濤翰女史（二首）

蘇惠仙姬才，剖魚發深歎。悽惻回文詩，語語腸欲斷。省知時勢移，脱胎骨亦换。瞻彼階前柳，千絲舞不亂。蘭膏吐寒焰，光耀天之半。

唾棄賈與孟，姬才再三歎。新詩春草生，舊曲快刀斷。茫茫宇宙間，忽忽寒暑换。人事有代謝，一治與一亂。愧我才學疏，改造猶未半。

熱烈慶祝粉碎“四人幫”(二首)

旌旗滚滚人流湧，四海同聲頌大功。奮起鐵椽筆萬杆，澄清鬼域霧千重。敢抒肝膽乾坤赤，爲保江山世代紅。瞻望神州赤縣地，燭天烈火正熊熊。

領袖英明除四害，人心大快震寰中。大鵬擊水連天拍，原子炸雲動地衝。躍馬横刀斬猛虎，挽弓搭箭射蒼龍。紅旗指處冰山倒，大地欣看旭日紅。

迎春獻詩(二首)

驚雷久已動天地，湖海奔騰永向前。摧枯拉朽成昨日，光輝燦爛是新年。花開大寨欣添錦，業創油田喜噴泉。一事縈心頻入夢，宜追窮寇寫詩篇。

兩大紅花爛熳開，山河喜見錦成堆。東風送暖家家到，瑞雪迎春陣陣來。最得人心除巨害，實緣主席選英才。國家四化輝煌日，吟入新詩尺幅裁。

讀葉副主席《遠望》《重讀論持久戰》(二首)

赫赫京華拜葉翁,紅旗高舉展晴空。柳鶯穿樹歌新曲,梁燕銜泥訪舊蹤。草地當年除猛虎,冀州今日射蒼龍。橫流四海奔騰急,旋轉還憑寶劍功。

霆擊寒村壓海陬,丹心曾替萬民愁。曲綫救國終亡國,持久爲籌獨運籌。整軍好竪人民戟,備戰不稱霸主頭。導師宏著重新讀,射虎屠龍氣不休。

讀譚震林《井岡山鬥争的實踐與毛澤東思想的發展》

羅霄山脈星星火,正是鬥争實踐時。巴黎煙雲騰碧海,贛江風雪展紅旗。欲歌革命人間好,先拜英雄草上飛。行動指南垂萬古,岷山浩蕩照征衣。

讀毛主席《讀史》詞，步《吊羅榮桓同志》韻

讀罷華章壯志飛，億千歲月已相違。人間擊石小兒事，天上泛槎今日題。翼展鵬程張國策，槐緣蟻穴笑魑非。還看四化功成日，人物風流將屬誰。

題清代陳其泰《桐花鳳閣評〈紅樓夢〉》四首[①]

一九七八年

頑石仙芝事忒奇，嘔心瀝血兩情癡。恥談祿蠹混賬話，敢説離經叛道詞。砸玉幾番魂欲斷，焚詩一夕夢回遲。新書馬列如先睹，人物風流別有期。

玉京待選伴君王，魂染怡紅變主張。貌艷如花倏冷淡，顧馨似夢亦荒唐。好風欲借青雲上，金鎖謡傳密意藏。知否安時隨分者，半生辛苦負瀟湘。

---

① 《桐花鳳閣評〈紅樓夢〉輯録》爲余在"文革"期間所作。天津人民出版社 1981 年出版，25 萬字。

桐花鳳閣仰才名，披卷渾如解宿酲。細檢續書多妄謬，縱談藝事亦晶瑩。九天誰鑄頑靈質，千載人傷木石盟。休道紅樓非宦海，針鋒相對劇分明。

鈔罷陳評一舉杯，萬千塵事湧靈臺。凌雲尚有倚天劍，涉世慚無拔地才。淡極每疑花更艷，情深始信石爲開。百年魔怪終消滅，浩蕩東風陣陣來。

國慶觀禮花（四首）

紅梅二十八回開，插上青天焰火臺。湖上人流千萬路，歌聲疑是夜潮來。

水笑山笑人更笑，雲飛霞飛天亦飛。珍珠火傘穿空起，頃刻花開萬態奇。

天孫潑下胭脂水，濺作紅霞映滿天。最是引人神往處，夜空飽看萬燈懸。

奇峰突起觀樓臺，衝向青霄頂上開。玉宇澄清花爛熳，人間仙境勝蓬萊。

參觀潘天壽畫展書感

大頤落筆獨稱奇，舉世同尊老畫師。磐石横空垂勁草，健牛梟水浴清池。天驚地怪①通常變②，氣足神充歷險巇③。自是高明遭鬼瞰④，今朝朱墨得真知。

登井岡山

爲尋星火燎原地，來訪滄溟井岡天。十萬峰巒垂腳下，五洲煙雨蕩胸前。御風攬月心常壯，排浪掣鯨夢亦仙。會看朝暉飛渤海，鶯歌燕舞樂無邊。

① 吴昌碩對潘畫有“天驚地怪見落筆”的贊美。

② 潘常説：“有常必有變，常者承也，變者革也。”

③ 潘畫“造險”，“破險”，富有生命力。

④ 瞰，窺也。“高明之家，鬼瞰其室。”這裹指“四人幫”摧殘文化藝術，折磨潘老。

一九七九年元旦試筆(五首)

余在杭大中文系,雖有獻曝之忱,終鮮芻蕘之詢。次魯迅詩韻,成雜詩五首,實亦長歌當哭之意云爾。

又是一元復始時,華年潘鬢未成絲。劈山斬卻迷途棘,跨海高擎破浪旗。截竹千竿爲彩筆,割雲萬片寫今詩。高峰四化齊攀上,浩蕩天風吹我衣。

獻身教育及明時,敢效春蠶巧吐絲。曾記髫齡飛戰火,卻思垂老奮紅旗。豪情化作羲和夢,心事嘔成脂硯詩。中夜鷄鳴神益旺,寒風那怕暗侵衣。

猶是昂藏似昔時,陌上千條漾碧絲。廉頗老矣馳汗馬,姜尚逢兮揮杏旗。萬里江山歸一統,百年心事寫千詩。冰山驟倒朝陽起,薄海歡騰舞彩衣。

吐出胸中塊壘時,尊前羞説鬢未絲。長沙猶見虛前席,海曲未聞枉顧旗。豈有明時難遇主,終教壯志只吟詩。逸情會當高人賞,放眼上庠淚沾衣。

鳴嚶相求歡聚時,芝蘭一室柳如絲。軍山客去留詞壁,濟水人來載酒旗。雲裏飛鴻君致意,雪中送炭我吟詩。男兒壯志凌雲日,祖國山河披彩衣。

靈隱春興

飛來峰畔集嘉賓，鬢影衣香笑語真。九里松濤尋碧海，千年禪宇拂紅塵。溪前攜手雲霞滿，巖下談心花樹新。更上韜光觀滄海，此身渾似在蓬瀛。

春日登初陽臺

人在雲山第幾重，遥望滄海湧朝紅。桃花潛入疏疏雨，楊柳輕摇淡淡風。兩堤香車流水逝，五洲嬌女笑顔逢。天開圖畫乾坤好，四化歌聲處處同。

哭費烈士香曾師(三首)

沉冤於今三十年①,欣聞昭雪淚潸然。導師永憶禪源月②,教育難忘石堡天③。讜議煌煌誅國賊,柏燈熒熒寫書篇。救亡壁報洪濤起④,澎湃雲天頌大賢⑤。

播州歲歲坐春風,送別依依蘊素衷。正仰蒼天舒羽翮,忽驚淥水失音容⑥。獻身泣聽鏹池恨,囚室彌尊品德崇⑦。革命精神千古在,長征永照氣如虹⑧。

---

① 原國立浙江大學費鞏教授香曾師遭特務慘殺已三十餘年。1979 年,經上海市委批准,追認爲革命烈士。

② 1937 年,浙大自杭州遷於潛天目山禪源寺,余選香曾師爲導師。

③ 1939 年,浙大遷貴州遵義,香曾師住石家堡,在何家巷授政治學,經常痛斥國民黨反動派。

④ 1940 年,香曾師爲學生爭民主權利,由學生自治會舉辦《生活壁報》,規定同學可以在這個合法的園地自由發表各種言論,不受任何檢查和限制。

⑤ 1941 年,學生自治會獻香曾師頌詞,寫在紅緞上,余撰詞稿,駕吾師後作跋文。

⑥ 1945 年 3 月 5 日凌晨,香曾師從重慶搭船去北碚復旦大學講學,在登船時遭特務綁架失蹤。校長竺可楨藕舫師奔走呼籲營救。

⑦ 香曾師被國民黨特務綁架後,秘密囚禁在中美合作所,始終堅强不屈,最後被滅絶人性地投入鏹水池,毁屍滅跡。

⑧ 香曾師爲真理而獻身的精神永遠激勵我們繼續革命,進行新的長征。

舫師奔走呼籲日，總理提名釋放時[1]。天末霧雲常慘咽，人間花鳥亦傷悲。慷慨欣見三山倒，霹靂喜聞四害羈。釃酒英靈歌楚曲[2]，淚飛如雨感明治。

次韻答謝李國瑜教授

卓爾風流大雅姿，清詞麗句總相宜。衡才不棄葑菲質，結交相逢遲暮時。一别江山總是夢，半生風雨欲爲詩。高山流水知音在，芳草斜陽有所思。

鷓鴣天・贈北美謝覺民、闞家蓂兩學長

比翼雙飛萬里行，浮天跨海建虹旌。當年壯志誰人會，今日豪情四座驚。　　瀛海外，念群英，播州風雨故人情。歸來奔赴長征道，鐵板銅琶祝太平。

---

① 1945年12月舊政協會議前，以周恩來同志爲首的我黨代表團，向國民黨提出八項條件。其一爲立即釋放葉挺、廖承志、張學良、楊虎成、費鞏等政治犯，國民黨當局對費鞏一案百般抵賴，終無交代。

② 楚曲指《招魂》，一説是宋玉招其老師屈原之魂。

觀歷史劇《大風歌》(六題六首)

一九七八年十月

刺吕雉

機詐驕殘一女皇,遭時竊位太猖狂。毒涎四濺天人怨,贏得狐群盡殺喪。

頌陳平

俯仰乾坤一曲歌,陳平壯志振山河。安劉大業承遺志,整頓朝綱功績多。

贊周勃

仰視秋空孤雁過,絳侯慷慨托悲歌。丹心上報高皇帝,定國安邦仗太阿。

歌陸賈

大夫休笑是書生,舌有風雷筆有神。太尉丞相漫對泣,扶危救國佐升平。

哀戚夫人

慘絶塵寰人彘事，只爲養得好兒郎。驚看煊赫高皇詔，吕雉狼心毒焰張。

美劉章

高皇三尺定山河，吕雉篡權殘殺多。燕啄王孫漢祚盡，奪軍再唱大風歌。

己未中秋賞月，余鴻業兄賦詩，遥寄臺灣，次韻和之（二首）

翹首雲天嫋細煙，清輝皎皎映平川。秋風吹起少年樹，只緣今宵月影圓。

笛吹長空萬里情，西湖秋月正盈盈。天涯處處刀環夢，合有鄉心報玉京。

己未八月十八日隨政協諸公詣海寧鹽官，觀浙江潮，賦此

我來鹽官遊，縱眺浙江潮。傾倒悉詩叟，笑談絶塵囂。濤經曹娥來，雷聞百里迢。衍溢忽受束，波湧赭龕腰。遠眺似雲疊，千鷺下翠苕；近覷若山傾，萬馬衝雲霄。雄驅急雪翻，怒戰亂雲飄。倒瀉南嶺石，横吞北岸嶢。初至齊恍惚，終驚鱗塘漂。洪波欣眼過，駭浪足魂銷。譎觀天下奇，禿筆豈能描。吾願臺灣士，聯翩早相邀。

雁蕩記遊

雁蕩之勝，妙在移步换形。一帆峰、天柱峰、剪刀峰實一峰也；老僧拜石、美女梳妝亦一峰之巔也。詩以詠之。

芙蓉片片撲人來，雁蕩龍湫錦綉堆。遥望一帆懸碧海，仰看天柱聳九垓。酷如老衲孱顔拜，卻喜佳人寶鈿開。愧未捫蘿窮曠遠，探幽歷險上崔嵬。

題蘇、揚、杭三州評話書會

久挹才華藝更珍，早驚粲舌妙傳神。孔明問病掌書火，石秀探莊肩負薪。扇底啼鶯楊柳艷，案邊躍馬英雄瞋。武林舊事惹新夢，欣見吴揚一室春。

滿江紅·觀越劇《强者之歌》頌張志新烈士（二闋）

霧塞蒼天，爲家國，獻身而出。傷節日，盎然春意，倏成秋色。冤獄重重千夫吼，憂思縷縷萬民泣。付瑶琴，一曲髮衝冠，心弦裂。　　捍真理，禁區闢；掃群魔，争不息。撇下天倫樂，强忍卑辱。不怕屠刀咽喉斷，依然慷慨草文檄。若驚雷，喊出最强音，傳中國。

巾幗英雄，昭日月，霞光曄曄。捍真理，穿雲慧眼，氣吞群賊。囚室高歌龍虎躍，刑場正氣神鬼泣。鐵錚錚，壯語一聲聲，豺狼栗。　　太陽出，冰山滴；雷雨滂，奇恥雪。欣神州九億，繼承先烈。奔月凌霄煙火滚，掣鯨踏海長天碧。告英靈，爲黨瀝肝膽，情彌激。

水調歌頭·省民盟第四次代表大會抒懷

一九八〇年

吸盡西湖水,傾吐聖明時。欣看吴山際會,日夕出新奇。愧少萬言長策,抒寫平生壯志。幽夢寸心馳。鐵鍊砸爛矣,開拓更無疑。　　風雷動,旌旗翻,快何如?静中思量今古,實踐出真知。猶是丹心一片,追隨風流人物,蜕故創新辭。四化雲濤起,慷慨獻新詩。

滿江紅·一九八〇年元旦書懷

奕奕神州,又過了,風雲歲月。眼前是:嶺梅怒放,報春消息。百尺樓臺横碧漢,萬家旗旌映紅日。看銀燈,高懸西湖閣,如皓魄。　　四化事,争朝夕;千秋業,掛胸臆。念臺澎同胞,歸心箭急。雪浪滔滔東海隔,鹿門灝灝相思溢。愛國家,錦綉好河山,同料理。

金縷曲·庚申春節抒懷

痛飲新春醁，好驅使、胸中塊壘，筆底風雨。放眼神州千載事，盡有英雄去處。爲四化、搗經爛詁。爝火寒霄摇日月，漫輪他、篆刻雕蟲孺。沉醉矣，且狂舞。　憑欄試讀登樓賦。叩天公、緣何閒散，風華無數？此鬱悠悠成逝水，幽情脈脈如訴？誰道是、人生朝露。碧海青天擡醒眼，長征中、奔赴雲程路。花簇簇，莫耽誤。

西湖燈詞三首

火樹銀花賽上元，錢王寺畔萬燈喧。散花天女團圞舞，贏得遊人面面看①。

玉宇澄清散月華，金波蝀影弄輕紗。欲尋大地風雷處，碧海青天有絳霞。

是處亭臺是處燈，熊貓獅子鬥嶒崚。天風吹我三山去，一夜歡聲頌玉京。

---

① “天女散花”走馬燈和“三打白骨精”聯燈，人激賞之。

西湖早春郊行

踏草歸來人似醺，微暄天氣出城闉。風吹嫩緑消殘凍，雨洗嬌紅上翠茵。嵐色滴衣成畫趣，鶯聲悦耳是良辰。山行時聽溪濤響，滌我胸中萬斛塵。

紹興師專成立獻辭

一九八〇年

欣挹越州生聚鄉①，千秋道義未能忘。隻身瀛海風雷動②，

① 春秋時越王句踐在紹興建立越國，兵敗於吴，越王提出“十年生聚，十年教訓”，臥薪嚐膽，終成復國大業。明末愛國學者王思任云：“吾越乃報仇雪恥之鄉，非藏垢納污之地。”魯迅也説：“身爲越人，未忘斯義。”

② 辛亥革命時期，女革命家秋瑾在東渡赴日《有感》詩中有句云：“隻身東海挾春雷。”

薦血軒轅意氣揚[①]。鳳仰紹庠饒碩學[②]，遐思桃李益芬芳。山陰道作長征道，九畹雲蒸發異香[③]。

寄懷臺灣大學方豪教授[④]

彈指韶光四十年，播州花雨未成煙。側聞講學尊神父，深愧從師籀舊編。積愫正因一海隔，遐思彌覺兩情聯。西湖濃抹淡妝好，投轄何年共醉眠。

① 魯迅二十一歲時有詩句云："我以我血薦軒轅。"

② 紹興師專是在紹興地區師範基礎上改建的，具有光榮的革命傳統。1911年冬魯迅曾任紹興師範校長，後改浙江第五師範，很多著名作家、藝術家、科學家和革命家在此學習和工作。1980年5月，國家教育部通知正式建立高等學校，定名爲紹興師範專科學校。

③ 《離騷》："余既滋蘭之九畹兮。"山陰藝蘭著名。雲蒸霞蔚，兼喻造就人材。

④ 遵義古稱播州，抗戰時期浙大西遷至遵義。方豪原爲天主教神父，以教授名義在浙大史地系講"中西文化史"。余曾旁聽就學，爲其所辦《文史副刊》撰稿。

贈侯莉君女史(三首)

冰雪聰明冰雪情,莉君才調世無倫。春遊聽落真容扇,托月烘雲説慶雲。

聽書每到月移時,嚦嚦鶯聲繫我思。老去自慚無彩筆,爲卿寫作藍橋詞。

欣挹西廂董與王,詞家翰墨發靈光。民間代有新聲起,采録何人作主張。

省政協嘉會即事

會上何克希、鄭曉滄、陸維釗、陸抑非、沙孟海、宋寶羅等諸老意氣風發,吟詩獻辭、寫字作畫,祝黨五十七周年誕辰。

客子逢辰意倍親,座中半是歲寒身。法書飛舞龍蛇走,朱墨紛披風雨驚。瞻聖我懷趙老筆[1]，揪妖争仰郭侯名[2]。建元詞賦宣和畫，喜見凌雲氣象新。

觀江山婺劇團《三請樊梨花》演出[3]

靈前只合淚千行，泣血搥心巾幗亡。逼父原爲存大義，獻關正好佐皇唐。陣前未礙終身許，燈下肯將邊事忘。劇院梨花三請罷，西湖皓月潔如霜。

題縉雲仙都玉柱峰

鼎湖峰，又名玉柱峰，俗稱石筍。旁好溪。三面臨水，高一百五十米。狀如春筍，破土而出。頂有蓮花湖，傳説軒轅黄帝置香爐於此煉丹飛升。唐白居易、宋沈括等遊仙都時，俱有題詠。

仙都石筍好溪邊，帶露披煙億萬年。鐵骨錚錚驚俗世，芙蓉

① 趙朴初《毛主席挽詩》云："滿月中天瞻聖處，遺言永憶勖登攀。"
② 郭沫若《水調歌頭》云："大快人心事，揪出'四人幫'。"
③ 浙江江山婺劇團在杭州東風劇院演出《三請樊梨花》。

朶朶映中天。欣看玉柱峰巒挺，平步青雲歲月綿。艷説軒轅飛白日，丹成九鼎於今傳。

浙江省文學學會成立，題詩兩絶

濡毫今日欲如何？敢抒豪情美刺多。浩劫十年心影在，三分鞭撻七謳歌。

各領風騷有所思，人天日夕出新奇。千秋事業君知否？跨海踏天寫壯詩。

鵲橋仙·"浙江省文學藝術工作者第二次代表大會"抒懷

一九八〇年六月

荷錢點點，榴花灼灼，浙水風雲際遇。砸爛鐵鍊起宏圖。情切切，衷腸傾吐。　　銀河耿耿，金星淼淼，文海湯湯怎渡？振衣千仞抒豪情，光燦燦，雲程奔赴。

奉和蘇師步青中秋寄懷臺灣諸親友

一瀉清輝瀛海寒,皎皎玉宇湧冰盤。雪濤拍岸懷人遠,丹桂飄香顧影單。應有高情通寶島,豈無逸興佐清歡。銀河耿耿笙歌裏,把酒何時共玉欄。

中秋賞月,呈西湖詩社諸公

一九八〇年中秋

一望平湖碧,秋來興俱豪。月明千里共,潮滿半天高。厚誼金蘭結,幽情玉笛號。神州無限景,得句試揮毫。

哭劉少奇主席

聽罷悼歌淚萬行,十年浩劫感滄桑。心傷報國家何在? 夢繞憂民志益煌！砍地難逃三字獄，呼天唯見兩凶[1]狂。汴梁一夕瑶臺逝，四海遥聞爲斷腸。

追悼焦夢曉院長

一九八〇年四月

杭州大學前身浙江師範學院焦夢曉院長深受師生愛戴。他爲把我校辦成一個有特色的學術中心，奔走呼號，奮鬥不息。1959年，他受到所謂反“右傾機會主義”的錯誤批判；四凶逞虐時，又受衝擊，齎志以歿。值此四周年祭，冤情昭雪，英靈可告慰於九天矣。

風吹一夕錢塘冷，大木飄摇百卉殫。砍地呼天情太苦[2]，挾山超海事非難[3]。十年病退心常壯，四載思公夢不寒。今日東風更浩蕩，英靈含笑碧雲間。

① 兩凶指林彪、江青。

② 焦院長歿時，三呼“一個問題没有解決！”意謂“四人幫”專權横行。

③ 《孟子》云“挾泰山以超北海”，比喻事情不能辦到。焦院長生前力主把杭大辦成綜合性大學，在粉碎“四人幫”後的今天，已成事實。

括蒼山贈陳炳原兄

一九八〇年

小會處州興倍添，相逢萍水一詞仙。紅楓漫谷噴如火，黃菊緣溪舞益妍。詩仰甌江甘遜席，夢隨歙浦着先鞭。自慚垂老鉛刀鈍，卻有豪情學少年。

瞻北京

碌碌浮生快此行，關山入夢故神京。南天瓊島雲濤湧，北國名園松柏青。領導勵精傳電視，斯文獻曝放歌聲。欣看萬馬奔騰日，赢得長征又一程。

憶香山

半月京遊似夢中，騁懷幾度入雲峰。經霜柿葉迎人醉，綉出香山十里紅。

登梁山

梁山想見大王風，一帶霜林映彩虹。月黑撞籌除霸計，風高招鳩替天功。千年世運滄桑變，四海人心兄弟同。今日杏黄重灑處，歌吹四化躍青驄。

嵊縣抒懷

天台峻峨四明雄，亦愛名溪入剡中。修竹蕭蕭沙水白，凍雲漠漠瓦樓紅。放論猶有豪情在，訂交能無俠骨逢。踏遍青山君莫笑，芒鞋還破浙西東。

自嵊返杭再次前韻，答周嶺

深慚霜後説英雄，獨抱寒香摇落中。漠漠凍雲萍水白，悠悠淡日藻塘紅。傳徒羞説剽經去，擊筑欣聞仰秫逢。俯仰乾坤吾自笑，還看黄菊傲籬東。

黄山白雲行

一九八一年仲夏

人説黄山好，白雲處處縈。雲以山爲骨，山以雲爲巾。我遊雲亦遊，我升雲亦升。天低雲既低，暖暖似我情。雲披左右肩，如紗透半明。隨風成飄宕，伴我玉屏行。風度何灑脱，不計問征塵。俯視一縷起，冉冉幽谷生。悠悠上翠巘，飛鏈如白珩。蓮峰去天尺，顧盼更光瑩。猴海浮輕煙，閻壁懸素旌。霎那織裳衣，頃刻擘絮茵。雲山久沉寂，排空忽峥嶸。已賞聚復散，還驚角且争。變化吁無常，目睹不暇迎。萬丈深壑裏，雲帳爲鋪平。千仞險峻山，紗冪失楮撑。摯友在咫尺，泱背迷候偵。撫影跡已逝，唯聞松濤聲。天地成一氣，泰山鴻毛輕。我欲讀離騷，再快遠遊誠。瑶臺求佚女，重訂白首盟。

辛酉春日贈雷錫璋老

雷翁翰墨振詩社，落落襟懷古士風。採石北遊辭舊主，武林南下作冥鴻。十年時憾濤翻白，千載還思葉佐紅。拜手康成砥柱在，名山事業古今同。

拜讀蘇師《辛酉新春感賦》，次韻奉答[①]

湄江浙水兩纏綿，劍氣詩花五十年。瀛海求經傳絶學，播州立雪快良緣。挺身欣挹陷誣後，護校難忘應變前。安得碧梧巢鳳羽，月明常伴聖湖邊。

參加山東大學文科理論討論會雜詩四首

一九八〇年

軟臥輕車北地行，山河放眼盡歌聲。莊生喜作華胥夢，荀子善爲稷下鳴。論學百家崇實踐，談詩千載發豪情。大明湖畔秋高日，盛世相逢心共傾。

玉宇秋高塵卻無，清波喜見湧冰壺。千層雪乳總歸海，萬古源頭不肯枯。壯志人多忘竹帛，豪情我亦愛江湖。觀瀾亭畔閒

① 一九四七年十月二十九日下午六時，浙大學生自治會主席于子三被害於杭州上倉橋浙江省保安司令部獄中。蘇師時爲浙大教授會主席。三十一日教授會召開緊急會議，破例請同學陳業榮參加控訴，宣布罷教，發表罷教抗議宣言，抗議反動政府罪行。余時任講師助教會秘書，聞悉此事。

佇立，澎湃心潮久不孤。

李翁百字[①]盡璣珠，更挹群賢翰墨[②]逾。革命丹心流字裏，詞章大業見茶餘。騷人雅集齊拋玉，末席忝陪我濫竽。四海比鄰咫尺近，明時有幸共明湖。

巍峨泰山擁碧空，參天更見萬青松。曉來崖谷千峰緑，夜去霞空一片紅。漢武封禪[③]成往事，人民創業奪神功。欣看汶上山河美，慚愧無才答上穹。

覺民、家莫賢伉儷，自北美歸國講學，賦呈

飛龍騰駕大洋洲，駿馬賓士萬里遊。杜子入川詩膽壯，賀翁返浙藝名留。胸中焰火山能撼，筆底雲濤志亦酬。愧我雕蟲桑梓老，一簾皓月送春秋。

---

① 李翁百字指上海古籍出版社李俊民社長所吟百字令。

② 群賢翰墨指北京中華書局周振甫編審等所作近體詩。

③ 泰山玉皇頂門前有漢武帝元封元年所立石表，爲泰山上重要歷史文物之一。

悼臺灣大學文學院長方豪教授

一九八二年

驚聞羽化痛人天，别夢如煙淚似泉。遵義曉城聞梵鐸，嘉陵古渡望雲箋。不因湯水蓬山隔，卻有高情遐思連。惆悵楓林今永訣，侍杯難伴聖湖邊。

唐耿良先生説三闖轅門，叱咤風雲，但覺天風海雨逼人，喜而賦此

一九八二年

寸舌吾魂寄，疑逢柳敬亭。飆風吹海雨，妙語挾詩心。叱咤英雄見，運籌兵氣沉。梨洲留舊夢，百載有餘音。

壽姜亮夫教授[①]八十

昭通靈氣老峋嶙，八十觴稱腰脚輕。學衍王章深汲髓，澤流吴越未藏名。丹青供眼循無悶，玉樹餘芳闃有聲。三古竟能移俗眼，卻將四化致升平。

鷓鴣天·特别法庭審奸宣判書憤

大盜林江毒且横，血刀漉漉氣森森。忍聞騏驥黄泉泣，還看驊騮黑夜驚。　　風雷動，顯豪英，審奸今日快民情。從來懲惡首從嚴，薄海歡騰擊節聲。

① 先生雲南昭通人也，爲王國維、章炳麟、梁啓超、陳寅恪四先生高弟子。在江蘇無錫第三師範、浙江師範學院和杭州大學任教。師母陶秋英教授擅没骨山水，女昆武承其家學。1962 年爲杭大中文系獻策，籌古漢語專業、古典文學專業和古文獻專業，稱爲三古方案。今中央 37 號文件，重視文獻，深獲鼓舞。

欣聞盟訊[1]復刊感懷(二首)

一九八一年

罪惡林江駭聽聞，當年冤獄史無倫。捕風捉影飛橫禍，掛牌遊街誣好人。義烏閒吟空悵惘，長沙陳策亦銷魂。遥傷木葉蕭蕭下，只助騷心抹淚痕。

往事漫云掛胸前，秋風一夕换人間。江楓霜後噴如火，籬菊風前舞益妍。百尺樓臺横碧海，四祺事業上凌煙。須知圖治勵精日，獻曝書生有直言。

辛酉暮秋次韻奉答何澤翰教授，贈姜亮夫教授之作

明時共愛惜殘軀，往事暫忘涕淚俱。魚躍鳶飛天自闊，燈幽室邃道非孤。悠悠碧海縈新夢，耿耿丹心崇宿儒。正是芙蓉千里好，長沙一水接西湖。

---

① 盟訊指《浙江盟訊》。“文化大革命”始停刊。

夜夢臺灣回歸祖國兩首

自愧浮生類蠹蟲，風華早歲亂離中。桑榆瑰麗晚霞滿，花草暖烘曉日紅。三愛存心眠未穩，兩明矢志興交融。夢中忽向海天望，歸國雲帆飽似弓。

三島蓬萊欲寄詩，天涯海角惹相思。濛濛碧水煙波繞，冪冪藍天魂夢馳。兩浙難忘凝睇久，卅年應悔憶歸遲。西湖燈火多情甚，說與君知恐未知。

感事

豈有閒情作解嘲，累年杯水未辭勞。吟詩午夜神猶健，放眼青山意欲豪。破格每從空處見，韜光或向病中逃。雪芹門巷車騎絶，未敢隨人學桔槔。

辛酉初冬參加水滸學會，遂遊武漢諸勝

西湖久看看東湖，傑閣長天四望餘。人立琴臺煙水外，情馳鄂渚緒風初。行吟楚澤芳馨遠，座談梁山俠義舒。天遣我爲仙霞客，一橋飛架展宏圖。

寄懷闞家蓂學長[①]兩首

一九八一年

何幸明湖讀綺章，流芳齒頰口脂香。春雲點翠知風格，秋水傳神識雅量。科技高攀君膽壯，茱萸斜插我神煌。天涯從此添新夢，覓得詩魂共主張。

蒓鱸夜宴誦新詞，歲歲相逢亦一奇。圍座湖樓情密密，索居

① 家蓂學長自浙大史地系畢業後，留美爲美國沙拉古斯大學地理學碩士，任美國麻省理工學院助理研究員，臺灣文化學院教授。惠詞《浣溪沙》云："遯跡江湖三十春，此身猶是未歸人，危樓獨眺看行雲。客地不堪秋露冷，故園長憶夢痕新，人間何處覓詩魂。"

賓館夢依依。故園愁聽驪歌起,仙嫒忍聞小恙欺①。回首湘江無限意,明年佇看彩雲飛。

夢杜甫草堂

萬里草堂惹夢思,醒來還讀少陵詩。黎元哀念肝腸熱,書卷長留道義滋。山谷烹詞崇拗削,玉溪練句掇華辭。詠懷千載精神在,一酹寒香明德時。

奉和蘇師步青小萬柳堂詠懷

不爲十億吐雄心,安得人民諦妙音!渴盼九同勞夢思,長懷四化托詩吟。嚴師花港垂教切,良友柳堂相契深。正是江南三月暮,繁花如錦拂遥岑。

① 家冀學長賜示《高陽臺》詞,又讀小恙《自嘲》一詩,奉答寄懷。

春　坐

紅白相間繞郭花，傾城兒女賞春華。舟如雁陣蕩湖鏡，人若鶯飛擁酒家。竹海婆娑忘落日，葛臺浩渺挹朝霞。我閒慣向書窗坐，朗讀焚香待月斜。

詠史三首

曾賞成風獨運斤，堊灰削鼻未差分。惠施一去風流絶，濠上空傷落葉紛。

鳴鶴嘹天九鼎烹，食其意氣實堪驚。忍看行已路塵拜，顧盼留情過一生。

馬踏匈奴氣似山，書生壯志未忍寒。問誰肯下輪臺詔，西望大秦絲路還。

壬戌端午即興

節物心驚鬢欲霜，老來喜見海生桑。湘江競渡情常熱，臺胞縈懷夢亦香。時聽天聲喧海甸，益知政策喜山鄉。榴花照眼神州曉，湖郭晴光瑞氣揚。

西湖詩社端午雅集（二首）

倒流花甲憶童年，駭浪競舟鬧沸天。厭鬼家家懸艾虎，辟邪户户拜鐘仙。歲時猶識古人意，景物終輸今日妍。端午雲稠詩酒會，掃塵好醉畫樓邊。

漱石尋溪欲追陪，榴花照眼水風來。湖光冉冉拂吟席，雲影依依度酒杯。短髮未辭幽夢去，暢懷卻喜絳顏回。端陽猛憶詩人節，千載心傷不世才。

喜讀葉副主席《攻關》

峭壁千尋蕩紫雲,險峰時欲一攀登。激揚文字千秋業,浩淼江湖萬里心。腰健不愁雙鬢短,夜吟彌覺一燈親。攻關偉績慚才少,奮翮還求惜寸陰。

全國紅樓夢學術討論會抒懷

一九八二年

爛熳秋光步滬坪,舟車輻輳挹豪英。傳神共賞悲金筆,析義還訂悼玉盟。浩蕩新知千歲學,纏綿舊意一心傾。會看四海同歸日,快讀紅樓更細評。

壬戌中秋懷遠

飛來逸興伴豪英,秋半西湖待月明。舊雨纏綿蓬島隔,新天浩蕩玉樓清。朱輪倘得轔轔接,華蓋何妨轆轆迎。卻喜桑榆逢盛世,閒將拙句試重賡。

祝馬寅初校長期頤大壽

一九八一年五月

爲祝宗師百歲盈，三千桃李宴湖城。丹心一片朱雲貴，讜議千秋陸贄榮。自昔聖朝多雨露，於今明德見芳馨。武林夜夜深情在，長見台星沏太清。

憶舊十絶

抗戰軍興，余負笈浙江大學，隨校西遷。自杭之桂之黔，凡八寒暑。值母校八十五周年校慶，偶憶舊遊，得詩十絶；非敢云吟，聊以志其鴻爪云耳。

禪源讀書

來青樓上讀書時，聽雨軒中慚夢馳。放眼乾坤三尺劍，等身欲撰滿架書。

蓮峰閒眺

蓮峰倒掛插山腰，翠峥空亭鐵索摇。俯瞰浮雲舒卷處，水杉榦榦上青霄。

宜山筏遊

誰道廣西瘴氣横，宜山我愛乘桴行。一聲啼鴂江天暮，下澗灘頭溪水清。

湘寺紅豆

南山紅豆發新枝，喬木遮天累累垂。誰信孱顔幽壑裏，教人風雨散相思。

播州野興

湘江崗上紅無數，潭有荷花野鷺飛。流水小橋門未誤，踏青看取白雲歸。

宿禹門寺

遠遊濯足樂安江，禹寺松迷渡急瀧。猛憶柴翁歸故里，寫民疾苦對殘釭。

湄江幽情

湄潭煙雨小江南，繞郭屏開一水涵。孔子廟前清興發，月明玩賞樹毵毵。

農場賞芍

湄城四月正豪華，芍藥花開似絳霞。落托未妨多逸興，江湖處處足爲家。

永興説夢

天涯院落雨聲殘，夜説紅樓女淚彈。漫道時危開世網，畫樓獨倚百憂攢。

黔山風雨

風狂雨惡要春歸，落絮飛花亂點衣。地下有人風雨立，蟄龍雷動未聲時。

餘不詩社成立賀辭

漫道詞人騷意多，蟄龍今日起江河。南邊已挹昆侖社，西浙還聞餘不歌。蕙帶荷衣心共結，徽箋湖筆墨同磨。書生觴詠添新夢，莫負韶華石火過。

覺民、家萁學長伉儷自北美寄示彩照賀年，喜賦

一鴻忽墜室生光，喜見故人情意藏。倩影翩翩紅葉下，笑言款款緑窗旁。青天迢遞飛瓊渡，渌水回瀾輕縠翔。但使月明千里共，何求縮地費長房。

春日嘉會書懷

在省政協學習《毛主席給陳毅同志談詩的一封信》座談會上作

西湖佳日集群英，翰墨飛揚老有情。堤上鶯聲聽嚦嚦，窗前柳色盼盈盈。詩才奇特李昌谷，賦筆縱横杜少陵。行見東風飄靈雨，衆芳如海接神京。

祝賀全國科技大會召開

歡會燕京第一逢，抓綱治國建奇功。嶺南桃李迎風笑，塞北梅花映日紅。能摘明珠皇冠上[①]，更尋層子滄溟中[②]。眼前縱有千峰險，飛越關山一萬重。

鷓鴣天·喜詠《西園記》張繼華戀王玉真誤趙玉英事

辛苦真卿半面妝，癡情脈脈總荒唐。一從虚幌憐崔護，贏得新詞説趙娘。　　爐易燼，夢方長，舊愁新恨兩茫茫。惹人最是胭脂色，猶帶玉英袖上香。

---

① 明珠指哥德巴赫猜想，數論中(1＋1)的命題，即每個不小於 6 的偶數，都是兩個素數之和。人們把數論喻爲數學中的皇冠。(1＋1)的命題喻爲皇冠上的明珠。陳景潤已證明了(1＋2)的命題，離皇冠上的明珠，祇有一步之遥了。今舉國上下奮發攻關，將爲四個現代化摘下一顆顆的明珠。

② 層子：在探索物質結構的征程中，由元素到原子，到質子、中子、電子等基本粒子，人們的認識不斷深入，把微觀世界的奥秘，層層揭開。基本粒子，並不基本。現在是打開基本粒子找層子的時代，人們對微觀世界的探索是無止境的。

壽方翁介堪八十

小樓飲水看浮雲,清白傳家豈厭貧。静賞峰巒過户牖,閒鐫金石娱心神。平生久絶彈冠意,海外盡多索句人。盛世相逢情不已,愧無佳什壽詩醇。

哭吴恩裕教授[①]

分袂黯然語未忘,投書泉路悵茫茫。嘔心許國書千牘,咯血撰傳遍大荒。聞笛山陽悲夜永,憶遊織造浴秋光。曹侯若問人間事,爲道劉郎鬢欲霜。

① 吴恩裕(1909—1979)爲撰曹雪芹傳記,遍訪金陵、蘇州、杭州諸織造府。在創作時忽發心肌梗塞症,溘然病逝,哀哉!

施耐庵文物史料考察吟詠（四題六首）

一九八二年四月

興化座談即興

多重史案積如山，書缺有間欲斷難。若問彦端傳水滸，此心猶在信疑間。

梁山演出英雄譜，直筆龍門有稗官。啓後承先民意在，索求何憚路漫漫。

傳説自容存議論，遺碑今喜辨蟲魚①。曾孫世系分明在，莫道施公是子虚。

自興化之大豐白駒鎮道中

黄雲百里破層陰，車歷鹽城暢我心。千頃棉田潤雨足，萬家

① 會上余嘗言及：史家信以傳信，疑以傳疑，與其過而信之，不如疑而存之。興化施彦端，子孫綿延，其名見於出土銘券文字，此信以傳信也。然與纂修《水滸傳》作者施耐庵聯繫，疑點甚多，此所謂疑以傳疑也。至於民間傳説，予以尊重，具體分析，此另一事也。

楊柳護堂深。欣逢牡丹枯枝艷,喜託名堤壯志吟。他日施祠重頂禮,雜花燦燦拂遥岑。

遊大阜花家垜樂聞施耐庵傳説

縠雨駕舟楫,訪施循水鄉。不愁山礙眼,卻喜海生桑。地繞長河曲,蜂圍細蕊香。花家垜上屋,想見著書忙。

游得勝湖繞烏巾蕩歸興化

春日尋芳巾上槎,聯舟暢叙樂天涯。風吹嫩緑飛汀鷺,日照初黄舞豌花。[1] 港汊縱横疑水泊,心潮上下感蟲沙。耐庵鼓棹錢塘返,蘆葉灘頭好住家。

卻寄揚州師院秦子卿兄

二分明月瞻雲煙,一笑相逢欣宿緣。千里舟車奔眼底,百年翰墨訂燈前。白駒未妨豪情縶,興化還將雅意聯。倏忽榴花明似火,相思應落瘦湖邊。

---

① 緑指新蘆,黄指菜花。

小園賞春，見年曆上印黛玉葬花圖，反其意而詠之

莫道春歸花亂飛，西湖三月鬥芳菲。桃花雨後山茶艷，燕子巢時芍藥肥。碧玉欄間披紫蝶，珊瑚架上覆薔薇。騁懷漫嫌園林小，祖國山河盡彩衣。

憶北京吕東明學長①

播州賞雪憶同遊，漠漠寒雲四十秋。執簡我慚無學術，運籌君瞻有奇謀。漫辭要水涓涓繞，卻愛長江滾滾流。今日武林重攜手，湖光秀色换神州。

① 東明學長在浙大西遷時，與余同住遵義四方臺小樓，彼係當時浙大地下黨負責人。遵義據婁山南麓，濱湘江支流要水兩岸，山盤水繞，湘江注入烏江，自四川涪陵入長江。五、六兩句係前所吟舊句。

曹雪芹逝世二百二十周年紀念會在金陵召開

一九八三年

石頭城裏覓紅樓,往事如煙内監留①。鏤骨銘心悲木石,揮毫潑墨傲王侯。稗官已自傳千古,高格定能霑九州。我愛清真承學士,彩虹萬里展新猷。

觀諸暨越劇團《紅樓夢》演出

紅樓一夢豈荒唐?花謝花飛問上蒼。還淚焚稿颦卿死,捉迷撕扇晴雯亡。人間時見風刀逼,天上誰知玉宇涼。潔去精神非污染,浮遊日月可争光。

① 徐恭時先生在江寧織造衙門遺址行宫前小學内,覓得鐫有“内監”兩字牙籤一枚,意爲内務府監造也。

遥奠子泉先師[①]百年祭

一九八七年

蘆溝烽火夢魂驚，回首程門淚欲傾。風雨傳經舟一葉，詩書問字室三楹。恫心拒寇沉沙感，立説新民憂國情。燈下重尋《旬刊》讀，雄文千古振寰瀛。

滿江紅·贈王承緒教授

塔影樓頭，煙柳裏，斜陽濺血。長空望，漫山黄葉，飄風獵獵。天上聲聲征雁逝，江頭滚滚驚濤立。對孤燈，默默訴穹蒼，心弦窒。　　湖上地，嗚鴻泣；天涯路，寒嶂迭。念雲程萬里，百花如灼。依舊江南春夢續，頓教鬼蜮秋魂絶。欣今朝，東海燦霞光，龍虎躍。

① 錢基博(1887—1957)，字子泉，江蘇無錫人。曾任教於無錫縣立第一小學、私立無錫國專、上海光華大學、浙江大學等。

讀黨中央致民盟賀辭

一九八三年

猶憶鴻濛創闢時,同舟風雨耐尋思。紅纓在手鯤鵬縛,碧壘排山羽檄馳。李子嘔心爲彩畫,聞公喋血寫今詩。[①] 長征四化新天地,稽首先賢讀賀辭。

贈日本詩吟朗詠團朋友

一九八一年

極目蓬萊積翠浮,尋詩欣共聖湖遊。藝舟蘭蕙心聲遠,學海風煙情誼留。富士高吟摇綺夢,武林雅意動清秋。銀機他日扶桑路,兩地相思明月樓。

① 李公樸、聞一多兩先生爲中國民主同盟的先驅,1946 年在昆明遭國民黨特務暗殺,史稱“李聞血案”。

杭州市第六届人民代表大會吟詠(五題五首)

一九八一年至一九八六年

一次會議感賦①

山光水色映紅樓,冠蓋雲稠踞上頭。夙仰絲綢開府第,今欣魚米占風流。天堂艷説晴光轉,杭市還看淑氣稠。蘇白才華多好句,詞章未盡聖湖秋。

二次會議抒懷

鼎新革故欣多秋,盛會隆開政績優。野客隨心吟好句,專家着意獻宏猷。風吹紅屋千村曉,浪拍黄雲萬户稠。寄語摩空雙翮士,與君談笑上高樓。

三次會議抒懷

西湖晴日照窗扉,濃抹淡妝變態奇。漫聽黄鶯鳴翠柳,好看紫燕啄香泥。東村共唱長征曲,西廠聯吟增産詩。遠影江城齊瞻望,今時畢竟勝堯時。

① 杭州市政府報告確定奮鬥目標是把杭州建設成美麗、清潔、文明、繁榮的社會主義風景旅遊城市。感賦。

三次會議抒懷之二

每逢嘉會興常奢，歲歲新奇真足誇。浩劫當年空兕虎，歡情此日樂桑麻。江城翠帳千賓館，郊墅紅旗萬户家。一語攻關銘肺腑，功成四化醉流霞。

五次會議，遂登湖濱人行天橋抒懷

西湖百頃賽瑶池，鶯囀夢回合賦詩。堤柳已舒青帝眼，瓶花將染紅梅枝。樓臺錯落如星布，仕女蹁躚有異姿。閒倚天橋高處望，車龍馬水撩人思。

西湖漫遊四首

玉泉攬勝

九里松前破曉煙，春風吹我到林泉。游魚競食晴空雨，流鶯亂啼葉底天。溪閣冷香時襲襲，山徑翠影欲翩翩。憑欄不覺韶光换，尚有閒情學少年。

登玉皇山

獨上層樓縱遠觀，幽懷此日眼中寬。濤吞浙水吴相怨，雲靄嚴陵漢士傳。千里飛鴻情猶熱，百年慧業夢非寒。退脩初服吾將返，呼酒讀騷淚應乾。

西湖漫興

市肆青山四望賒，琉璃百頃夕陽斜。崇樓回閣旅遊館，小艇雙輪兒女花。歌嘯時慚詩味少，疏慵深感友情加。好言明發紅蒸上，還賞鴻鳴飛落霞。

西湖秋暮

木葉蕭蕭下，不傷湖上風。眼隨孤鶩遠，心逐夕陽紅。顧盼流光失，纏綿情意同。襟懷多少事，閒步小橋東。

大連眺望

一九八五年

漁人如入桃源路，巷陌縱横紅屋連。園倚青嶂居闤市，帆航碧海浴輕煙。終軍破浪難爲水，祖逖揮鞭不記年。賴有閒情能坐嘯，棒棰佇眺遠山天。

永遇樂·次韻奉酬湖南大學譚修教授

澤畔行吟,秋蘭爲佩,誰賦同調。苦竹蕭蕭,煙波上下,欲向寒江釣。閨中邃遠,寒窗寂寞,先生莞爾而笑。數天涯,古今才士,幾回掩淚憑吊。　　良朋自遠,殷勤存問,招手頻頻喚叫。嶽麓鵬程,書生意氣,文運吾能料。苔岑相契,嚶鳴相應,欣看曙光同照。欣來歲花團錦簇,雲飛水繞。

嶽麓雜詠九絶

嶽麓新聲彌足珍,風人高唱見情真。朗吟大地浮沉句,豈是遺音逸韻陳。

登蘋騁望大江濱,極目岑陽覺有神。會聽歌詠長島上,今詩倘許屬今人。

風騷半自楚江濱,弦外空中佳句新。秋菊春蘭終不絶,江山代自有傳人。

詩壇久已感珠沉,忽聽蟄龍動地吟。一册雲箋飛海宇,神州能笑少知音。

風雨千秋暗故園，瀟湘斑竹有啼痕。紅霞自睹百重起，我酹寒香傾一尊。

晚亭紅葉欲侵天，千里來遊欣宿緣。我本江南詞客舊，卻搔短髮試新箋。

比起山花紅更燃，霜林層染鬥春妍。分明肝膽照人醉，忘卻衡陽雁陣天。

座中耆舊善裁辭，叔度汪洋是我師。此後天涯同一夢，各拋紅豆説相思。

楚人夙昔羨多才，田子風流見別裁。十日平原醽醁在，天風吹夢壯懷開。

南嶽雜詠（六題六首）

題祝融峰

浩瀚天風萬木摧，祝融峰上吼如雷。無垠霰雪霏霏下，尚有僧人步石苔。

題摩鏡臺

巨嶧摩空出鏡臺,祖云何處着塵埃。如何擲鉢傳宗派,亦避深山虎兕來。

題卓錫泉

虎跑卓錫潄清泉,神話偏傳古泐邊。心外指稱無一物,緣何法力駛雲煙?

題福嚴銀杏

福嚴寺幽歷壑尋,六朝銀杏踞高岑。新枝驚看盤根出,想見衝天百畝陰。

題石鼓書院

石院無存逸韻留,層樓雄踞合江頭。問詩若動山河興,應憶寒秋橘子洲。

題船山書院

屈指行吟抱獨醒,薑齋心事釋騷經。衡山正氣粲然在,稽首湘靈又嶽靈。

嶽麓詩會次韻奉和霍松林教授

讀騷我亦夢瀟湘，垂老來遊鬢未蒼。悱惻首崇高格調，芳馨常愧拙詞章。春蘭秋菊終無極，衡嶽洞庭未許量。詩運已隨時運改，韶山紅日邁三唐。

贈中國社會科學院虞愚教授

徘徊隨物與心連，一鵲初晴噪字妍。更愛公書張黑女，長沙莫逆欣萍緣。

次韻酬答陸老稚游

一九八四年

仰公翰墨譽名都，曉入三湘夜入吴。驛外詠梅承一陸，江邊頌橘賞千奴。西湖寺畔慚無白，北社樓頭羨拜蘇。一語風流同肺腑，投師泥首不糊塗。

題陽波閣懷人詩（二首）

花落花開暗自驚，練帷長夜薄寒生。誰如情重陽波閣，寫盡回腸風雨聲。

一別君家忽十春，暮雲江樹久懷人。年年夢繞桐村裏，情誼敢攀伯仲親。

題靈棲洞①

靈棲久閟璨宫秋，輕轂同來快壯遊。細瀉銀河飛石瀑，高擎玉筍映瓊樓。洞天垂幕驚奇變，潭水餐花激異流。仙境漫誇心目眩，武陵欣已遍神州。

---

① 靈棲洞天在新安江鎮西南，由靈棲、清風、靄雲數洞組成。唐李頻詩："石上生靈草，泉中落異花。終須結茅屋，向此學餐霞。"洞内石筍、石乳、石柱、石花、石幔千姿百態。盛夏寒不可禦，入冬霧氣靄然。潭水清澈見底，洞壁琳琅滿目。再經整理，數洞相連，漫步而入，泛舟而出，則山水風雲，渾成一體矣。

題新安江山水[①]

新安江口好山居，浮氣晨煙畫不如。七里回環飛遠鶩，雙臺秀峙瞰翔魚。穿林已挹蟬韻美，逭暑還窺月影奇。寄語瀛涯濠上客，歸來灑墨賦新詩。

題晴淑軒集（二首）

倚雲踏海琢新詞，異域情懷華筆滋。吟到瓜州心事湧，蠻箋幅幅盡鄉思。

瀛海書傳喜不勝，撫箋如對玉壺冰。好詩洗我雙塵眼，牖下自慚白髮侵。

① 七里瀧舊有"有風七里，無風七十里"之謠。夾江兩岸，群峰回環，一水縈帶。千仞峭壁，百丈飛瀑。臨江卓立，向谷空懸。今新安江建築水庫，波流浩瀚，水位徙高，已不如昔之險峻矣。嚴子陵釣臺，在桐廬富春山上，下瞰江水，高八百級，東漢高士嚴光（字子陵）祠堂在焉。

讀馬國均兄《八仙歌》[1]感賦

慣於海外見雄姿,月下朗吟故國詞。雅愛不辭雲水隔,歡情卻在鬢霜時。濤飛瀛海詩思壯,夢繞莎莊[2]驛遞遲。“忍待江南蓮熟日”[3],跫然空谷散相思。

題河南省湯陰縣岳飛紀念館

湯陰偉業豈沉淪,傑構飛甍氣象新。克敵一生惟報國,含冤三字竟成仁。昔年金像[4]嗟難覓,此日椒漿欣又陳。高唱滿江紅未罷,千秋野哭有黎民。

① 《八仙歌》吟浙江大學以劉丹校長八人爲代表團赴美事。

② 莎莊爲北美校友會之所。

③ “忍待……”用馬兄原句。

④ 宋孝宗知岳公冤,以金鑄像。

無 題

横絶蒼冥幾歲年,雲鵬隻影背青天。俯瞪魚鱉跳波出,閒瞰犬羊結隊妍。漫道秦臣愁説馬,應知漢獵戲圍田。隋珠楚璧連城寶,失笑當時值萬錢。

通俗文學工作會議吟詠(四題五首)

赴太原途經娘子關

飆輪倏忽度雄關,回首孱顔碧落間。車迭穿巖經險地,人閒覓句憶狂瀾。讀書未破三千卷,觀日慚登十八盤。莫謂平陽千歲遠,西行欣見萬山丹。

通俗文學工作會議在太原召開

并州飯店悦清涼,千里來遊情意長。敞廳高腔洋盈耳,幽窗絮語蕩回腸。謳歌今賞巴人誦,綢繆古登大雅堂。應識藝家天地闊,會當通俗誦詞章。

三晉雜詠

瀟湘去歲片雲還,長島歡情縈夢間。兩鬢未霜千里客,輕車今又上臺山。

年來山水喜殷勤,幾度崇嶺瞻譎雲。唐塑漢碑開眼界,庶知多士奏功勳。

自三晉返杭,誦忍齋吟稿,漫題

情辭錯落意新奇,雨雨風風無不宜。浙水千巖思雋永,泰山一頂憶雄姿。漫吹玉笛尋詩侶,好駕飛龍載酒旗。聞道詩成刊有日,慚無佳句報相知。

題江蘇鹽城陸公祠

雷驚電掣百年過,此日神州樂事多。夢裏論交幾寂寞,醉中呼劍莫蹉跎。已傷落落文山淚,卻憶蕭蕭易水歌。重振清芬關世運,淋漓正氣壯山河。

朱宏達兄邀賞越南所移曇花

未涉諒山地，欣看葉上花。瑶枝沾雨露，玉蕊拂雲霞。細嗅天香發，静候月影斜。主人閒雅甚，愧負睹芳華。

紹興快閣懷古（二首）

貔虎從軍大散關，掃金壯志斗牛寒。可憐金鼓長安近，衰草連天劍閣還。

寒食清明已到家，輪臺有願志全賒。行吟卻向西村去，水復山重送客華。

省政協赴麗水調查，遂遊南明山，與雲海兄絮語紅樓(三首)

一九八四年

南明山色景清幽，麗水同來亦快遊。發議輸公肝膽見，讀書愧我稻粱謀。甌江橋上藍天闊，聽瀑亭前韻事悠。閒倚朱欄銷暇日，紅樓絮語得相酬。

布衣一襲付乾坤，涉世常思名實存。千里山光奔眼斂，半生心影鍛詩魂。難酬知己詩三首，欣值主人酒一樽。自發狂言論學術，敢敲鼉鼓擊重門。

括蒼調查動高吟，指標再翻發大音。共策奇勳思講座，勉膺新命冀官箴。移山全仗愚公力，化雨難忘報國心。甌越從來多俊傑，風華此日主浮沉。

重遊梁山抒懷

崗巒積翠起層臺，爲愛英雄千里來。故泊揚靈迷遠目，山風吹夢揖奇才。及時今日欣多雨，衛口當年激似雷。躑躅斷金亭下路，虎崖還望畫堂開。

鄉　思

家枕太湖岸，當窗即釣磯。青春輕遠别，白首阻難歸。遊學慚非達，著書悔已違。浮生簫劍在，何處説忘機。

調寄浣溪沙・於美學長闊别四十二年矣，甲子暮秋歡聚於杭州

聚舊何妨話片時，玲瓏常誦月明詩，青天不見淚如滋。
舟海鳶飛新夢遠，竹簾語細繫絲遲，人間難得是相知。

浙江籍古代作家會議在永康召開（二首）

一九八四年

五峰環峙挺雄姿，懸瀑回流稱一奇。巖下論文添末議，樓頭縱酒漫裁詩。騁懷上下千年選，述學東西兩浙宜。聞道龍川豪氣在，蹉跎深悔讀書遲。

雲雷風雨十年過,此日神州樂事多。嘉會頻頻傳笑語,青山處處聽謳歌。伊人常憶蒹葭水,玉宇遥看瀲碧波。重讀龍川埋雪句,淋漓元氣壯山河。

遊方巖後山

一九八四年十二月

方巖在永康縣城東五十華里處,覗形大柱,拔地而起。纖雲飛渡,天門聳立。造巔,俯瞰村落遠峰,盡收眼底。廣慈寺在焉,金碧輝煌,香煙繚繞。余尤愛後山幽僻,中藏深谷,溪壑相連。有坊題曰:蓬萊仙境,洵不虚也。

雙澗橋西十八灣,蓬萊仙境異人間。松林靄靄勞迎送,石徑悠悠好往還。幾樹輕煙紅葉亂,一亭修竹白雲閒。老來欲抛塵思慮,坐對寒生影裏山。

大華飯店禦寒雜詠三首

半角西湖變幻奇,嚴冬晴雪照窗扉。兩堤夜色珠璣燦,孤艇晨熹翠羽飛。境闢漸知詩浩蕩,情綿常憶夢依稀。故人相見應相識,俯仰乾坤一布衣。

冰消雪霽迓春歸，坐對湖窗望欲迷。似聽黄鶯啼暖樹，好看紫燕啄春泥。江南正奏長征曲，塞北聯吟四化詩。廉頗老休猶健飯，餘生何幸正明時。

碎步湖濱仄徑微，枝寒未礙水侵衣。風停波漾游船暖，雪霽梅開旅客熙。王粲登樓羞作賦，范公覽物好吟詩。斯人一語鞭天下，後樂纔知景益奇。

詠史絶句四首

酈食其

伏軾下齊七十城，胸中意氣尚縱横。可憐才大難爲用，談笑之間九鼎烹。

賈　誼

鑄錢郡國出輕重，酷吏張湯法已窮。太息賈生傳七福，只憐文帝耳邊風。

鄭　玄

師説西漢家學東，五經博士道傳隆。抱殘守缺成支離，融會纔知後鄭功。

阮　籍

一樽了卻君王事，漫向親塋血淚傾。阮籍猖狂肝膽在，詠懷猶見寸心明。

奉和朱老玉吾新春吟詠（二首）

潑墨淋漓淑氣回，荷花池畔即蓬萊。陽春未必和彌寡，一柱中流九派開。

不虞求備皆知己，一卷丹青歷苦辛。魚躍鳶飛新境界，裁箋好寫萬家春。

悼何老思誠委員

澡雪聰明自絶倫,方家喉舌性情真。校書不放魯魚誤,涉世偏教道義尊。覓句丹心期報國,蒔花雅意樂良辰。誰知湖上春寒重,風雨燈昏哭故人。

春日柬徐丈曙岑

何日安車禮士師?雄談長揖鬢如絲。濟南女授尚書學,高密婢知雅頌詩。竹榭孤吟緣淡泊,梅花閒掃亦清奇。武林草緑能迎客,修禊正逢中興時。

第三届《水滸》學術討論會抒懷(五題六首)

一九八五年八月

遊山海關

嘉會存知己，又逢渤海厓。好懷新境界，擺脱舊安排。三打奇勳在，百將豪氣諧。梁山遺典則，凝睇水之涯。

皓首饒遊興，追涼渤海灣。開襟天地闊，濯足水雲間。浩瀚煙迷堞，峥嶸浪叩關。欣看明月上，勝境許躋攀。

山海關

倚山臨海有嚴關，烽堞縈紆碧落間。最喜清和歌舞日，騰飛今不仗泥丸。

老龍頭

滄海騁懷秋正驕，心田我亦驅如潮。遥知嘉峪隴雲色，起自龍頭百丈嶢。

秦皇島

求仙鞭石本荒唐，何事秦皇費主張。今日秋風蕭瑟處，漁舟點點立蒼茫。

孟姜女墳①

尋夫萬里漫云勞，衝擊何妨立海滔。石爛海枯心不易，唤來雨泣與風號。

竺可楨研究會舉行於浙江賓館，喜逕國均學長

一九八五年十一月

天涯一别夢魂牽，今日相逢眉欲顛。遵義鷄鳴風雨晦，瀛州日暖水雲妍。銀機幾度經滄海，壯志千秋媲昔賢。正是江南蓮熟日，弦歌重奏聖湖前。

① 老龍頭爲長城起點處。東海中有兩石：一石聳立，一石如丘。傳説聳立者爲孟姜女立像，宛然者爲孟姜女墳。日受海潮衝擊，獨立不移。令人肅然起敬！風號雨泣，蒼天亦爲之悲憤也。

送國均學長返美

金牛湖上送飛鴻，欣看彩雲西復東。冠带峨峨非瑣細，江山巋巋益峥嶸。明朝好拂崦嵫日，今夜猶聞爨舍鐘。莫謂流年如逝水，豪情千古塞鴻濛。

寄懷北美國均兄

束髮相逢早，天涯訪晤遲。同窗驚舊夢，顧問瞻新姿。西屋高君詠，南山閎我簃。長空欣搏擊，求是復何疑。

新疆吟草(三十題三十二首)

一九八六年九月八日至十月二十日，應新疆博爾塔拉州師範之邀，前往講學。

江南好・飛機視窗俯瞰天山雪景

天山俏,雲下見崢嶸。蠟象原馳呈潔白,銀蛇山舞密縱横。秋日雪空明。

抵烏魯木齊

爲抒豪情西域行,玉門西去又千程。雪山重疊千峰下,一笑機窗四顧明。

點絳唇・遊烏魯木齊紅山市場

西域暢遊,烏齊市肆睹新貌。陽光煦照,緋女逢人笑。
咫尺天涯,山海相依靠。西域俏,雨順風調,顧盼絲綢道。

遊紅山訪閲微草堂

點翠飛紅上草堂,公何憔悴草何芳。消磨莫謂浮生盡,我欲尋根問上蒼。

阜康道中

阜康古西域,我來客路賒。中天懸白日,萬里走黄沙。

石油頌

茫茫戈壁灘，飛鳥運驚寒。誰識藴珍寶，石油積似巒。

游天池

石門天下奇，歷險陟天池。池水如藍緑，香山惜未知。

天池抒懷

七十猶能西北行，瑶池入眼玉樓清。西王母宴馳神處，千載白雲繫友情。

去吐魯番道中

紅日昆侖嫋嫋風，天高雲淡見秋鴻。此行踏遍陽關道，東返還期入洛中。

火焰山眺望

紅雲火焰山，燒盡人間寒。不怕流金石，只愁等閒看。

吐魯番賓館觀新疆維吾爾族舞蹈

葡萄架下舞蹁躚，弄目撼頭緋襖妍。急雪行雲無暇接，夢中猶是扣心弦。

抵博爾塔拉州

戈壁茫茫葉落秋，紅妝翠蓋卻風流。斜陽淡淡牛羊下，芳草天涯到博州。

博州即興

飆輪倏忽即西天，古杭烏孫路萬千。明月一窗新夢後，猶饒餘興入詩箋。

新疆博樂州師範班會即興

朵雲何妨落天涯，戈壁藍天志未賒。不是更生更有興，天山會看雪蓮花。

中秋赴會，歡聚博州統戰部、政協領導

天山腳下度中秋，好御長風上玉樓。眼底精神非碌碌，夢中心事益悠悠。補天欲借媧皇石，移蓿還師博望侯。聞道弇山王母宴，餘情千古足風流。

烏孫攬勝

山川萬物在天涯，攬勝烏孫願可誇。正是秋風蕭瑟處，好揮彩筆寫流霞。

昆侖頌

昆侖茫茫接天高，繁衍炎黄百代豪。懿歟摇籃西域是，黄河不愧大爐號。

曠宇晴空有宿緣，天山秋月影娟娟。奇情欲追羲皇上，磊落襟懷萬慮捐。

揮　蠅

晴窗秋蠅亂如雲，揮去又來擾我神。一笑清平乾坤界，尚餘小丑弄芳塵。

賽里木湖懷古

百里浄湖一鑒開，下車冒雨又徘徊。直言我愛洪亮吉，每讀遺詩淚滿懷。

雪峰倒影記真人，豈是終年玉璘珣。十月梨花如席大，雪綫失據獻疑陳。

遊惠遠鐘鼓樓

曉寒百里絮雲開，點翠飛黄上壁苔。一路聽歌兼遠眺，雪峰送我惠樓來。

將軍府懷古

赫赫將軍府，綿綿伊犁河。天聲震禹域，壯士夜荷戈。

惠遠故域懷古

日下廢墟炮眼開，故城河畔一徘徊。戍邊我仰雙賢士，十萬牛羊惠遠來。

伊犁公園瞻仰烈士墓

雨露陽光黨最親，民吾同胞一心陳。飛機失事催人淚，換得山川萬木春。

皇　渠①

宴罷峪關辭玉樓，冰河入夢亦優遊。荷戈猶向天山笑，皇渠綿延塞上秋。

博州州委吴耀成書記宴

伊犁今無謫戍歎，博州萬里夢魂安。鹿鳴一宴周行示，艾比兼葭放眼看。

① 皇渠，林則徐綿延伊犁河所鑿渠也。

自博樂返烏魯木齊

凌晨揮手結深情，遺塚烏孫一探尋。磧裏驅車千百里，烏市燈火已黄昏。

宿烏市博爾塔拉州辦事處

漫道新疆一片沙，人來共話好甜瓜。夜深烏市橋亭坐，歌舞樓臺起萬家。

過玉門關

古言生入玉門關，我道關山只等閒。神寄光天化日下，心遊浄海雪峰間。亭林利國無詞筆，文襄治疆有笑顔。曾向霍城高處立，牛羊茸草正闌干。

遥望嘉峪關

戍樓屼嵲見三重，卻喜崇墉久息峰。入眼山川騰壯志，縈懷吟詠愧詞鋒。桑榆非晚紅霞滿，道誼長留碧草濃。形勢河西風物美，清時爲我賦行蹤。

新疆歸杭卻寄新疆師大周東暉兄

曾登哨所最高樓，大漠孤煙望眼收。躑躅天山留一笑，北疆去後我風流。

西安旅遊吟草(四首)

一九八六年十月廿三日、廿四日

迎面秦陵積土山,泉臺坑俑弩猶彎。龍輿我仰周陵美,放牧桃林雲自閒。

茂陵山色紫霞新,憶擊匈奴倍有神。今日天翻兼地覆,漢蒙勝似一家親。

西安馳驅勝蓬萊,尋勝乾陵亦壯哉。多少人流紅葉裏,拜天可汗上瑶臺。

遊人顧盼誦瑶章,飛燕殘妝句尚香。傾國從來怨女子,不知權衡在君王。

敬祝孫庵詩老八十大壽

天南松柏歲寒身,欣仰明時耄耋人。種杏一林傳甲乙,滋蘭九畹紀庚寅。神州詞苑名垂久,魯殿靈光道益真。閱盡滄桑存魏晉,桃花源裏樂精神。

教師節抒懷

辨騷明詩夢未迷，護花猶願作春泥。詞鋒無恙肝腸寄，硯水多情心血題。遠瞻神州光粲粲，放懷藝苑草萋萋。才疏自愧傳薪少，卻愛芬芳滿舊蹊。

病　中

伏枕已多日，寒窗漸向明。桃綻欺宿雨，柳翠憶流鶯。淡泊人屢棄，纏綿夢自驚。漫吟簫劍句，一笑付浮生。

贈張國光教授

水滸武昌張一軍，墨分左右識清芬。唱經蒙恥名流久，掃卻浮雲令譽聞。

浣溪沙·春寒

做冷欺花逐水雲,新來晴淑未分明,幽窗尋夢夢難成。石火流光争一瞬,山茶吐艷欲初春,階前空翠一簾横。

宋景濂同志在香港演奏江南絲竹

飛指騰雲藝軼群,思賢一曲頌清芬。江南逸韻留香久,從此簫王海外聞。

菩薩蠻·答北美賓州國均學長

春風迅逝驚秋至,片雲忽墜開襟喜。詩筆露華濃,故人情意重。　賓州迷遠浦,愁緒成千縷。别夢太悠長,天涯何處鄉。

附馬國均原詞:

敬和操南學長

久客常爲物候牽,論文何日聚華顛。石經斑駁君能解,微率精微我識研。不是今人偏好古,非關老大始尊賢。求真求是千秋業,代遠芬芳似目前。

金牛湖畔宿冥鴻,樹蕙滋蘭九畹東①。白首重逢悲契闊,青衿作伴憶峥嶸。曾隨宿夕窺牛斗,喜共南屏聽晚鐘。酒醒明朝在何許,機窗回首霧濛濛。

題阿育王寺

聞道育王願力深,萬千舍利秘叢林。談禪静院明窗坐,訪古幽徑素壁尋。水陸已舒三界眼,詩吟欲寄九天心。非相恣欲俱無益,卻愛山泉浄俗襟。

遊天童寺

天童古刹四明隈,百劫未灰寶殿開。十里松風浮翠緑,一天法雨灑莓苔。禪宗每顯非相理,塵世久傳闢佛才。卻愛叢林深意趣,臨行幾度又低徊。

① 曾於深夜隨操南兄觀星宿於遵義老城橋頭,故云。

四明山謁烈士碑

四明水色碧天浮，千里我來豈壯遊？不是蓬門霜戟怒，哪能翠幄睿圖酬。緑蓑江上秋傳帛，翠竹叢中夜擊仇。① 拜罷英雄辭墓去，深慚後樂合先憂！

卻寄寧波徐季子兄

雲山遥望各東西，積愫胸中幾話題。每撼洞明驚異代，卻憐崇抑欲相齊。文心慷慨君能擘，詞論淺深我尚迷。重讀雕龍情不已，知音何日醉中攜。

① 在四明山革命紀念館中猶見僞裝傳遞消息之蓑衣與竹簍。

李公樸、聞一多兩烈士殉難四十周年祭

一九八六年

展眼乾坤更九州，八年離亂湧心頭。休養誰恤生民願，聯合終爲社稷謀。拍案豎臣迷貔虎，驚心烽火照田疇。男兒不灑悽遑淚，碧血長留浩蕩秋。

舊雨重逢，喜贈費在山兄[①]

一九八七年五月十三日

小别無妨二十年，峥嶸舊夢未成煙。何期夜雨聯床話，縱談歌詩翰墨緣。

① 1962年費在山兄在湖州王一品筆莊任副經理，余去湖州采風，翰墨生緣。25年後在省政協五屆五次會議上重逢並同住一室。

中華詩詞學會成立大會抒懷

一九八七年五月三十一日

銀機再度上神京，萬象騰飛客自驚。雲寺石經開法界，扶風佛骨闡幽明①。放懷海峽豪情寄，縱談風騷笑語傾。正值龍舟争渡日，朗吟聲裏見升平。

機上俯瞰合肥，次日遊逍遥津

一九八七年六月

空濛淥水紫山斜，一片雲煙藏萬家。奇絶逍遥争戰地，環城蘿帶灼榴花。

① 會上趙樸老謂佛家不主張偶然論，雷音洞石經、法門寺佛骨的發現，俱爲盛世因緣。

秋瑾烈士八十年祭

一九八七年七月十五日

風雨鷄鳴黄海舟,排空濁浪滚心頭。遠遊仗劍靈均哭,興學看刀社稷謀。豈是詠詩豪興發,總爲報國寸心留。軒亭碧血成千古,正照神州改革秋。

寄　遠

一九八七年七月

臺灣遥望入煙濛,咫尺天涯一水通。吴主峥嵘傳驛使,良朋繾綣盼飛鴻。韶光冉冉秋將至,心事悠悠夢未空。吴子西河多少淚,堂堂想見古人風。

西泠吟

西泠非復舊西泠,一枕雲山四照青。多少看天騷客意,風來淥水散芳馨!

省政協詩書畫之友社成立周年述懷①

石火流光瞬一年，庭前木落即秋天。燃藜冀發藏山志，結社喜締報國緣。望裏湖山通海島，夢中友侶嘯林泉。靈犀一點光明在，敢棄豪情忘薜箋。

題沈祖安《劉海粟存天閣談藝録》（二首）

一九八七年

潑墨黄山九上奇②，大師溪壑大千知。水粉蓮瓣芳心潔，油彩梅花鐵骨姿③。欣挹中西開境界，逾知聖哲邃微辭④。寰球共睹新傳快，南海⑤碑高百世垂。

---

① 浙江省政協詩書畫之友社成立於 1986 年 9 月，余任副社長。

② 海粟九上黄山，用傳統潑墨技法，作“黄山奇觀”，飲譽中外。

③ 海粟用西洋畫顏色入畫，有畫荷與梅巨幅，融水粉、油彩於一爐。

④ 海粟在“四人幫”垮臺後，恢復名譽。

⑤ 海粟近爲康南海師立碑。

又一絶(贈沈祖安)

詞采風流喧海闐,洋爲中用着鞭先。仰公風雨龍蛇筆,翰墨丹青一代傳。

春雨有懷(二首)

漫憶兒時氣如虹,老來小圃播秋菘。花朝過後無花訊,回首湖山煙雨濛。

連日樓臺月色朦,枝頭楊柳蕩春風。卻憐緑萼遥山裏,依舊暗香疏影中。

迎戊辰年詩人節並賀紐約四海詩社及臺北春人詩社、綢溪詩社締盟(二首)

海山仙閣出群才,奕世欣逢禹域開。咫尺天涯明月夢,溯游宛在玉人來。

墜情飛想詣天涯,帆舞三山帝子家。欲拜詩魂知冷暖,幾時龍井細分茶!

贈凝趣軒畫廊葉玉超先生唐璧珍女史(二首)

趙管詞華曠世才,江南草緑鹿鳴開。三山未許天涯隔,帝子乘風破霧來。

凝趣風雲自立門,浮遊蟬蜕庶爲尊。海天萬里江南路,記取詩魂與酒痕。

憶彦威師①

播州立雪許程門,記取心魂與淚痕。漫道因風花粲粲,浮生愧已負師恩。

① 繆鉞(1904—1995),字彦威。余在國立浙江大學受業之。

《靈谿詞説》[1]讀後有感（二首）

吹嘘結派意難新，要眇宜修賞最真。附件[2]緣何誇一代，深慚攻錯玉堂人！

德行冰繭[3]自堂堂，太息髯翁軼事揚。千載詩騷風氣在，辭微志潔托芬芳。

杭州中東河

回首兩河數十年，喧闐燈火倚窗前。柳邊放筏嚴灘月，水上賫糧瓜渡煙。不信淤泥雙水斷，終排濁穢萬家妍。千樓行見摩天起，笑向人間説逝川。

① 《靈谿詞説》爲繆鉞教授與葉嘉瑩教授合著。

② 邵全聲兄謂：《唐宋詞人年譜》，衹是詞之附件耳！緣何誇爲一代詞人？《詩詞散論》《靈谿詞説》則入室升堂矣！彦威師高風亮節，論詞可不論人品乎？在此世風澆漓之日更應以人論學、論詩、論詞也。

③ 《冰繭庵叢稿》爲繆鉞教授的論文集。

祝賀濟南詩社成立暨《濟南詩詞》創刊(二首)

漱玉天風帝語思,稼軒磊落饒奇姿。何如海晏河清日,拭目朗吟歷下詞。

風騷芳澤繫詩魂,萬古源頭最可尊。濡沫相須酬素志,正緣横笛酒懷存。

題《夜珠詞》①

芬芳曲徑女兒嬌,天語三山孰比高。化作明燈光照遠,夜珠詞集一時豪。

① 《夜珠詞》爲茅於美教授 1940 年代的詞集。

新加坡舉行紅樓夢文化藝術展，敬詠兩絶，録呈穎南先生粲正（二首）

傳紅刻翠寫新聲，海外聞吟未了情。離恨有天君莫問，花前慧業已三生。

美人生長有情天，各門芳菲景物妍。我愛詞家高格調，星洲争湧出新編。

雜詠三絶

枚臯倚馬點無成，《七發》於今負令名。未賞秋庭黄葉滿，懸崖猶愛早梅馨。

南宋鳳山三十殿，商丘往事似雲煙。蘄王策蹇西湖上，逋老種梅淺水邊。

閒誦史詩冤殺多，侍郎排議壯山河。緣何硯海明窗下，卻見風微亦起波。

《三國演義》學會在襄樊舉行，詩以記之

（八題十六首）

一九八七年十月二十六日至十一月三日

南征曹瞞綉旗紅，一笑下書會獵雄。禮樂已寒劉表膽，漁陽卻聽鼓三通。

功蓋三分矢藎忠，南陽管樂仰英風。片言徐庶千鈞力，贏得茅廬一卧龍。

奔走蒼皇數十年，回思王業似雲煙。隆中一對三分定，會識聯吴策最先。

綸巾羽扇擅風流，舌戰群儒踞上游。展眼三分天下計，荆州借罷入川謀。

側目曹軍蒲圻潰，鄱陽操練久知聞。大夫獨饒安邦策，帷幄能無諸葛君？

入幕孔明吐屬芳，豫州漢胄自堂堂。江東叱咤能人在，寶劍何妨出尚方！

赤壁樓船蓋世雄,周郎一炬此前功。樓頭目送飛鴻去,太息聲聲計亦窮。

華容一道夢魂驚,笑煞周公吐哺名。鸚鵡州頭江水白,教人辛苦説禰衡。

去武當山,過丹江口

晴川歷歷古來同,石壁於今俯碧空。天入丹江三楚闊,白雲翠柏送征鴻。

遊武當山,時值夜雨,幽壑萬丈,白雲煙樹,四顧茫然

飄然布履入仙門,一柱擎天帝子尊。勢撼泰華群嶺伏,氣吞岷峨衆湫存。鳴泉似聽驚雷起,飛瀑還憂夜雨喧。欲覓青鸞無信息,山行處處白雲屯。

詠古隆中

躬耕隴畝待時起,不遇何如抱膝居?顧盼巖阿多少士,幾人三顧出茅廬!

訪米公祠

煙雨濛濛何所之?襄江水北米公祠。法書環壁龍蛇走,恍憶當年拜石時。

題珍珠塔彈詞

夙聞珠塔出襄陽，何事姑娘罪玉郎。蘇白彈詞神太似，只爲塵世有炎涼。

夜觀豫劇喜贈

書館相逢意氣豪，綉樓路祭挾秋濤。梨園事業君知否？豫劇於今見鳳毛！

遊龍門①

遠遊河洛涉孱顔，踏遍龍門古寺山。一笑如來蓮座上，緣何嫵媚惑人間？

遊白馬寺

白馬馱經年復年，中華歲月自綿延。大千世界開新界，禱祝心田種福田。

---

① 龍門石窟唐刻循則天皇帝玉容開鑿，駱賓王《討武曌檄》謂："狐媚偏能惑主！"余未敢唐突，采其意，易狐媚爲嫵媚耳。

旅湘雜詠(六題八首)

一九八八年六月

戊辰端午節詣汨羅江吊屈原,哀樂繼之

江上汨羅競渡開,滔滔莽莽有餘哀;椒蘭齊説翻新樣,憂國幾人吊楚才!

端午龍舟千歲過,騁懷雅集樂如何?靈均若會詩人節,一笑天涯芳草多!

玉樓春·端午節次日詣洞庭南湖觀龍舟競渡

洞庭湖上舟無數,鑼鼓喧闐無定住。雲旗逶迤百花臺,蘭枻翔飛五月雨。　大夫披髮歸何處?女嬃如將離恨訴。凝神極浦望多時,鼓棹齊争滄浪去。

岳陽樓上讀范文正文①

燕然未勒意難平，宋室藎臣歸子京。不畏浮沉思落日，卻將憂樂慰離情。排空濁浪騷人淚，酌酒吟詩學士行。覽物休爲風景異，江湖廊廟挹清聲。

岳陽樓前澤畔望君山，惜無緣渡也

我來萬里叩湘靈，草木無聲風撼鳴。渺渺君山無限意，愁予何以慰離情？

自傷無狀賈生淚，澤畔行吟屈子心。木落洞庭千歲後，空勞遺佩夢中尋！

六月廿四日於長沙太平街太傅里訪賈誼故宅

幽情太傅故居尋，兩井依依訴古今。一殿幼兒芽學語，好傳三策治安心。

---

① 西夏爲北宋邊患。滕子京守慶州，范仲淹守延州，成犄角之勢，阻其侵犯。朝廷誣以“枉費公用錢”，調任岳州，而仲淹勒石燕然之志，遂成虛願矣！范詞《漁家傲》有“長煙落日孤城閉”句。范、滕數遭貶謫，文中卻不見絲毫“憂讒畏譏”、沉淪委屈之情，而以先憂後樂委婉規勸故人，且以自勵。高風亮節，堪爲百世楷模。登樓朗誦，鄙夫寬，懦夫有立志矣！深自愧怍，唯有挹其清芬而已。

六月廿五日遊長沙南城天心閣

瀟湘故國一披襟,秦漢名城耐賞吟。記否哀鴻焦土日,於今畫閣出天心。

讀《傷寒論》

久安長治舍之藏,盛世何慚厄泗郎。漫説書生成底事,傷寒百帖古今揚!

贈日本波多野太郎教授

一衣帶水見深情,閲歷大千兩眼明。禮俗民間風猶古,詩書儒士道相傾。求仙徐墓留神社,送寶鑒真出海亭。何日荊州清興發,聖湖共聽小秦箏。

中秋遊仙詩

取唐張九齡《望月懷遠》詩意，望臺胞早回歸也。

明月秋光似舊時，玉樓遥夜一情馳。緣何皎潔彩雲繫？只是魂銷倚夢思！鏡破年華隨水去，針停心事入詩宜。飛仙瓊渡原非幻，洛水相逢正可期。

爲富陽和尚莊題壁

布履從容結興豪，飆輪馳驅挾風濤。陶朱事業君知否？三致千金稱鳳毛。

題窗前菊

颯颯西風一徑開，庭荒不見蝶飛來。東籬已飽繁霜味，猶綻寒香旁石苔。

北美家蕡學長以《浪淘沙》[①]詞見示，有感而作（三首）

清曉幽塘見白蓮，露珠晶潔孰争妍？神思忽墜海天外，默誦故人秋月篇。

欲借君詩一蕩胸[②]，春花秋月是空空。地沉天躍尋常事，漫聽颱風思蟄龍。

蒓菜鱸魚久别離，天涯又誦故人詩。相逢似有千言説，愓目驚心正此時。

鷓鴣天·戊辰秋夜枕上偶成

轉瞬西風枕簟秋，無端幽夢入汀洲。鬟寒未付桃源興，瓶儲

① 學長《浪淘沙》詞中有句云："盈虚消長在心中，秋月春花原是幻，幻也空空。"

② 蕩胸，洗滌胸襟也；余胸有萬斛愁矣！一九四八年之未見者見之。天下興亡，匹夫豈無責乎？

何憂栗里愁。　　千載業，擅風流。酡顔笑彼踞高樓。蘭陵祭酒君知否？未忘蒼生已白頭。

浙江詩詞學會成立，新加坡張濟川先生賜詩，次韻奉酬（二首）

欣挹天涯芳草多，賡唱聯吟樂如何？汨羅纔送詩人節，叻埠先傳白雪歌。四海從來稱兄弟，三生有幸得張羅。金聲擲地風情在，深愧鉛刀負琢磨。

海上詩翁逸興多，頌韓佳句法如何？已慚昌谷千秋業，卻愛星洲一曲歌。峻茂已勞蘭蕙意，嘹嘈好聽笛聲和。文公衰起神馳日，頑石亟須待玉磨。

紐約四海詩社惠寄名譽顧問聘書，答謝

西湖紐約水雲長，忽辱惠書雅意藏。一縷詩魂遍社宇，千秋潛德發幽光。騷壇詞伯高樓上，翰墨文宗廣漠鄉。一笑伊川尊野祭，百花争艷吐芬芳。

讀吴子藏教授《偶成》,次韻卻寄議對兄

一九八八年

汩汩清泉晝夜流,浮雲何處着恩仇。更生燃藜千秋業,宗慤乘風一望收。吴市悲歌簫有恨,茅廬飲水禄無求。東山猶有蒼生願,觀罷《河殤》[1]滿眼愁。

議對兄見示和臧克家贈詩,次韻和之

泰山鴻羽孰重輕,顛倒從來見權衡。説到心聲精邃處,一詩擲地作金聲。

---

① 《河殤》,1987 年中央電視臺之六集政論片也。

聞古人以《漢書》下酒，今則易爲提單矣；倒官、倒爺誠國賊祿蠹也（二首）

一九八八年

聞道高樓鱉宴多，提單下酒問如何？連聲請勿東人謝，相向國家擊節歌！

望湖羅帔醉顔紅，浴罷按摩笑語工①。試向原田低處望，拋荒人在玉樓中。

戊辰重陽省政協邀登杭州大廈參加老人節活動

西子重陽節，登高上玉樓。朗吟天地廣，下筆海雲流。謦咳多眉壽，嚶鳴愧勝遊。范公當此日，敢忘萬民憂。

① 友人告衛生廳材料，望湖樓一宿高至三千六百元。

柬臺灣國史館編修孫常煒學長返浙游湖(二首)

似水韶華四十年,芸窗風雨倍依然。遥知海角多芳草,日誦丁丁伐木篇。

西湖日麗室生光,舊雨新知聚一堂。銀翼日行三萬里,何求縮地費長房。

張濟川詩翁寄示送戊辰迎己巳詩,次韻和之(二首)

往事無憑昏復旦,龍年餞罷慶蛇年。文章華國移風久,禮樂齊家易俗先。身在江湖非滔滔,心存社稷意綿綿。新中一脈承明訓,刮目好將俗慮蠲。

跫然空谷見知音,正值辭年迎吉辰。閲世我慚花上露,後凋君是歲寒身。匡時濟世須豪氣,寫意緣情務率真。他日春遊芳草地,詩心碎步共傾仁。

玩戮辛壺世伯詩畫嘉作有感

浩之尊兄出示辛壺世伯詩畫嘉作，玩戮終日。辛伯題畫詩有“刻意吟雲山”句，又《雷峰塔圮有感》[虞美人]詞云“此後影沉波底，空教騷客悲涼”，皆詠懷之作。前詩襟懷曠逸，後詞則有悽咽之情矣。

漫道雲山刻意吟，松蔭泠屋古人心。藝傳奕世芳馨遠，社結明湖畫閣深。新月縈懷看世界，清風盈袖涉園林。雷峰息影沉波底，忽睹悲涼夢裏尋。

觀《河殤》書感四絶

一九八八年

夭逝文明多少年，憑君禿筆寫人間。可憐一片淒涼土，付與空空藍色天。

堂堂故國有文明，聽盡《河殤》笑駡聲。黄土藍天分學術，危言惹得俗人驚。

黄藍兩色定夭生，主義虚無豈辯證。究否《河殤》欲自豪，蒼生猶繫未了心。

我説《河殤》未必殤，於川泄水有良方。山林農牧安排巧，懸劍何時再逞强？

鷓鴣天·賞荷

七月十二日宿新新飯店

水國清圓夜自涼，紅妝依舊住仙鄉。數莖綽約亭亭立，幾蕊輕盈冉冉香。　　人不見，夢何長。月明何事憶清湘？秋來猶是驚風雨，行見遥天夕照黄！

賀奉化詩社成立（二首）

溪口分流兩眼明，遠山近岑玉樓清。登臨憂樂關天下，豈是縈懷山水情。

汴州不夢夢神山，忘卻蒼生心自閒。行見天公重抖擻，夜來牛斗正闌干。

雁蕩聽曉英女史彈古琴《平沙落雁》

秋高雲淡雁南歸，迢遞山河掠夢飛。回首奇峰松影寂，醉心淥水露光晞。琴師顧盼神州美，詞客悽惶野性違。驚起非辭沙渚冷，數行已入楚天磯。

國慶四十周年抒懷(二首)

一九八九年

吐氣揚眉四十年，功臣端合畫凌煙。瑰奇一事君知否？行見炎黄窺月天。

凌雲七寶起樓臺，少負國情志應摧。物質精神兩融洽，同舟風雨仗群才。

新加坡馬丈宗薌八八壽辰,次韻奉祝

祝嘏襟懷世未平,還從驛外聽詩鳴。書生意氣長天嘯,狎客縱横蝸角争。眺望灝灝雲海麗,凝思習習谷風清。南天星粲拜仁者,脈脈無言一水盈。

題杭州太子灣引水亭

幽溪九曜亂珠跳,俯瞰清流下碧霄。白傅望中迷水色,坡公夢裏失青苕。錢塘一脈驚泉湧,明聖兩堤挾浪驕。上下天光三十里,湖山净化看今朝。

孫常煒學長返浙，即事抒懷，略志感興耳（五題五首）

一九八九年

愧讀孫書

芸窗今日又伸眉，滄海歸來欣一奇。求是門牆多少事，慚君著作邈難追。

湖宴抒懷

湖樓春宴霧濛濛，顧盼江山一望中。無夢不如多夢好，歸帆處處飽如弓。

蔡居幽情

筆飛弄内翰林居，想見當年苦讀時；蟬蜕神遊塵俗外，兼容兩字耐人思。

劉莊漫步

誰謂河廣繫所思，臨湖碎語興何如？明燈萬點燦天半，記取夜闌席散時。

花園北村酬唱

新村夜雨好論詩,對話飛箋無已時;芳草天涯勞舊夢,和平使者①是情癡。

風人沈叟,篤於親誼,讀其嘉作,勉吟一什志慕(十首)

情溢乎詞沈叟詩,低徊吟誦起相思。雪泥鴻爪青春夢,無限江山感舊時。

磊落襟懷大陸詩,纏綿最憶鶴村時。一燈熒熒高堂淚,深契先生孺慕思。

輟讀哀哀蓼莪詩,天涯我亦似情癡。遠遊負卻雙親恩,祭豐何如養薄時?

卅載哀思夢未安,佳城幸悉稍心寬。仁人椒漿歸儀日,遥拜馨香一片丹。

① 杭大沈校長稱常煒兄爲和平使者。

風人百態牢籠多,萬國山川望眼過。借問延陵吴季子,幽情何事苦張羅?

淡水稽山挺異姿,遺珠滄海挹情馳。才華萬國歸來日,争誦風人千首詩。

讀畫看山好主張,天涯常念老沈郎。胸中吸盡銀河水,寫出風詩日月光。

朗吟煙靄筆如神,一卷芳菲雋句新。唯恐浮生奇氣盡,豁眸只覺叟詩親。

自慚少小讀《離騷》,敢咎椒蘭心鬱陶。還識九州真博大,舉賢繩墨庶爲高。

才人各自領風騷,照眼千樓勢亦豪。咫尺蓬瀛非夢幻,功成四化屬吾曹。

懷秦少游三絶[①]

一九八八年,廣西横縣紀念秦觀編管横州八百九十周年學術討論會徵詩,勉成三絶,以報

山石薔薇各有神,思深淡雅卻爲珍。郴江水繞瀟湘去,孤館春寒訴苦辛。

---

① 元遺山《論詩絶句》:"有情芍藥含春淚,無力薔薇卧晚枝。拈出退之山石句,始知渠是女郎詩。"似有微詞。余則以爲創作風格不同,未足以爲軒輊也。少游《踏莎行》詞云:"郴州幸自繞郴山,爲誰流下瀟湘去。"寫别離之情,一波三折。水繞郴山,景懸簾前,不忍離也。着一幸字,喜情自見。然而水下瀟湘,得不離乎?故設問曰:"爲誰?"爲誰之問,由表及裏,露心中事,情思細膩,曲折有致。看來説得淡雅,卻自迴腸蕩氣。披文入情,見其沉痛之至!故蘇東坡愛不忍釋矣。蘇東坡詞時時以浩蕩之氣,令人駭目驚心者,其見如是,然則退之,少游得以斯爲判乎?質之髯翁亦未爲是也。

秦觀祖塋在揚州西山蜀崗南沼,歸葬停厝高郵。南宋紹興二至四年,子湛任常州通判,將父柩高郵遷葬無錫。墓在無錫惠山二茅峰南坡支脈蔡龍山,面臨東大池。余少時踏青,曾詣謁焉。淮海祠在無錫城中小河上,余讀書輔仁高中時,往返時過之。

章惇、蔡京執政,戾於熙、豐新黨。王荆公變法於熙寧,有補天浴日之功,而章、蔡之流,但以"紹述"新政爲名,實則早擠荆公下野,亂法擾民,並攻擊元祐諸公耳。荆公清芬,未可玷也。少游編管横州,州民築懷古亭,以志其甘棠之去思焉。今其遺跡多處,懷古亭與淮海書院相繼在施工修復中。裔孫秦子卿,余之故人也。爲撰《重修懷古亭記》,以申孝思云。

少小曾遊東大池，祠堂淮海一尋思。蘇門四子瑰奇甚，髯叟獨憐津渡詞。

浴日擾民涇渭分，荆公未許玷清芬。蔡章紹述新政亂，懷古亭空識火雲。

紐約四海詩社　病知吟丈八十自壽，次韻奉祝

指點江山志力輸，激揚文字豈詩奴？凌霄宛似雲中鶴，浮海遠逾檐下蛛。宗慤長風通海域，淵明歸興在桑隅。祝翁粲粲生花筆，譜寫中華一統圖。

張濟川詞長贈詩，感慚交併，率吟兩絶爲酬

慚愧豪情赤子心，天涯海角見知音。滋蘭猶有成蹊意，弦斷深山一曲琴。①

① 岳飛詞："知音少，弦斷有誰聽。"

豪情百劫寸心知，雪夜扁舟繫所思。觴詠他山承一諾，留徐還見七星時。[1]

雜詩（四首）

中宵星斗正闌干，風露重重不懼寒。日寫三千斜草字，幾曾兩眼向錢看！

侵曉寒蛩不住鳴，夢回未曉是幾更？自慚猶有東山淚，爲問黄河何日清？

官書一紙挾皮包，灑灑洋洋欲自豪。蒼蠅嗡嗡難拍盡，大蟲攔路[2]待開刀。

垂老緣何伴苦吟，憂思倒爺[3]作官箴。多情最是三更夢，猶繫蒼生未了心。

---

① 杜甫詩："欲掛留徐劍，猶回憶戴船。"

② 大蟲攔路俗謂攔路虎。攔路，攔改革、開放之路也。

③ 倒爺、倒官攔路者衆矣。

贈臺灣詩人洛夫、張默、辛郁、管管、張坤暨香港詩人犁青諸君子(二首)

湖上連朝迎勝流，正攀叢桂作中秋。會看四海齊同日，酌酒吟詩韻益悠。

隔海悠悠四十年，今朝興慰樂無前。歡聲笑語湖船外，直載基隆淡水邊。

題王斯琴先生蟹宴新作(二首)

一九八八年九月

斯翁佳句蕩詩心，盛世驚聽腸斷吟。酒肉朱門新又臭，山騰海沸一撫琴。

人間何世武陵尋，白首緣何伴苦吟。休問樓堂多食糜，憂思還是酒尊深。

題《苕霅詩聲》(二首)

苕溪尋勝未曾忘,積水雲峰倒影藏。更愛真卿①韻海學,色絲又見萃琳琅。

風騷言志務求真,自古詩魂泣鬼神。眼底牢籠千百態,理芳鞭草②賴人民。

錢汝泰兄分袂四十七寒暑矣,辱書慰問,卻寄

一九八八年十月

播州往事憶狂瀾,碌碌浮生一淚彈。悵觸無端千百般,同看明月祝平安。

---

① 顏真卿,字清臣。書法家。正楷端莊雄偉,行書遒勁鬱勃,使唐初書法一變,遂開一代新風,人稱顏體。官至吏部尚書、太子太師,封魯郡開國公,世稱顏魯公。曾爲吴興太守,著《韻海鏡源》。

② 僧皎然詩:"誅榛養翹楚,鞭草理芳穗。"鞭草,即鋤草。

鷓鴣天・次韻奉和施議對兄

未信儒冠終誤身,浮雲飲水可安貧。閒來欲借三升墨,好寫蒼生處處春。　　非壯士,學騷人。斯人天降歷艱辛。緣何三尺龍泉水,難洗倒官滿目塵?

答孟醒仁硯兄

琢句長城在,放懷牙曠尋。青雲孺子志,修竹暮年心。燈下慚疏懶,花前悵古今。琴弦休撫斷,曲罷寄知音。

悼詩友徐兄通翰(三首)

一九八九年十一月

正是蕭蕭落葉秋,才人辛苦日冥搜。飛文我誦嶙峋句①,冷雨青燈涕泗流。

① 兄有詩句:"病骨嶙峋猶未休。"嫂夫人先逝,可晤於泉臺矣。兄偶發議。陳言泛辭,不見肝鬲,未足以言詩也。

案頭猶見故人詩,花落香消傷牧之。軟語温柔泉下路,相逢恍似玉臺時。

雕蟲篆刻未爲詩,雨雨風風一笑之。誰識四明虚谷士,蜻蜓點水寓真知!

蘇杭詩詞研修會雜詩十六首

一九九〇年二月三日至九日,杭州大學與臺灣高雄市古典詩學研究會舉行詩會。余逢其盛,詩以詠之。

奔月當年志未摧,姮娥何事滯靈臺。長房縮地今多術,帝子乘風天上來。

一語傳神入夢思,雲山千疊譜新詩。眼前百尺元龍在,未覺兩鬢已欲絲。

山城二月已豪華,瑞雪初霽似著花。四海從來稱兄弟,今朝龍井戲分茶。

一舟歌詠送征航,座有嘉賓喜欲狂。從此騷壇添一幟,高唱白雪各千觴。

詩國騷壇萬里香,高雄日睹藝旗張。振聾卻有鈞天樂,行見清聲震八荒。

詩家歲月莫蹉跎,春月秋花逸事多。艷説八仙過海去,吹笙鼓瑟樂如何?

不雨優遊林屋洞,蜿蜒升降玉盤中。籠山雲水相連接,恍如神仙下碧空。

孱顔登陟曉風前,眺望湖山水接天。上下波光三萬頃,瞞人夜雨潤心田。

陽關三疊我情馳,桃葉桃根本一枝。浙水春來花樹發,閒拋紅豆説相思。

騷雅風流友誼陳,湖濱勝跡共尋春。天涯從此添新夢,自古詩魂泣鬼神。

瀟然今日訂鷗盟,四紀龍争已不驚。漫道黄河多曲險,中流砥柱蕩天聲①。

① 臺灣中山大學簡錦松教授詩有:“可憐四紀龍争日,猿鶴依然是友生。”“論詩不肯作唐音,便覺男兒寄託深。江上暮寒增未已,可能無淚共沾巾。”“客子瀟然公不俗,江南正月入金閶。”“長夜未央唯有酒,明朝一笑太湖濱。”諸句,遵其辭而詠之。

遑論元曲與唐音,正氣浩然感亦深。但得天涯知己在,無爲無淚共沾巾。

遏雲逐隊踏歌來,潭水深情錦綉堆。欲問臺灣春信息,高雄今已震驚雷。

三日繞梁入夢頻,幽窗翹首一沉吟。詩心原是濃於酒,遲暮何傷感慨深。

緣情隨事任低昂,務去陳言好主張。觸眼黄葦君莫笑,弘揚今見魯靈光。

不是瀟然海上身,天教丘甲作詩人。行吟萬里春爛熳,好寫江南風物真。

茶人之家品茗詩會閒吟(二首)

一九九〇年四月二十六日

小集洪春試茗新,愧無好句薦嘉賓。君山門品心如醉,龍井團香氣益醇。不負茶經稱博士,卻憐翠竹倚佳人。吟詩漫道饒清興,自笑偷閒作逸民。

四座翩翩好句新,喜從品茗識嘉賓。晴窗細乳千峰曉,畫穀分茶三碗醇。山骨雲根尋舊夢,茅廬竹塢宅幽人。年來辜負春消息,載酒江湖學散民。

西湖詩社成立十周年紀念抒懷（八首）

一九九〇年

石火流光瞬十年，詩家棠棣已翩翩。徐公饒有澄清志，不負功夫在眼前。[①]

伊川野祭費思量，覓得詩魂共主張。三昧放翁元歷歷，不爲點水門茶香。[②]

臺灣一水盼盈盈，願向朱輪轆轆迎。今日西湖山色好，同行攜手賦同聲。[③]

---

① 《詩·小雅·常棣》云："常棣之華，鄂不韡韡。凡今之人，莫如兄弟。"又《論語·子罕》云："唐棣之華，偏其反而。"詩社成立時，舊體詩詞，尚受歧視。兄弟詩社，今已雨後春筍矣！古人登車攬轡，有澄清天下之志。詩社改選徐公（徐勉），中興在望也。

② 多年詩壇寂寞。余舊有句云："詩壇久已感珠沉，忽聽蟄龍動地吟。"禮失求野，期當黽勉從事。詩魂亦國魂也，非雕蟲篆刻之謂，合爲時爲事而作。屈賈在眼，功夫在詩外也。放翁志在九州之同。《臨安春雨初霽》云："矮紙斜行閒作草，晴窗細乳戲分茶。"着一閒字、戲字，憤懣見矣。點水門茶奚爲哉！

③ 余吟1980年元旦書懷，調寄《滿江紅》句云："念臺澎同胞，歸心箭急。雪浪滔滔東海隔，鹿門灝灝相思溢。愛國家，錦綉好河山，同料理。"又《壬戌中秋懷遠》詩云："朱輪倘得轔轔接，華蓋何妨轆轆迎。"今得歡聚矣。《詩·邶風·北風》云："惠而好我，攜手同行。"《易·乾》云："同聲相應，同氣相求。"

新中一脈[①]味温存,幽夢無端繞海村。元白當年吟不盡,籠詩他日足銷魂。

風人海外自天真,萬國歸來格調新。未忘六橋蒲柳質,扶輪湖社見精神。[②]

三閭大夫不易才,昆侖懸圃入騷來。緣何紛獨多誇節,無女高丘總可哀。[③]

吹詞賭韻故研新,水驛山程庶見真。總是蜃樓能攝影,浮名倘許屬詩人。[④]

相逢擊筑且高歌,佳興何如今日多?各有天聲同海域,縱横筆陣壯山河。[⑤]

---

① 新中一脈,新加坡新聲詩社張濟川社長詩句,語重心長。和什皆璠璵也,悉當籠之。

② 古云:"蒲柳之質,望秋而萎。"風人沈叟辱承西湖詩社顧問,關懷備至。不吝珠玉,祈時教之?

③ 《離騷》云:"邅吾道夫昆侖兮","夕余至乎懸圃","汝何博謇而好修兮,紛獨有此姱節","忽反顧以流涕兮,哀高丘之無女"。今日爲端午詩人節,不禁爲古人傷心也。

④ 臺灣時有評詩獎掖之舉,大陸尚未盛行。《虞書》云:"詩言志,歌永言。"《文賦》云:"詩緣情而綺靡,賦體物而瀏亮。"言志緣情,可以概之,然此情志,當於現實生活及其襟懷意境中見之。浮辭俗套,未足以言詩也。陸游《題廬陵蕭彦毓秀才詩卷後》云:"君詩妙處吾能識,盡在山程水驛中。"即此意也。

⑤ 班固《封燕然山銘》云:"振大漢之天聲。"陸游《示兒》詩云:"但悲不見九州同。"今一國兩制,錦綉好河山,同料理,真所以振天聲,同禹域也。各賦天聲,河山壯麗矣!

下编

乙未八月十八日随政协诸翁雷锡璋先生[illegible]再盐官同观浙江潮赋此遥寄台湾。

刘櫟南

我来盐官游，纵眺浙江潮。倾倒老诗叟，笑谈绝尘嚣。
涛经曹娥来，雷闻百里遥。衍溢忽突来，波涌藉龙腾。
远眺似云叠，千鹭下翠苕。近观若山倾，万马冲云霄。
雄驱急雪翻，怒战乱云飘。倒泻南山石，横吞北岸峣。
初至齐恍惚，依鹜鳞嬉漂。洪波倏眼过，骇浪足魂销。
谲观天下奇，秃笔岂能描。吾愿台湾士，联翩早相邀。

五言古詩

得藕舫師賜書及詩勉和卻寄

人有所不爲，而後有大爲。滔滔濁流中，皎皎棄若遺。耿介秉校政，東南樹風儀。列坐多賢俊，桃李正芳菲。堯典久聚訟，歲差訂年期。二十八宿考，天象追皇羲。氣象物候學，圖書四海師。面向工農兵，實踐出真知。問師何所樂，神州滿紅旗。問師何所喜，毛選讀怡怡。學習再學習，馬恩而列斯。報國一寸丹，冠蓋日驅馳。古稱仁者壽，今復多耄耆。德業日兢兢，實爲世所祇。賤子魯且鈍，立雪苦已遲。欣逢國慶日，再拜獻小詩。①

附竺可楨原詩：

七一年春節有感作五古一首

光陰似流水，逝者不停留。新舊交替速，一日如三秋。電炬代油燭，錦綸當絲綢。騰雲何足道，廣寒已漫遊。昔稱病夫弱，今反帝與修。紅書傳婦孺，毛選播全球。欽慕亞、非、拉，威震亞、和、歐（“和”指日本，古稱“大和”）。工農秉國政，學士牧羊、牛。物富倉廩實，人强大江泅。我生僅八十，勝於古千周。

---

① 另注：竺可楨（藕舫）校長在“文革”中與操南先生仍書及詩往來。

附竺可楨校長手跡：

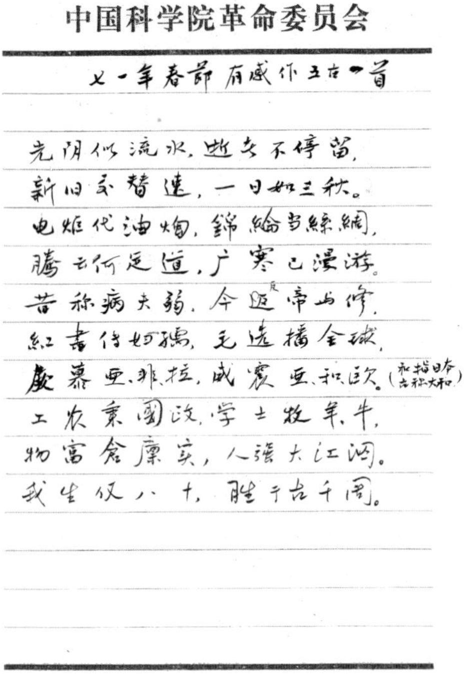
中国科学院革命委员会

七一年春節有感作五古一首

光阴似流水，逝去不停留。
新旧交替速，一日如三秋。
电炬代油灯，錦綸易絲綢。
騰云何足道，广寒已漫游。
昔称病夫弱，今反帝与修。
紅書传妇孺，毛选播全球。
威慕亚、非、拉，威震亚、和、欧。(和指日本古称大和)
工农秉国政，学士牧羊、牛。
物富仓廪实，人强大江泅。
我生仅八十，胜于古千周。

遊慕蠡洞

慕蠡新創劈，傳爲神仙宅。電炬燦霞光，穿隧多琦石。眺視絮雲起，俯窺羊群逸。璘璘生光輝，四壁羅如戟。楮柱一徑開，盤旋復曲折。觀美橋上過，翔鱗散復集。陰風生澗底，冰池露石骨。鍾乳垂眼前，石筍簇簇立。星斗忽然開，牛女嵌闊壁。

五言古詩輯佚

次韻奉答王冥鴻先生惠示大作，並乞哂政

我敬王夫子，顔淵喟然歎。泮宫非傳舍，教澤綿不斷。日坐皋比中，不覺寒暑换。桃李遍浙東，門外車轍亂。懿歟王佐才，論語只須半。

附王冥鴻先生原詩：

三復瓊瑶章，撫膺自長歎。衰年逾古稀，文緣猶未斷。何處覓童心，星移物已换。新生劇怡愉，舊夢多喪亂。大化本無常，思之已過半。

七言古诗

西湖春遊詞

壘中掩卷收春暉，堤上桃李香染衣。西泠橋畔麗人侶，香車來去穿如飛。初驚嬌陽照影來，既訝紅衫蕩碧漪。龍井一泓茶煙裏，挽手踱蹀草萋萋。華容婀娜已忘餐，含辭未吐情亦移。卻見枝頭綉球纍纍墜，但願遊絲長繫春光住。

參加教育革命實踐隊

羲和御日鳴八騶，八騶馳騁不少留。我欲從之學戰鬥，破舊立新新意謀。自愧平生空碌碌，老來方解爲民僕。讀書未必有貢獻，燒茶煮飯焉能萬事足。魚鳥且休笑我癡，遍地工農是我師。開門辦學社會好，彈鋏吹牛昨日非。紅旗招展東風裏，戰鼓鼕鼕劍光水。呼朋結隊上雕鞍，狠批林彪孔夫子。

讀蘇步青教授遊杭雜詠兼呈丁老[①]

蘇侯嶔崎磊落士，巖電爛爛暢神思。一去江灣少謦欬，遊杭惠我蘭苕詞。八月颱風來何勇，山山怒號添雄姿。重訪鷗盟殊驚喜，高突起處耀紅旗。慶春街裹老都講，白首揮毫尚能奇。廿年積愫一朝傾，雨窗剪燭情怡怡。烈士暮年心益壯，蕭蕭兩鬢未成絲。威鳳祥麟世所歆，請學何時一叩之。

人學歌·聽許傑教授報告

高公曾著三部曲[②]，道是“文學即人學”。人間詭譎萬千端，逐貌傳神施筆觸。吐納紅塵煙火氣，領略七情與六欲。幽冥有鬼長呼嘯，何如發配人間受戲謔。欲顯真善美，且看假醜惡。君不見，“四人幫”，趁風打劫，嗜血爲樂。落井投石，終日酗酒與賭博。鬼蜮害人，性格特徵，理當淋漓盡致，痛痛快快，畫皮一層一層剥，表面化，臉譜化，將會使正面人物光輝形象隨之也削弱。

① 丁老爲丁緒賢教授，時年 88 歲，住杭州慶春街珠碧弄。

② 高爾基著有《童年》《我的大學》及《在人間》三部曲。

君不見,電影《啊,搖籃》中孩子與湘竹;又不見,《淚痕》中朱克實,形象嶄新,有血有肉,文變殊術前途真遼闊。

國均學長見示《小休心曲》四十韻,步韻奉酬十二韻耳

一九八六年五月十五日

朵雲燦燦豁雙眸,報導堂構十三秋。神寄洪荒宇宙外,身寓花樹老賓州。奚囊檢點饒佳句,蜜月翠旍憶舊遊。紐約落霞瞻齊飛,英倫曉霧欣同浮。温莎古堡掇野花,賽因鬢影入蘭舟。奇哉阿爾卑斯山,攀登不勞猿鳥愁。水鄉停瀅百餘島,佛城浮雕挹風流。愛君江湖歸白髮,一丘一壑林泉幽。舊雨新知咸嚮往,異域長風争勝籌。回思往事成一笑,小休堂前訖小休。愧我户牖桑梓老,春來怕上月明樓。忽聞洞庭天下水,夷猶緣何蹇中洲?

有　感

一九九七年九月

康成飲譽三統曆,馬帳春風聆樂律。奈何今之三禮家,四顧茫然無消息。輿薪不見失秋毫,詁經上庠自建旄。門下志士二三子,苦學成材格徒高。吁嗟乎!阮籍猖狂窮途淚,歎息聲聲只有終日酩酊醉!

五言絶句

詠茶（三首）

攜篚入雲中，青山笑語穠。餘香杯在手，細啜豁冥濛。

作草盡風流，分茶坐小樓。玉堂傳信息，冷暖在心頭。

四海壯心馳，入關繫所思。晴窗茶細品，斜月賦歸時。

香港回歸感賦（五首）

南京和約時，國運似垂絲。全仗人民起，豪情四海馳。

香江尊法制，經濟日騰驤。國際成通道，文明琥珀光。

兩制破長空，構思頌鄧公。一言興邦國，千載仰高風。

電視讀鄉音，百年教育深。丹心爲祖國，出處示南針。

酌酒酹群英，禹甸慶升平。反腐當務急，伐鼓奏金聲。

七言絶句

郊遊即事(二首)

一九三四年

共道千金不厭多,如何歡謔等閒過。明朝恣意楓林外,肯與輕鳧混濁波。

去路匆忙歸路遲,夕陽已是在山時。到家處處無人跡,惟見寒鴉宿暮枝。

晚秋郊外閒步

千林黄葉落秋風,徒見江楓映日紅。猶記百花争艶麗,今朝都到寂寥中。

秋夜讀書偶成

西風推枕信秋深，幾度挑燈幾度沉。寶貴光陰須曉惜，紗窗明月最關心。①

看海棠（二首）

二十世紀四十年代舊作

山光冉冉映神姿，壓露添香病起時。多少閒愁渾不覺，東風又緑海棠枝。

花開花落未須泣，欲問蒼天心轉癡。幾度園頭閒佇立，沈郎消瘦久無詩。

① 另注：以上四首是目前搜集到的最早七絶，時操南先生初中畢業。

遊湘山寺

二十世紀四十年代舊作

荒寺寒雲一抹斜,殘紅狼籍幾香車。輕泥踏盡湘山路,新柳千條已墜花。

雁蕩雜詠(四題四首)

一九六二年

去冬去樂清參加浙江省民間文學座談會,遂遊雁蕩。覺草木光輝,皆沾黨之雨露。欣然命筆,詩以記之。

烈士墓

奇峰百二秀靈鍾,爲國犧牲作鬼雄! 留得丹心光宇宙,滿山花發萬年紅。

聽詩叟

叟立山前億萬年，聽詩聽得幾多篇？若非驅古爲今用，縱然諦聽也枉然！

展旗峰

歷盡風霜春復秋，堅擎大纛在山頭。如今更喜多儔侶，赤幟飄遍大九州。

卓筆峰

名山有意助詩雄，藝宛飛凌最上峰。東海爲硯天作紙，好揮卓筆頌東風。

評卷述懷

一九七八年

漫云老圃無生意，驀地驚雷氣象新。萬紫千紅齊破土，三年會看玉峋嶙。

聞丁陳兩老賢契回國探親喜賦四絶

兩老婆娑醉眼開,西湖相見共傳懷。美人未許蓬山隔,八月仙槎天上來。

夢斷故園二十年,香山過後盡堯天。紅旗豈止神州滿,好作千秋頌聖篇。

聲光化電實堪師,攬月窺天豈易知。借我蠟封三百丸,爲君寫作八紘詩。

故人發自滄溟東,勳業千秋如奔虹。横海求經猛志在,欣看硯雨震寰中。

秋興四首

一九七六年十月,時予旅次金華

決策英明播玉英,通宵爆竹震山城。秋風催曉人間换,心潮澎湃久未平。

回天無力作癡聾，捷報驚傳心轉童。載舞載歌民歡樂，同心同德頌元戎。

將軍寶劍轉乾坤，徹底消除禍患根。討賊呼聲何慷慨，天風吹我上神京。

妖霧重重萬馬喑，書生意氣未消沉。披衣一夜中宵舞，報導燕京逆賊平。

庚申歲闌有感得無題四絶

春山缺處看雲飛，幾度夢魂入翠微。仙帝逢時如詈我，江湖浩蕩悵然歸。

荷衣蕙帶色繽紛，出水芙蓉矯不群。記得蓮溪稱浄植，膩粉掃盡挹清芬。

瑶臺何日再相逢，玉佩仙裾去絶蹤。我有簫心吹不得，蕭蕭湖上起秋風。

最愛孤山雪霽時，疏梅綻放兩三枝。霜天月影空亭外，鐵骨寒香只自知。

寄呈朱老玉吾(四首)

歌哭無端入小樓,朱雲意氣未全休。可憐事業成春夢,伯樂何時過冀州。

騁懷欲上最高樓,王粲當年志未休。海角還承詞老賞,關山浩蕩拜荆州。

難洗胸中萬斛愁,倚天一劍酒盞留。多情明月應知我,皓魄無私照九州。

欲訴胸中萬斛愁,只爲歲月去難留。遥憐黄口青雲上,紙片亂飛出冀州。

偶感勉李劉兩生[①]

落筆千言趁壯時,發種種牟自知遲。十年若問爲何事,半是采風半讀書。

① 另注:李夢生、劉振農爲“文化大革命”後首批碩士研究生。

夜讀有感

一九八二年十一月十三日

漫笑吟箋付蠹魚，史公幽憤老漸知。寒流細雨燈窗坐，熱淚盈眶夜讀書。

寄北美覺民、家萁伉儷學長（三題三首）

覺民、家萁伉儷學長喜告：浙大母校八十五周年校慶，北美校友將駕銀機前來祝賀，欣成

鳳翥龍翔在八荒，春風萬里舊門牆。美人渺渺秋波遠，一鶴遥天下碧蒼。

吟誦家萁學長《高陽臺》“夢繞杭州”之句奉答

杭州又向夢中尋，萬縷能懸才女心。大漠高山天不管，同窗還見海情深。

賞月懷舊，遥寄家蕢學長

過眼無妨四十年，海山迢遞一書連。誦君澡雪精神句，舞影瓊樓問遠天。

敦煌學講習班開學抒懷（二首）

一九八三年

馳情結采試新題，拜手康成日鋤犁。會見春風桃李滿，於無言處自成蹊。

秋花結串映山紅，桂子飄香一畝宫。艷説閶門飛玉露，人間是處有金風。

題夏與參先生《同濟圖》

一九八八年

雲路雁飛不懼寒，嚶鳴日日越重巒。熊貓負子鵝同濟，庶識大千天地寬。

葉兄彦謙闊别四十二載矣，猶憶同窗時吟“鶯聲驚夢碎”句；近聞忤俗背時，喜讀老莊書，棖觸久之(二首)

故人翰墨振精神，滌我胸中萬斛塵。風雨鷄鳴思往事，鶯聲碎夢夢還新。

逝水流光數十年，湄江春色倍依然。誰知求是精神訓，教讀南華秋水篇。

悼姜震中同志[①](二首)

夜聞淅瀝暗傷神，地下當年足苦辛。歷劫不磨真士傑，瓣香我自賦招魂。

---

① 另注：姜震中同志 1942 年在雲南大學加入民盟，1955 年任浙江省司法廳廳長，後被錯劃右派，十一届三中全會後任民盟浙江省委副主委。1983 年 6 月 5 日去世。

新征道上萃英雄，榴火芙蓉粲好風。太息先生歸去早，靈堂帳見一燈紅。

詠懷（二首）

青春烽火憶離鄉，荆棘叢中萬步揚。涉世頻驚三字獄，老來一笑納新涼。

幾經囹圄各參商，白首如賓累千觴。水色山光明聖好，丹心一片挹蒼茫。

報春圖——祝賀民盟浙江省第六次代表大會召開

欣逢開拓見精神，盛會騰飛氣象新。倩看畫家生意匠，紅梅已自報初春。

龍年迎春

一九八八年

龍騰虎躍見精神，開拓前程事事新。歲歲江南春水緑，丹心報與黨知音。

龍年贊花園北村（二首）

戴盟兄賜詩，勉和兩絶，祈乞　正之

人文蔚起毓三村，百尺樓臺玉琢成。欣欣龍年多壽者，山茶吐艷報早春。

教工之西學院東，亭林豪氣興學風。三村欣挹群賢聚，老樹新枝期攀峰。（花園南北西三村位於教工路西面學院路東面）

附戴盟原唱：

花園南北又西村，平地樓高喜建成。祝願龍年人更健，家家歡樂笑迎春。

西溪河側翠苑東,老幹高枝沐曉風。更有新篁迎日出,衝霄直立仰高峰。

附徐勉唱和:

老來難得住新村,藝苑何妨豪氣存。常羡戴劉詩思捷,龍年先我賦迎春。

萬木争榮齊向東,西溪兩岸沐春風。花園翠苑多名士,胸挹吴山第一峰。

讀宋玉賦有感自題《武松演義》(增訂本)

莫訝高唐賦已成,從來神女夢難尋。鮫人滴盡珍珠淚,誰識辭家一片心。

己巳雜感(五首)

一九八九年

訪友登山復嘯遨,比於管樂睨孫曹。未逢三顧劉玄德,誰識綸巾韻最高。

演易從來憂患深，聖賢發憤見忠忱。升公山外抒肝膽，日向汴州夢裏尋。

猛憶紅軍汗馬勞，索寒水暖吼聲高。忍看官倒千般態，化作錢江八月濤。

金券案頭一丈高，夢中恍見滚秋濤。可憐經國逢家族，辜負包公虎鍘刀。

萬古千秋憶劫灰，秦王虎視亦雄哉！傷心欲問咸陽月，胡亥緣何自拆臺？

參加博士研究生答辯

習禮誦詩一眼休，縱横家術足風流。可憐魯殿靈光在，未解江山滿目愁。

答王鴻禮兄（二首）

君詩誦罷淚潸潸，夜雨孤燈夢亦寒。百萬盲流成鬧市，憂心聽訟案如山。

九儒孰謂尋常事，斷送詩魂不忍聞。開口河清奇事日，心傷紅雨淚紛紛。

無題（五首）

一九八九年五月，時參加省政協會議

紅霞一片憶玄都，道士種桃惹怨多。密雨驚風人去也，斯民行見水深何！

如面深淵如履冰，仁人應惜此時情。莫教八寶山頭血，化作秋風秋雨聲！

五四夢回憶所思，龍藏虎臥亦神馳。緣何歷盡山河淚，換取篋中數首詩。

天驚石破起春雷，大地沉沉亦堪哀。積案如山須仗劍，剷除官倒見蓬萊。

山騰海沸一心驚，深挹凌雲壯志情。閱盡萇弘千載血，那堪今日淚如傾。

沈園哀思（二首）

曾誦驚鴻照影來，無端鬱結寸心灰。連天衰草迷歸路，蟋蟀那堪匝地哀！

吹綿宮柳自年年，舊事縈懷亦惘然。莫謂釵頭成大錯，人間多少奈何天！

慰唁臺灣簡錦松教授悼亡（三首）

一九九〇年五月六日

風騷遥領地行仙，書記翩翩別夢牽。正仰冥冥傳錦字，驚心忽墜悼亡篇。

花落花開傷牧之，臨風懷想立多時。茂陵休話相如泣，倏忽人天悲可知！

如來法喻六如事，云是人間不二門。蒼狗白雲原是幻，水流花散了無痕。[①]

---

① 余不唯心，但遇無可奈何事，釋以解脱，或可以塞故人之悲也。

端陽雅集

一九九〇年

連宵風雨闇寒窗,喜見今朝晝閣爽。潑墨朗吟端午節,輕歌諦聽故園腔。

一九九〇年六月(三題四首)

六月八日不寐

暗雨敲窗欲夢遲,豪情卻寄只矜持。年來一事同誰説,怕讀名家趁韻詩。

六月十五日道聽塗説

城狐社鼠笑精英,美鈔飄洋次第行。我對青燈如聚舊,照人肝膽到天明。

幾度冰霜幾度寒,迎來春色到人間。峥嶸傲骨慚桃李,獨立花圃不鬥妍。

六月十六日

一事年年縈夢餘，浮生未忘辨蟲魚。燈昏淚下何曾拭，羞對故人説刊書。

瀛寰唱和（四首）

讀章士嚴、鄭鴻善兩兄結盟詩次韻，兼呈瀛寰詩社諸詞長正之。

自愧浮生憾索居，大千放眼覓同予。階前數盡南飛雁，中有晶瑩映雪書。

八荒未涉鎖重洋，漫説相思情意長。皓月一天浮碧海，風雲豪氣各千觴。

一語移情入夢思，迴腸蕩氣寫新詩。讀騷以外更無事，不覺年來鬢欲絲。

濤卷浪衝一放歌，鄭翁豪氣壯山河。嚶鳴羞説忘詩教，柳暗花明意若何。

《浙江僑聲報》創刊五周年(二首)

一九九〇年

《文言》天下有文明,《雅》道嚶鳴和且平。真見詩教傳海外,於無聲處訂鷗盟。

遥知四海有同心,自古同心可斷金。故國神遊非夢寐,詩魂唤起共扶輪。①

浙江省社聯第四次學會工作會議在岱山蓬萊山莊召開(二首)

一九九〇年七月

果然海上見蓬萊,列島沉浮畫圖開。誰説瀛洲求藥去,執鞭笑自取經來。

① 《易・乾卦・文言》:“見龍在田,天下文明。”《詩・小雅・伐木》:“伐木丁丁,鳥鳴嚶嚶。”“神之聽之,終和且平。”《易・繫辭》:“二人同心,其利斷金。”皆吾民族文化優良傳統也。

清風兩袖上瑶臺,俯眺千帆員嶠開。始自漁村今巨港,騰飛端的仗群才。

在西湖國賓館

一九九〇年七月三十日

吹散烏雲捐卻愁,碧欄紅蕊賞汀洲。人間多少風流事,長憶劉莊七月秋。[①]

車過白堤,去杭州飯店所見

一九九〇年七月三十一日

輕車吹送段家橋,張傘蕩湖兒女嬈。碧頃漣漪千百度,詩情卻笑輸今朝。

① 李鵬總理近説:“孤立中國的烏雲正在散去。”見《參考消息》1990年7月28日。

迎亞運，頌祖國（二首）

一九九〇年

編鐘聲奏彩雲開，抖擻精神各自媒。參影横斜河欲没，電屏聲裏聽潮來。

天下文明望眼寬，拏龍身手展新顔。秋來一夕烏雲散，行見神州皓月圓。①

杭州市老幹部業餘大學校慶紀念

庚午重陽

讀書黌舍務求真，泉水在山不染塵。别有幽思吾欲説，相逢不負護花人！

① 《易·乾·文言》："見龍在田，天下文明。"言華夏文化，繄天下文明也。三、四兩句，隱括中央領導講話精神。

贈西安交大陳國光學長

一九九一年四月

舊夢依稀未忍刪，相思採擷憶山巒。一堂今日成萍水，拄杖何時共玉欄。①

寄懷陳天保兄（三首）

一九九一年四月

海上忽傳青衿辭，浮生碌碌感心期。中秋皓月長相憶，風雨同舟今別離。②

人間我亦快多情，日對青燈愧筆耕。長恨胸懷難似水，波瀾何日見澄清？

一事無成鬢已絲，相逢愧對舊相知。騰飛自覺無長策，經事翛然實可師。

① 浙大42届在廣西宜山就學。南山紅豆，撩人情思，隨級友採擷，尚存篋中。天各一方，咸垂垂老矣。縱使相逢應不識也。

② 隨浙大西遷，離申赴桂時，一舟共詣廣東赤坎，時值中秋。

贈臺灣淵量詞兄(二首)

一九九〇年

西湖迎客倍依依,山色空濛碧作圍。試看清涼新世界,水鳧自在傍人飛。

桃園鄭許仰風流,傳述詩書功績優。文化高潮今急務,與君談笑上高樓。

次韻酬呈菲律賓鴻善詞丈(三題六首)

一九九一年五月

靈隱寺

漫道東南第一山,佛前祈禱競往還。逢場作戲尋常事,誰恤時方天步艱!

攬轡登車願未償,靈山笑未爇心香。武王曾式商容閭,不道西天夢正長。

賦　答

言志緣情氣浩然,迎賓正值艷陽天。弘詩不畏蓬山隔,萍水相逢亦是緣。

交友顔閔真可期,清芬三挹倏將離。滄洲共賞詩情好,醉眼裁箋欲夢時。

曲院風荷

不見飛花湖欲暮,溪橋散望柳深顰。踏青人去秋千静,水面漣漪一色新。

羨説湖山名久傳,亭亭玉立是紅蓮。風來綽約雙槳逝,十里荷香夢亦妍。

春日雜詩(三首)

無端風雨襲晨昏,稀見朝陽寒谷暄。我愛梨洲崇士氣,畫灰聚米水雲村。

迷香門艷送春歸，誰惜春歸事已非。碧血三年香猶在，小山欲伴淚沾衣。①

閃閃電光聽 OK，露裝茶色洞門開。花籃百隻轎車去，聞説客先富起來。

辛未端午

行吟澤畔大夫狂，鄭袖椒蘭意氣揚。卻笑是非天不管，人間依舊怨懷王。

詣桂林參加全國當代詩詞研討會雜詠

（六題十首）

一九九一年端午

桃江賓館甲山路閒步

群峰玉簪帶青羅，西望重溟宿夢多。今日涉江緣底事，非關幽思只高歌。

① 指淮南小山《招隱士》之作也。

新雨初涼睹物華，山行碎步興趨賒。西瓜遍地紅桃艷，到處欣逢賣酒家。

枕上偶成

池塘夜雨震驚雷，幽夢無端鷄塞迴。落入四邊環翠地，浮雲杳杳撥天開。

題李承倫所作蝴蝶書籤

桂林山水冠江南，浪石嶙峋萬象涵。蘆笛伏波餐秀色，江花澄碧足幽探。

誰道莊生曉夢迷，汪洋秋水欲相齊。壺中行見乾坤大，多少精微籤上題。

灕江舟中

煙雨灕江物外游，看山曲曲水長流。踏天漁子筐桃賣，忘卻身臨九馬頭。

陽朔道中

豈止巫山十二峰，輕紗半掩態朦朧。朝朝暮暮無人識，恍聆清歌三姐逢。

穿巖溪水集嘉賓，榕樹輪囷閲歲新。三姐不知何處去，遊人攝影歎頻頻。

榕樹渡頭居上游,騷人遥駐木蘭舟。蟬連三姐定情地,瓠落襟期柳柳州。

返杭感興

偷閒十日桂林遊,領略三教與九流。面壁安知天下事,放懷應上最高樓。

奉酬紫峰詞丈·中秋書懷

清光皎皎月華明,西子沉吟撥玉筝。夢到天涯心事湧,團圓猶憶少年情。

敬祝蘇局仙詩家上壽(二首)

一九九一年

魯殿靈光碩果存,青城仙客出衡門。年來懶作閒居賦,黄耇稱觥好共論。①

① 上海文史館館長王國忠云:毛主席創文史館時,全國有進士一、翰林八、秀才廿一,今剩蘇局仙矣。

萍水何緣識荆州，好從魚鳥得同儔。清風朗月春申澗，海屋猶堪添一籌。

西湖記遊(四題六首)

正是西湖欲暮春，杜鵑花艷柳初犟。風光不負詩人意，一樣嬌媚入眼新。

曲院風荷譽早傳，池塘千里種紅蓮。我來正是春將暮，預見芙蕖景色妍。

玉泉閒興

湖郭夕曛厭索居，山行隔岸見鸕鷀。漏光摇緑青萍末，佇看游鱗逐食時。

南屏晚鐘

浄寺禪寺久滄桑，南屏晚鐘已失揚。莫問紅塵興廢事，蓮臺遭劫亦尋常。

雷峰夕照

雷峰夕照已銷沉，片瓦殘磚不可尋。十景環湖今缺一，已無塔影立雲潯。

過三潭印月

三潭印月待中央，此景無緣莫惹愁。欲與湖山留後約，重遊心願望能酬。

浙師院東陽教學點雜詠（二首）

緣溪曲折一徑斜，碎步談心見月華。眇眇餘懷傷老朽，稗官野史豈成家。

木葉蕭蕭已暮秋，平原四日亦風流。黃花迎送嫣然笑，記我多情住小樓。

平湖西瓜節耗人民幣四百萬元(二首)

一九九一年初伏

好詩每自夢中留,禿筆無端喜亦愁。吟罷梁山腸斷事,低徊哭泣憶曹侯。

凍雨敲窗午夢長,忍將風月漫平章。瓜燈燦燦光天下,四百萬元付海洋。

遊桃溪寺

山城四月尚豪華,薄霧輕寒燕子斜。密葉幽香遮故道,水車轣轆上揚花。

敬步蘇師步青原韻

筆花杏雨湧金門,踏海浮天惹夢魂。消得騷人肝膈味?卻將餘事以詩聞。

李渭清從藝五十周年(二首)

一九九二年春

拍案驚奇兩代雄,書如風雨電行空。大明英烈楊家將,冠冕東南無不工。

一藝功成出自然,胸羅萬象吐雲煙。錢塘遺事知多少,點綴明湖五十年。

紀念毛澤東《在延安文藝座談會上的講話》發表五十周年(二首)

一九九二年五月

粲然藝苑百花香,真見南針好主張。莫謂風雲多變幻,延安大業永流芳。

翰墨丹青集茂才,聖湖花雨八方來。玉皇遠眺天涯路,欣見林紅次第開。

電視劇《瞎子阿炳》(六首)

電視劇《瞎子阿炳》,攝寫民間傑出音樂家華彦鈞的不幸遭遇。華彦鈞,無錫同鄉。余幼時常詣崇安寺聆其演出。其能撥二胡,狀百鳥啁啾,曾言:孔廟諸樂,咸能擊奏。今能者鮮矣。其説新聞,聽者動容,扣人心弦,惜已不能追憶矣。

天涯何處寄孤兒,慈母閨中静夜思。八易寒秋腸已斷,雷尊殿腳叩天知。

可憐慈母出殯時,兒戲仗儀渾不知。鳳輦風吹魂旌起,九泉無語淚如絲。

灘簧清唱風雅存,印月二泉笑語温。不道人間多恨事,木魚清磬送黄昏。

茫茫人海一孤舟,絶處逢生賦好逑。拯救萱堂銘五内,一家歡樂度春秋。

陌頭阿炳唱新聞,話説金圓熱血屯。側擊無端成隔世,客來記譜説消魂。

砸碎二胡六曲陳,聽松印月世間珍。悼君嘗盡辛酸味,幸有楊生早問津。

奉賀沙孟海書學院成立①（五首）

一九九二年四月

鬱勃飛動絶世姿，瑚璉國器早名馳。臣書刷字人能會，薄海同尊拜大師。

臨水依山學院開，新知舊雨八方來。東錢翰墨荆山玉，猶爇心香奉漆匜。

一藝功成出自然，胸羅萬象吐雲煙。書家點劃使轉好，真見性情歷歲年。

崇朝座談影翩翩，文字溯源甲骨編。快語驚人疑夢裏，唐宫今挹李青蓮。②

① 沙孟海書學院成立之際，余以菲才，忝列末座。余不知書，嘗聞書家言之：古質而今妍。貴能古不乖時，今不同弊。文質彬彬，然後君子。大家博涉多優，巧藏於拙，故能神怡務閒，紙墨相宜；小家立身揚名，巧多於拙；然不免於心遽體留，自閡通規。此真知書之三昧矣。沙老書於精深處見其博大，流利中顯其凝重。鬱勃飛動，雄視書壇；此其所以抗行於當世也。然而謙言，臣書刷字。賢達涵泳，洵不可及矣。

② 座談會上，胡厚宣、吴丈蜀兩老發言警策，心折之至。

公孫劍器世間珍，奇似奔雷墜石頻。倒瀉徐翁三峽水，草書於此睹精神。①

品茶吟（三首）

一九九二年

不信人情薄似紗，帖書旁午亂如麻。幾時嫋嫋茶煙裏，坐對青山看落霞。

多情我實似無情，笑説儒冠已誤身。莫謂風生閒歲月，三更猶是待鷄鳴。

重視人才洵可嘉，上林通賞洛陽花。盧全何暇生兩腋，可負韶光天一涯？

欣挹神州客張濟川吟翁過杭（四首）

一客神州欲振風，天涯文采碧紗籠。三山五獄尋吟侶，都入詩人想像中。

① 徐老無聞於阿育王寺疾書。

掛冠亦欲托閒吟，杯酒情教賀監深。不畏浮雲遮望眼，自有清輝照客襟。

明湖不雨亦蕭蕭，虛齋何人伴寂寥。欣挹滋蘭真有意，夜深呼酒讀《離騷》。

蘭旌不擬玉堂仙，刻翠傳芳到筆顛。骨峻風棱先器識，好從詩酒悟真詮。

雁蕩吟（五首）

華東地區第十次政協文史工作協作會議一九九二年十月十一日至十九日在雁蕩山召開，余逢斯盛，遂遊樂清雁蕩、永嘉楠溪江焉。

壁峭峰奇未染埃，書生何事祕靈臺？胸懷應似龍湫水，萬斛珠璣天上來。

伏櫪猶思壯志開，山中時遇軼群才。擎天一柱萬峰起，驚見凌霄採藥回。

徐行攜手上瑶臺，望裏山河合掌開。卻笑往還香火客，少從瓶外聽春雷①。

① 春雷謂正在召開之中共十四大也。

盼月犀牛夜色奇，夫妻笑語白頭癡。雲根自是多情種，幻出相思少女姿①。

光風吹雨落巖前，撒作玉璣露滿天。我願天公重抖擻，白龍飛下澤人間②。

楠溪吟（四首）

一九九二年十月十一日至十九日躬逢華東區第十次政協文史工作協作會議，遂游楠溪江。得詩四絶。詩中吴公，山東省政協副主席吴鳴崗也。同筏游溪，戲云："風雲同舟。"反其意而用之。

車到楠溪眼倍明，筏游急湍未心驚。青山倒影磷磷卵，石齒魚翔溪水清。

不風不雨賦同舟，占斷秋光踞上游。寰海吴公尊祭酒，新征百舸主中流。

羞説農山王佐志，應慚汶水士心持。灘林連袂欣如約，村古巖奇試賦詩。

① 講解員謂：少女在思其旅臺情人歸也。

② 大龍湫有康有爲書白龍飛下摩崖。

石瀨濺濺桴下灘，飛龍翩翩溯洄瀾。遊人别饒閒情趣，飽看天涯疊疊山。

温州橋頭市場

紐扣橋頭稱市場，溯源只道彈棉郎。穿街撞府通聲氣，雲集萬商好主張。

詠　馬

迎風瘦立意悠然，振鬣長鳴望遠天。歷盡崎嶇猶抖擻，未知何日駛雲煙。

讀《中華太極圖與太極文化》[①]奉題

太極崇爲腦電圖，洪荒動態萬靈符；陰陽互補盈虚説，斯是天人合一無？

① 另注：《中華太極圖與太極文化》爲束景南教授所著。

象山吟（四題四首）

一九九二年十一月十三日至十五日，祝賀陳漢章先生紀念碑暨綴學亭落成揭幕儀式，遂有象山之遊，詩以記之。

東谷賞菊

海溢丹城不染埃，黄花争艷滿園栽。斯心看似明湖水，不盡源頭天上來。

石浦歸舟

石浦歸舟蕩晚風，鄉心千里夢魂中。銀屏猶憶漁光曲，一笑今朝氣似虹。

綴學仰賢

村舍著書仄徑開，東陳深藴蒲輪才。象山欣挹衆賢士，綴學更新我再來。

西寺探幽

水碧山青西寺幽,我來恍睹故山秋。大千世界憑心悟,鳳躍梵宫隨喜遊。

雜詩(四首)

一九九二年十一月十九日,聆中國旅行社浙江分社導遊吟林升詩有感。

憂國古云欣得賢,而今讓爵計爲先。文明兩字依稀見,搶劫持刀似等閒。

阮籍途窮未可哀,喪元溝壑志難摧。潔身怎得澄天下,卻笑黄粱入夢來。

嚷嚷人間争一毛,以錢鋪路不徒勞。庶知“串的”勝“幹的”,送上門來本領高。①

一盞咖啡夜色闌,迷燈閃爍雨聲殘。海盟誰作鴛鴦去,洗罷珠胎好合歡。

---

① 民謡:“用我的錢,買你的權;用你的權,賺我的錢。”“頭兒送上門,中間開後門,平民百姓罵山門。”

紹興輕紡城(二首)

一九九二年十一月二十一日,參加浙江省政協視察活動。

紡城浩蕩足風流,形勢喜人境自優。惜損良田多少頃,天涯於此見神州。

市場又見一風吹,拔地樓臺錦綉堆。八陣圖城功蓋國,安危端的仗人才。

新昌長詔水庫閒吟(四首)

一九九二年十一月

剡溪天姥夢遊中,翠壁丹崖縈李翁。莫謂登臨無雅趣,童心猶憶氣如虹。

半雨半雲望眼賒,林巒深藏野人家。幾時償我尋山興,閒拾黄花一徑斜。

我來依舊見崇山，煙雨空朦只倚欄。恍惚雲中天姥語，瓊樓逶迤水潺潺。

登臨長詔挹天風，浩蕩平湖懷抱中。欣見沃洲三白地，丹田煉氣現龍宮。①

郵箋閒吟

濤箋漫道扃幽光，方寸多情傳八方。開緘元龍豪氣在，閒吟齒頰尚留芳。

青田石雕郵票詩詞（五首）

一九九二年

燈前突兀燦奇葩，藝苑才華瞻世家。漫道郵傳多盛事，神工早已著天涯。

① 沃洲舊有三白堂。三白指白道猷、支道林、白寂然三高僧。沃洲在新昌縣東面，或云緣佛而興，實爲道教名山。丹田之氣，吐納呼吸，從屬氣功。水庫空氣新鮮，正適於煉氣也。

彩筆留題萬户春，玉雕欣睹籦龍新。月明心醉西窗下，短竹長堤漲緑茵。

高粱莫道猶黄粱，盛世南柯野趣長。一曲長歌傳消息，心田頓覺透清香。

村村漁樵慶豐收，陌上相逢春復秋。今日摩挲方寸地，傳神童竪樂悠悠。

珊枝玉樹各芬妍，琢就奇花捧月圓。誰謂桃源無覓處，神州千里共嬋娟。

癸酉迎春（二首）

一九九三年一月

起舞聞鷄彌足珍，無人不樂説南巡。驚天偉業今能會，彩筆留題萬户春。

改革神州意氣揚，任重道遠費思量。擎天全仗丹心手，多少仁人青眼看！

傑安遥惠《莘莘詞草》讀後奉酬(二首)

茫茫禹域悵無窮,白首神交一雁通。誰曉屠龍身手好,卻憐殘月夢魂中。

神州喬木仰何如?磊落襟懷欣揖之。不道商烽秦火烈,書生本色是吾師。

浙江醫院晨起散步閒坐賞海棠花(四首)

一九九三年五月廿二日

肥緑紛紅入瓊臺,誰知風驟雨疏摧。斯心宛似爐灰火,一笑人間百劫回。

不撫瑶琴坐石苔,嵐峰曙色襟懷開。伏生九十蒲輪詔,未信濟南有遺才。

響雨終宵迷遠天,四山樹梢潺清泉。桃花已謝胭脂色,紅白海棠自鬥妍。

小雨溪橋漲井泉，道人取汲自烹煎。幽窗指冷敲棋罷，虚擲人間住百年。

蘭亭筆會放懷三絶

流注驚竦古無倫，修禊蘭亭筆有神。尺牘遠勞高麗使，嚶鳴欣早結芳鄰。

書家意趣樂天真，垂露懸針妙入神。更須讀書破萬卷，鉛華洗盡出清新。

下臥薰風頌上人，文心倜儻出風塵。雕蟲篆刻緣底事？揮毫正作葛天民。

雜感（六首）

一九九三年

燈下猶存一寸心，千秋事業付長吟。披雲漫問窗前月，嶺上蒼松何日尋。

輕寒不覺襲衣襟，颯颯秋風響遠岑。莫問新來閒歲月，著書未許入山林。

青史如鑒每自驚,雨燈禿筆寄浮生。廉頗老矣猶能飯,卻向原泉聽水聲。

每恥人間好自謀,文章詩賦且可酬。佯狂原是書生事,誰識公卿未解牛。

低頭三尺是書生,師訓儼然利欲輕。垂老愧無開放策,富陽看取企業情。

余欲無言古所尊,知之囂囂孰與論?紛紛薄議成何學,風月還山大道存。

讀毛主席詩詞(二首)

天高雲淡雁南飛,漫捲紅旗立翠微。扼腕國焘非好漢,長纓在手失時機!

鴻蒙開闢起雲煙,擊石小兒創作先。篝火陳王歌未竟,今朝開放着三鞭。

曉瓊同志問學和韻酬答

奇才待展起陣雲，端賴寒窗研讀勤。更覽名山開境界，小樓風雨細論文。

紀念毛澤東同志誕辰一百周年（四首）

北去湘江帝子行，浮沉大地問天聲。書生正見風華茂，擊水歌聲鬼亦驚！

重彩輕皴意態新，未暇刀尺浩然真。詞心馬上隨心得，饑溺蒼生筆有神。

歷歷非從紙上來，長征萬里鑄英才。懸崖百丈迎春日，猶見清溪俏緑梅。

截斷巫山十二峰，平湖高峽振天風。黄鐘樂奏于闐日，一曲凱歌萬世功。

秋日題《長安鎮志》兩絶

一九九四年

《修川小志》[1]久知聞，奇石江南識縐雲[2]。卻道騰飛新境界，魂牽夢縈慰高人。

《長安鎮志》擅風流，兩個文明展遠猷。萬七千人豪氣在[3]，穿雲慧眼步神州。

慶祝人民政協成立四十五周年抒懷(四首)

問天心事改山川，拯世全憑唯物篇。星火燎原輝大地，雄文五卷萬民傳。

---

① 記述浙江省海寧市長安鎮史乘，首推清鄒存淦所纂《修川小志》，距今百餘年。長安鎮黨政領導重視文化建設，歷時五年，新纂《長安鎮志》，煌煌三十餘萬言。資治寓教，存古詳今。對長安經濟、文化建設將起深遠作用。港臺海外遊子讀之，當可慰其去國懷鄉之思矣。

② 縐雲峰爲江南三大奇石之一。明末馬驪置之園中。馬氏中落，此園荒蕪，乃售於石門蔡家。今存杭州花圃，旅遊者冀瞻賞之，以廣見聞。

③ 1990 年底，長安鎮總人口爲 16992 人，計 5634 户。

三山掀倒長纓手,腰鼓秧歌猶眼前。行見平湖高峽出,縈懷浩氣入雲煙。

雨露陽光四五年,滄桑歷劫樂堯天。欣逢革放祥和日,欲上吟鞍更着鞭。

浮生翰墨愧無成,老冉冉兮暗自驚。去日情濃心躍虎,可尋滄水濯塵纓?

評水滸人物(四題四首)

宋 江

忠義遥通帝所圖,鄆城小吏施刀屠。菊花會唱招安頌,留作教材認叛徒。

李 逵

堡壘從來自内圖,梁山事業宋江屠。旋風席捲官軍日,板斧未能砍叛徒。

晁蓋、吴用

智取生辰起宏圖,碣村水泊反攻屠。五湖四海來豪傑,不察身旁睡叛徒。

三阮兄弟

再上梁山聚義圖,東京洗劫公卿屠。水軍頭領獻奇策,可惜無人斬叛徒。

即　興

一九九四年十二月

向晚亭亭氣自清,寒枝遮眼一燈明。窗前亂葉吹無數,遥聽蒼冥吼有聲。

乙亥春節(二首)

一九九五年

人海茫茫一夢賒,讀書應愧未成家。三冬過後曈曈日,會見婷婷玉樹花。

玉宇瓊樓望眼賒,紫霄綽約有仙家。高寒嚴峻多霜雪,艷説環山燦燦花。

戲賦燈籠易主[①]兩絶

兩籠高掛古城樓,閲盡中華故國秋。百斛明珠身價重,移來甌越足風流。

燦燦宫燈照九衢,今朝鵬搏出京都。心隨騎鶴風流士,一笑寒窗勤讀書。

① 天安門城樓燈籠兩枚,浙人以人民幣一千三百八十萬元得之。

浙江公祭大禹喜賦(四首)

一九九五年三月

維禹甸之①古九州,鄉情故國夢悠悠。高燒蕡燭②英靈在,四海欣然拜冕旒。

大禹精神待發揚,卑宮③盡洫意深長。無間一自尼父贊,贏得千秋俎豆香。

洪水橫流草木稠④,泥行乘橇水行舟⑤。樂神彩溢地平日⑥,玉帛聯盟萬國侯⑦。

吟到禹王筆有神,薰風幾度拜時身。三過只向民間去⑧,會見中華氣象新。

---

① “維禹甸之”,見《詩·小雅·信南山》。
② 蕡燭,古以蕡幹爲燭。
③ 孔子説:“卑宮室而盡力乎溝洫。禹,吾無間然矣。”見《論語·泰伯》。
④ “洪水橫流,泛濫於天下,草木暢茂,禽獸繁殖。”見《孟子·滕文公》。
⑤ “水行乘船,泥行乘橇。”見《史記·夏本紀》。
⑥ “《夏書》曰:‘地平天成,稱也。’”見《左傳·僖公二十四年》。
⑦ “禹合諸侯於塗山,執玉帛者萬國。”見《左傳·哀公七年》。
⑧ “三過其門而不入。”見《孟子·滕文公》。

感事（六首）

一九九五年五月

平反傳聞感慨多，淋漓元氣久消磨。丹心報國終期許，午夜著書欲奈何？

誰説儒爲席上珍，塚中兵俑笑秦人！揚塵滄海尋常事，翻憶歲寒松柏身。

逝水韶華與墨磨，冥心孤往只高歌。老來愧説聞鷄舞，漫向青燈歎奈何。

補天無計亦傷心，大地幾曾歎陸沉！寫得文稿數百萬，茫茫人海覓知音。

桃源好向夢中尋，一劍倚天酒盞深。醉後狂言三萬句，何如幽憤百年心。

投子覓閒一局争，書生意氣笑紛紛。誰知松栗風前落，未識仙家妙契深。①

① 另注：以上六首非同一時間所作。

詩書畫之友社集會率賦[①]（四首）

一九九五年五月二十五日

咆哮黄河振大風，八年浴血杵流紅。憑欄今當瀟瀟雨，薪膽毋忘奠鬼雄。

東山危石復閒雲，磊落情懷我輸君。回首神州烽火日，新聲玉樹未忍聞。

妙筆飛箋題畫詩，琳琅滿目惹深思。陳言務去君休説，幾見盤空硬語奇。

浴血蘆溝烽火屯，乾坤正氣國殤尊。寄言黷武窮兵者，簽字常思受降村！

① 隨浙江省政協之友社，赴富陽察看當年日寇殘殺中國人民的歷史遺址千人坑、受降村。憤日寇之暴行，悲同胞之慘遇。

中秋賞月

一九九五年

嫦娥何事戀瓊樓，奔月情懷志已酬。起舞蹁躚清影弄，人間羡説正風流。

題《陸九疇畫册》

一九九五年

何幸名園訂夙因，素箋欣挹一枝春。嶼梅自識林和靖，卻見横斜淺水濱。

開封雜詠（五題五首）

一九九五年十月二十六日浙大四二届同學歡叙於鄭州。次日承開封花會之邀，暢遊汴梁諸勝，即事得絶句五首。率爾之作，純屬打油。未敢藏拙，專懇學長正之。

艮岳遺石

眼前突兀一湖石，道是花綱未足誇。卻笑道君輕社稷，軍聲戰血總如麻。

包孝肅祠

執法如山氣自豪，勘今賂納已如毛。狂生欲獻河清頌，毋忘包公虎鍘刀。

開封鐵塔

彷徨時向夢中陳，誰是人間不壞身。一塔斜陽千載立，纔知華夏鐵精神！

龍亭花會

龍亭花會喜空前，革放中原着一鞭。人物風流齊鼓舞，功成四化畫凌煙。

黄河岸邊

輕車載笑到黄河，攝影觀光韻事多。忽憶播州風雨日，蹉跎歲月愧如何！

梅城雜詠(六首)

一九九五年十二月一日,浙江《水滸》研究會第十二次研討會在建德梅城舉行,得攬梅城諸勝。得詩六首,聊志鴻爪。

梅城錦綉好山河,勝跡人文總不磨。別有風神千載事,范公憂樂放翁歌。

洪波蕩漾丁字水,軍令威嚴點將臺。乾坤放眼舒懷抱,珍重睦州研討來。

閉户攤書半自疑,索橋危巖一心馳。不因嘉會襟懷放,飛瀑葫蘆哪得知?

烏龍磅礴欲凌空,塔影依稀南北從。閒向寺前高處望,青山燦出玉芙蓉。

睦州一役萬松嶺,酣戰烏龍寫得真。豈是傳聞無閲歷,三思纂修此中陳。

聊齋志異布衣尊,聚訟難平有宿冤。幸得青柯初刻見,我來憑吊半消魂!

讀泊雁女史詩次韻奉酬(二首)

挾海襟懷意自癡，敲窗清韻夢回時。老來欲借生花筆，芳草天涯合賦詩。

歐遊心影惹人癡，六出皚皚拂面時。我愛琉璃新世界，攬天寒澈漫尋詩。

詩贈子華仁兄

丙子秋日

遊藝曠懷萬品中，多君旨趣坐春風。書林寂寞才人逝，繁勝西湖老亦雄。

題楊子華《水滸民俗文化》

丁丑歲暮

於樂寓教氣象雄，濟濟多士沐春風。夢梁已逝耐庵老，贏得昭時翰墨功。

讀《陳寅恪的最後二十年》①（二首）

一九九七年

千載韓碑人笑癡，無知在整有知時。憲宗能解肝脾否？三復義山元氣詩。

屠龍何嘗學三年，難譜豪情夜漏前。自是秋燈成濩落，問天不語欲呼天。

① 《陳寅恪的最後二十年》，陸鍵東著，三聯書店出版。人謂以"無知整有知"。寅恪傳語郭沫若，自謂"就做韓愈，郭沫若做段文昌；有人就做李商隱也很好"。周恩來總理謂："如陳寅恪要考慮科學家待遇。"總理高瞻遠矚，人豈能望其項背耶！

誦錢明鏘《新疆天池》戲和

輕車迤邐上瑶臺，群玉山頭決眥開。倒影環藍金萬點，穆王東去我西來。①

夜讀《韓碑》②

有涯孰解笑無涯，飛旋如今稱一家。千載斯文元氣在，可憐段説亂如麻。

遊仙詩

玉佩仙裾去絶蹤，瑶臺昔日一相逢。鮫人滴盡珍珠淚，回首巫山十二峰。

---

① 余於 1986 年 9 月遊新疆天池。

② 寄呈王鴻禮學長，以博一笑。李商隱詳悉韓愈撰碑被磨過程，贊《韓碑》云："公之斯文若元氣，先時已入人肝脾。"有涯、無涯見《養生主》借用以喻盈於淺嘗而笑好學之士。1997 年 11 月 11 日。

游鴛湖

鴛鴦湖上籠煙雨，喜見雲開今日晴。泥首風流船上客，敢輸壯志換天青。

佚題（四首）

閭里琴樽有剩緣，最悲宿草散寒煙。生平存歿無窮感，奮筆迴腸遣暮年。

藝苑詞壇數幾家，更推才調洗鉛華。姓名盡在吟編裏，風雨何嫌舊夢灑。

裁雲鏤月琢新詞，蕩氣迴腸百感滋。憶遍生離悲死別，蠻箋幅幅盡相思。

人事滄桑世事秋，燈前回首溯交遊。詞場跌宕歡場笑，都入生花筆底收。

唱和法國薛理茂吟頌山水情(四首)

丁丁伐木鳥鳴聲,玉潤珠圓耳目驚。誦罷吟箋心似洗,源泉遥見出山清。

老來逸興賞幽花,閒話詩情谷口霞。石自雄渾天倚立,卻緣一水澮煙遮。

天涯漫謂影蒼茫,咫尺風穿衆緑香。翦取松濤來半角,官場煽火卻生涼。

花徑泥途繞石林,高山流水寄幽心。刀環何處重尋夢,大化方知易理深。

答桑稻同志

桑稻同志惠詩,即次原韻,答之。

深漸末席坐春風,卻愛青衿黌舍中。桃李無言花燦燦,欲將心事訴蒼穹。

夜珠書來猶憶曩昔“荷衣清課”之句，漫吟一絶

剥琢聲傳喜不勝，撫箋如對玉壺冰。無端惹起瑣窗夢，裙是芙蓉衣緑稜。

題《中國歷代花卉詩詞全集》（二首）

閬苑遥聞翰墨香，高吟如涉百花莊。臨風不羡紅雲杳，月影横斜見素妝。

緑暗紅稀春已歸，問花不語夢依依。何如朗誦群芳譜，長駐東風花不飛。

題陳葆經兄追念慈親，友人爲繪《萱幃督課圖》卷（二首）

先生詞苑久名馳，澡雪精神暖自知。一語催人雙淚下，嗚機夜課憶兒時。

纏綿悱惻寸心知，欣挹丈人發孝思。我亦哀哀荷鞠育，老來愧讀蓼莪詩。

奉題嘉淦吟丈法書

紅樓艷事至今存，一卷長吟奕世尊。返顧高丘哀無女，感翁辛苦賦招魂。

誦《小休堂紅樓吟》卻寄[1]（四首）

夢裏紅樓月影西，荒唐往事轉淒迷。可憐新婦飄零淚，誰奠蕪塚舊日題。

山川顧盼共藍天，聽雨聽風又一年。長憶君懷多韻事，傳紅刻翠寫新篇。

文人慧業詠芳姿，休齋詩成絶妙詞。讀到情天皆是淚，天涯何處着相思。

漫道多情夢亦香，紅樓絮語斷人腸。窗前陣陣西風急，萎地名花盡帶霜。

① 另注：《小休堂紅樓吟》爲馬國均先生詩作。

譚老建丞有印鐫曰遊戲人間一百年，以轆轤體詩徵和，囑序於第三句，奉酬乞正

秦灰已冷鬼尚哭，誰見書成天雨粟。遊戲人間一百年，庶知飲水是真樂。

賀紹興詩社成立抒懷（二首）

曾訪沈園誦陸詞，更登快閣一情馳。中原北望如山日，正是男兒報國時。

東湖嘉會白雲秋，對客飛箋争上游。我道讀書須養氣，渠成水到是神籌。

賀景誠之古稀大慶

鷄鳴不已憶當年，苦盡甘來霞滿天。遥揖芝蘭羅膝拜，聲聞無愧玉堂仙。

愛墨軒詩畫社成立即興(二首)

鹽官歲歲海潮洄,雪浪排山浴日來。夢裏濤聲時澎湃,浮沉大地鑄雄才。

海塘遥望白雲飛,今日群賢集翠微。愛墨軒中驚落筆,好詩乞得一囊歸。

同友人小酌樓外樓

白堤岸畔有花香,料有春風拂面涼。樓外樓中同午酌,鱸魚蒓菜喜初嘗。

參觀觀音跳

觀音得道不知因,成佛加山焉可憑。侈説隔江輕一躍,尚留足印證前身。

梵音古洞

梵音古洞海之涯，菩薩真形時見嘉。我亦沿階癡下探，悠然佛影顯風華。

大乘禪寺

臥佛無端遭廢興，依然酣睡自安寧。夢中浩劫誰知悔，堪笑世人醉未醒。

病中閒吟（二首）

不趕浪潮穩坐時，抽絲剥繭實吾師。情懷消盡浮名想，密雨斜侵得自持。

病房千里夢回時，驟解桓公轉輾思。仲答尊重知識問，貫魚海口聘雄姿。

次韻奉酬《客居隨吟》[①]（六題六首）

翰墨流香

齒頰留芳愧汗流，花都湔水兩悠悠。浮沉漫感傷心劫，剩在迴腸一一浮。

附原韻：

翰墨香流汗水流，支那往事淚河悠。安南劫又棉寮劫，畫裏詞間歷歷浮。

薪傳逸興

越寮往事未澄清，且説薪傳逸趣生。自是因風花爛熳，緣何吹卻剩淒清。

附原韻：

越寮山水故鄉清，詩禮薪傳逸興生。一夜川原流赫色，黌宫炮毁頓淒清。

① 法國薛理茂寄詩，次韻奉酬。

詩客高吟

伊川野祭聽豪吟，多少時賢聚竹林。起溺扶衰欣有侶，斯文未喪酒頻斟。

附原韻：

花都詩客競高吟，月下花前聚竹林。共挽詩亡猶故國，僑胞廿萬酒狂斟。

發憤雄飛

坎坷人間逾半生，霜鬢欣見德爲鄰。渭城朝雨清塵灑，溜皮十圍松柏身。

附原韻：

人海沉浮大半生，揚鏢分手德爲鄰。有爲休惱前塵誤，發憤雄飛不顧身。

環居睦鄰

一山一水放懷嘉，隨處生根見物華。芳草天涯春不老，花都開遍洛陽花。

附原韻：

異土何殊故土嘉，地靈人傑物生華。環居但得群鄰睦，來往天倫户户花。

同吟國詩

域外高吟奉讀癡，青燈夢破一神馳。天涯西伯知尊老，賓館優遊誦幽詩。

附原韻：

中國城中顧盼癡，神州移入費神馳。巴黎落户中原客，富貴同吟故國詩。

丁丑抒懷

拂卻心塵辭舊年，硯田馳驟着鞭先。書生多事勞生定，戽水穿泥破曉煙。

詠　史

廣武有人歎鳳鸞，素琴一曲顧天寒。楚歌四面美人淚，輸與封韓又醢韓。

贈明權先生、玉華女史

孰道天涯淪落人，慕槎比翼建虹旌。千秋壯志君知否？情繫長城餐大秦。

慶祝香港回歸(二首)

國家主席出神京，滿載炎黄熠熠情。越漢邁唐交接典，從容揖讓聳天聲。

香市酒香淑景移，高樓熙攘紫荆旗。遥知四海魚龍夜，焰火垂成七彩霓。

香港回歸雜詠(五首)

横海南天未蕆勳，侯官一序意縱横。可懷愛國難爲用，談笑之間日已曛。

林公一炬樹風流，浩氣龍光射斗牛。畢竟掣鯨今有術，騰驤又上一瓊樓。

兩制運籌頌鄧公，治平端在睿思中。金甌無缺米旗落，行履從容遵大同。

忍讓香江九九年，天聲重震舞翩躚。鐵肩道義鵬程遠，虎踞龍騰着一鞭。

百年長夜意漫漫，拂卻殘槍天宇安。蕉露椰風齊歡呼，天安門上慶團圞。

九七香港回歸，伯敏教授首唱，次韻奉酬（二首）

望眼掀開會有期，神州雨露正華滋。百年暢叙蓬萊閣，海氣樓臺好題詩。

擂鼓聲中日月長，珠崖碧海莽蒼蒼。大旗晨照掣鯨手，百折濤來我欲狂。

丁丑仲秋在家（四題五首）

出院詣家

七月三十一日

秋紅一路染人衣，好鳥啁啾露未晞。趨步曳衣孫笑説，爺爺今日坐車歸。

理　稿

八月十日

日日伸眉擁翠微，年年空谷足音稀。而今莫道秦灰熱，行見風雲壁上飛。

録　音

八月二十一日

朗誦詩篇半日閒，縈懷往事未能删。從知澗水飛咆石，歷盡千山與萬山。

品　茗

八月二十五日

信口開河未必真，心潮淚熱庶傳神。筆耕未竟浮生願，敢向嚴灘説隱淪。

閲世離奇暗自驚，論心誰作不平鳴。何如兩腋風生日，抛卻人間未了情。

奉題月河軒詩稾

一九九七年九月

月軒清光送玉徽，苕溪舊雨夢依依。而今不需長房術，行見芳馨紙端飛。

佚　題

湖山煙雨霧濛濛，餘潤欣看潺湲中。一水秧針忙掣插，新香好祝又年豐。

七言絶句輯佚

夢遊明聖湖

二十世紀四十年代舊作

淡妝猶識舊湖濱，羅襪輕波不染塵。昨夜月明歸夢冷，萬荷綽約拜詩人。

夢中再遊明聖湖

二十世紀四十年代舊作

漁火星光拂遠隈，芙蓉一朵破寒開。輕舟蕩漾波心碎，若待詩人拜月來。

贊國學大師馬一浮先生

生民立命問如何，會語宜山述義多。辛苦當年存絶學，流離不綴聽彈歌。

癸酉歲寒題華其敏《昭君出塞圖》

一九九三年

風動瑶林出畫闌，雲遮凍合玉山寒。美人腸熱和親事，贏得琵琶結墨翰。

夜讀戴盟同志《詩橋集》

聯珠唱玉作詩橋，勾勒江山分外嬌。欣挹清芬同攜手，一燈朗誦樂良宵。

示奉化詩社徵賀述懷，次韻呈正

八月秋高夕照明，徐凫懸瀑竇山清。剡溪何幸親文旆，猶憶程門立雪情。

三孔謁聖(二首)

三日深秋憶壯遊,欣從洙泗窺源頭。宮牆萬仞巋然在,汲取精神展遠猷。

太和元氣見精神,放眼無妨白髮新。垂老漸知人牧理,生生不已乃親親。

黄征同學和余《新疆吟草》,勉答四絶

輕車躍上百三彎,俯仰行雲碧落間。聞道瑶池開壽宴,會心一笑一緋顔。

高昌過後卻春暉,萬仞黄沙間翠微。莽莽昆侖頭盡白,冷山不見雪紛飛。

年年寂寞寸心知,難得濟南伏閣時。噩夢神人歸彩筆,雙鬢欲雪愧何如?

燈前白日可闌珊,積貯幽憤久未删。興學青衿難了願,詩騷大義許尋攀。

刊大春節嘉會賀辭

一花一葉夢中新，茁長漫辭歷苦辛。卻喜驚雷破土出，西湖會見滿園春。

贈王鴻禮兄

夢繞播州舊日雲，豪情壯志孰如君。歸來湖上心更赤，桃李春風頌夕曛。

佚題十五首

驚奇拍案幾多秋，談録早傳古杭州。盛世新聲今勝昔，教人千載挹風流。

舊雨新知孰與儔，華樓欣挹映華樓。海天萬里重相見，把臂難忘倩影留！

天下西湖三十六，山光水色各争妍。憐君展卷文瀾閣，宛委瑯環手自研。

相師創格贊詩詩，半是禪心半是詩。不隔詩才多境界，遺山詩推別裁詩。

五十韶華石火過，來青舊雨問如何？未逢若有千言説，待到逢時感慨多！

已墜青雲志欲堅，浮生愧未着鞭先。山河錦綉書生賤，不話相逢亦潸然。

爲報關雎賦好逑，佳音遥遞古神州。齊眉今日衷心祝，花好月圓到白頭。

射虎拏龍不記年，功成端合畫凌煙。而今容與林泉下，猶展鴻圖燦碧天。

灼灼文明孰領先，弘揚未許視雲煙。三更燈火先憂樂，奪秒争分着一鞭。

小范胸羅百萬兵，孤城塞外斷人行。磻溪人釣寒江雪，卧聽龍泉壁上鳴。

望裏龍蛇未露文，淮南鷄犬早相聞。皮相之談知何益？回首襄陽卧白雲。

夢回不覺淚如傾,顧盼銀河夜已深。不是秋蛩繞階泣,龍泉却聽匣中鳴。

壁上青燈淡似銀,夢回何事亦傷神。落花委地成狼籍,夜雨敲窗不避人。

何事年來伴苦吟,詩風翰墨寄知音。蓬山未許瓊樓隔,會見天涯赤子心。

紅旗招展東風裏,千軍萬馬劍光水。此身垂老自不知,躍上雕鞍學孺子。

登四照閣(代撰)

明湖舊夢又重尋,四照樓頭裁短吟。面面多情山色裏,心心相印聚知音!

酬馬國均學長三首

御風萬里一毛輕,皓首相逢夢亦驚。料峭春寒添别緒,柔腸百折是詩情。

回首髫年共賦詩，朝霞粲粲盡遐思。登車亦有澄清意，一事無成鬢已絲。

朱實凌霜果滿籬，橙江兩岸裔雲垂。蘭舟欸乃穿梭去，唱罷楊枝又橘枝。

贈沈風人

稷山一叟地行仙，八十猶濛塞上煙。海峽風情詩萬首，鶴村廢讀蓼莪篇。

零句（二聯）

藝人舌辯有雄才，千載芳馨撲面來。

猿鶴原來是友生，四紀龍争已不驚。

五言律詩

過豐樂橋

二十世紀四十年代舊作

細雨濛濛下，鹽車轆轆來。鳥飛驚蠹葉，木落映寒苔。江水流如此，鄉心夢已灰。江南音信斷，撫事又生哀。

曲　徑

二十世紀四十年代舊作

曲徑叢花迷，參差點舊溪。星河方欲渡，蜂蝶莫相泥。明月春潮晚，畫橋煙雨低。王孫思舊日，芳草遠萋萋。

周總理逝世周年獻詩（三首）

一九七七年

大智原虛納，憂勤舉世欽。襟懷輝日月，衽席拯人民。叱咤山河易，奔騰歲月新。蕭曹何足道，浩氣共長存。

世界風雲變，中華位獨尊。一身繫德望，雙手轉乾坤。談笑驚蛇窟，憂勞縛虎蹲。勳名垂竹帛，瀛海吊忠魂。

緩緩靈車路，哭聲夾道哀。四妖釘刺視，億衆肺肝催。天地留正氣，山河揚骨灰。蛇豕終殄滅，新苗接天來。

錢江大橋漫步贊茅以升教授

一九七八年

四海蒙塵日，男兒奮志時。飛梁連絶岸，高堰挺雄姿。舟楫頻來往，車輪人騁馳。錢江流不盡，勳業萬年垂。

戊辰立冬前兩日憩靈峰寺

尋勝靈峰地,暗香襲遠山。伊人思故國,逸士俯雕欄。精鶩八荒外,神遊六合間。胸中多少事,自愧二毛斑。

挽陳元凱①

一九九〇年十月

結褵樂翩躚,瓜果垂眼前。從容論世態,渾樸理簡篇。比較中西學,交遊黌舍賢。浮生花甲近,一餐赴黄泉。

祝朱福炘教授②九十上壽

瞻仰朱夫子,高風天下聞。格知沈叟學,憂樂范公文。槐市宏教化,杏壇散馥芬。稱觴榴火日,瑞屋滿彤雲。

---

① 另注:陳元凱爲原杭州大學中文系教授。

② 另注:朱福炘教授是民盟盟員,曾任原杭州大學副校長。

辛未懷遠

慘澹青燈下，撫膺暗自驚。丹心長是陋，白眼至今横。欲遂江湖志，猶憐翰墨情。雕蟲非足貴，伐木得同聲。

茶人之家品茗

辛未清明

疏慚荒學落，對客敢題詩。瞻像重來謁①，斟茶一問之。輕清注雪水②，婉約賭茗詞③。冠蓋能高詠，風流雅譽馳。

① 茶人之家有唐陸鴻漸造像，余二次來遊。

② 賈寶玉品茶櫳翠庵，妙玉以五年前儲於鬼臉青中梅花上雪水泡之。寶玉嘗之，果覺輕清無比。

③ 李易安與趙明誠，每坐歸來堂，烹茶指堆積書史，言某事在某書、某卷、某頁、某行，以中否決勝負，爲飲茶先後。其詞婉約，挾以悲辛。

賀浙江詩詞學會第四次理事會議暨青田詩會召開(二首)

漫道孱顔地,踏天凌碧空。山行匪兕虎,水潛出蛟龍。鵠集飛馳遠,雕盤皓魂雄。僑鄉崇碩彦,跨海策奇功。

青田蕉葉傳,傾吐欲千篇。壯志煙雲遠,豪情歲月綿。深慚狂叟誖,恭讓着鞭先。鄒忌徐公美,諫書垂眼前。

答贈闞家蓂學長

北美大雪,天地寂静。家蓂學長以《憶秦娥》詞見示,愛其格高韻勝,勉成一律以報。

北美濕雲生,寒林欲絶聲。千山飛寂寂,萬象閃晶晶。長憶同窗樂,緬懷齊物情。色相終幻滅,卻照此心瑩。

喜聞國均兄返美再疊前韻奉酬

掃徑芙蓉日，相逢欣未遲。甕舍聯夜語，空谷睹雄姿。勳業推君首，衷懷慰我私。雕蟲非壯夫，深愧更無疑。

賦呈臺灣詩友（外一首）

交友貴心知，明湖傾蓋時。不須誇品藻，相與擴襟期。東箭清芬佩，南金雅譽馳。司空留詠在，到處説新詩。

欣得知文者，西湖兩日逢。裁雲詩細細，聯袂話重重。擊節新詞換，催花舊俗從。幽情慚藻采，豪興慰萍蹤。來歲榴花灼，今朝艾酒濃。芝蘭親入室，風雨訴離衷。日月潭天上，願聆遠寺鐘。

謝張淵量詞兄贈書

欣挹襟懷博，深慚砥礪初。臺灣傳舊學，大陸賞奇書。論學真殊衆，傾談乍啓予。交流從此始，黽勉帛魚疏。

游湖贈臺灣詩友

西湖天下景，山水挹清娱。波緑分濃淡，峰青界有無。層樓擁翠髻，淺草鋪芳菰。遥接桃園水，文昌氣運符。

題東洋書人團體蘭亭流觴交流書藝

誼自流觴見，嘉賓海上來。豪情題院壁，好景寫蓬萊。放眼深秋節，蘭亭淑氣催。山楓紅似火，俯仰復徘徊。

品茗閒吟兩律

一九九六年

一病雪鬢侵，殘年怯苦吟。簫寒空負氣，榆老欲無心。滄桑循世變，山水獲知音。陸羽崇茶聖，令名直到今。

湖溢一群山，峰巒閒不閒。鳥喧紅日出，潮落翠霞還。物外詩情遠，塵寰天步艱。何如茶影裏，笑傲薜蘿間。

贈文史館同仁謁郁達夫紀念館

一九九七年

冬日招佳客，仰賢集鸛山。精忠留逸韻，芳躅許高攀。波湧心知奮，雲閒意共還。登臨風瑟瑟，談笑赤崖間。

病起抒懷(二首)

一九九七年

風雲龍虎日,黌舍愧群英。迢遞青春逝,踟躕白髮新。著書身復起,寫字眼猶明。舊雨經年别,更深若有情。

早歲誦詩書,人師慎厥初。在山泉甘冽,出水氾污瀦。磊磊澗中石,矯矯君子車。浮雲身外事,視笑故人疏。

七言律詩

三秋晚眺

一九三四年

龍山遠掛夕陽紅，萬象蕭條入望中。陣雁排雲駕晚節，啼鴉繞樹弄秋風。停車坐愛楓林老，駐足閒看潭影空。我欲推敲尋好句，鐘聲幾度透蒼松。

中秋望月有感

愁雲捲去月生明，難比今宵通夜清。照澈炎涼千古態，洞如冷暖百年情。舉杯獨酌誰邀爾？覽物興懷我惜卿。惟願素娥除濁氣，團圞長保一輪盈。①

① 另注：以上二首是搜集到的最早七律，時操南先生初中畢業。

遊遵義湘山寺[①]

出門常藴楊生淚，悵觸無端百感哀。幾日行雲何處去，十年馨夢又重來。殘花冷果隨風落，斜日微曛帶霧開。莫謂登臨銷暇日，盤桓王粲獨憐才。

看山登山[②]（二首）

二十世紀四十年代舊作

看盡千峰緩步回，馨花帶雨晚風催。高林蕭瑟人初去，古渡淒迷月自來。散髮江湖書半篋，放懷天地酒千杯。山眠細認寒窗影，知有深心未盡灰。

暇日同遊金頂山，斜陽入寺石苔寒。推窗坐瞰千峰瘦，食黍深知百姓艱。默默磷螢光上下，悠悠號泣月昏殘。四圍響應風生谷，漫説神燈是鬼關。

---

① 1942 年舊作，所謂烽火年年花濺淚也。

② 此爲解放前舊稿，被紅衛兵抄，偶憶其二，以志鴻爪。

幽　憤

自笑孤懷磊落胸，髫年仗劍睨群雄。讀書午夜添豪氣，擊楫中流挹大風。不逐時芳原碌碌，甘持清節興融融。空濛莫羨飛仙過，尚有名山藏此翁。

酬答玉翁賜《題揖曹軒詩稿》

分明魚目亂真珠，幾許陳言務去之。壯志千秋慚舊夢，丹心一寸學今詩。騷壇濟濟尊公健，讜議霏霏笑我癡。甕舍倘餘閒歲月，叩門乞火應無時。

附朱玉吾原詩：

題《揖曹軒①詩稿》

揖曹軒額有來由，只爲心傾記石頭。想見栩栩入化處，青燈夜雨讀紅樓。勤研紅學遵遺教，正道滄桑天地心。無可奈何花落去（借句），九原芹圃感知音。

① 另注："揖曹軒"爲操南先生的書齋。

無題(三首)

偏是無情亦有情,樓臺縹渺聽吹笙。斜倚鳳疊和香遠,漫捲鯢封隔水輕。蝶栩夢中心萬里,鵑啼雨後月三更。春風一自離花檻,顛倒紗窗日未明。

春到天涯未覺遲,誤將蜂蝶許心知。花因風雨悲今夜,萍自江湖感昔時。楚苑吴宫勞舊夢,巴羅蜀錦托新詩。幽蘭不待美人折,倚徧闌干十二支。

未解嗚咽弄玉簫,只憑禿筆寫飄摇。燈前熱淚心頭濕,夢裏狂瀾紙上消。莫謂春雷多是雨,從知秋蜮必爲妖。閒來細嚼杜詩味,契稷許身韻自驕。①

① 另注:此三首詩非同一時間所寫,前二首是二十世紀四十年代舊作,有油印件。

喜鄧公復職

一九七七年七月

八億豪情有待公，黑雲濃霧步從容。力排妖孽聲名重，功在人民德望隆。領袖英明暉霽日，工農躍進拂春風。笑看十萬橫磨劍，治國安邊老益雄。

歡呼中共十一大召開

一九七七年八月

赤幟飄揚映碧空，滿城歌舞響秋紅。澄清玉宇群情快，開展宏圖衆望隆。革命浪潮推歷史，人民威力奪天工。三年大治欣初見，放眼青山雨露濃。

十月的頌歌(二首)

一九七七年十月

十月凱歌慶一周,歡聲笑語滿神州。妖星粉碎沉江底,赤幟飛揚樹上遊。兩霸紛争隨逝水,兆民覺醒動寰球。長空更見雄鷹擊,萬類霜天揮斥遒。

紅旗百萬暢心神,招展燕山淛水濱。八項要求宏四化,千秋事業仗群倫。石油滚滚湧深地,糧食紛紛堆滿囷。漫道書生無一用,“攻關”正是及芳辰。

喜讀葉副主席《八十書懷》

戰鬥由來主廢興,全憑治國抓綱人。移山偉業垂鴻範,汗馬豐功躡後塵。赤道椰林齊踴躍,豺狼鬼蜮共凋淪。小民欲獻河清頌,巍巍青松雪後明。

懷念毛主席(三首)

導師逝世忽經年,浩氣長存碧落間。一片芳菲花似錦,四妖猖獗罪滔天。人民涕泣思遺策,領袖英明創史篇。治國抓綱遵指示,頓教形勢喜空前。

登高遠望暢心神,赤幟蔽空滿眼新。闢地開天尊老帥,屠龍射虎仗青春。工農躍進凱歌響,科技精研笑語親。一語報公應快慰,"長征接力有來人"。

憶昔倭群壓海陬,奔狼突豕地天愁。黔南遍灑人民血①,陝北飛傳勝利籌。烽火年年花濺淚,甘霖處處鮒抬頭。如今功勳高寰宇,赤幟迎風捲不休。②

① 抗戰時期,余在貴州遵義浙江大學,親歷黔南事變,人民肝腦塗地。

② 另注:此首用葉副主席詩韻。

春節嘉會書懷①

春雷早已動天地，江海奔騰永向前。四丑跳梁憎往事，一陽初復樂新年。紅梅萬樹迎風燦，碧浪千帆映日妍。華嶽凌霄同仰望，攻關偉績競先鞭。

近感四首

神州一夕除四妖，八億凱歌衝九霄。焜耀千秋勳業在，輝煌萬里黨旗飄。椰林赤道齊電賀，雲水風雷激怒潮。偉績豐功書不盡，緊隨主席戰今朝。

四人稱霸又稱王，到處煽風點火忙。錦綉江山藏“小丑”，光明日月有“膿瘡”。毒瘤終見金刀割，生産更從戰鬥皇。萬衆歡騰河谷舞，天安門上國旗揚。

淡雲涼雨水悠悠，去歲下鄉住秀州。生産常憂化肥少，市場

① 1978年春節在省、市政協，市文化局，西泠印社座談會上作也。

卻見烏魚稠。群魔亂舞龍蛇窟,多士難分清濁流。今日中央除四害,風雷烈火到田頭。

龍脂虎血塗山陬,四害猖狂真覺愁。智慧集中操勝算,巢穴撲滅運神籌。重温大捷收淮海,可比横江下石頭。放眼乾坤争霸急,積糧挖洞豈能休。

戊午歲闌柬陳其昌兄

離别於今四十年,忽驚瞀眼讀華箋。談詩常憶二泉月,論字彌慚三竺天。曾記髫齡飛戰火,卻思垂老理殘編。西湖來歲紅荷好,一榻下陳作散仙。

酬呈玉吾老詞宗

杖履湖山許追隨,欣逢牙曠未爲遲。青雲嫋嫋舒遐想,紅日杲杲仰導師。工藝江南推一代,宦遊漢北卷千詩。雕蟲難了英雄事,響起春雷賴護持。

拜讀朱老玉吾西山公園賞花詩有感卻寄

憶昔垂髫曾賦詩，風狂雨惡絮飛時。身行萬里無人識，志在千秋有夢知。聞笛空懷關塞壯，衡文真愧讀書遲。年年烽火病中過，説與詩翁作笑詞。

附朱玉吾原詩：

糞除四害合吟詩，回首那堪雲壓時。八億欣看齊奮發，一峰砥柱五洲知。遺篇碣石心猶壯，投柬曹丘意未遲。盛世欣逢情不已，書生寄感只憑詞。

一生功罪只餘詩，梁燕幾經巢覆時。風雨神州淒往歲，陽春華夏暖今知。論才不棄葑菲質，聞道枉嫌夕照遲。尚有餘絲吐未盡，僵蠶垂老作新詞。

六省教材協作會議期間雜詩(三首)

浩蕩東風滿九州，長征接力待從頭。激揚文字中青老，指點江山笑語謳。筆底雲濤山可撼，胸中焰火石能流。試看江海千帆飽，無數英雄爭上游。

百花洲上百花妍，畫意詩情展眼前。花亦燎原成烈火，水如明鏡冽清泉。暢遊聖地添幹勁，閒坐名園話史篇。盛世相逢情未已，緬懷先烈憶當年。

鄱陽湖畔集群賢，酌古斟今興勃然。庶信騷壇無禁域，哪知萍水有奇緣。榴花照眼將歸日，翰墨通神未遇前。此後雲山千萬疊，相思毋忘付濤箋。

詩贈楊君劍龍

楊柳依依合賦詩，常思風雨一堂時。軍山讜議驅神荼，井岡暢遊頌導師。攬月馮虛非是夢，斬鯨踏海不爲癡。羨君早蓄凌雲志，萬里鵬程無限思。

次韻酬謝瑜老和詩

天涯芳草自離離，夢繞關山盼後期。華嶽巍峨同瞻望，鄧林浩蕩共明時。文翁蜀去愧無酒，鴻雁來賓喜有詩。來歲西湖春正好，萬花如錦暢神思。

近事有感

放懷正值賞花天,卻遇陰雲降陌阡。忝座人誰虛半席,讀書我欲假三年。遮顏羞見噲爲伍,燭鬼難逢馗是仙。會看秦庭明鏡懸,鹿耶馬乎指人前。

向科學進軍

人天日夕也新奇,天合神遊豈夢思?有志衛星尋礦藏①,無情種子發葳蕤②。電機神算億千次③,能站感光十二時④。來歲嫦娥賓客宴,御風而行見雄姿。

① 用人造衛星勘察地球,十幾天中可將整個地球的水文、地質、礦藏、森林全部拍攝,可將深埋在地下的資源勘察出來。

② 近年來生物學上的無性繁殖、細胞雜交和遺傳工程的研究爲育種工作開闢了新途徑。

③ 電子計算機速度每秒已達一億五千萬次。

④ 現在世界範圍内已開始向太陽能電池、太陽能電站、太陽能供電的技術進軍。

國慶獻辭

闢地開天廿九秋，神州九億發歌謳。嶺南塞北紅旗舞，白髮黄童笑語稠。華嶽崢嶸英氣爽，妖氛掃蕩劍光浮。書生慣作河清頌，四化宏圖展運籌。

次韻奉酬杏沾先生和登梁山詩

漫云嘯聚亦英雄，宋室江山血染紅。除霸運籌真好漢，招安詭計只虚功。千秋史事論將定，百世精靈意不同。叔度汪洋詩旨爽，新征共勉躍花驄。

庚申冬日加濟先生惠詩因以酬之

風華猶憶一燈前，道是迎親雨雪天。未必瞽翁通玄理，可知學士有真言。膩香誰羨樽前美，冷雋還高霜下妍。穠李夭桃摇落盡，好尋疏影小溪邊。

次韻再答加濟先生

曾聞肝膽照人前，劍氣詩花義薄天。嵇子援琴知省德，陶令采菊欲無言。青山漫憶花多麗，白屋常思月益妍。笑指山河成一醉，區區拍手武林邊。

附樓加濟原詩：

實情難吐在人前，真假假真非一天。話到舌頭急改口，途逢親友默無言。天迴地轉桃符換，冬去春來花草妍。最羨杭州大學裏，一支紅杏出牆邊。

闞家蓂學長惠詞，詩以酬之

虛堂逭暑讀華章，齒頰流芳兩腋涼。南國梧桐思舊雨，西湖桃李挹清芳。神州重別添新誼，異域爭籌羡主張。尚有詩魂存海内，高山流水興偏長。

孫中山先生誕辰 114 周年賦懷

一九八〇年十一月

推翻帝制仰雄姿，國是以俄早拜師。遺囑神州争自由，傾心歐美出風儀。百年正道滄桑變，九域高歌赤幟馳。歡待臺胞重攜手，飛觴酹月賦新詩。

辛酉近事有感

托跡上庠四十年，肯將壯志付雲煙。春來王粲愧無賦，老去汪中合墾田。落落浮生逢白眼，悠悠噩夢訴蒼天。芙蓉爲裳吾何恨，難懲此心淚似泉。

建黨六十周年獻辭

沉沉夜幕鼠妖狂，闢地開天日月光。不信三山能舒慘，益知四化睹芬芳。縛鵬已著千秋業，抽劍更揮一截香。試向神州高處望，新征萬里氣飛揚。

壬戌春節抒懷

放眼乾坤淑氣稠，歲朝小息一登樓。書林争習少奇策，學海還羡文獻謀。鐵骨錚錚原落落，冰姿皎皎亦悠悠。更新除舊曈曈日，正道於今踞上游。

慶祝十二大勝利召開

一九八二年九月

乘騏馳騁導先路，譜出神州新樂章。浩蕩文明凝紫氣，激揚民主發紅光。創新局面功千古，除“左”錯差籌萬行。欣挹英雄同攜手，憑高遠眺海鷗翔。

再疊前韻奉酬國均學長

翩翩蝶夢睹華姿，況復迴環讀妙詞。漫憶播州桃綻日，卻憐瀛海雁飛時。多君卓礫天能補，愧我荒蕪學已遲。幸得魚書傳萬里，不教風雨結相思。

附馬國均七律：

涓涓秋水隔英姿，雅愛勞君賦雅詞。一點靈犀千萬里，半生書劍幾多時。維新科技催人老，憶舊詩篇入韻遲。早怨衡陽歸夢遠，江南蓮熟再相思。

家乾學長從事教育四十周年[①]

水闊雲深數十年，瑣窗風雨未成煙。荒鷄遵義情常在，梁月衡山夢亦妍。興學毀家垂後學，禮賢下士續前賢。自慚垂老鉛刀鈍，寄簡書空一黯然。

聽中篇評彈《真情假意》

上海人民評彈團演出的中篇現代書《真情假意》，頗爲精彩，乃賦此爲贈。

忽驚風雨到花前，雙眸無光誰見憐？珮質晶瑩冰比潔，琴情冷暖玉爲堅。庶知友道心靈美，頓覺人間花草妍。我愛俞郎崇正氣，眼明纔得繫紅綫。

① 周家乾爲老浙大同學，其從教四十年，書啓徵詩。

讀北美校友通訊，自慚無似，遥寄桀兄閣下

久别何妨賦一歸，梁溪浙水好村居。蠡園日暖飛蝴蝶，慧麓泉香看錦魚。少小情懷原歷歷，老年心事益萋萋。多君百尺元龍士，自愧無成淚沾衣。

慶祝建國三十五周年

開放頻傳治世音，革新大道感人深。已移重點千秋業，敢獻丹忱四化心。科學明珠擎巨掌，藝文碩果躍長吟。歡騰最是富民策，一片霞光舉世欽。

次酬汪民全兄

浮生且莫感蟲沙，天寶從來競物華。發議既傾肝膽見，衡文還賞墨痕斜。行吟楚澤三湘地，走馬長安萬户花。學海浩涵津逮得，靈犀一點欲名家。

淳安千島湖吟詠（四題四首）

題紫金鎖瀾[1]

一九八四年夏

平湖高峽一明珠，削壁鎖瀾氣象殊。閘峻樓崇驚鬼斧，流遷瀑瀉訝神區。機勤日夕寰山吼，電發春秋夾道呼。勳業領先天地變，口碑載道滿桑榆。

題千島湖[2]

一九八四年夏

千年秦瓦沉江底，幻出蜃樓海市奇。春暖峰馳蘭棟槳，夏涼人酌綠楊陂。雲横帆影龍蛇窟，輪碎濤聲猴鹿居。西子三千波灝瀚，放舟還拜海公祠。

---

① 新安江水電站大壩，高105米，像一條巨大的鐵欄牢牢地鎖住洪水中的蛟龍，化狂瀾爲平湖。水力發電，造福於民。

② 千島湖爲浙皖名山名水，名聞遐邇。銅谷浮翠，因秦代"置官採銅"而得名。湖區中心有海瑞祠、猴島、鹿島、蛇島、千島湖鎮諸勝，余遊時僅把波瀾壯闊而已，今已成詩讖矣。

陳碩真頌

一九八七年十二月

睦州起義萬民歡，鳳翥龍騰一舉安。開史文佳尊女帝，招旌僕射躡山巒。桐廬鱷徙水軍振，於潛鯨吞勁敵寒。太息婺州攻未下，沉沙碧血至今丹。

題方臘洞①

一九八七年十二月十五日

青溪幽谷日徘徊，往事縈懷夢幾回。漆楮遍山苦搜刮，煙雲遮眼異蓬萊。擾多花石天心怒，官尚侵漁黎首哀。糜費民脂須大悟，我來殷殷聽驚雷②。

西湖詩社成立四周年書感

西湖結社瞬多秋，一角東南競自由。往事離奇心惻惻，前途

① 方臘洞原名幫源洞，位於今葉家鄉洞源村東北的長龍山腰上，距縣城千島湖鎮 70 公里，是方臘起義和被俘處。爲紀念方臘起義，改今名。洞口立有 1964 年郭沫若題的“方臘洞”石碑。1981 年 4 月 13 日被浙江省人民政府重新公布爲省級文保單位。

② 董必武題煙雨樓聯，有“星星火、殷殷雷”字眼。“殷其雷”，典出《詩經・召南》。

難料夢悠悠。峥嶸歲月龍蛇見,呫嗶詞壇肉食謀。幼誦《虞書》知立志,弘揚文化一神州。

杭州大學海外聯誼會成立大會抒懷

一九八七年

虛度韶華七十年,芸窗舊夢未成煙。播州淫雨鷄鳴晦,浙水青陽桃綻妍。尚有豪情通異域,愧無翰藻續前賢。龍飛此際雲從日,遠矚神州一粲然。

遥祝廣東詩詞學會成立

一九八七年

迢迢粤海一情馳,瞻望南天繫所思。彩筆千秋承舊學,白雲萬片譜新詞。爛斑酣飫人廬説,瑰麗朗吟長素詩。盛會欣逢中興日,吟壇重振耀明時。

感懷呈陳師叔諒①

底事悠悠思悄然，弦歌慶遠亂離前。昏燈繹史安邦志，絳帳授經海國編。少穆焚煙憂社稷，定庵撰序密籌箋。彎弓誰惜泥丸將，師訓煌煌敢息肩。

省政協詩書畫之友社雅集

一九八七年五月十七日

西湖日照碧漣漪，花發泉濺放眼奇。拔地樓臺新境界，遏雲歌舞古仙姿。忽慚禿筆無佳句，轉愧蕪詞答聖時。正是龍飛滄海日，憑欄翹首一尋思。

① 陳訓慈(1901—1991)，字叔諒，曾任國立浙江大學史地系教授。浙大播遷在宜山時，陳師授中國近代史，循循善誘，亟於弘揚民族優秀傳統爲務，薰沐受教，不敢須臾忘也。

龍舟游湖賦呈臺灣詞宗

端節評詩陪勝游，聖湖吟詠足風流。放懷淥水容千醉，縱筆青山消百憂。王粲登樓休作賦，陳遵投轄好相謀。座中賀監稱仁者，樂道詩書哂未休。

觀電視劇《秋海棠》

一九九一年二月

海棠身世淚如泉，道是人間忍辱篇。坎坷常思靈狷潔，流離何礙夢蹁躚。銀河耿耿雙星隔，珠淚淒淒弱女漣。既訂三生緣有約，教人泣下説金鈿（借用白居易《長恨歌》句）。

題茅於美洛陽外院專家樓牡丹園中攝影

聞道名園處處栽，展圖恍見畫屏開。燒春焰焰胭脂色，染水溶溶緑蕚堆。濃麝分香侵四座，斷霞轉影逞重臺。殷勤爲報東君意，莫負韶華一舉杯。

答友人

中年掛席洞庭月，晚歲相逢嶽麓秋。曉起江山時獨往，夜來風雨誰同酬。千吟欣挹新園地，百議齊攀舊岑樓。昨夢九嶷星斗燦，詩情濤湧拍天流。

祝賀十四届三中全會閉幕

一九九三年十一月

欣聞日下①響奔雷，宏偉藍圖改革才。架設金橋新世紀，轉移體制報春梅。市場正瞰燎原火，家國頻添交響杯。更向麟臺高處望，霞光萬片逐人來。

新加坡張濟川詩翁寄示大作，次韻奉酬(八首)

休言水暗與珠沉，空谷足音喜不禁！怵目山河頻頷首，感時

① 日下:《滕王閣序》“望長安於日下”。後世用於喻京。

花鳥亦驚心。獅城電掣睿思遠,詞閣雲飛結契深。安得吹簫同攬月,暗香疏影共幽吟。

桂杭相值最流連,南望椰林路萬千。殘夢閒吟桃館雨,新知徐步蘇堤煙。浮生碌碌春秋逝,求索悠悠上下遍。空谷足音腸猶熱,焚香好誦棣華篇。

禮之大用和爲貴,民亦勞乎汔小休。北海清明分紫氣,南天浩蕩卻鄉愁。易言君子天行健,詩樂嘉賓道義周。欲問是非千載得,斯文未喪不吾憂。

伊川野祭贊遐陬,南國詩開獨善謀。不畏浮雲遮望眼,卻從烽火識離憂。天涯赤子望猶摯,故里書生志未酬。正是月明千里共,幾時乍湧照金甌。

龍光桃館憶迎杭,共道桑榆壽且康。萬里行吟豪傑事,千秋經國聖賢方。心頭猶喜靈犀在,案上正馨蓮蕙芳。翹首椰林魂夢繫,贈詩一夕勝遊庠。

騷人乘槎桂旗張,萬里梯航北斗望。應有胸懷恢八紘,能無吟詠振三唐?炎黃一脈源流遠,嘉業千秋琥珀光。芳草天涯雲海曙,東風掠夢到蘇杭。

尊翁博學紹詩騷,霽月光風韻自高。獅國散芬遍大地,神州訂約敘英豪。篇章欣挹驚人句,薪火深漸護李桃。倘許闌珊親筆硯,同行攜手共榮褒。

星洲一葦燦餘杭，何幸殘年挹耿光①。滄海揚塵肩道義，騷壇樹蕙焕文章。惜花未灑千行淚，覓句還勞九折腸。自笑年來無氣力，弘詩猶願共張皇。②

贈印度大使沙爾曼·海達爾

明湖何幸識荆州，塑像風流瞻遠猷。一席重論慚哲士，千秋事業仗君侯。達摩面壁開禪學，玄奘取經啓九疇。翰墨因緣今勝昔，月光如水照中秋。

桂林憶遊（二首）

灕江一水看山行，夏水襄陵别意長。仄徑委蛇人躑躅，扁舟浩蕩鳥飛翔。臨街市酒陰偏護，作客談天夢亦芳。猶憶勾留消塊壘，萬峰深處喜清涼。

簪山帶水夢當年，巖下悠悠不羨仙。劍插摩天衆嶧起，乳垂積石小蹊連。榕吟待月桃花館，心賞臨風象鼻川。浪跡臥遊開境界，風詩惠我白雲邊。

① 《尚書·立政》："以覲文王之耿光。"

② 另注：以上八首詩由數年奉酬所積。

詠　梅

一九九一年三月

月明浮動見精神，笑憶桃紅委俗塵。鐵骨錚錚無媚態，冰姿皎皎有清芬。山河裝點憑誰手，天地生輝賴此君。花事已隨人事改，不驚秋肅遣春温。

緬懷先芬

湖船煙雨導航程，隱隱雷聲夕轉明。星火燎原輝赤縣，泥灣鋤日樹紅旌。登車攬轡心常壯，寵犬捧星夢又驚①。浩蕩乾坤歌盛世，長擡醒眼話升平。

① 近誦《中華詩詞》創刊號丁芒《寵狗風》詩等，心驚不已！

壽田翁翠竹八十大慶

磊落湘潭老布衣，長沙揖別夢依依。許身不信儒冠誤，議政時忘咫尺威。山水慕翁鄉國戀，鷗盟愧我雁書稀。欣看紅燭明千里，長駐東風春不歸。

祝陳卓如教授九十上壽

憶昔播州學海遊，先生嘉業譽清流。文章求是崇先哲，心理開山瞻遠猷。四載寒窗滋露雨，半輪斜月照書樓。今朝恭祝期頤壽，瞻仰新征幾白頭。

祝張老慕槎詩翁九十大壽

分湖道上識荆州，論學衡文四十秋。閒話梁山承獎掖，臥遊五泄許賡酬。[1] 鴻飛海峽數千里，名播江南第一州。還顧小樓長聚首，期頤有待祝添籌。

附張慕槎先生在1970年贈操南先生詩：

冰雪聰明冰雪文，曹侯才調本無倫。劉郎更奮春秋筆，人物風流別有真。水泊梁山六十回，驚奇拍案仰高才，耐庵老去貫中逝，剩有先生獨占魁。春秋十二諸侯事，太史當年特大書，今日勞君勤考訂，三長能事又誰如。律曆天官亦博通，疇人傳記仰劉公，卅年辛苦談何易，五十萬言學力充。黄山秀句奪天工，餘事詩人談笑中，五泄賡和欽雅健，吟壇公亦逞豪雄。十載論交未覺遲，鴻篇一讀一神馳，莫愁前途無知己，到處有人說項斯。

建丞吟丈期頤上壽（二首）

筆勢縱横六法存，畫師造化不須論。看天晚歲驚新象，尋夢童年識舊痕。印衍西泠揚浙派，學承洪邁寄閒言。靈光魯殿推元老，雪上歡騰獻一尊。

百年峥嶸慶芳辰，苕上花開景物新。畫印詩書推四絶，芝蘭桃李育千人。儒林著述尊元老，海峽詠吟挹大賓。彭老詔傳三奏樂，稱觥更頌一家春。

---

① 余有和張老《五泄長吟》五百言。張老寓杭州孩兒巷，有詩致臺灣舊雨。

恭祝省文史研究館耄耋仙翁健康長壽

奕世仙翁意氣新,題詩作畫慶芳辰。西湖風暖嘗醽醁,史館宵勤話軼聞。何幸衡文肝膽照,有緣論字性情真。秋來喜挹騷壇宴,紅燭辛盤祝舜民。

鄭鴻善吟丈鑽婚之喜,次韻奉壽

漫話滄桑六十秋,鹿車共轡譽從頭。杯盤笑語金泥帶,燈火闌珊風雨舟。瑞士山登窺玉宇,萊茵河話坐瓊樓。瑟琴韻事傳千古,諧燭情深震五洲。

悼胡錦書先生

荆州摇揖愧無緣,噩耗驚傳悵遠天。創業已遇榛莽日,興詩正祝太平年。企思投轄負驅策,誰信曳裾已登仙。溪水泱泱流不盡,芻蕘一束致君前。

以詩代柬卻寄崇堂兄①

何幸苕溪識荆州，尋芳碧浪賦同儔。題詩共窺明湖月，攝影同登國際樓。刻翠剪紅慚俗學，飛毫拂素挹風流。幽窗棋罷豪情在，把臂雙雙未白頭。

金持衡兄贈詩次韻奉酬

底事縈懷月影斜，海天遥睹燦紅霞。浮生未慕莊生蝶，賭韻欣聞越石笳。碧茸纖纖滋暮雨，紫芝奕奕管春葩。申江咫尺香雲繞，何日相看牆角花。

附金持衡原韻：

讀罷詩詞月正斜，窗南竹影籠新霞。黄山氣韻霓虹夢，異國鄉音歐美笳。慧眼多姿非舊調，公心一曲發奇葩。江城又見春光好，牆角紅梅已著花。

① 另注：崇堂即湖州的費在山先生。

參觀蕭山紅山農場化纖廠

“無中生有”乙烯奇，化纖車間頗入微。遮眼珠璣千軸轉，盈箱碧玉萬家飛。日升月恒安能誤，紅綬紫紬古卻稀。老去考工知妙術，國家大業識通幾①。

南菁中學百歲校慶志喜

澄江如練拂春風，桃李成蹊百歲中。循舊窮經蜚海内，創新論學震寰東。人文已萃千峰秀，勳業更催四化紅。愧我何知忝立雪，欣然躬餞萬花叢。

① 明代方以智長於格物，謂科學實驗爲實測，理論研究爲通幾。兩者爲一，乃考工妙術；實藴科技爲生産力也。

參觀杭大工會書畫展覽,見"行路難"條幅感賦

裝點杭庠一淚彈,決堤五濁痛狂瀾。書林羞説剽經技,學海笑聞行路難。鐵骨錚錚原落落,玉姿皎皎亦丹丹。跳梁魔術凌人久,應信重關在巖巒。

省民盟春節茶話會喜賦

茶香鬢影共徘徊,瑞雪紛飛玉座開。雅談深知春已暖,高情喜報夢頻來。江山萬里風雲起,花柳千家雨露催。國自升平民自樂,會聽爆竹響驚雷。

壬申省政協迎春茶話會抒懷

白首躬逢歲端春,千紅萬紫祝壬申。長天漫説風雲變,禹域欣看德業新。中樞大鵬諧整頓,人民神駿劬艱辛。共迎經濟騰飛日,爆竹聲聲拱北辰。

端陽節詩會

一九九二年

騷人何事集端陽，遥念涉江誦九章。愴惻傷懷崇美政，纏綿易感衛興邦。蒲吟多識雍容趣，艾酒高擎琥珀光。顧盼心聲時代變，滋浪正冀百花香。

祝省政協詩書畫之友社成立六周年

一九九二年十二月

西湖嘉會愜初衷，對客飛箋氣象雄。迢遞山河纓在手，精深翰墨筆生鋒。思潮欲共濤翻白，歌詠欣隨楓轉紅。革放乘機休再緩，新征道上策奇功。

癸酉鷄年試筆

每逢風雨聽鷄鳴，顧視山川夢不驚。租地杞憂防虎口，吟詩豪興訂鷗盟。南泥峻節傳千古，鄧姐高風譽八紘。湖上春來花競發，願馳騏驥一登程。

政協遵義市委徵詩奉答

曾拜西南三大師，樂安江上每神馳。巢詩已灑蒼生淚，府乘堪爲絳帳旗。何巷讀書寒夜月，桃溪結伴擷芳時。畫圖再認湘山路，遮眼樓臺夢亦奇。

歡迎浙大母校1943届畢業學長返杭抒懷(二首)

播州惜别别時難，海角天涯夢未寒。冷雨敲窗探學海，漏船載器繞關山。湘江楓葉催詩興，黌舍鐘聲警懦頑。歲月蹉跎吾老矣，青年往事暖心懷。

風雨芸窗五十年，神州倏忽换新天。雄心常伴鷄聲遠，壯志未寒磐石堅。要向人間留正氣，先從校訓策時賢。深慚一事無成日，敢入扁舟學散仙。

奉和蘇師步青教授九十述懷

一九九三年

廊廟山林信所之，神遊魏闕及時爲。機聲輪影民吾願，志潔情芳日月輝。下士周公聞吐哺，嗚鶏祖逖拂戎衣。岳陽一記憂天下，肯向分湖伴釣磯。

附蘇步青教授原詩與手跡：

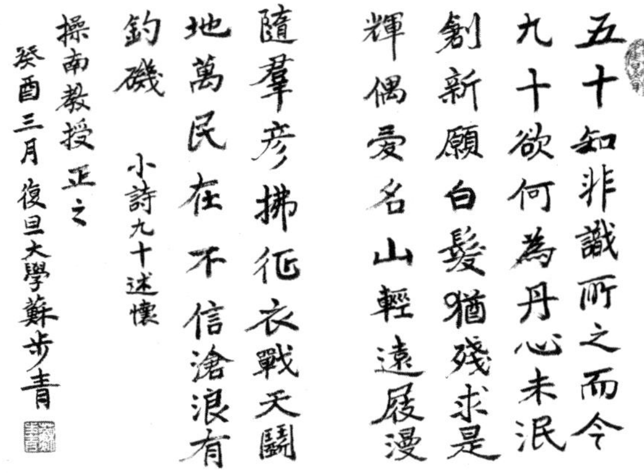

五十知非識所之，而今九十欲何爲？丹心未泯創新願，白髮猶殘求是輝。偶愛名山輕遠屐，漫隨群彦拂征衣。戰天鬥地萬民在，不信滄浪有釣磯。

小詩九十述懷　操南教授正之　癸酉三月復旦大學蘇步青

《水泊梁山》殺青書感[1]

卻值風寒大咳時，緣何輾轉發幽思。欲翻水滸成新樣，冀塑宋江蜕舊姿。真惜英靈千載遠，且酣翰墨寸心馳。問天不語花飛亂，似笑人間作者癡。

朱仙鎮吊岳武穆[2]

鄂王死後豈無人？冤獄千秋史未淪。不信奴顔能具眼，居然媚骨獨通神。東巡翠幄歡雲遏，北飲黄龍淚雨紛。留得汴梁英氣在，教人三沐挹清芬。

① 另注：操南先生所撰《水泊梁山》1999 年 4 月由浙江文藝出版社出版，41 萬字。

② 宋孝宗知公冤，以金鑄像。岳王廟經十年浩劫，廂房、寢宫被拆除，僅存正殿五間，摇摇欲墜。殿前殘存石碑八塊，内有岳飛親筆書寫送紫崖張先生北伐詩和滿江紅詞兩首。今已修復開放，並拓建碑林。

王十朋頌[1]

驚心宋室好山河，問道誰人夜枕戈。肯與胡騎同日月，應銷金飾罷絲羅。萬言對策垂青睞，一疏諍言逐素波。鐵御千秋勞夢寐，憮今慨昔一高歌。

吊王十朋（二首）

梅溪才學冠群英，獨占鰲頭國史名。一策萬言勍帝座，四州千載頌仁聲。心存社稷黎民愛，志決抗金仇敵驚。塵世狂濤任起落，胸中方略自縱横。

永嘉人物宋南遷，詞客東南雁蕩邊。詩酒流連遊宦日，林泉嘯傲送天年。傳家孝悌鶺鴒樂，宜室謙和琴瑟賢。今日風檐思懿範，悠悠異代瞻遺篇。

① 紹興二十七年王十朋應殿試，中狀元。對策洋洋萬言，以乾綱獨斷勉高宗，實爲秦檜擅權而發。策論節儉，批評"朝廷往常屢有禁銷金之令，而婦人以銷金爲首飾者，今猶自若也"。張浚北伐失利，王十朋上疏申辨，張浚忠義"誓不與敵俱生"。獲罪權貴，先後出任饒州、夔州、湖州、泉州等地。孝宗詔還，拜龍圖閣學士，直言敢諫，人以鐵御史譽之。

題《清官史話》[1]

華夏文明邦本尊，斯心坦蕩古今存。彩思好展南溟翼，浩氣常依北斗星。漫道風神臨渺渺，誰云峻節逝昏昏。諍言擊濁昭明世，辛苦文翁入夢魂。

反貪污

癡心失足舐糖衣，地下劉張淚自揮。玉女無顏香水溢，金童失色笑言遲。道家持咒神靈起，釋氏誦經魂魄飛。仰視浮雲天不漏，是非身後莫歔欷！

① 另注：《清官史話》爲浙江文史館館員汪振國先生編撰，操南先生作序。

懲貪倡廉

蕉窗夜雨一燈明，休道杞憂劫可驚。縱酒聽歌成大款，截蒲編柳守清貞。漫將文字傳孤憤，愧誦詩書啓後生。宵起披衣空佇立，風聲如吼伴寒箏。

訪寧波天一閣

浮沉久厭宦生涯，欣挹琅環歲月賒。閒話大明登科録，好尋禹域志方家。梨洲冰繭垂時訓，祖望蠹魚燦異花。水閣東南推第一，徘徊不覺醉流霞。

奉和日本羽田武榮博士詠徐福像

一九九二年

蓬萊浩渺水雲重，一笑長生愁祖龍。不畏驚濤凌遠島，居然采藥上層峰。徐翁揚帆稱豪傑,羽叟登瀛瞻遺蹤①。千古邦交情誼在,王祠何日拜金容?

臺灣石翁藝術館漫題

飛毫拂素捲狂瀾,萬目凝神聚筆端。藝海能將易絹計,蘭亭漫興换鵝歡。龍銜共賞風流美,鯨息還知换骨丹②。翰墨從來稱盛事,石翁於此得盤桓。

臺灣何南史博士惠贈蒲團詩,次韻奉酬(二首)

青燈夢破思悠悠,塵世浮沉七九秋。污水自濺泥手足,巧言笑汝美容頭。不知分寸觚稜在,待顯文明正氣留。冥冥鴻飛高入漢,定庵簫劍古今郵。

山川迢遞夢悠悠,量度韶華故國秋。雪案已慚爨舍火,螢囊還冀白烏頭。直言誰説朱欄在,浩氣待看青史留。倘許史公牛

① 登瀛門在山東黄縣,傳説爲徐福率童男女東渡啓航處,門上舊有紫氣閣,羽田武榮博士曾詣瞻仰遺蹤。

② 有典不易字。

馬走，天池青鳥有傳郵。

附何南史博士原韻：

蒲團倘許遣悠悠，長拜如來耄耋秋。影夢回尋千絮底，謳吟直到百花頭。待平凹凸心痕在，爲顯觚稜手跡留。三萬里天争入海，有誰鴻雁可傳郵。

令杭兄出示其先君振騋公遺作，奉題一律，草草未是，録以呈政

張翁翰墨著春秋，吟詠婺江天韻流。磐石棟梁總有意，騷人名士自多愁。滋蘭九畹芳馨遠，玉樹一庭緑影稠。攬轡登車漫悵望，舜堯今已遍神州。

甲戌迎春抒懷

問天何事讀《離騷》，解嘲緣因座客囂。青眼知誰崇阮籍，緘書人自報山濤。漫辭東郭吹竽濫，爲謝西江决水勞。明月盈庭花影瘦，牆頭笑看筆和刀。

省政協七屆二次會議抒懷

幽蘭盈室沁芳辰，好刷濤箋報早春。口海波瀾肝膽照，心田馳驟性情真。天涯瓊閣迷望眼，筆底金湖訂夙因。一事深慚頻入夢，風寒冀作惜花人。

九三浙江春江詩會抒懷

喜聞平地一聲雷①，劃破長空是鬼才②。出谷黄鶯鳴喬木③，著花老樹報春梅④。市場正訝燎原火⑤，詩國頻添交響

① 全國八届政協委員，杭州富陽貝爾電信器材廠廠長、富春江詩社社長方雪木先生，人前未知悉也。

② 廠方會客室壁懸榜書“鬼才”兩字。

③ 《詩・小雅・伐木》：“出自幽谷，遷于喬木；嚶其鳴矣，求其友聲。”暗喻方氏企業自小廠發展而來。

④ 顧亭林詩：“蒼龍日暮還行雨，老樹春深更著花。”毛澤東詞：“俏也不争春，只把春來報。待到山花爛漫時，她在叢中笑。”著花老樹，方氏原爲電信技術工人，喻其退休後開工廠；報春梅，喻其企業前景燦爛。

⑤ 市場燎原，喻器材推向市場之前程，亦喻市場經濟前途之廣闊也。

杯①。試向瓊樓高處望②,霞光萬片富陽來③。

讀毛主席《賀新郎·讀史》

歷史狂瀾何所之,寒秋獨立自吟詩。郊原灑遍玄黄血,竹帛空垂青白詞。盜蹠聲聞昭日月,陳王篝火展才思。唐宗稍惜風騷損,猶諗如流納諫時。

兩岸三地現代化與中國文化研討會抒懷④

文旌何幸到明湖,學術交流德不孤。報國縈懷酬夙願,惠民奮袂啓康衢。恢宏禹甸三通業,議取神州一統圖。縮地長房今有術,象山東去接蓬壺。

① 詩園交響,寓托浙江詩詞學會闖出新路之思也。

② 余宿富陽賓館倚欄眺望。

③ 詩友參觀訪問返館,盛道富陽經濟發展,一日千里,前程無量。

④ 由北大費孝通教授發起,有大陸、港臺學人及旅美學者二十餘名與會。

中日甲午之戰百年祭

甲午風雲震碧空，水師豪氣志屠龍。茫茫强虜灰飛滅，歷歷驚濤炮火紅。禦寇遑論船艦少，抗倭還看士心雄。卻憐熱血衝牛斗，未捷炎黄第一功。

退休有感

塵世浮沉疏琢磨，垂釣床下問如何？賣珠倚竹閒吟苦，攬月吹簫綺夢多。鳥自林顛歸暮樹，人從域外惹悲歌。扁舟羞説江湖去，鴟夷棄相向碧蘿。

餘姚懷古

一九九四年浙江省姚江詩會

三賢亮節凜芬芳，百祀遥瞻肅楚狂。同憤中原謀大業，尚存壯志藴華章。江山易主迷衰草，蓬島修文迎燦陽。綺夢如雲餘恍惚，乾坤正氣日飛揚。

富陽懷古

東吴開國凜雄姿，萬里浮航羽檄馳。士燮交州鳴玉磬，秦倫羅馬獻琉璃。臺灣使節豐神健，林邑推心戰略奇。猛憶仲謀輸遠策，三分鼎足耐人思。①

奉和袁老第鋭秋日詠懷（二首）

呼酒讀騷歲月遷，秋來不覺夢蹁躚。昌明國故思憂樂，融會新知辨詭妍。心冷不爲塵垢熱，淚多偏向蒼生漣。庸知鞭辟精神健，幾縷鬢絲坐夕煙。

---

① 三國鼎立，孫吴國力不逮曹魏强大。向北難於擴張，遂向東南、西南發展，經營交州。使交阯爲全國最大通商港口，直接與印度、大秦貿易。大秦即羅馬帝國，在地中海中部。以絲綢、鐵器、漆器交易香藥、象牙、珠玉、琉璃等物，互通有無。黄武五年（226），大秦商人秦倫來交阯，由交阯太守吴邈陪送至武昌見孫權。士燮兄弟並爲列郡，雄長一州，偏在萬里，威尊至上，出入鳴鐘磬，備具威儀，笳簫鼓吹，車騎滿道，胡人夾轂焚燒香者常數十。交州轄南海、蒼梧、鬱林、合浦、交阯、九真、日南七郡，包括今廣東省、廣西壯族自治區和越南北部紅河流域。孫吴開拓嶺南，重視經營交州，保境安民，休養生息，生産得以發展。毛宗崗僅知以正統、閏運、僭國之判，論魏蜀吴，尚未曉發展生産觀點也。

錦綉神州别有天,無情猶憶舊山川。市場米價驚心問?勞役工薪轉手煙。一席輕歌千户淚,半城曼舞百官錢①。緣何半紀風雷逝,不是愁眠即醉眠。

遊華頂峰

一九九四年十一月

輕車百折入崔嵬,未涉碧霄見緑苔。古德高寒猶歷劫,逸民曠達敢懷才。只緣白日浮雲散,安得青錢大道開。卞氏山中傷刖足,誰知膠鬲出塵埃。

乙亥迎春抒懷(二首)

萬點梅花浩蕩心,叢中一笑費沉吟。書窗熠熠春常在,劍影依依夢可尋。經濟騰飛新世界,文明建設古賢箴。東風吹緑江南岸,潤物無聲願至深。

疏疏短髮未全斑,欣看堂前兒女歡。終日寒窗猶兀坐,窮年

① 城者,娱樂城也。報載公費吃喝,並有"公款嫖娼",見1994年10月30日《工人日報》。

秃筆欲攻關。蘭臺瘞玉總無恨，白水盟鷗尚有艱。五柳先生應笑我，悠然何日見南山。

吴昌碩先生百十五周年祭

襟懷坦蕩布衣尊，名士風流吾道存。石鼓書成龍起舞，封泥鐫就海沉吟。冰霜不改風神秀，雷雨難移苦鐵痕。漫道雲天人寂寞，梅花萬樹伴詩魂。

乙亥三月奉和金持衡吟長

落落風塵數十年，未妨呵壁問蒼天。平生意氣書毋負，湖海情懷草猶芊。墮溷争誇花送酒，興詩枉自筆耕田。悠悠又見春歸去，愁悵山川對夕煙。

乙亥清明茶人之家品茶詩會抒懷（四首）

際此清明穀雨時，鶯聲嚦嚦寸心馳。茶煙縷縷山村館，酒意悠悠晝郭旗。老去深懷餘夙願,新來逸興訂佳期。夢回猶有蒼生在,敢向滄浪問釣居。

顧盼山川淑氣稠,無端詩鬼襲心頭。孤舟渺渺吹簫市,群女翩翩賣酒樓。劍氣已隨花影逝,茶香猶染曉光浮。山村畫廓知安否,莫把長吟付白鷗。

鬢絲幾縷悦今朝,詩會品茶慰寂寥。碧草已嫌三日雨,青山好作一春橋。峰嵐正欲成濃淡,翰墨我求匪琢雕。疏竹四圍幽室起,拂衣信步且伸腰。

明前茅舍試新茶,會友尋芳興轉加。太子灣前山綴玉,南山路側錦敷花。百年寶島歸家國,千載詩心賞物華。願得羲和綿歲月,斜暉燦燦勝朝霞。

西湖詩社成立十五周年

端陽節並吊屈原

角黍端陽物候新,欣逢十五社生辰。豪吟共話苔岑事,淺斟還思修禊人。澤畔乾坤騷作賦,湘累意氣玉爲神。遠遊忽睨舊鄉在,可向滄浪説隱淪。

讀江總書記“重要講話”(二首)

長憶臺灣惹夢思,百年世事每多違。宰相割地輸和約,志士傷心舉義旗。華夏文明原紐帶,市場經濟得良機。雄辭八項人心向,兩岸歌聲掀一奇。

東風放綠向佳辰,湖上鶯啼動早春。老去深懷親墨硯,青年浮想愧烝民。山河指點翻新譜,文史潛研挹大賓。八項雄詞光禹域,歡歌統一益精神。

吊徐勉先生(四首)

噩耗驚傳淚欲傾,詞壇摧折恨難平。人生聚散花飛絶,世事浮沉草没生。海外心香悲匍匐,幃中燈火泣縱横。瞻天剩有豪情在,淒雨苦風無限情。

視如安息卻心驚,不見龍泉壁上鳴。天意誰知方瞶瞶,人情我自淚盈盈。斯文未喪思無極,大道難遵夢欲尋。舉世騰飛新境界,憂傷轉化答升平。

背影依稀是夢中,將於何處話離衷。深知獎掖寬鬆力,更佩從容凝聚功。涉世無端添別淚,吟詩未必托冥鴻。芝蘭欣播芳馨遠,漫道西湖剪剪風。

蟲生榱折已難持,大略雄才起義宜。匝地歌聲迎解放,盈顛華髮許飛馳。賀年入院遺三不,結社吟詩稱一奇。恰值禹陵雲聚日,九同蕡燭儐翁知。

挽蔣禮鴻兄

憂患無端見素旌,靈光榱折客心驚。人情聚散花飛絶,世事浮沉草没生。浩蕩乾坤容膝坐,湘纍意氣托詩鳴。敦煌通釋譽蓬島,此是哀聲亦頌聲。

夜讀陳寅恪詩集率賦一律

尋章綴句倍酸辛,幾見刳肝瀝膽陳。江左乾坤真一髮,新亭塊壘欲千巡。詞章邃折能無憾,學識雅馴孰與倫?夢破青燈思往日,何來陣雨灑清塵?

頌平學長八十[①]

一九九五年五月代級友作

將軍橋畔袂相聯，回首同窗魂夢牽。學海雄心飛壯志，溪山逸興送流年。晚霞粲粲今何世，晨熹悠悠别有天。聞道兄台觴八十，功高共祝福綿綿。

感事（三首）

一九九五年五月二十九日枕上晨起

放眼從何説舊京，後庭玉樹自升平。疑存蓬島人民血，禍出蕭牆彈雨傾。離職安能驅隱患，焚身猶恨盗虚名。傷心滄海横流日，遠矚應知路萬程。

箋飛墨瀋自年年，揖首知誰欲問天。信步苔泥花粲粲，拂衣松徑草芊芊。劫前顧盼三千界，夢裏憂思十萬田。一劍一簫連夜雨，何人醉膽立蒼煙。

① 另注：朱頌平先生與操南先生當年同在無錫輔仁高中求學。

蕭蕭白髮復何求，敢抒豪情故國秋。李杜文章憂社稷，辛陳書奏動山丘。惠民濟世千番夢，縱酒聽歌百尺樓。搔首問天天欲語，數誰真個屬風流。①

柬茅於美

乙亥夏日

夜珠總角早知聞，脂墨壘中對夕曛。薄海詞章能妙悟，鎮江績學已成軍。投荒邊黔知何世，闊別同窗獨憶君。白首重逢慚載筆，斯文未喪淚紛紛！

秋興(三首)

一九九五年十月

天高雲淡作秋遊，人自風流壑自幽。絮語隨心尋桂子，深情着意結同儔。紅巾圍坐森林浴，白髮閒行嵐影浮。半日逍遥酬夙願，煙霞入夢亦悠悠。

澄清玉宇賞秋光，丹桂飄香水一方。人眺花園庭樹好，鳥鳴

① 另注：後首非同日所作。

翠苑石亭涼。閒吟鄰舍肝腸熱，漫卷詩書夢影長。聞道老人佳節近，鏡湖攜手樂徜徉。

桂花如雨落苔岑，潤色大千滿地金。猶有閒情心底醉，能無遐舉夢中尋。淵明采菊東籬下，之問緣溪鷲嶺深。卻笑一丁陳寅老，首陽啜蕨費沉吟。

歌頌祖國

歲月峥嶸五十年，蘆溝烽火禦狼煙。三山已毁换新世，兩制將成賦壯篇。百業優遊逢小富，萬民熙攘樂堯天。南巡號角齊心力，皎皎清光澈大千。

詠　史

夢破青燈欲賦詩，年來倚枕發幽思。鄒陽書疏梁王曉，劉恒詔求極諫辭。只道民勞應小汔，豈知陳主賞多姿。始皇難睹狐鳴火，兵俑彎弓奚作勢?

抗戰勝利五十周年抒懷

勝利欣逢五十年,神州彩溢舞蹁躚。大刀響處黄河吼,軍纛飄時平型妍。墾植荒灣思往日,歌唱鄉曲勵前賢①。洵知瀛海風雲變,漫道虹霓夢亦仙。

浙大校友鄭州會宴即事②

舊雨新知大業開,八方踴躍鄭州來。作東暫駐蓬萊旌,暢飲交飛琥珀杯。席上騁懷真有意,醉中叙話好無猜。鳳還一曲清平樂,京劇世家獨占魁。

① 歌唱指從《義勇軍進行曲》到《遊擊隊之歌》,從《黄水謡》到《松花江上》。半個世紀過去了,重新吟唱依然迴腸蕩氣。

② 另注:1995 年 11 月操南先生去鄭州參加浙大 1942 屆同學會。

丙子春日柬呈華儻吟丈

五嶺梅花報早春，一片霞雲蓬蓽存。革命已開新世界，揮毫還憶舊刀痕。偶因煙雨添詩興，漫對輪帆揖酒樽。自愧浮生真碌碌，承教何日展蒲輪。

丙子八十病起四律[①]

自　勵

開刀幽夢醒方知，又見寒梅競艷時。九數未聞慚碌碌，一丁初解悔遲遲。離天好瞻三千界，寓室還親百卷書。忽憶騷經“年歲”句[②]，振聾啓聵是斯辭。

① 另注：1995 年 12 月操南先生患直腸癌住浙醫一院手術。

② 屈子《離騷》謂：“汨余若將不及兮，恐年歲之不吾與。”余有所感也。

告　友

故人肫摯慰相知，群玉山頭拜我師。磊落襟懷非舊夢，芳馨桃符托新詩。慶春拔地樓臺起，滬甬飆風車馬馳。錦綉山河今妙悟，隔窗鸝語自多姿。

報　國

好聽神京鼓角催，騰飛經濟入崔嵬。祖思化碧創明曆，董筆留青寫俊才。渺渺禹甸辭舊歲，沉沉故國震春雷。書生孱弱成何用？風雨吴山添一坯！

謝　醫

一髮真能撼乾坤，良相良醫敢輕論？隨機漫謂刀無眼，除癌深知肛有門。惠子情馳揮斧淚，莊生神寄屠牛墩。杏林自古饒仁術，崇德報功獻大樽！

丙子抒懷(二首)

蕭蕭華髮兩鬢侵，猶向寒齋翰墨尋。對客飛箋情脈脈，挑燈移勒意愔愔[①]。祖思饒作圓周夢，張衡能虧渾儀心。百八英雄傳水滸，殺青何日費沉吟。

抱殘守缺號靈光，話到詩書欲斷腸。難得俗醪傾塊壘，冀憑辣手著文章。涉江誰悉濤聲急，席地趺看柳絮狂。寄語優遊林下客，匡時何日固金湯。

丙子中秋遥賀敦風詩社

未覺躊躇賦美詞，敦風結社繫人思。襟懷風雨清芬佩，筆走龍蛇雅譽馳。勁節貞心推赤子，散珠漱玉揖吾師。從來海上生明月，珍重天涯共此時。

伯弢先生墓道補壁[②]

獨守清芬耆宿中，螢囊雪案自雍雍。著書已苦三更短，授士

① 典出孔稚珪撰《北山移文》：勒移山庭。

② 另注：經史學家陳漢章，字伯弢。1982 年浙江象山縣撥款重修其陵墓，1992 年紀念碑及綴學亭落成，石柱上鐫操南先生所撰聯：綴學深心爲國重；斯文懷抱以書傳。

還望一帳融。訂僞續真經與史，濺珠漱玉頌兼風。從知穎悟騷人事，一酹寒柯説澹容。

佚題（二首）

水闊雲深數十年，瑣窗風雨未成煙。鷄鳴南雍情長在，月落西洋夢亦妍。海上浮生非草草，硯邊舊誼尚綿綿。玉關人老生還望，共醉西湖六一泉。

歡情又是一年時，花落花開鬢未絲。劈竹千竿爲彩筆，割雲萬片寫新詩。廉頗老矣猶能飯，姜尚逢時欲揮旗。自愧無才許社稷，尚餘壯志答相知。

遥祝獅城詩詞學會成立

燈火魚龍燦遠天，獅城結社更新妍。池邊風拂三春草，海上雷崩萬里船。詩叟金泉滋後學，宗臺情玉媲前賢。天涯不佞深深揖，好抒心聲締墨緣。

省政協詩書畫之友社成立十周年

韶光流駛瞬十秋，愧無彩筆數風流。觀魚飲水知寒暖，窺鳥飛林惜去留。一點靈犀思渺渺，幾多心事夢悠悠。匹夫冀重亭林志，浮白高歌千古猷。

歡迎新加坡獅城詩詞學會雅集抒懷（三首）

雁陣長空白日斜，深秋景物正清華。興存三徑籬邊菊，夢繞五湖海上槎。新脈炎黄親誼厚，盛唐李杜客情賒。從今大業同開繼，起溺扶衰潑硯花。

浩蕩天風雁陣來，襟懷磊落笑顔開。聖湖菊放香初透，學海夢尋志未灰。對客飛箋存意氣，傳薪取寶啜風雷。餘生猶惜春秋筆，不賞林幽重史才。

誰云浩氣已全消，卻見回腸半寸焦。萬里冬陰飛落木，百年心事逐寒潮。斯文未喪緒難墜，經濟騰飛世已囂。失笑曠懷南國士，江湖浩蕩足漁樵。

顧渚詩會心嚮往之,以事未能參加詩以祝賀並致謝忱

未覺躊躇賦美詞,照人肝膽弋人思。心遊六合精神爽,情寄八荒道義馳。域外炎黄推赤子,座中珠玉挹良師。陳遵投轄風流在,久矣神交惜此時。

丁丑詠牛

南東其畝任高低,不問人間贊與詆。俯首周行循直徑,甘心負軛穿淤泥。千秋稼穡農爲本,萬里書函品可題。休道桑榆紅日短,願聞鞭策綠楊蹊。

悼念敬愛的小平同志

神州一夕起悲風,拭淚沉沉四海同。兩制睿思昭日月,千秋嘉績貫霓虹。狂瀾力挽開弘業,遺志常承矢藎忠。十二億民哀曷已,心香瓣瓣拜音容。

懲治腐敗

雨洗山河曜曙光，天人消息兩渺茫。勞農創業騰千里，科技攀峰耀八荒。社鼠自營多窟計，鷥雛猶困一囊糧。魯難未已慶父在，可負人民喁喁望。

浙江大學建校百年大慶

回憶母校西遷崢嶸歲月，越六十年矣。爰貢微忱，賦此祝賀。

金牛湖畔憶斜暉，丁丑年頭戰火飛。兵諫西安省咽吼，寇侵浙水露微稀。書生戎馬勤攻讀，志士寒光照鐵衣。西遷崢嶸多少事，鹿鳴重宴夢依依。

丁丑病中吟(十首)

一九九七年三月—七月住浙醫一院

人生邃折未爲奇,盥誦南華秋水詞。萬里歸來先探詢,百年舉措感相知。翰林譜牒尊前茅,舊雨綈袍酢答遲。待看明朝紅日起,飛箋聊慰寸心馳。

翩翩伉儷話床邊,可貴神交如許年。謦欬俟留珍如玉,闊論未盡湧若泉。臨難何懼伏清白,弘道毋爲作曲全。師訓煌煌勞夢寐,人間憂樂孰鞭先。

揮別師門時繫思,病中今日勉爲詩。真憂大雅期將絶,詎料詞人抹此奇。絮墜播州欣浩蕩,風回浙水樂平夷。西窗剪燭豪情在,共祝期頤到白眉。

燕居猶憶叙幽情,自負雄心肝膽傾。一病未聞花雨寂,九頃彌覺樹蕙盈。如魚飲水知寒暖,若鳥戾天識旅程。伏櫪真慚千里夢,龍泉夜夜作雷鳴。

攻關驟覺百千重,拍片驚聞骨質鬆。嶺峻峰高青鳥止,情深誼厚靈犀通。故人七帖除病毒,下愚崇朝豁耳聾。猶憶《尚書》瞑眩句,歲寒還念後凋松。

外治内理亦呈功,百慮同歸嘉業同。手術高明原檢查,處方練達尚融通。背重久臥傳虚少,臀痛漸移受氣融。藥餌驅邪溏泄見,支頤兀坐得從容。

八十衰腐何所思,邇來荒落未尋詩。流星虛度少年日,折肱欣詠耆宿詞。忽迓彩雲青瑣至,頓慚夜雨孤燈時。名山帷帳俱非分,贏得駝翁種樹書。

神京密室再逢時,往事縈懷心似癡。漂渺孤鴻無止息,淒涼弱女感扶持。恩公縲絏夢中見,元惡逍遥法外馳。寸寸柔腸今已斷,冤辭泣訴敢躊躇①。

耄耋渾忘怨與尤,丹忱願獻數風流。深交論失人間世,蠡測思存汗漫遊。自是錯枉民悦服,誰知巧語我懷憂。餘生莫作蜉蝣想,華夏文明千載郵。

曉起輪車巡半周,宛循秋水繞霜洲。相逢頷首低聲問,共道閒情笑語留。何必大驚呈色變,縱然小怪撼風流。來之豈若安之好,奉獻優遊踞上游。

① 臥聽收音機播彈詞《楊乃武密室相逢》,於浙醫一院幹部病房。

吴宏淵窗友詩來奉酬

浮想聯翩一頁詩,海天萬里夢相知。青春結伴蘇杭地,白髮縈懷印尼湄。猶念温公無翰牘,卻傷謝老赴瑶池。此心灝灝如明月,一脈炎黄會有期。①

悼龐曾漱學長②(二首)

一九九七年五月

噩耗驚傳入夢難,縈懷往事淚重彈。撰傳翰墨承關注,訪謁宏辭不禁寒。抗日姊真稱健者,讀書弟愧守庸殘。天涯摩詰休相問,茶鐺藥爐已自安。

汴京攜手拂煙蘿,回眸前塵感慨多。何巷幽居藏翰牘,柳街

① 吴宏淵現爲僑聯總會印尼辦事處主任,闊别四十八年矣。温公謂温持祥學士,謝老謂謝幼偉教授。

② 另注:龐曾漱爲浙大校友。操南先生接訃告時,住院臥床不起,伏枕淚書。

高唱壯山河。不堪零雁愁中聽,忍使片雲病裏過。四海知音相聚日,憐君其奈蒼生何。

香港回歸頌

曉來紫氣聚香江,經濟中心積翠濃。韓國春風吹口角,英相交接式鄰邦。銘文鑄鼎千秋頌,貿易開樽萬國逢。省識港人治港後,聲聞日月聳高峰。

丁丑住浙醫一院四月餘,出院即興

閒將韶光數流年,休道滄桑過眼煙。天外一身餘劫淚,齋中百篋瞻前賢。寸心匪席總難卷,殘簡如山待完篇。安得六龍洄落日,千絲萬緒續新編。

丁丑秋日題梅城青柯亭[①]

揖别梅城惹夢思，柯亭叢桂日華滋。淡菰招飲揮毫日，驛騎勞神勘稿時。不使精金委逝水，卻將紫貝刻雄辭。淄川千載知音在，笑向守墳唱鬼詩。

贈劉振農、李夢生、鍾嬰、陳飛[②]

遥知小説喜傳薪，劉李鍾陳字字珍。創作《聖歎》飛敏捷，論詮《壁畫》植通神。鍾嬰異域多冥悟，夢弟學窘知所循。漫道稗官街談語，移風易俗迪新民。

---

① 青柯亭在建德梅城州署後院，建於宋嘉祐二年，因院植雙桂，歲晚常青，亭以是名。又以刻印《聊齋志異》聞名。

② 另注：鍾嬰爲操南先生所教本科生，劉振農、李夢生、陳飛均爲操南先生的研究生。

病中感事

縈懷往事亂雲飛，笑説人間是與非。攝縢還能荷篋去，“糾風”[①]卻見世情違。千秋事業褒貶定，萬古心胸港澳歸。願得反腐朝夕慮，藍圖四化日崔嵬。

丁丑教師節抒懷

讀書未必標新奇，碎義豪情背道馳。日暖藍田原有待，月明滄海可無辭。詩隨知己推敲愜，文邀曠懷特達知。莫謂終軍長纓短，囊螢自古出英姿。

① 糾風，糾公費吃喝奢侈之風也。

全球漢詩總會馬來西亞詩詞研討大會承邀,以病辭謝

夢隔雲程幾萬重,海天南望冀相逢。移山欲奮愚公志,破浪難酬宗慤功。休笑割腸身似鶴,還思憑虎氣如虹。馬來西亞春光好,晉賀文治蓋世雄。

胡道静院士爲拙著《曆算求索》[①]題詞,申謝

一九九七年十月十六日

神州贖學魯靈光,蓬壁生輝翰墨香。科技齊民存古趣,夢溪箋校焕文章。柏松常映千秋日,蒲柳先萎六月霜。安得桐君驅宿疾,申江隨鐙丈人行。

① 另注:《曆算求索》爲操南先生關於天文律算方面的專著,33 萬字,2000 年由浙江大學出版社出版,王淦昌院士作序。2006 年獲浙江省首届社科研究優秀成果獎理論研究類一等獎。

學習中共十五大精神

十五精神肝膽開，神京更喜集賢才。弘揚初級非朝夕，耽習國情登瓊臺。三有利於齊踴躍，多經制體茁風雷。高擎鄧幟啓新運，浩蕩春風陣陣來。

讀《詠中華三百位名人詩》後

月旦名賢三百篇，抽思詠誦孰爲先？牧羊蘇武旌毛脱，讓梨孔融玉體捐。道是風雲多變幻，卻關語默適機緣。浩然正氣參天地，不羨逍遥學散仙。

頌王淦昌院士控核聚變工程

一九九七年十月

能源不竭挹芬芳，中藴大千無盡藏。發射遍尋沙磧地，精研潛修嵺雲鄉。巡天船落銀河外，控核志存淥海旁。求是精神垂後學，攻關主纛日飛颺。

報載紐約仿華建築有感

網獅明軒兩相宜,故國園林海外馳。紐約大都開北翼,美洲藝苑挹華姿。[①] 人文薈萃斯爲始,風俗交流着意吹。會看清芬聯袂上,緇衣留詠好題詩。

浙大、農大、醫大、杭大四大學合併,愚浙大老學生也,戀舊懷新,勉詠兩律,以抒情懷

六十年前歲月尊,島夷肆虐入黌門。讀書求是崇三老[②],向學投荒歷萬屯[③]。篤舊清源心欲醉,騖新澄本夢中論。陽明弘道梨洲録[④],處處弦歌月色昏。

---

① 美國紐約大都會藝術館北翼,占地四百平方米,仿蘇州網獅園明代建築,建明軒,爲江南園林移植海外之權輿也。

② 指錢基博、柳詒徵、馬一浮三老在浙大講學。

③ 浙大西遷,歷盡艱辛,行程 2600 公里。

④ 竺可楨校長時以陽明、舜水、梨洲三先生弘道愛國,訓勉學生。

上庠聳列聖湖濱，刮目人間結構新。求是弦歌鳴夜月，精研原核啓霜辰。應誇龍戰治平術，莫笑蟲雕翰墨珍。正當神州争四化，成蹊桃李滿園春。

讀李笠翁十種曲

笠翁十種藝留芳，芥子園中做道場。似幻似真雲萬變，亦癡亦慧酒千觴。螺中日月藏冰炭，劇裏乾坤饒主張。泉下融融還創作，權錢默契太猖狂。

戊寅抒懷

聯吟賡唱志心聲，獵獵旌旗風捲清。月恒日升辭舊歲，龍吟虎嘯待新征。香江欣已歸中土，寶島何時復禹程。文運千秋經邦國，飛馳翰墨作雷鳴。

八十告友兩律

爲消塊壘遠風塵，一枕春秋悟夙因。漸覺襟懷無蒂芥，未酣眠餐亦精神。浮生欲了名山夢，多病難磨赤膽人。何日重親黄叔度，好將詩酒話良辰。

少年豪氣欲何之，峭壁蓮花任驅馳。放眼乾坤三尺劍，等身著作滿架書。蹉跎歲月人漸老，落拓江湖自笑癡。刹那流星成幻滅，斯文未喪愧爲辭。

八十感怀
刘操南
为消块垒远风尘，一枕春秋悟夙因。
渐觉襟怀无蒂芥，未酣眠餐亦精神。
浮生欲了名山梦，多病难磨赤胆人。
何日重亲黄叔度，好将诗酒话良辰。

少年豪气欲何之，峭壁莲花任驱驰。
放眼乾坤三尺剑，等身著作满架书。
蹉跎岁月人渐老，落拓江湖自笑痴。
刹那流星成幻灭，斯文未丧愧为辞。

病中戊寅歲朝試筆兩律

累歲床眠坐井天，春穠鮮睹百花妍。新潮革放開新境，舊雨英華續舊篇。瞻望前程光粲粲，回思往事夢綿綿。揮毫願借生花筆，意氣縱横學少年。

八十韶華石火過，深慚書劍兩蹉跎。祠堂往事抛書憶，黌舍新情剪燭多。誰説天官非國學，終教野史托悲歌。胸中剩有丘陵在，好聽昭時鳴玉珂。

七言律詩輯佚

教改實踐隊出發有作

中宵何事繫心怦，悔讀詩書誤此身。斬斷舊情須仗劍，追求新意只批林。象山好破舟前浪，硤石欲穿屐底雲。莫謂老來無氣力，從今服務爲人群。

農業學大寨

曾夢戰場氣自雄，壯心不已喜從農。高擎鐵筆摧枯朽，更落銀鋤掃白窮。大寨紅花開爛熳，南湖煙雨育葱蘢。山河彩繪成新壁，爆竹聲中興倍濃。

求是鷹碑①

——賀母校浙江大學建校一百周年

一九九七年四月

浩蕩風雲寄短吟，百年桃李一蹊深。德存修己關仁術，學尚安人見道心。嘗膽臥薪興社稷，精忠報國矢丹忱。千秋求是鷹揚頌，獻作炎黃海外音。

寄懷北美謝覺民、闞家蓂兩學長

冥鴻渺渺欲何之？匹堡雲天入夢思。宗慤揚帆滄海日，淵明植杖柴桑時。王孫去路芊芊草，詞客歸心密密詩。彈指江南堤畔樹，嫩黄又見柳絲絲。

① 浙江大學網站：求是鷹紀念碑於 1997 年 4 月 1 日即建校 100 周年之際落成，由北美浙江大學校友會捐資興建，位於第五教學樓東南角，鷹爲銅質。求是鷹作者爲中國美術學院教授傅維安，碑記爲七律詩句，由老校友劉操南先生纂寫。國立浙江大學北美校友會。

春　雨

江南二月杏花雨，正是春耕浸種時。大伯扶犁興勃勃，姑娘挑土笑嘻嘻。水鄉又緑苗千頃，澤國更紅花萬枝。雨雨風風何所懼，心中有面昔陽旗。

撚　泥

淅瀝露珠春意峭，一場夜戰汗漣漣。撚盤撈取湖心月，紫櫓劃開水底天。貼地烏金成墨水，凌雲壯志化詩篇。款乃聲聲紅日曉，悠揚新曲四方傳。

贈張愛萍同志(代撰)

訪君千里得相知①,叱咤風雲瞻我師。皖北蹄聲壯八路②,西陲燈火竪豐碑③。明時奇冤欣昭雪,盛世豪情任驅馳。願托魚書傳尺素,文緣廣結致新詞。

寄贈方毅老戰友(代撰)

當年駿足快登程,雙運馳驅地下争④。轉戰寧申罹久錮,縱横蘇皖事長征。獄中浩氣悲歌壯,敵後雄心舒嘯驚。卌載暌違高誼在,一箋今日寄深情。

① 1938年,我(孫毅)自敵監釋,步行千里,詣漢口,與張愛萍同志,同在長江局黨訓班高級班爲輔導教員。

② 張在抗日時期任中央軍委及八路軍總部委,爲皖東北軍事負責人及蘇皖邊區黨委副書記。解放後任總參謀部副總參謀長。

③ 周總理派張赴西北主持國防科委人造衛星及導彈發射工作。

④ 雙運謂學運與工運也。

詞

蝶戀花・惜别(四闋)[1]

涉江聽説芙蓉好,不辭關山,采揀經遠道。誰信花期風雨到,紅英又是傷流潦。　　莫謂天净花已老,宿雨新陽,更見芙蓉嬌。掇取一枝聲悄悄,幽窗静對膽瓶小。

茫茫别緒湄江道,望盡天涯,曲曲屏山繞。細柳吹棉花漸少,櫻桃着露紅將老。　　山外行人招手笑,狂醉爛歌,指説江南好。一霎煙塵生樹梢,花問期約願相保。

憑欄猶是三春熱,花影撩愁,心緒從何説。一霎輕雲掩了月,人間最難是離别。　　笑語模糊渾忘卻,酒引愁來,和淚細細嚼。不信花間風雨惡,夜寒最怕菱枝弱。

茫茫心緒從何説,畫角聲悲,頃刻催離别。漫憶江南團圞月,滿山杜宇紅如血。　　冷視穹蒼癡久立,一寸柔腸,挽作愁千結。簾外輕棉飛白雪,淚花頻問青衫濕。

① 另注:據直行繁體字油印稿録入,估計作於二十世紀四十年代。

賀新郎・赴杭州灣參觀上海石油化工總廠

揮手齊聲吼。看洪波、銀山奔騰①，鵬飛鯤走。萬衆踏平浪千重，廿里新堤如綉。廠房似春筍雨後。號角連營催捷報，緊風中，陣陣凱歌奏。躍進鼓，震宇宙。　明燈一盞心紅透。踩狂濤、挾雷駕電，氣衡霄九。漫道神工與鬼斧，今日鬼神垂首。縱使是，雲箋鋪就。百米煙囱爲畫筆，難繪海上風雲秀。極目望，紅旗抖。

千秋歲引・歡呼中共十一大召開

旭日飛金，東風拂翠，高歌大好新形勢。農業紛紛追大寨，石油滾滾來深地。鬧革新，鼓幹勁，争朝夕。　領袖胸懷裝八億，果斷英明籌大計，最喜長征人有繼。三中全會光史册，五卷雄文輝國際。妖霧消，彩霞燦，江山麗。

① 銀山奔騰，陸游詩："常憶航巨海，銀山卷濤頭。"

水調歌頭·慶祝建國三十周年

旭日映泰岱,喜見朝霞明。高歌四化並進,國運益蒸蒸。不怕驚濤駭浪,招展紅旗處處,攜手邁長征。萬里彩綢舞,玉宇喜澄清。　　鯤鵬化,磅礴上,起翻騰。踏天闊海情緒,歡樂萬家春。三座大山推倒,五卷雄文輝耀,遺志永相承。人有凌雲志,堪笑敵何能!

望江南·六兄嫂金婚志慶(二闋)

金婚日,兄嫂聚泉城。綠酒細斟人脈脈,朱簾斜捲月盈盈。攝影志深情。

耄耋會,姐妹笑相迎。白髮颼颼知老健,綠窗喁喁話離情。待到月華明。

蝶戀花·賀新婚

丹桂飄香人窈窕。儷影幽情,池苑芳菲鬧。碎步花前同一笑,冰輪乍勇彩雲嫋。　　雨後西湖秋更俏。碧玉粧樓,賀喜新詞到。琴瑟永諧庭户繞,和鳴鸞鳳相偕老。

鷓鴣天·敬悼嚴慰冰同志(二闋)

嚴慰冰同志,陸定一同志夫人也。獄中無紙筆;其遺詞若干闋,悉由其妹嚴昭於探監時口授、默誦,歸而追記。正氣凜然,視逾珙璧。近年來,始裒集之,恭楷抄録。顔曰《南冠吟草》,遵遺志也。將以面世,原南京大學校長匡亞明爲之題簽作序。嚴昭女史乃委浙江文史館館員章士嚴兄囑余爲悼詞。余崇仰鄉先輩之碩德靡已也。其生也榮,其死也哀。稽首再拜,爰填兩詞以獻。深愧無文,難抒昂懷欵欵衷曲之忱耶。詞寄北京,嚴昭女史乃於靈前周匝涕泣禱告焚化,藉慰英靈於九天之上。余聞之,不禁又淚潸潸矣。

曾向南泥萬里行,欣逢弓馬出幽并。迎秋雁斷心猶壯,徂夏笳鳴夢不怦。　　思起舞，發豪情，横刀越嶺日千程。女兒饒有擎天志，敢縛蒼龍定太平。

誰曉囚籠階下横，血刀漉漉勢狰獰。忍聞騏驥黄泉泣，還聽驊騮黑夜驚。　　雲霧散，月華明，回思往事卻零丁。乾坤正氣浩然在，會見丹心澈太清。

浣溪沙・西湖詩社成立十周年

一九九〇年

詩社成立時，舊體詩尚受歧視，今已雨後春筍矣。“放懷海峽豪情寄，縱談風騷笑語傾。”今海峽兩岸詩友，歡聚一堂，不禁浮想聯翩。

百幅雲箋仔細看，思潮起伏捲狂瀾，天涯咫尺一憑欄。
仙閣海山非夢境，龍舟榴火是人間，相逢心底報平安。

外編

蔚の先生法书於

先生法书於

先生声名侔九州老瓕仅梳志十里武水道逐

晋塘幽絶如此帖将大洋雲远雨施八荒应塾古没碛少矯作神

字此巢於意顏卅行晋唐厚化帖鋪落捧涑似野鹤楷法肇自北

魏碑法玄丰映於藏適朣虫豪刻胡为寸妙左評法化傷鄭首泥

窯此法後王勒丶雞鼎咏与倚帛书韩力万毒陋一澶浸为明主

謀魏永曉諭二三子明挦仅迺此志詎柳子攷渝賛求呈抬制

の海慶群傥存文益戎庹走夸精菁更白信接我後先生书の

悃目月摩娑籍双眸书宠气奥行曲及川得洛心汗疂怅

紫犀今丈必祢董桐老之海无全约為夫亮亮高页

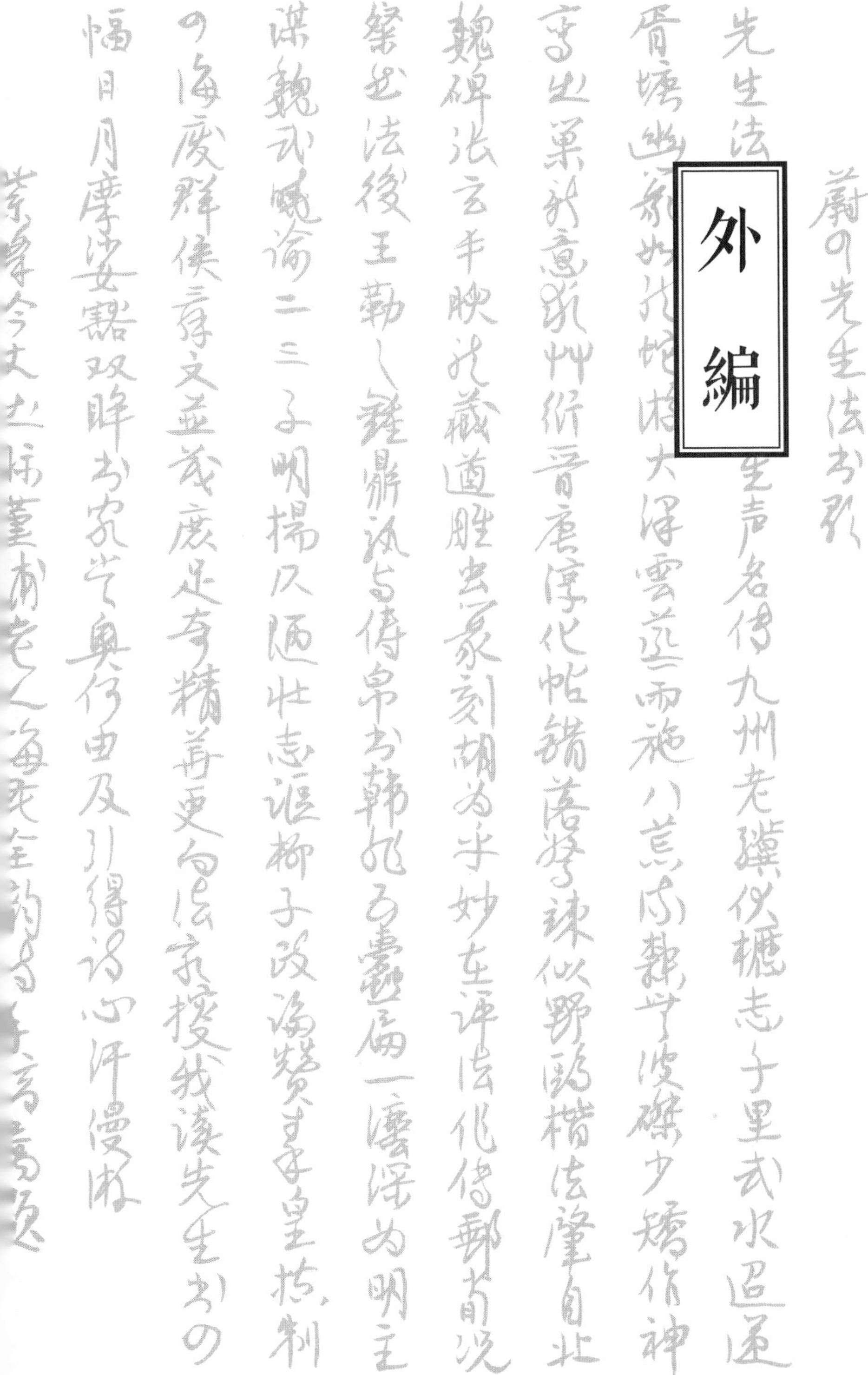

自　題

十年故舊三生夢;萬卷詩書一寸心。

輔仁母校七十周年校慶(二聯)

放眼寰球,精研科學外文,風氣領先通海國;緬懷教澤,崇尚勞動素質,輔仁垂訓耀梁溪。

作育英才,大道傳薪,豈僅三千桃李;弘揚學術,高山仰止,已經七十春秋。

浙大母校八十五周年校慶

求是垂教,飛聲學海;竺師振鐸,務實儒林。

浙大母校九十周年校慶

求是興學堂,溯洄讜議宏論尊御史;民主稱堡壘,培植繁桃艷李繼風流。

浙大母校九十五周年校慶

富國裕民,質測知幾,端先科技;清風廉政,創新求是,必仗人才。

浙大母校百歲紀念

求是經筵傳道德;淛江翰墨焕文章。

杭州花園北村春聯

比九蓮，鄰翠苑，綺閣瓊樓相望，放眼茶梅競艷，山河一統；
尊老幹，重高知，武功文治交輝，奉觴松柏常青，日月同壽。

《文學遺産》創刊四十周年

浩蕩乾坤容膝坐；湘累意氣托詩吟。

六和徵聯

過峽濤聲，挾兩浙山河壯氣；掠山月色，漾六和塔院雄風。

贈臺灣陳昂先生

綴學仁風綿祖澤;伊人秋水讀文章。

題《令杭雜著》

名山事業鷄林重;師友情懷鳳爪留。

贊馬一浮先生

六藝旨歸,慶遠談經弘理學;四書纂疏,烏尤傳道見文明。①

① 馬老在浙大播遷至廣西宜山時,講學《六藝要旨》,余忝末座。要旨俱爲仄聲,故易旨歸。宜山古稱慶遠,亦以平仄故易。復性書院設在四川峨眉山烏尤寺。書院曾刊《四書纂疏》以授門人。文明辭見《易經》天下文明。

佚 名

南極星輝,威鳳祥麟尊父執;華堂日永,春風化雨拜師門。

祝錢仲聯教授九秩華誕

射潮門第瑞氣靄;倚馬文章日月懸。

祝譚文建丞期頤上壽

苕上風生,山川融結千年秀;霅壇日轉,書畫精研一代雄。

壽姜亮夫教授九秩大慶

南極星輝，大道傳經，志存絳帳千秋業；神州日麗，高山仰止，學在成均萬卷書。

思費亭聯[①]

逝者如斯夫，鏹池遺恨；仰之彌高矣，薄海同尊。

挽于子三烈士

故人來乎，雨夜淒涼遵義夢；俠士去矣，忠魂澎湃浙江潮。

① 另注：費鞏烈士原爲國立浙江大學教授，紀念亭位浙大玉泉校區内。

以下作於烈士犧牲的1947年冬

墓聯：男兒死耳江水白；英魂來兮鳳山青。

挽聯：萬里叩鄉關，雨夜淒涼東海遠；千秋賷壯志，忠魂澎湃浙江潮。

挽王國松副校長①

瀝血嘔心，作育人材，茂李繁桃肩四化；鞠躬盡瘁，宣揚政績，邃思偉業足千秋。

挽陸維釗教授②

羅苑回春，忽報西歸悲逝水；青山有幸，長留遺墨壯棲霞。

---

① 另注：王國松教授(1902—1983)原爲浙江大學副校長。

② 另注：陸維釗教授(1899—1980)原在杭州大學任教，1960年調浙江美術學院。

挽李茂之教授

是省民盟主委，風雨同舟，瀝血嘔心終報國；爲醫大副校長，芝蘭其室，穠桃艷李自成蹊。

挽曹萱齡同志[①]（二聯）

桃李成蔭，丹心熱血，君竟逝矣；鳳簫久咽，靈糈瓊漿，魂兮歸來。

播雨耕雲，海内同尊才德女；風鬟香霧，天涯常念未歸人。

挽王駕吾教授

盡心墨子校商，浙水傳經垂後學；闡發春秋大義，宜山受業憶師門。

① 另注：曹萱齡教授與操南先生同在遵義國立浙江大學求學、教學。

挽余鴻業同志

劫後風雲,傷無椽筆潤盟史;篋中書劍,徒挹清芬憶故人。

挽陶秋英教授

心遊六合,神寄八荒,窗前已了千秋業;南社百吟,蓮峰三上,筆底能藏萬壑雲。

挽王曰瑋教授[1]

昭昭明明,時坐齋窗思總結;兢兢業業,天爲邦國惜斯人。

① 另注:王曰瑋先生原爲杭州大學生物系教授,故於1988年。

挽胡玉堂學長[1]

回首宜山播州，孤燈煢煢，風雨同窗，兄真健者；潛心希臘羅馬，青史昭昭，雲煙滿紙，弟亦潸然。

挽陳志鋒同學

鳳起蛟騰，黌舍英才君飲譽；庭荒圃冷，文壇噩耗我招魂。

挽陳師叔諒教授

史學浙東，魯殿靈光，正冀斯同匡後彦；泰山其頹，哲人其萎，唯將蘋藻哭先生。

① 另注：胡玉堂教授與操南先生同在遵義國立浙江大學求學。故於1988年。

挽江希明教授[1]

洞悉枉情，幾人能望項背；研尋生理，千載煉之腫瘤。

挽孫席珍教授

振鐸上庠，奪席談經非俗學；馳聲左聯，越山涉水見丹心。

挽蔣祖怡教授

授政趨庭，富陽世第仰令德；護花設帳，京口叢稿啓後賢。

① 另注：江希明（1913—1990）原爲杭州大學副校長，浙江省科協主席。

挽董聿茂教授①

潛心甲殼蟲魚,三傳木鐸壇坫盛;敦品温良恭儉,一振天聲風範高。

挽煉虹同志

萬里行吟,壯語雄辭歌國運;千秋豪氣,銅肝鐵膽挾胥濤。

挽沙孟海先生②

吐納江河,椽筆驚隨懷素志;縱横篆草,高風頓失魯靈光。

① 另注:董聿茂教授(1897—1990)原爲杭州大學生物系主任。

② 另注:沙孟海先生生於1900年,1992年10月故。

挽徐勉先生

雅誼蘭言，字句推敲稱摯友；雄才大略，詩壇擘劃失棟梁。

挽姜亮夫教授[①]（二聯）

訂誤續真，九秩伏生傳典學；濺珠漱玉，千秋屈子注騷經。

德業煌煌，訂譌續真，鳌經遠邁顔師古；文心粲粲，傳道授業，絳帳久承馬季良。

挽譚丈建丞

畫印書詩，一代宗師尊宿學；蒼潤邃折，九芝翰墨軼奇才。

① 另注：姜亮夫教授（1902—1995）原爲杭州大學古籍所所長。

挽邵全聲學長[①]

革命已終生,歎虎穴蒙難,求是仗一身正氣;論交成隔世,憶鷄窗言志,爲人真兩袖清風。

挽周淮水學長[②]

言笑當年遵義樓頭明月滿;德音終古龍駒塢畔曉風寒。

挽文史館楊炳副館長

擘劃經營,潤色鴻業,振藻史館,天胡不假邪;温良恭儉,諭揚文教,飲譽士林,人其可贖乎!

①② 另注:邵全聲先生(1921—1995),周淮水先生(1915—1981),皆與操南先生同在遵義國立浙江大學求學。

杭州太子灣引水亭聯

引力竟神通，汩汩清流西子活；水源何綿邈，深深幽徑浉江靈！

毛澤東誕辰一百周年紀念集句

展誦沁園春，獨立寒秋，湘江擊水，曾記否書生意氣；緬懷浪淘沙，東臨碣石，魏武揮鞭，數今朝人物風流。

題象山陳漢章墓道（二聯）

自有高文傳禹域；更留峻節照人間。

入室廣延天下士；著書普濟世間人。

陳漢章墓道綴學亭聯

綴學深心爲國重;斯文懷抱以書傳。

象山慈禪寺大雄寶殿聯

象山禪寺,汲大海之法流,普渡衆生,同登彼岸;風躍道場,燦慧燈之長焰,光輝萬象,共拔迷途。

題温州江心寺佛像開光暨木魚方丈升座

化被衆生,正法眼,洪開無盡寶藏;明鑒萬象,喜甘露,常霑不二法門。

杭州靈隱寺藥師殿聯[1]

十二藥叉，荷負有情，漸修梵行，光輝一心一世界；七千眷屬，盛陳大願，獲念神力，證得三藐三菩提。

杭州净慈寺大雄寶殿聯

真源湛寂，明瞭一心，化被塵寰，朗戒珠乎三界；覺海澄清，演暢萬法，威揚沙劫，懸宗鏡於十方。

題奉化溪口摩訶殿

金堂篆煙，户溢松聲，此乃仙人館；玉殿凌漢，庭流桂影，是爲太上家。

---

① 另注：此聯受陳訓慈先生所托，代擬。

題奉化妙高臺

雲横妙高臺,喜飛瀑千尋,澤流萬户;月漾雪竇寺,散雨華七寶,香徹九天。

題奉化豐鎬房報本堂

豐鎬誦先芬,無忝爾祖;詩書裕後昆,能世其家。

日本鄭成功祠聯

生好男兒,山河重振天聲壯;是賢淑女,壼[①]儀長留俎豆香。

---

① 壼,坤字,指母親。

臺南市鄭姓宗祠聯

焚冠辭廟,擊浪衝濤,永矢孤忠爲社稷;征誅揖讓,抗清驅虜,長懷大義瞻河山。

鹽官海塘觀潮坊聯

胥旗萬里奔雷,屬鏤丹心期報國;鏐弩半江滚雪,魚鱗嘉業務爲民。

題海鹽譚仙嶺箭樓

靖氛海山,碧血千秋尊社稷;振聲天漢,飆風萬里頌英靈。

題海鹽南北湖

雲岫螺青,遠眺東西浙;鷹窠鴨緑,閒吟南北湖。

題海鹽雲岫庵藏經閣

釋迦文,相遍一心一世界;梵王字,證得三藐三菩提。

海鹽南北湖鷹窠頂聯

嶺雲出岫爲霖雨;日月并升見國禎。

題黃山賓館

松下聽琴,夢裏枕流時漱石;峰間攬月,醉中摩劍欲凌雲。

天台山國清寺聯

智者開山,遺訓遐宣,歷千劫而不古;一行振錫,微言廣被,渡衆生兮長今。

天台山華頂寺山門聯

明瞭法華,遠眺朝暾,臨乎萬象;行深般若,上攬朗月,遊於太虛。

天台山華頂寺殿柱聯

六度萬行，幽贊法華祕典；一心三觀，恢弘智顗初門。①

① 《法界次第初門》，天台山修禪寺沙門釋智顗，輒依經附論，撰《法界次第初門》三百科，裁爲七卷，流傳新學。題“陳隋國師智者大師撰”，見《大藏經》支那撰述諸宗部天台宗陽九，頻伽精舍本。“三觀”爲中觀、空觀、假觀。智者大師云：“先空次假後中，離二邊而觀一心。”又云：“當以此諸法名相義理，一一歷心而轉作，則觀解無礙，觸境不迷。若於一念心中，通達一切佛法者，則三觀自然了了分明也。”“六度”者：布施、持戒、忍辱、精進、禪定、智慧六波羅蜜也。若念佛人專修三昧，學出世間須達乎至善，要知六度萬行，不出一心。於一心中一切法俱備，如浴大海已用諸河水也。如萬種香爲丸，若燒一丸具足衆味。如人取寶獲如意珠玉，一切衆寶出生無盡也。何以知其然，執持一句阿彌陀佛，故得三昧。一念之中，與理相應諸法現前，六度萬行，皆悉具足。見《廬山蓮宗寶鑒》第六。

“六波羅蜜”爲一檀波羅蜜、二尸波羅蜜、三羼提波羅蜜、四毗梨耶波羅蜜、五禪定波羅蜜、六般若波羅蜜。檀那，秦言布施；尸羅，秦言好善；羼提，秦言忍辱；毗梨耶，秦言精進；禪，秦言思惟修；般若，秦言智慧，照了一切諸法，皆不可得，而能通達一切無礙，名爲智慧。見《法界次第初門》卷下之上。

智者大師，諱智顗，字德安，姓陳氏，潁川人。十八歲投湘州果願寺出家，誦《法華經》，兼通律藏。性樂習禪，遂往大蘇山禮慧思禪師，北面事焉。思師一見，乃曰：昔日靈山同聽法華，宿緣所追，今復來矣。因授與法華三昧。三七日誦經，至於《藥王本事品》，是真精進，是名真法供養。至此句時身心豁然。寂而入定，照了法華。若曦和臨於萬象，達諸法相，如清風遊於太虛。將證白師。師曰：非汝不證，非吾莫識。汝所證者是法華三昧前方便得旋陀羅尼。汝於説法人中最爲第一。後弘法鄴都，屈伏時匠。晚入天台降魔進行，化緣既息，於新昌大石像前示疾告滅。見《廬山蓮宗寶鑒》第四。一九九三年十月三日記。

天台山華頂寺大雄寶殿聯(二聯)

波羅蜜多,大乘妙音,引慈雲於鹿苑;摩訶止觀,慧燈長焰,注法雨乎鷲峰。

華頂講寺,六度萬行,妙道凝玄,幽贊法華祕典;圓覺道場,一心三觀,法流湛寂,恢弘智顗初門。

天台山華頂寺藏經樓(二聯)

波羅蜜多,五蘊皆空,華頂浮雲證夢幻;摩訶止觀,一塵不染,經臺朗月照禪心。

華頂泉清,一塵不染菩提地;經臺月朗,萬善同歸般若門。

石梁中方廣寺山門聯（二聯）

傾崖噴壑雙龍門；滚雪驚雷一脊寒。①

傾崖噴壑雙龍下；駭玉驚珠一石横。

石梁下方廣寺山門聯

素練石梁懸，妙演方廣舌；慧雲紺殿繞，幽棲清浄身。

石梁下方廣寺大雄寶殿聯

變現有身，半空花散三千界；去來無跡，五百真棲不二門。

① 門，一作并；滚，一作濺。

題杭州絲綢館迴文亭

五縷迴文，難傳弱女柔情蜜意；尺幅鮫綃，能撼將軍義膽忠肝。

新昌長詔水庫挹翠亭聯（二聯）

深壑平湖，遠遊山川開懷抱；幽蘭若木，格物蟲魚啓睿思。

出霧入雲，山舟點點剡溪遠；迷花倚石，海客悠悠天姥前。

中國國際武術節門聯（三聯）

虎旗獵獵，顯上下數千年華夏文明，射御詩書，光輝日月；鼉鼓逢逢，攬縱橫幾萬里兒女身手，槍刀棍棒，氣壯山河。

弄精神，隔架遮攔，武術名揚四海；盡氣力，盤旋點搠，强身澤及三生。

急雪還風，高下彩綢舞；穿雲裂石，迴旋玉笛聲。

題杭州宋城聯

治洽清明，振興神州經濟；化揚禮樂，發皇天下文明。①

① 治洽，喻政治融洽，社會安定，兼示廉政建設。清明，指政治清明，也與《清明上河圖》文字聯繫。經濟，指市場經濟，商業振興即爲市場經濟繁榮。化揚，指教育、文化，弘揚禮樂，借北宋開國，杯酒釋兵權事，化干戈爲玉帛，提倡道德風尚。"天下文明"見於《易經》。上下聯呼應，古爲今用，意謂：物質文明、精神文明兩手抓，都過硬。

楹聯輯佚

應徵1993年杭州芸香食品廠出句

月餅芸香，重湖碧透，相悦三潭盡好風，留照有情明月；聖湖嘉訊，兩浙紅遍，欣逢四海多良耦，低回共賞碧山。①

應徵1994年第十届中秋徵聯(三聯)

載酒平湖排遠闥；尋詩秋月溯寒潭。

皓月吟詩桂子落；平湖縱酒露華濃。

秋月平湖，賞心樂事；南天北國，遊目騁懷。

① 芸香食品廠與省市新聞單位徵聯評獎，上聯"芸香"，故以"嘉訊"對之。《孔子世家贊》："余祗回留之，不能去云。""祗回"或作"低回"。

紀念徐映璞先生誕辰100周年

南國經筵弘學術;西泠翰墨煥文章。

題鄞縣阿育王寺大殿

左瓔珞,右寶幢,東浙仰禪宗,是處法門不二;塔放光,龍護法,南洲崇佛教,個中妙諦宜參。

題鄞縣阿育王寺大雄寶殿

五千經藏,三寶法輪,記從白馬馱來,衆生普渡;兩浙名山,六朝古刹,幾歷紅羊劫换,紺宇長新。

題鄞縣阿育王寺舍利殿

輪音西震，象教東來，賴賢皇製造浮圖，安藏善逝①真靈骨；塔降南天，光舒北闕，感聖帝志心欽仰，瞻禮迦文妙應身。

題鄞縣阿育王寺塔院②

阿育造浮圖，其數八萬四千，惟斯獨著；薩訶求舍利，已歷一十二代，仰此常靈。

佚題（三十四聯）③

千古龍盤虎踞；萬家燕舞鶯歌。

① 另注：善逝，佛之十號之一。

② 另注：以上鄞縣阿育王寺的四聯均在網上及阿育王寺院所發見。

③ 另注：部分聯在網上發見。

養浩然正氣;極風雲大觀。

石壓筍斜出;谷陰花後開。

松性淡逾古;鶴情高不群。

怡情頻拂塵;遊目漫流觴。

囊括無咎,誰識潘安謝太早;雕蟲篆刻,應知勞格或能傳。

綴學家風崇令德;海濱華胄瞻宏圖。

英名馳騁神州外;傑業弘揚鐵溺中。

淡淡青山故國;萋萋芳草天涯。

壘石疏泉對酒;藝花種竹題詩。

黄酒漫辭今雨醉;青燈猶照故人心。

詩酒怡情性;煙花入畫圖。

樓臺工入畫;梅柳喜平湖。

潑墨山雲擁;拖藍徑草鋪。

隔岸眠鷗穩；扶藜好鳥啼。

柳看青眼破；桃效絳腮顰。

西子傳神韻；東皇着色新。

愛衆親仁，求是宗師書册府；高風峻節，播州桃李坐春風。

凌漢斬鯨，憂危邦國千人湧；乘濤載浪，興建家園萬舸歸。

烽火漫天，抗日旌旗揚雁宕；笙歌遍地，銘功金石聳虹橋。

披荆斬棘，千年桎梏衝除盡；繼往開來，萬里征程破浪行。

漱玉賭書聞帝語；放翁作芊夢冰河。①

夜雨梁山，憎苛政猛於虎；朝暉水泊，頌英雄氣似龍。

天上騎鯨，人去湖山留正氣；世間縛虎，我來陵闕拜英雄。

碧血灑江山，雷激雲騰，勁節流芳奕世；丹心昭日月，天幬地載，高風垂澤千秋。

閱六禩風雲，三千志士，取義成仁，典型垂宇宙；懷九原豪

① 茶寮参以禪語，發人深省。余攝茶事，反其意而用之；所以闡愛國主義情懷也。

傑，十億神州，開來繼往，事業壯湖山。

雲崖訪窟聽鴻雁；竹澗濯纓笑白鷗。

蒼崖隱現藏僧院；淥水依稀傍酒家。

真如湛寂，無疑起疑，指歸妙源，闢圓明之界；佛旨幽微，非問設問，蕩滌邪見，開宗鏡之門。

玄鑒假相非相，離一切相遂，啓泥洹之路；徹悟無名無說，獲三藐道廣，開般若之門。

閒來雅好臨晉貼；忙時不忘讀兵書。

蓮座莊嚴，一塵不染；石床淡泊，萬法皆空。

世出世間，此爲無明長夜之智炬；覺先覺後，實乃生死苦海之慈航。

成己曰仁，成物曰智，致彼中外光曲阜；立義以理，立教以數，澤流九州亮武夷。

诗鐘

水天一唱

潮水奔騰山寺外;海天浩蕩玉樓中。[1]

① 靈隱寺駱賓王寫聯云:樓觀滄海日,門對浙江潮。玉海樓爲浙江瑞安孫氏海内著名藏書樓,濱東海。

其他(祝辭、吊辭等)

祝賀林德吾師九五大壽

懿歟林師,維吾德馨。學衍桑欽,書承鶴銘。桃李成蹊,芝蘭滿庭。仁者愛人,福壽康寧。

吊邱寶瑞硯兄

寶瑞表兄,同窗斗魁。干雲壯志,拔地雄才。哲人云亡,邦國殄瘁。生芻遥奠,魂兮歸來!

佚題(二則)

落月停雲,眷念舊雨。

富士巍巍,錢江滔滔;金蘭之契,壯志煙高。

附　録

讀書破萬卷，下筆如有神

——劉操南校友和他的詩詞

皇甫煃

劉操南，1942 年畢業於國立浙江大學中國文學系，留校任教。長期以來，他一直承擔着繁重的教學與科研任務，還兼任繁忙的社會工作。他工作勤奮，有强烈的事業心，忠誠黨的教育事業。現爲杭州大學古籍研究所教授、浙江省文史研究館名譽館員、省政協詩書畫之友社副社長、省詩詞學會副會長。1986 年起，兼任政協詩書畫之友社的《聯誼詩詞》主編。

劉操南教授爲學重視中西交叉、文理滲透。發表著作有《古籍與科學》《史記春秋十二諸侯史事輯證》《桐花鳳閣評〈紅樓夢〉輯録》《紅樓夢彈詞開篇集》以及《揖曹軒詩詞稿》等。

劉操南於學無所不窺，知識面廣。沉潛既久，功底愈深，積也愈厚。這樣，發而爲詩，信手拈來咸寓故實，隨意揮灑結構謹嚴。有人把創作中國舊體詩詞比作戴着枷鎖跳舞，那麽劉學長的詩詞就是戴着枷鎖在跳芭蕾舞，詞句清新而又節奏鮮明，令人一讀就知道是一位飽學之士的詩詞。而内涵，正是這位學者的一顆愛國心。

《揖曹軒詩詞稿》的内容，可分 4 個方面來作簡要介紹。首先，他的詩詞真實、具體地反映了祖國的現實生活。40 多年來，我們的祖國經歷了多次的運動，如社會主義教育運動、“文化大革命”、粉碎四人幫以及近年來的四化建設,他在《詩詞稿》裏對這些重大事件多有反映。例如“社教”初期,他在諸暨斯宅訪貧問苦,寫下了《寒夜訪貧農斯林亞》的長篇敘事詩。通過曾爲童養媳的斯林亞的自叙,再現了一位祥林嫂式的人物。他在詩前小序裏説:“始悟魯迅所述祥林嫂事,舊社會中比比皆是也。”次年冬他寫的《雪窗即興》裏説:“俯首搞工作,虛心學道理。三同心肺易,雜飯勝魚豨。”可以知道他在運動中,態度是認真的,收穫是豐碩的。真正是在改造客觀世界的同時,改造了自己的主觀世界。“文化大革命”時期,他寫的詩詞較少。偶有所作,如《讀曆有感》《讀陸、辛、陳三家詩詞》,常有寄託,而感情激越,稍稍透露了他的心扉。到《熱烈慶祝粉碎“四人幫”》時,他大聲鏜鎝地呼唤:“……敢抒肝膽乾坤赤,爲保江山世代紅。瞻望神州赤縣地,燭天烈火正熊熊。”態度十分鮮明。第二年《國慶觀禮花》云:“紅梅二十八回開,插上青天焰火臺。湖上人流千萬路,歌聲疑是夜潮來。”“水笑山笑人更笑,雲飛霞飛天亦飛。珍珠火傘穿空起,頃刻花開萬態奇。”(四首録二)把杭州湖濱萬衆歡騰的熱烈場面,用“水笑山笑人更笑”等等來表述。讀來,如臨其境,倍受感染。粉碎四人幫後,經上海市委批准,追認原浙大費鞏教授爲革命烈士。這又是一件大快人心的事。操南爲此寫了《哭費烈士香曾師》:“沉冤於今三十年,欣聞昭雪淚潸然。導師永憶禪源月,教育難忘石堡天。讜議煌煌誅國賊,柏燈熒熒寫書篇。救亡壁報洪濤起,澎湃雲天頌大賢。”(三首録一)愛國愛師,情真意切之至!到1980年前後,關心“四化”的話題又屢屢在他的詩詞中出現。如《水調歌頭·省民盟第四次代表大會抒懷》結句:“四化雲濤起,慷慨獻新詩。”《滿江紅·一九八〇年元旦書懷》下篇的“四化事,争朝夕;千秋業,掛胸臆”。足見他時時把祖國的四個現代化放在心上,惟願祖國早日富强起來。

其次，山水詩也是操南的强項。他能根據山水風景的特點作真實具體的描摹，使讀者獲得獨特的藝術享受。例如《黄山吟三十五韻》是500多字的大篇，一開頭就是“朱砂、紫石峰如戟，怪雲騰空猶電疾；槭槭文楸送風來，龍墜天驚山鬼嚇。萬斛珠璣從天下，人字瀑前鳴金石。桃花潭水水洶湧，虎頭巖上泉汐潏”，把在紫石峰下急雨時的怪雲、疾風、飛瀑、鳴泉等都一一寫活，十分形象！“村農告我黄山性”以下是議論，並以名畫師的作畫相比，回應前文。又以“故人邀遊白雲裏”等句來概述遊山歷程，有迎客奇松、猴子觀海、夢筆生花、北海紅日等絡繹而來，故能引人入勝。最後點出黄山的特色是“峰雲多變幻”和“奇特”，指出“此行此樂黨之德”，並且作了新舊對比，表現了他對祖國的山山水水的無比熱愛；同時蘊含了對共産黨領導的衷心擁戴。除了像《黄山吟》這樣的大篇外，他還寫了不少像《登井岡山》《雁蕩記遊》《題新安江山水》《西湖漫興》以及《新疆吟草》裏的若干小詩。這些小詩，有的有所寄託，有的富於情趣，有的能予人以美的感受，各具特色。

再次，操南的《詩詞稿》裏有不少是與窗友、吟友的唱和之作。這使我想起了當年繆彦威師在遵義講授詩選、詞選的事。那些曾經受過繆先生灌溉的詩詞愛好者，後來就同這位劉大師兄吟詠往來，賡唱聯吟，茅於美、闞家蓂、馬國均、孫常煒等學長，是其中尤著者。而劉大師兄詩思敏捷，有來必有往。於是他的詩作，蜚聲於海内外。因此，1986年美國紐約四海詩社寄來聘書，聘請他爲名譽顧問。後來，他不僅同港、臺詩人多有往來，同日本、北美、加拿大、新加坡、泰國等地詩人亦經常往來。1992年全球漢詩詩友聯盟總會聘他爲顧問；1996年新加坡獅城詩詞學會聘他爲名譽會長。衆多詩作中，《贈臺灣詩人洛夫、張默、辛郁、管管、張坤暨香港詩人犁青諸君子》是寫得極好的：“湖上連朝迎勝流，正攀叢桂作中秋。會看四海齊同日，酌酒吟詩韻益悠。”“隔海悠悠四十年，今朝興慰樂無前。歡聲笑語湖船外，直載基隆淡水邊。”不用典故，純然天籟，卻使人體會到了同胞的温暖與關懷。

最後，劉大學長之於吟詠，往往以愛國愛民之懷，匡時濟世之心，言志抒情。他從不甘心吟風弄月，而於志士仁人、老師學者之碩德懿行，則拳拳服膺。如1986年秋講學新疆博州，遊惠遠故城，懷念前賢洪亮吉、林則徐，吟《惠遠故域懷古》云：“戈壁廢墟炮眼開，故城河畔一徘徊。戍邊我仰雙賢士，十萬牛羊惠遠來。”憤恨老沙皇侵犯伊犁，詩中充滿了愛國主義的激情。又如嚴慰冰同志中年自重慶奔赴陝北抗日，“文革”時受林彪一夥的迫害致死，劉大師兄詠《鷓鴣天・敬悼嚴慰冰同志》悼詞兩闋，其第二闋云：“誰曉囚籠階下横，血刀漉漉勢狰獰。忍聞騏驥黄泉泣，還聽驊騮黑夜驚。雲霧散，月華明，回思往事卻零丁。乾坤正氣浩然在，會見丹心澈太清。”對於革命烈士低徊往復，義憤填膺，充滿崇敬之情。劉大師兄這種有爲而作的寫作態度，得到了海内外衆多吟友的共鳴。

總之，劉操南的《揖曹軒詩詞稿》歷史地、真實具體地反映了多年來我國的現實生活，形象生動地描摹了偉大祖國的名山大川，並且運用詩詞與海内外友人賡唱聯吟、交流感情。從他的詩詞作品中我們可以看出他摯誠的愛國感情和嚴肅的寫作態度。今年是母校浙江大學百年校慶，也是劉操南的八十大壽。“四美俱，雙壽并。”我們爲母校能培養出像他這樣“讀書破萬卷”而又有豐碩成果的求是學人感到高興！願母校更加繁榮昌盛，並祝劉操南寫出更新更美的詩篇。

（原載《浙大校友》1997年下）

後 記

光陰荏苒,轉眼間父親——劉操南離開我們已近五載了。然而父親的音容笑貌歷歷在目,往事如昨。父親一生純樸真誠的品行並在學術上孜孜不倦,筆耕不輟,至終不悔的堅定意志,使我們深受教育並時時縈繞心頭。父親從事研究的涉及古代天文曆算、經史古籍及章回小説創作、雜文、詩詞等數百萬餘字文稿"悉庋篋中有年矣。不知何日見之梨棗"的未竟遺願,我們也不敢一日忘懷。惜我輩菲才寡學,雖時以父親手澤爲念,但迄無暇顧及。感謝各方領導的關懷和專家們的協助:1999 年浙江文藝出版社出版了水滸通俗小説《水泊梁山》(40 萬字),同時再版了《武松演義》《楊志演義》;2000 年浙江大學出版社出版了天文算學方面的專著《曆算求索》(33 萬字);關於《詩經》研究的著述《詩經探索》(30 萬字)亦已得浙江省社會科學學術著作出版資金資助,列入了浙江大學出版社的出版計劃,2003 年即可問世;《紅樓夢彈詞開篇集》(18 萬字)在陳飛老師的幫助下也將面世……

這本積父親一生吟誦之概貌的《揖曹軒詩詞》得以付梓,我心中所積蘊的感恩之情越發濃郁。王斯琴、鄭仕文兩位前輩與父親生前交往頗深,王老伯年近九秩,博聞多識,求教者衆;鄭仕文先生體弱多病,精力不支。然兩位前輩對我的求助慨然允諾,耗時數載,對父親浩如煙海的手稿及印刷作品進行篩選、潤色、分編。我在整理校對中又不時前去求教,王老伯總是不厭其煩,耐心賜教。《揖曹軒詩詞》在付印前,又得到了王老伯、鄭先生認真的終校。這種真情摯誼,真是山高水長,恩澤綿延。父親在天有知,也定會心存感激的。

此外,浙江文史館爲了解決館員"出書難"的問題,除幫助聯繫出版印刷單位外,還在費用上酌予補助,並不因父親棄世而不作考慮,於第一時間告知佳訊。我輩不自量力,倉促中把尚不完善的另一部文稿交印,拖宕時久,終未成書。以至文史館的此樁好事亦不能如期完滿。愧疚的我不免心焦神傷。後來安雪文先生又捎來"館領導作了研究,劉老先生對浙江文史館是有貢獻的,文史館應該爲他出一本書。他在詩詞領域造詣頗深,出詩詞集很好"的喜訊。眷顧深情,無任感戴。

父親書齋自題爲"揖曹軒",蓋心傾曹雪芹之義。曾於 1990 年自輯油印本《揖曹軒詩詞稿》,原有詩詞 449 首。現增至 1041 首,聯 85 幅。父親曾言"出書去'稿'",今遵從遺命。書中除父親原有自注外,凡有"★"的注釋均屬我所加,挂一漏萬,應屬難免。

父親一生,以牛自喻,辛勤耕耘,硯田不乾。女兒無才,唯時時自勵,願竭盡心力,不負期許,告慰父親的在天之靈。

謹向關心幫助《揖曹軒詩詞》問世的諸位領導師長、好友同仁致以衷心的感謝!

長女劉文漪敬記

2002 年 10 月

再及:

《揖曹軒詩詞》問世距今近二十年了,翻檢時總覺差誤不少。數年來在整理父親遺稿中,不時發現新的散詩;再又見到明確指認是父親的作品而未收録書中,如寧波阿育王寺中的楹聯等。幸有此機遇重版,當必糾誤補缺。憶及父親生前曾言:西湖詩社的徐儒宗人品與學識俱佳。爲此輾轉中我找到徐儒宗老師説明請其編審的意圖。雖徐老師已從浙江省社科院退休,是新履職的浙江省文史館館員,其學術研究仍非常繁忙,對我的請求他頗爲難地接受了,卻以極其謹嚴的態度將所有詩詞爬羅剔抉,力求臻於精湛。其間我又不時煩擾,徐老師均予以賜教。

經歷時數月的重新整理,現本集收録詩詞 1056 首,楹聯及其他 132 副(首),合計 1188 首(副)。

劉文漪再記
2020 年 12 月

編者説明:劉操南先生詩詞,生前手定爲《揖曹軒詩詞稿》(1990 年油印);後由浙江省文史館(西泠印社)印行爲《揖曹軒詩詞》(2003 年),劉文漪編校。這次收入全集,上編按先生生前手定稿的排序並保持原貌;下編、外編,由徐儒宗據手稿、抄稿及發表稿等編集,有所增補和輯佚。最後由陳飛據徐編電子本統稿審訂。增加徐序,將原《代序》改爲《自序(代)》,原注釋中帶★號者爲劉文漪所加,現改作“另注”。詩詞合計數由 2024 年 7 月底復核後計入。

《劉操南全集》附編

目　録

劉操南先生年譜簡編

劉操南先生的父親劉宗沅，字富源、叔良，漢族。終生以燒造磚瓦爲業，是民族手工業主。居江蘇無錫市南門外。五牧劉氏宗譜第26世。

劉操南（1917年12月13日—1998年3月29日），字肇薰，號冰弦（冰絃），晚號梁溪狂叟，又名漢鍾。籍貫江蘇無錫市，五牧劉氏宗譜第27世。先生治學終生，是浙江大學古籍研究所教授、作家、詩詞學家。妻尤冰清（1917年3月10日—2007年10月13日），籍貫江蘇無錫市。1938年畢業於江蘇省立蠶絲專科學校，從事養蠶製種。

先生育有一子二女。子劉文涵（1956年12月17日—2018年2月27日），五牧劉氏宗譜第28世，浙江大學理學碩士，習理從教，是浙江工業大學化學工程學院教授。孫劉昭明生於1991年4月6日，五牧劉氏宗譜第29世，浙江大學理學博士，繼承先輩衣缽，是國家優青、浙江大學化學系百人計劃研究員、博士生導師。

先生6周歲入私塾，讀《四書》《毛詩》《尚書》《春秋左氏》等。

後就讀於無錫輔仁中學,學西文及格致之學,如化學、物理代數、解析幾何等。1937年考入國立浙江大學史地系。抗戰軍興,隨校西遷後轉入中國文學系,1942年畢業於貴州遵義,獲國立浙江大學首届首位中國文學學士學位。受竺可楨校長青睞,留校任教,擔任中國文學助教。1949年1月升任講師。全國解放後院系調整,自浙江大學中文系而浙江師範學院、杭州大學從事教學、科研和社會活動等。先生治學博大精深,重視中西交叉、文理滲透,考據、義理、詞章三者並重;理論聯繫實際,躬行實踐,探索民族之優良傳統,冀爲立國之本;專攻文史,兼治天文曆算之學和詩詞與章回小説創作,學術成就涉及古代天文曆算、古典文學、科技史、古代史、文獻學、章回小説與詩詞、書畫、曲藝等諸多方面。一生寫作1300多萬字,被譽稱"學究天人",蜚聲海内外。先生曾任杭州市人民代表、浙江省政協委員、浙江省政協文史委員會副主任、浙江省文史研究館名譽館員、民盟浙江省委員會常委、浙江省政協詩書畫之友社副社長、浙江省詩詞學會副會長、浙江省作家協會顧問,中國屈原學會理事學術委員會委員、中國水滸學會理事學術委員會委員兼藝術委員、杭州水滸學會名譽會長,紐約四海詩社名譽顧問、全球漢詩詩友聯盟總會顧問,中國科技史學會、中國數學史、中國紅樓夢學會、中國通俗文藝研究會會員,《中國曲藝志》浙江卷顧問、《浙江省文學志》顧問等等。1998年3月29日因病去世,終爲杭州大學(現浙江大學)古籍研究所教授,執教終身。

1917年(民國六年) 1歲

1917年12月13日(民國六年十月二十九日寅時)生於江蘇無錫南門外大窑鎮劉源昌號。祖上爲劉源昌磚瓦製造業(燒窑)的民族手工業主。

幼年與父親劉叔良的合影

1923 年(民國十二年)　7 歲

入私塾,讀《四書》《毛詩》《尚書》《左氏春秋》等典籍。

1929 年(民國十八年)　13 歲

早秋入無錫南門外花園弄正業小學讀六年級。

1930 年(民國十九年)　14 歲

9 月,入無錫南門外培南初級中學。

1931 年(民國二十年)　15 歲

考入無錫縣立初級中學。

童年時期

1933 年(民國二十二年)　17 歲

12 月,畢業於無錫縣立初級中學(現無錫市第一中學),甲戌春季級。

1934 年(民國二十三年)　18 歲

1 月,發表《四邊形之研究》(《無錫縣立初級中學校甲戌春季級畢業紀念刊》,無錫協成印務局,第 54—76 頁)。同時在該刊發表 6 首韻律詩詞,此爲目前發現最早已面世的文章和詩詞。

1 月,因無錫高中無春季班,遂考入江陰勵實高中。

7月,轉學至無錫輔仁高中。

1937年(民國二十六年)　21歲

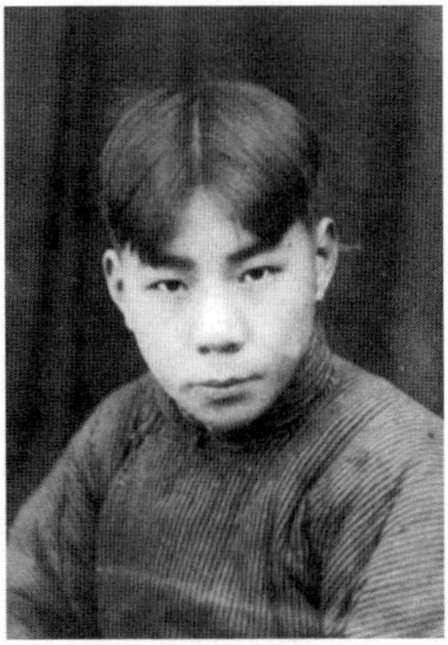
少年時期

7月,畢業於無錫輔仁高中。繼而參加中央大學、交通大學和浙江大學三所國立大學的聯合考試,第一志願爲浙江大學。三大學聯合考試設三考點:南京、上海、杭州。因上海離無錫近,又因上海有實習工作機會,遂選擇上海考點,地址爲上海徐家匯交通大學。

大學招生放榜等待時期,去上海應試京滬、滬杭甬兩路管理局的招考,被録取後去上海學習,一周後分配到無錫北門火車站票房賣票,有一定的零用津貼。

8月,三大學聯合招生放榜,以第一志願考入國立浙江大學史地系(名單榜登在上海、杭州和南京的報上。以後去杭州報到,在大學路的浙江大學大門旁的水泥牆上看到了真正的名單榜)。放榜後,父親叔良公説已在火車站實習有工作,主張不必去上學。操南本人堅定要去讀書,也曾拜望過高中的老師張子惠和楊師母,他們都謂還是讀書上進好。父親也就允應了。與同榜的輔仁高中同學張宗驥及王秉宣、蘇錫祺、唐耀發等5位同學一同坐火車去杭州。那時日軍經常出動飛機轟炸滬杭一帶,火車時走時停,乘客不斷下車躲警報。到嘉興時,警報又響了,火車停了下來,大家便在火車站附近的大樹下躲避。由於初次去杭,心中無底,不免有些擔憂。不久,警報解除,上車順利抵達杭州。

報到是在大學路國立浙江大學新生接待處,接待同學很客氣地引路到學校安排的工學院仁齋一樓住下。兩人一間,放着兩張床,兩張桌子,一個書架和一隻畚箕,獨自一櫃。因是初次見世面,看着有同學拖着木屐去沐浴,感覺生活是這樣的舒適。在仁齋住了幾天後,學校宿舍調動,搬移到文理學院第一宿舍,是一所舊式轉盤樓房,宿舍每間五架,開間很大。住樓上,前後有走廊。一間住四人,也很舒適。中秋節那天夜裏,在第一宿舍樓上第一次嘗吃廣東月餅,感到滋味無窮。

大學一年級讀史地系,時文理學院院長胡剛復,史地系主任張其昀,一年級主任朱庭祜等先生。有必修課和選修課,選好學分,由張其昀和朱庭祜兩先生簽字,交教務處。辦完手續,看到有竺可楨校長的"中秋與浙江潮"學術講演布告,便去聽講,這是生平第一次聽學術講演,竺校長講得入情入理,明白易懂,發人深思,立即引起了濃烈的興趣,不僅增長了科技知識,而且啓發了研究方法,在學術研究的道途上受益終身。

9月,在杭州蒲場巷入學。據竺可楨先生9月17日日記:"決定二十一日移往天目山,實行訓教合一等等。晚七點半在新教室禮堂開一年級新生大會,到學生一百七十八人,其中女生二十人左右。"(見《竺可楨全集》第6卷,上海科技教育出版社2004年,第370頁。下引《竺可楨全集》版本同此)操南亦在一百七十八人中。當月下旬隨全體新生遷至杭州臨安於潛西天目禪源寺浙江大學一分部讀書。一年級新生在來青樓上課,方丈室前軒改爲自修室,聽雨軒爲宿舍。大一國文經過甄別考試,按成績優劣分爲甲、乙、丙、丁、戊五組,每組約三十人,操南分在甲組前列。學校施行導師制,操南選費鞏先生爲導師。

操南在聽了張蔭麟先生所授中國古代史課程後,"小疑則小進,大疑則大進,緣何疑古,如何疑古",改變了"信古派"的爲學、論學的思維模式。張蔭麟先生在課上曾經提到關於《左傳》《史記》中的史實,存在着統一和矛盾的出入,提示可作深入研究。操南由此存於念想並置之心頭數十年,讀了不少書進行思考。最終窮四十餘年研究之功寫下了《太史公書春秋十二諸侯事輯》,於 1992 年 9 月以《史記春秋十二諸侯史事輯證》爲題正式出版。而該研究起步即在初入大學的這個時期。

冬,與同鄉 7 學友回無錫,旋去上海住姑母家。

1938 年(民國二十七年)　22 歲

2 月,考入之江大學文理學院土木系,讀書於上海博物院路廣學會大樓(慈淑大樓)。

青年時期

6 月到 8 月,應在上海的浙江大學同學之邀,並受"中日甲午之役,清政府喪權辱國。有識之士,觸目驚心,感覺要儲國力,雪國恥,奮發圖强"(見劉操南《浙江大學文學院中文系在遵義》一文,刊載於浙江大學出版社出版的《浙江大學在遵義》)的感召,爲國振興求學,決心回到已西遷的國立浙江大學。時值抗戰全面爆發,道路阻斷,轉經香港、廣州灣等地,幾經跋涉,方抵廣西宜山復學,仍讀史地系。

8 月,國立浙江大學奉教育部令,新添設中國文學系,旋即轉入中國文學系,爲首届學生。

1940年(民國二十九年) 24歲

2月,隨國立浙江大學從廣西宜山遷至貴州遵義湄潭。

據《費鞏日記》云:"一九四〇年三月十六日:午後三時文學院開師生談話會……劉操南認爲師長對學問之切磋、道德之砥礪、疾病之扶助尚少注意。""一九四〇年六月二十七日:劉生操南來訪,此生篤實有君子風,想係聞余關念,故來相訪,亦感召之力也。""一九四〇年九月二十日:晚劉操南來談,云:讀書之法分三步:首事考據俾知時代背景及身世行爲,次以今人目光論古人學説,卒以古人學説之顛撲不破者提煉出之云云。余勸以勿太泥古,戒附會,宜活潑,勿太道學氣,處事待人則以中庸之道。"

1941年(民國三十年) 25歲

4月,《浙大學生》在貴州遵義復刊,擔任總編輯。撰寫復刊第一期《復刊辭》及《中國文學系概況》等文。

據竺可楨先生6月15日日記:"國文系三年級生劉操南來。劉現爲《浙大學生》之總編輯,近得政府每月四百元之津貼,始能恢復出版。第一期稿已收齊,不日向貴陽《中央日報》社付印矣。劉謂本校學生分二派:一爲埋頭苦讀不問外事之學生,一則專門喜弄筆墨自命爲前進之學生,此輩不切實際,言論空泛,兩者俱失云云。"(見《竺可楨全集》第8卷,第95—96頁)

據《費鞏日記》云:"一九四一年一月九日:劉操南來受教,教以安眠之法,及發展個性,糾正偏失之道。""一九四一年六月十三日:操南告我謂彦威云:以夫子之'泛愛衆,而親仁,行有餘力,則以學文'四語贈我最爲確切。"(彦威即當時中文系教授繆鉞)

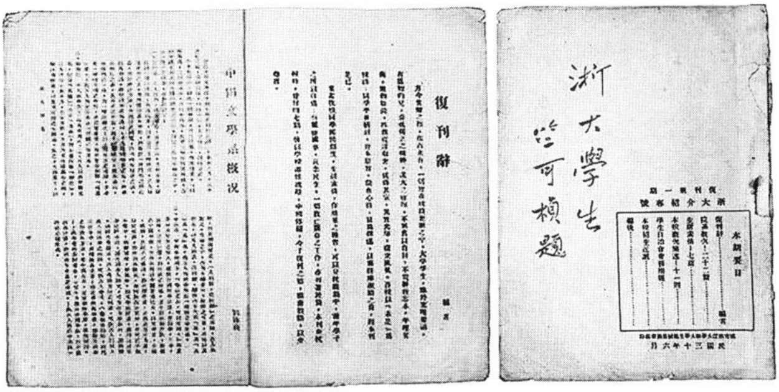

《浙大學生》復刊第一期由竺可楨校長題字，劉操南擔任總編輯，國立浙江大學《浙大學生》編輯委員會編印，浙江大學出版委員會發行，貴陽中央日報館印刷。（總售處：貴州遵義浙江大學、《浙大學生》編輯委員會、貴州湄潭永興本校。分售處：浙江龍泉分校。定價：本期每册實價 4 角）

劉操南在貴州 7 年的多次活動留影

1942 年（民國三十一年）　26 歲

7 月，據竺可楨先生 7 月 2 日日記："第十五届畢業典禮在縣黨部禮堂舉行。"（見《竺可楨全集》第 8 卷，第 361 頁）劉操南亦在畢業生列，爲國立浙江大學文學院中國文學系首届唯一中國文學學士學位獲得者。

四年求學期間,家中經濟資助斷絶,仗獎學金、課餘抄寫講義、在遵義縣中學授課與補課等維持生計。遵義湄潭冬季乾燥寒冷,又缺衣少被,半夜凍醒後常以板凳壓在薄被上取暖再眠;口袋中揣一包用油炒過的鹽作下飯菜。艱難玉成,最終完成學業。

受竺可楨校長聘任留校,擔任中國文學助教,月薪國幣 120 圓,第 2 年爲 150 圓並每年遞增。求學期間,學業優良,撰文頗豐且熱心助人,又因常爲學友及學生講解《紅樓夢》等文學作品,組織新文藝學會,擔任《浙大學生》總編輯等工作,全校人稱其爲"劉大師"。

自此直至退休,終身執教於浙江大學(1952 年院系調整轉入浙江師範學院。1958 年浙江師範學院整體併入新成立的杭州大學。1998 年浙江大學、杭州大學、浙江農業大學、浙江醫科大學四所大學合併爲新的浙江大學)。

畢業論文題目爲《公孫龍子箋》(三萬餘字,墨筆直書,分上、下卷)。

1942 年畢業照

畢業論文

畢業證書
學生劉操南係江蘇省無錫縣人現年二十五歲在本大學文學院中國文學系修業期滿成績及格准予畢業依照學位授予法第三條之規定授予文學士學位
此證
國立浙江大學校長竺可楨
文學院院長梅光迪
中華民國三十一年六月 日

1942 年劉操南先生的國立浙江大學畢業證書,與證書背後的騎縫簽字蓋章

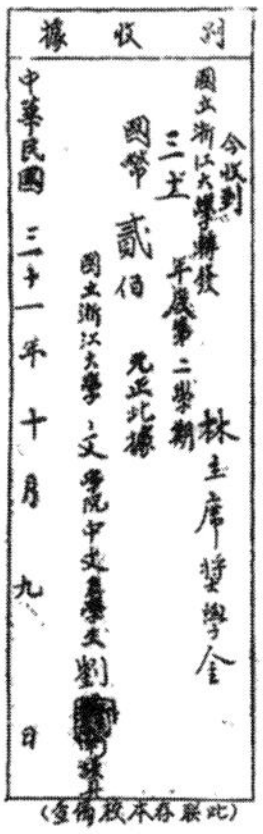
收據
今收到
國立浙江大學撥發三十一年度第二學期林主席獎學金
國幣貳佰元正此據
國立浙江大學文學院中文系學生劉操南
中華民國三十一年十月九日
(此聯存本校備查)

國立浙江大學教員聘書 義字第六〇七號
茲聘
劉操南先生爲本大學中國文學助教
月薪國幣壹百貳拾圓任期自三十一年八月一日起至三十二年七月三十一日止此訂
校長竺可楨
中華民國三十一年八月一日

左图:1942 年獲奬學金的收據(感謝錢寶琮教授之孫錢永紅先生發現及提供此收據);右图:國立浙江大學聘書(1942 年 8 月校長竺可楨簽署)

10月,發表《〈海島算經〉新解》,由國立浙江大學印行(共15頁)。

11月10日,發表《周禮"九數"解》,載《益世報》(渝版),第19期,文史副刊。

12月10日,發表《〈海島算經〉源流考》,載《益世報》(渝版),第21期,文史副刊。

1943年(民國三十二年)　27歲

發表《屈原生年説》,刊載於《真理雜誌》,1943年第1卷第3期。

4月8日,發表《詩"定之方中,作于楚宫;揆之以日,作于楚室"解》,載《益世報》(渝版),第30期,文史副刊。

據竺可楨先生5月9日日記:"閲《文史》副刊卅期劉操南《詩"定之方中 作于楚宫"解》。謂自秦以降,本宿四星分爲營室、東壁二宿,《淮南子·天文訓》、《爾雅·釋天》、《京房易傳》(離卦旅卦)皆如此説,惟《史記·天官書》猶存古意,云營室爲清廟,又鎮星在東壁,故在營室,可知東壁爲營室之一部。清張照云:二十八宿列於《天官書》五宫者惟二十七。"(見《竺可楨全集》第8卷,第561頁)

5月6日,發表《讀〈左傳〉孔疏》,載《益世報》(渝版),第32期,文史副刊。

5月15日,發表《説太陽遠近》,載《東方雜誌》,商務印書館,第39卷第5號。

5月20日,發表《詩"東有啓明,西有長庚"解》,載《益世報》(渝版),第33期,文史副刊。

5月,發表《釋權衡》,載齊魯大學《斯文》,第3卷第9期。

6月10日,訪費鞏師。據《費鞏日記》云:"一九四三年六月十日：操南來訪，談至將近十時始去，謂其父兄盼其富貴，不欲其從事學問，甚懊惱，余勸以勿必置懷，中國社會本教人勢利，不能效蘇秦之揚眉吐氣，即當吾行吾素，勿爲物役，勿必適人之適。"

另撰《重差術及測定日距方法》等文。見竺可楨先生 6 月 11 日日記："午後閱劉操南所著《重差術及測定日距方法》一文……午後睡一小時，劉操南以所著《重差術及測定日距方法》一文交閱。"（見《竺可楨日記》第二册，人民出版社 1984 年版，第 762 頁）

6 月 30 日，發表《説太陰盈虧》，載《東方雜誌》，商務印書館，第 39 卷第 8 號。

7 月 1 日，發表《七月流火説》，載《益世報》（渝版），第 36 期，文史副刊。

7 月 11 日，拜訪竺可楨。據竺可楨先生 7 月 11 日日記："晚田德望來談。又劉操南來。"（見《竺可楨全集》第 8 卷，第 599 頁）

7 月 15 日，發表《張衡〈靈憲〉校記》，載《益世報》（渝版），第 37 期，文史副刊。

7 月 30 日，發表《天柱神話》，載《東方雜誌》，商務印書館，第 39 卷第 10 號。

8 月 12 日，發表《牽牛織女辯》，載《益世報》（渝版），第 39 期，文史副刊。

9 月 15 日，發表《公孫龍子之白馬論》，載《東方雜誌》，商務印書館，第 39 卷第 13 號。

10 月 24 日，拜訪竺可楨。據竺可楨先生 10 月 24 日日記："午後沈思岩太太、顧貽訓、劉操南、馮斐來。"（見《竺可楨全集》第 8 卷，第 661 頁）

10月30日，發表《中國代數名著〈益古演段〉評介》(署名：劉冰弦)，載《東方雜誌》，商務印書館，第39卷第16號。

發表《讀毛詩鄭箋》，載《益世報》(渝版)，期數不詳。

1944年(民國三十三年)　28歲

1月30日，發表《賈寶玉的煩惱》(署名劉冰弦)，載《東方雜誌》，商務印書館，第40卷第22號。學界認爲"這是當時分析賈寶玉思想性格的文章中分析得比較全面而深刻的一篇"(見浙江省哲學社會科學志編輯部編：《浙江省哲學社會科學志》，浙江人民出版社1999年，第180頁)。

《數學難題新解》封面

編著《數學難題新解》(經緯百科叢書之三二九)，上海經緯書局印行，共104頁。該書寫作始於1938年農曆四月，發行於1944年，由於時值戰亂及身處異地，操南先生並不知曉，後至終年亦未見此書，原稿也遺失。憾！

11月30日，發表《説天地》，載《東方雜誌》，商務印書館，第40卷第22號。

《雍言》刊物轉載《説太陽遠近》，1944年第4卷第3期。

在國立浙江大學《北斗》壁報上發表有關天文曆算文章多篇。

由土木系助教任雨吉介紹參加了浙江大學天文學會。

秋季任永興分校先修班國文教師。

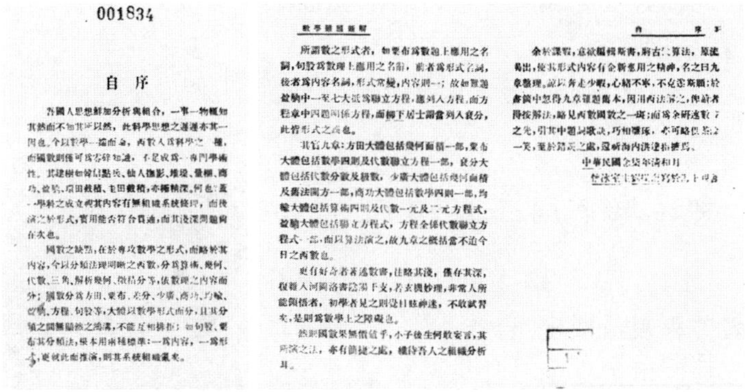

001834

自序

吾國人思想鮮加分析與組合，一事一物祗知其然而不知其所以然，此科學思想之遲遲亦其一因也。今以數學一端而論，西數人爲科學之一種，而國數則僅可爲零碎知識，不足成爲一專門學術性。其建樹如鷄兔點兵、仙人撒影、堆垛、量柳、商功、盈朒、圓田截積、直田截積，亦極精深。何也？蓋一學科之成立視其內容有無組織系統條理，而後演之於形式，實用能否符合貫通，而其淺深問題尚在次也。

國數之缺點，在於專攻數學之形式，而略於其內容，今以分類法理明晰之西數，分爲算術、幾何、代數、三角、解析幾何、微積分等，依數理之內容而分；國數分爲方田、粟布、衰分、少廣、商功、均輸、盈朒、方程、句股等，大體以數學形式而分，且其分類之間無顯然之鴻溝，不能互相排拒；如句股、粟布其分類法，根本用兩種標準：一爲內容，一爲形式，更就此而推演，則其系統組織亂矣。

數學難題新解

所謂數之形式者，如粟布爲數題上應用之名詞，句股爲數理上應用之名辭，前者爲形式名詞，後者爲內容名詞，形式常變，內容則一；故如難題盈朒中一至七大抵爲聯立方程，應列入方程，而方程章中四題同係方程，而御下居士謂當列入衰分，此皆形式之病也。

其實九章：方田大體包括幾何面積一部，粟布大體包括數學四則及代數聯立方程一部，衰分大體包括代數分數及級數，少廣大體包括幾何面積及開法開方一部，商功大體包括數學四則一部，均輸大體包括算術四則及代數一元及二元方程式，盈朒大體包括聯立方程式，方程全係代數聯立方程式一部，而以算法演之，故九章之概括當不逾今日之西數也。

更有好奇者著述數書，往略其淺，僅存其深，復雜入河圖洛書陰陽卜支，若玄機妙理，非常人所能領悟者，初學者見之則目眩神迷，不敢試習矣，是則爲數學上之障礙也。

然則國數果無價值乎，小子後生何敢妄言，其所演之法，亦有簡捷之處，祇待吾人之組織分析耳。

自序

余於課暇，意欲編輯斯書，將古之算法，原題錄出，使其形式內容有全新應用之精神，名之曰九章整理。詎以奔走少暇，心緒不寧，不克臻斯願；於書篋中忽得九章難題舊本，因用西法解之，俾讀者得按解法，略見西數國數之一斑；而爲余研述數學之先，引其中題詞歌訣，巧相聯珠，亦可略供茶餘一笑，至於錯誤之處，還祈海內洪達指摘焉。

中華民國念柒年清和月

世泳室主劉操南寫於[illegible]

《數學難題新解》自序

竺可楨校長與夫人陳汲(允敏)贈送的照片

操南(右一)與天文學愛好者的合影

1945年(民國三十四年)　29歲

任國立浙江大學永興分校大一年級國文教師。組建新文藝學會。

同窗好友王樹椒去世,在《浙大同學會會刊》上發表悼念文《王樹椒別傳》。

發表《故鄉賦》(文)、《夢遊明聖湖》(詩)等,載《蘇訊》1945年總第63—64期。

1946年(民國三十五年) 30歲

5月7日,隨國立浙江大學於貴州遵義啓程復員回杭州。

據竺可楨先生5月7日日記:"晨五點起。六點半至校。送校中同人出發,由長沙返里,計共三車。有黄羽儀太太及阿愷、阿彭、寧而、洽周全家、王維屏夫婦、元晉夫婦、王仁東夫婦、陳立太太、吴志堯、陳學恂、劉操南。八點出發,余爲拍數照。"(見《竺可楨全集》第10卷,第112頁)

於國立浙江大學工作時期,攝於杭州中正街(現解放路)

8月到9月,國立浙江大學從貴州遷回到杭州。據竺可楨先生9月25日日記:"遵義、湄潭復校竣事。"(見《竺可楨全集》第10卷,第213頁)

8月3日,訪竺可楨。據竺可楨先生8月3日日記:"劉操南來,現在無錫,余借以趙元任之《中西星名考》。"(見《竺可楨全集》第10卷,第175頁)

10月2日,訪竺可楨。據竺可楨先生10月2日日記:"孫孟晉、陳華瑜(中國興業公司)來。張志岳、劉操南來。省訓練團張天任來。"(見《竺可楨全集》第10卷,第218頁)

冬由土木系助教任雨吉、數學系助教金福臨介紹參加科學工作者協會。

於貴州遵義啓程復員回杭州，竺可楨攝

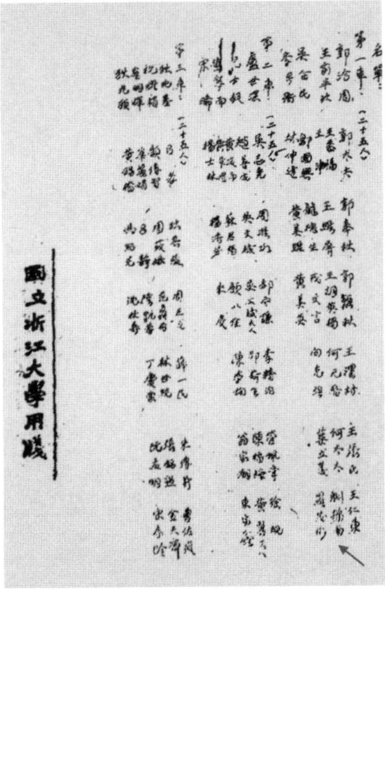

名單：

第一車：（二十五人）

第二車：（二十五人）

第三車：（二十五人）

國立浙江大學用箋

1946年5月7日國立浙江大學75名員工分三車取道遵義、貴陽、玉屏、芷江、黔陽、湘潭、長沙、漢口、九江、安慶、蕪湖、南京、上海復員回杭州。

左爲三車人員具體名單，劉操南在第一車第二豎排最後。

1947年(民國三十六年)　31歲

春,操南回無錫。關山阻隔,迢遥千里,不負君且不負卿,與分别近十年的戀人尤冰清相聚,終得完婚。尤冰清時爲江蘇省大有蠶種場技術員。

劉操南、尤冰清結婚照與龍鳳證書(其中證書中間部分在"文化大革命"時期被剪去)

發表《釋曹操短歌行》,載《中學月刊》,1947年第4、5期。

發表《月亮爲什麼圓了又缺》《釋陶淵明歸去來》，載《中學月刊》，1947年第7期。

10月底，代撰《故國立浙江大學學生自治會主席于君子三墓記》，國立浙江大學全體同學敬立，附墓聯、挽聯各兩條（1990年12月20日重立碑。于子三烈士墓位於杭州鳳凰山萬松嶺南麓山坡上，現爲省級文物保護單位），其文見《兩浙軼事》（上海書店出版社1992年版）。

12月，國立浙江大學印行《〈九章算術〉注祖暅之開立圓術校補》，共7頁。

參加中國科學工作者協會杭州分會。

當時寓所在大學路（原蒲場巷）浙江大學龍泉館8號（浙大前身“求是書院”附近）。

據竺可楨12月14日日記：“三點返，遇劉操南及允儀。劉爲助教六年未升格，星期二以升等委員會將開會，故欲提出升講師。已由鄭石君提出，但未經文學院會議通過耳。余以此事余雖贊同，但未便令文學院爲此事特開一會也。”（見《竺可楨全集》第10卷，第610頁）

據竺可楨12月16日日記：“寄孫越崎、劉操南 寄叔永函。”（見《竺可楨全集》第10卷，第612頁）

1948年（民國三十七年）　32歲

據竺可楨先生2月13日日記：“下午一點半偕允敏、松松於雨中赴中正路祝廉先、蕭仲莊、劉操南家，華藏寺巷邦華、季梁、鴻逮家，振恒小築勁夫、藎謀家，中正巷魯珍、曉峰家及龍泉館東星北、丁榮南家拜年。”（見《竺可楨全集》第11卷，第38頁）

2月，與浙江大學老師譚天錫、任雨吉及學生林曄討論浙大天文學習會籌備復會事宜，並請示竺可楨校長，籌備組邀請竺校長爲學習會作一次學術演講，竺可楨校長甚支持，還推薦錢寶琮也去演講。

據竺可楨先生 2 月 27 日日記：譚天錫、任雨吉、劉操南、林暐來，談籌備天文學會事。”（見《竺可楨全集》第 11 卷，第 49 頁）

3 月，續修族譜《五牧劉氏宗譜》（永思堂本），並作《劉氏續修族譜序》（署南窑支廿七世裔孫國立浙江大學文學士操南撰）。

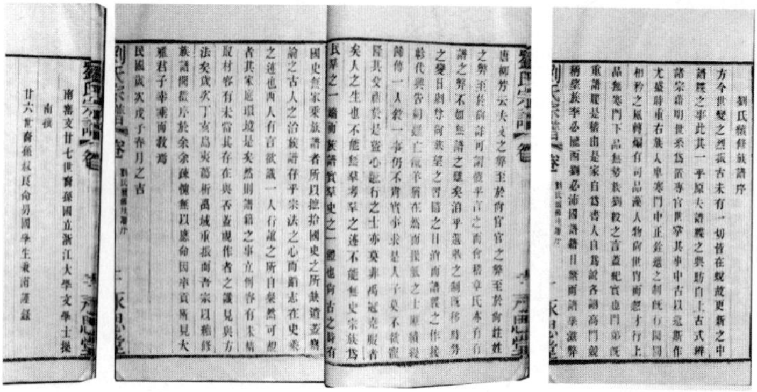

《五牧劉氏宗譜》之續修族譜序

6 月，發表《〈九章算術〉注祖暅之開立圓術校補》，載於浙江大學《學藝通訊》，第 15 卷第 2 册，寫於 1947 年 12 月，錢寶琮校文，劉操南補圖。

7 月，據竺可楨先生 7 月 5 日日記：“晚晤鄭石君，請其弗辭中文系主任事。渠以請聘鍾鐘山、豐子愷並擬將劉操南升講師，額子超出，欲去一二人勢有困難，如〔去〕周愨則徐聲越、陸維釗等不贊同，欲去張仲浦則錢琢如等反對。且劉之升講師，王駕吾等均反對之。”（見《竺可楨全集》第 11 卷，等 151 頁）

8 月，據竺可楨先生 8 月 10 日日記：“琢如來，以劉操南升講師之論文[1]相示，謂劉在國文系欲升講師而所交文章涉及科學，而琢如將此事擱置，遂使其上次升等委員會不能升等。至於國文系反對其升等，由於允儀事先曾爲其赴張曉峰處二次説項，並謂允敏亦贊同其升等。此種言語更由曉峰傳與周文清教授，因之任銘傳（心叔）等諸人大不以劉爲然。當國文系欲去張仲浦時，任、徐（聲越）二君即反對，謂必先（去）劉操南，卒之張仲浦、周愨與劉操南三人均留校，因之新聘教授發生困難。”（見《竺可楨全集》第 11 卷，等 178 頁）

發表《太陽月亮怎樣排列的》，載《中學月刊》，1948 年第 9 期。

發表《詞意淺釋舉例》，載《中學月刊》，1948 年第 10 期。

10 月，發表《釋球積術》，載浙江省立圖書館出版《圖書展望（科學專號）》，復刊第 9 期（民國三十七年 10 月 10 日）。

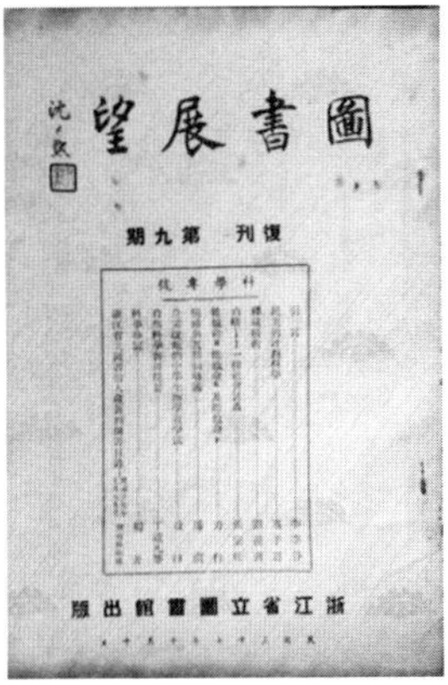

浙江省立圖書館復刊《圖書展望》封面

1949 年參加中國科學工作者協會杭州分會第三屆全體會員大會手册

① 提請升講師的論文爲：《海島算經新解》《重差術及測定日距方法考》《論日躔盈縮兼論中西學術》。

1949 年　33 歲

1 月，升任講師。

據竺可楨先生 1 月 2 日日記："余爲仝子魚證婚，……在梨洲館史地圖畫室。介紹人爲陳吉餘及劉操南（已升講師）"（見《竺可楨全集》第 11 卷，第 342 頁）

4 月，將湯中編著《星象測時定向淺説》交竺可楨校長。

據竺可楨先生 4 月 17 日日記："下午閲湯中編著《星象測時定向淺説》，附活動星期時間圖表。書係獻給光學廠前廠長周自新者，想其人乃曾在光學所作事也，係劉操南交余者。余爲之校閲一過。"（見《竺可楨全集》第 11 卷，第 421 頁）

6 月初，參加中國科學工作者協會杭州分會第三届全體會員大會。

8 月，參加杭州中蘇友好協會。

1950 年　34 歲

8 月，赴蘇州參加華東人民革命大學政治研究院（第一期）學習。

參加中國教育工會。

1950 年 5 月 15 日國立浙江大學中國文學系全體師生合影

1950 年馬寅初校長(前排左 4)赴蘇州看望於華東人民革命大學政治研究院學習的浙江大學教師

1951 年　35 歲

據竺可楨先生 2 月 7 日日記:"向覺民來,爲北大《國學季刊》事。余與談中國科學史事,渠主張能辦一不定期刊之中國科學史刊物,並介紹數學史李樂知、錢琢如、嚴敦傑……"(見《竺可楨全集》第 12 卷,第 286 頁)3 月 17 日竺可楨先生致函錢琢如先生:"院中爲中國科學史事,曾召集京中對於科學史有興趣的人士開過一個座談會,擬先約二三人搜集圖書材料,編輯《中國科學史資料叢刊》……操南似爲適當之人選。……擬請吾兄轉達操南寄一自傳、簡歷,及過去著作單來,以備提出於人事處。渠在浙大目前之職位及薪給,亦望告示知爲荷。"(見《竺可楨全集》第 24 卷,第 514 頁)

4 月 9 日竺可楨先生復函劉操南:"一日來書及自傳已收到,已轉人事處。科學院在編譯局下將作搜集中國科學史工作,擬請專家爲文,編輯一不定期刊物,擬名爲《中國科學史資料叢刊》。在編譯局中設置二三編譯員,與各科專家取得聯繫,徵集稿件,分發與適當人審查,並作編譯工作。同時在京可搜集中外圖書,科目以天文、數學、地學、生物、營造、水利、醫藥、物理、化學等自然科學爲限。足下如願來院做編輯工作,此間俟人事處調查無問題後即可任用。但大學方面必須結束課程。且此間房屋亦不易得,京中薪水待遇低於滬杭。一切決定總須俟五月中旬。楨本周周末將因公離京他往,大約五月二十號可回京。"(見《竺可楨全集》第 24 卷,第 515 頁)

查及操南先生復友人詢及此事函曰:"1951 年 3 月,竺校長曾致書錢師,擬先約二三人搜集圖書材料,編輯中國科學史資料叢刊,爲搜集科學史資料事,考慮及弟,委錢師囑寄自傳、簡歷及過去著作單,以備向人事處提出。弟遵囑寄京。適弟在學校編

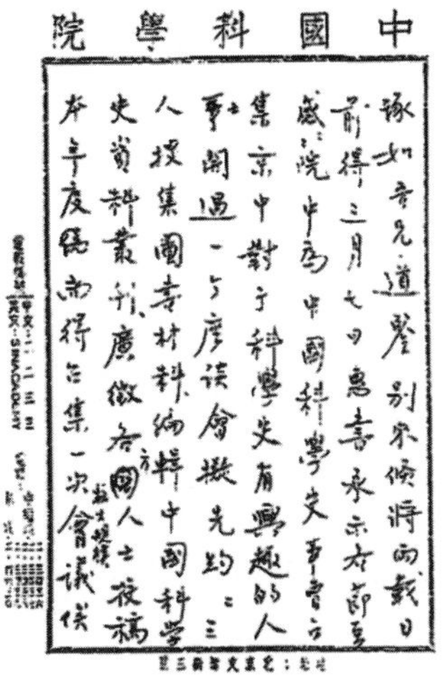

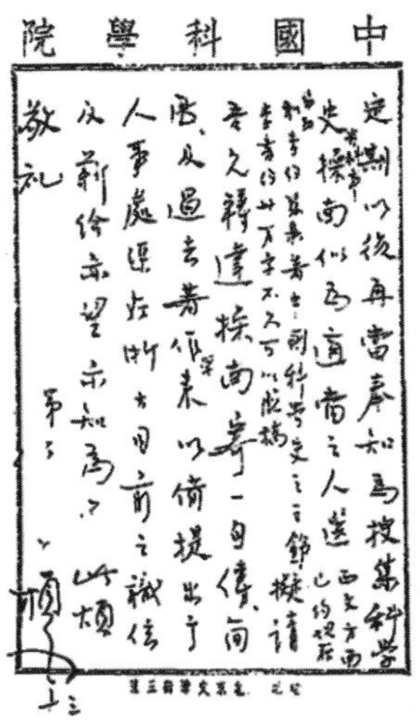

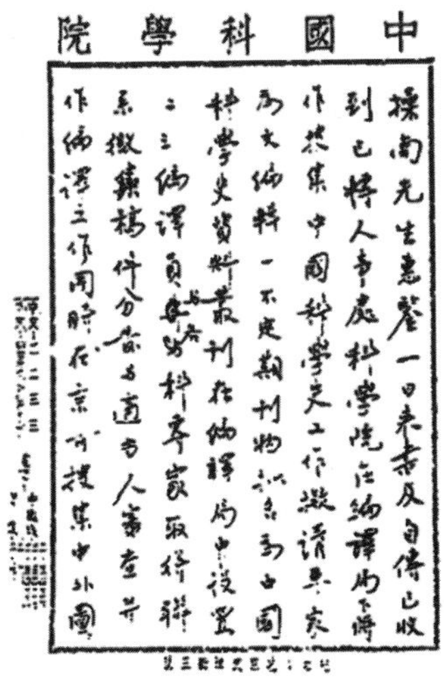

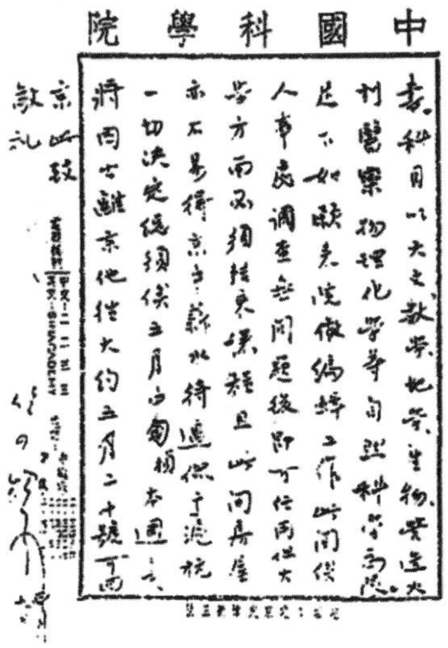

上爲竺可楨先生致錢琢如先生函，下爲竺可楨先生復函劉操南

撰武松演義，終日伏案。此事向中文系魏佑功書記及學校匯報，書記堅決挽留，未表同意。遂罷。”

4月，從華東人民革命大學政治研究院畢業回浙江大學。

10月至12月，去安徽五和參加土改，在職工業餘文化夜校教國文並任班主任。

1952年　36歲

2月，全國高校院系調整，離開浙江大學到新合併組建的浙江師範學院任教，學院在杭州六和塔附近，現浙江大學之江校區。

2月，寓所自杭州市大學路浙江大學龍泉館8號搬遷至六和塔頭龍頭、三龍頭（現浙江大學之江校區内）。

3月，發表《梁祖暅之偉大科學成就——球積術》，刊載於山東大學《文史哲》，1952年第2期。

撰寫《論晴雯》。

整理及釋杭灘《繡襦記》、蘇灘《繡襦記》，同時撰寫兩灘之序。

12月2日，長女文漪出生。

1954年　38歲

2月，撰寫《白蛇傳·盜贓銀》。

3月，撰寫《宋江鬧院》（彈詞開篇）。

7月，參加浙江省文學藝術聯合會。

發表論文的《文史哲》封面

11月23日，在中文系關於《紅樓夢》研究座談會上的發言，載於《浙江師院》校報12月1日第6版。

同年撰寫《薛寶釵是封建制度的擁護者》。

12 月 2 日，次女文瀾出生。

1955 年　39 歲

1 月，發表《林黛玉、賈寶玉是正面的典型人物》，載《浙江師院》校報，1955 年 1 月 1 日第 8 版。該文於 1954 年 12 月 8 日撰成。

3 月，發表《談林黛玉和賈寶玉》，載《當代日報》3 月 13 日(周日)第 2 版。

5 月，發表《試談〈西廂記〉〈紅樓夢〉的人民性與現實主義》(與雪克合作)，載《浙江師院》學報。

1956 年　40 歲

3 月，發表《祖暅球積數闡義》《論晴雯》，載《浙江師範學院第一次科學討論會論文集》。

8 月，寓所自六和塔三龍頭搬遷至體育場路 262 號浙江師院宿舍(現武林廣場杭州電信大樓旁邊)。

12 月，發表《聽陳國昌開講〈水泊梁山〉後》，載《杭州日報》12 月 11 日(周二)第 3 版。文章闡述其思想内容與藝術特點，説明説書藝術是杭州許多代藝人的心血結晶。據稱書場營業爲之一振。

12 月 17 日，兒文涵出生。

1957 年　41 歲

1 月，發表《關於〈詩經〉中的愛情詩歌》，載《浙江師院》學報，1957 年第 4 期。

1 月，參加中國民主同盟。

3 月，聘請爲杭州評話温古社藝術講座古典文學顧問。

4 月，發表《談王永卿説水滸》，載《杭州日報》4 月 7 日（周日）第 3 版。

4 月，記："去歲家大人（指父親叔良公）來杭，因共商訂，總結往昔之勞動經驗，匆卒成是稿。至於補充、修改、潤色，當俟之異日。"是稿即《窑譜》初稿，一萬餘字並畫有窑及燒製磚瓦説明圖多幅。

5 月，發表《賞花莫忘花籽》，載《杭州日報》5 月 27 日（周一）第 3 版。

6 月，發表《杭州的花朵——杭灘考説》，載《杭州日報》6 月 5 日（周三）第 3 版。

11 月，發表《風詩選譯八首》，載《語文函授教學》（浙江師範學院，後爲杭州大學出版），1957 年第 3 期。

12 月，參編《高中語文》（第一册）出版，爲自學參考用書，浙江人民出版社 1957 年 12 月第 1 版，1958 年 2 月第 2 次印刷。

杭州評話温古社藝術講座古典文學顧問聘書

1958年　42歲

浙江師範學院與新建立的杭州大學合併，定名爲杭州大學，在中文系執教。學校建在杭州松木場道古橋（現浙江大學西溪校區）。

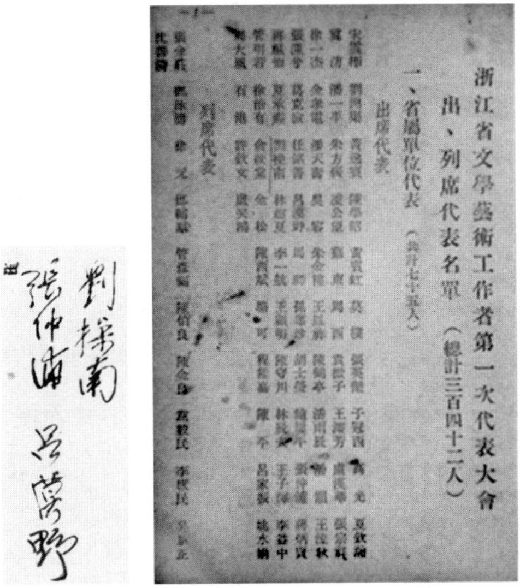

浙江省文學藝術工作者第一次代表大會出、列席代表名單（總計三百四十二人）

一、省屬單位代表（共計七十五人）

出席代表

列席代表

1958年浙江省文學藝術工作者第一次代表大會名單首頁與劉操南先生於會議的簽名

4月，發表《略談評話〈段景住降馬〉》（文後附《段景住降馬》評話），載《東海》，1958年第4期。

5月，參加中國作協浙江分會籌備委員會。

7月，評話創作《醉打蔣門神》出版，東海文藝出版社（後爲浙江人民出版社），1958年7月第1版。

7月，評話創作《段景住降馬》出版，東海文藝出版社，1958年7月第1版。

7月，浙江省曲藝工作者代表大會召開，同時成立浙江省曲藝工作者協會。參加大會並當選爲理事。

9月，寓所自體育場路262號搬遷至松木場道古橋杭州大學河南宿舍2幢2號（八十年代更改門牌編號爲6幢8號）。

12月，發表《鋼鐵英雄救爐記》第一回，載《杭州日報》12月26日（周五）第3版。

12月27日，作爲省屬单位代表參加在杭州市人民大會堂舉行的“浙江省文學藝術工作者第一次代表大會”,周建人省長作大會報告。

1959 年　43 歲

1—2 月,發表《鋼鐵英雄救爐記》第二至四回,第二回載《杭州日報》1 月 26 日(周一)第 3 版,第三回載《杭州日報》2 月 15 日(周日)第 3 版,第四回載《杭州日報》2 月 16 日(周一)第 3 版。

4 月,評話創作《鋼鐵英雄救爐記》出版,東海文藝出版社,1959 年 4 月第 1 版。

4 月,出版《武松演義》,茅賽雲、劉操南編著,東海文藝出版社,印數 62000 册。

8 月,出版《先秦—南北朝文學作品選講》(與王冥鴻等合著),浙江人民出版社。

完成文稿:《水滸傳的主要情節結構》(18 頁稿紙,附注:1959 年 8 月 3 日)、《試論武十回書》(40 頁稿紙,1959 年 8 月 4 日)、《關於“烏龍院”》(26 頁稿紙,1959 年 8 月 12 日於杭州大學)等。

《鋼鐵英雄救爐記》封面

1960 年　44 歲

4 月,參編《中國文學史》(中册)出版,主要寫作第六章元代文學。

1961 年　45 歲

《屈原放逐圖》被姜亮夫所編《楚辭書目五種》(中華書局1961 年版)收録。

在《杭大函授》1961 年第 1 期上發表《關於"諸葛亮傳"及"隆中對"》《黄宗羲〈原君〉介紹》。

7 月,參加中國作協浙江分會第一次代表大會,當選爲第一屆理事會理事。後因"文化大革命"運動而停止活動,本屆理事會延長至 1980 年。

11 月下旬,參加在樂清縣雁蕩山舉行的浙江省文聯第二次民間文學座談會。會後專程去虹橋鎮走訪、開調查會了解瞿振漢(咸豐年間浙江南部農民起義首領)起義的各種説項,存有抄寫裝訂稿一本,手稿兩萬餘字。

1962 年　46 歲

1 月,發表《釋去來》,載《杭大函授》,1962 年第 1 期。

3 月,發表《〈楚辭〉劄記四則》,載《杭州大學學報》(人文科學版),1962 年第 1 期。四則爲《屈原生年説》《〈離騷〉正則解》《〈天問〉:"日月安屬,列星安陳"説》《〈天問〉:"夜光何德,死則又育"説》。

5 月,發表《白虹貫日解》,載《杭大函授》(中國語文版),1962 年第 3 期。

8 月,參加在餘姚召開的浙江省第三次民間文學座談會。

10 月,發表《略談〈關雲長千里走單騎〉中的周倉出場》,載《東海》,1962 年第 10 期。

10 月,發表《〈周易〉大象例説》,載《光明日報》10 月 12 日哲學第 363 期。後又被收入《周易研究論文集》第二輯(黄壽祺、張善文編)。

11月,主講並撰寫《論〈武十回〉》(古典文學講座第八講),浙江省文聯、杭州市文聯主辦。

11月5日,竺可楨先生致李儼、錢琢如函,請審閱劉操南《數學史稿》。(見《竺可楨全集》第24卷,第665頁)

12月,發表《〈離騷〉譯釋》,載《杭大函授》,1962年第6期(總第14期)。

據《浙江哲學社會科學志》載:杭州大學系列學術報告會,劉操南作《楚國疆域形勢及屈原放逐圖説》。

1963年　47岁

時年學校報送升副教授

2月24日,中文系學生編《詩詞朗詠譜》,鉛印刊出,邀操南先生撰寫《〈詩詞朗詠譜〉序》。由12位老師用自己的方言朗詠合作組成。

竺可楨先生於4月20日函告劉操南:"諸事壓積,大作(指《二十八宿釋名》)未能細讀即轉交科學院《中國科學史集刊》編輯部,是否合用,該部直接通知尊處答覆。"(見《竺可楨全集》第24卷,第668頁)

據竺可楨先生4月22日日記:"寄杭大劉操南函。"(見《竺可楨全集》第16卷,第498頁)4月29日日記:"劉操南關於二十八宿文已退杭州大學。"(見《竺可楨全集》第16卷,第502頁)

9月,杭州大學第五次校務委員會通過劉操南晉升副教授,並上報。

— 3 —

《诗词朗詠谱》序

刘操南

杭州大学中文系韓廉同学把系內老师的詩詞朗詠，用譜記录下来，集成一书。名曰：《詩詞朗詠譜》。譜将付印，要我写几句話。我对朗詠很少理解，能說些什么呢？辞謝不了，只好勉强說些。

这个工作是新生的，但是很有意义的。詩詞是文学作品，朗詠是具有一定的音乐性的；因此，詩詞朗詠是介于文学与音乐之間的。它同古典文学、音乐的关系是很密切的。但是，我国古来的文学研究与音乐研究是分工的，两者兼通的是不多的，这就决定了这門学科——从音乐的角度，来分析文学作品是个薄弱环节，或甚至是一个空白点。但古典文学的音乐传統，实际上內容是十分丰富的。詞詩朗詠就是宝貴的遺产之一。这就不能不說是学术工作中的一个疏漏之处。詩詞朗詠，古代原是沒有一定的譜曲的，不过，却有这样的传統习慣。（配有一定的乐譜，能歌能舞的作品，如曲子詞等是不屬于朗詠的范疇中的，故除外。）今天的朗詠，卽使口耳相传，传統性强的，也已帶有近代的色彩了。自然，这里还是多少可以看出一些历史的影子来的。鉴于此，韓君这个工作对于詩詞朗詠的继承与发展是有一定的意

《詩詞朗詠譜》鉛印版封面及操南先生撰寫之《〈詩詞朗詠譜〉序》

1964年　48歲

提升副教授職稱事浙江省已通過,報國家教育部,時因四清社會主義教育運動,升等工作暫停,後又因"文化大革命",一直延遲到1978年召開"三中全會"後纔得以認定。

3月,發表《論晴雯》,載杭州大學中文系《語文進修》,1964年第1期。原載《浙江師範學院第一次科學討論會論文集》,1956年3月。

4月,到浙江諸暨西山參加社會主義教育運動(簡稱社教)。

6月,發表《略談〈高祖還鄉〉中的訓詁校勘問題》,載《語文進修》,1964年第2期。

7月，參加杭州大學校工會組織的安徽黄山暑期組織活動，撰寫詩詞多首。

12月，發表《評〈李陵是怎樣的一個人物〉及〈再談李陵〉》，載《語文進修》，1964年第6期。

1965年　49歲

在諸暨西山參加社教。其間樂爲農民講解古典名著及説講創作的中篇評書《江姐》等，並撰寫詩詞，輯成《參加社教運動十六首》。

1966年—1976年　50歲—60歲

1966年，“無産階級文化大革命”運動開始，操南先生作爲“臭老九”，遭受戴高帽、遊街、抄家、關入“牛棚”、去“五七幹校”等衝擊及迫害，其间因勞累、營養不良，患上肝炎。稍後在學校學生食堂幹洗菜、洗廚具的雜工活，閒暇時還得清點飯菜票並作報表，教學科研亦被迫停頓十餘年。失去自由的同時，在杭州家中和無錫老家的大量文稿和古典書籍也損失殆盡，數量難以估算。在極其艱難的處境中，仍盡可能偷閒從事學術研究，整理覆核天文曆算舊稿(用算盤算释古代天算數據)，創作評話等。妻尤冰清因被抄家精神受到極大打擊，精神錯亂住入精神病院，拖累終身。長女文漪、兒文涵先後下鄉插隊務農。

1965年在浙江諸暨西山參加社會主義教育運動

“文化大革命”後期，悉心備課，爲工農兵學員傳授文化知識。應邀到部隊、工廠、學校作中國古代文學、天文曆法講座，廣受好評。同時自覺天天清掃家屬宿舍道路、練書法、撲克牌算二十四點等來修身養性，以排遣心中苦悶。其間始終保持對教學科研的熱情。

在十年動亂期間，身處困境的操南先生仍秉承真誠如一的品性，常拜謁在杭州的丁緒賢、陳訓慈、沙孟海、徐映璞等師長，並與竺可楨先生、蘇步青先生等不間斷有詩文往復。

竺可楨先生於 1971 年春節賦詩作答。7 月 29 日函告劉操南："科學史研究室搜集了不少關於中國古天文方面中西文材料。你如決心要研究中國古代曆志，似可與社會科學部商量是否能來北京利用他們圖書館？我也好久與社會科學部脱離接觸，不知他們情況了。"（見《竺可楨全集》第 24 卷，第 723 頁）

1972 年　56 歲

3 月，《中國古代曆志算釋疏證》草稿基本完成，手稿裝訂 13 本。撰寫時間自 1970 年 8 月至 1972 年 3 月 29 日，共約 50 萬字。

10 月，撰寫《〈紅樓夢〉試講稿》，文後注："1972 年 10 月 4 日於杭大河南宿舍。"

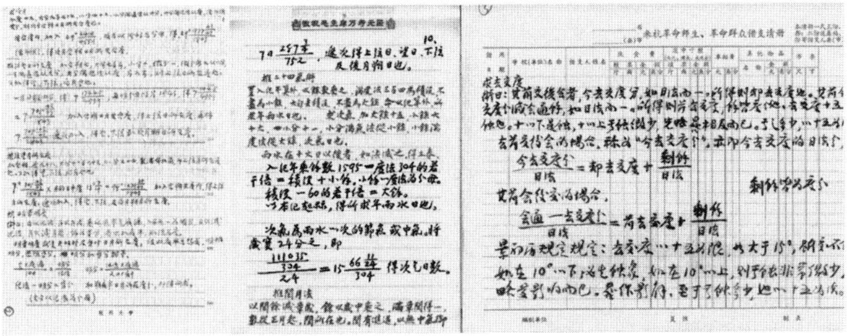

《中國古代曆志算釋疏證》草稿

1974 年　58 歲

4 月，發表《對〈三字經〉幾點疑難詞句的解答》，載杭州大學《語文戰綫》(前身是《杭大函授》)。

6 月，發表《〈芙蓉女兒誄〉語譯》，載浙江省紹興地區師範學校《教學參考資料》，1974 年第 5、6 期合刊。

8 月 3 日，撰寫完成《中國古代曆法是在矛盾鬥爭中發展的》討論稿，3 萬多字，付油印。

1975 年　59 歲

2 月，撰寫《鏡廬印譜序》。

應邀到杭州學軍中學作中國古代文學講座。據零星記録，自 1973 年來，應邀到工廠、農村、部隊、機關講演《紅樓夢》《天論》《封建論》《治安策》等約 60 多次。

1976 年　60 歲

10 月，發表《學習魯迅　批判"蛀蟲"——從魯迅評〈水滸〉談起》，載《杭州文藝》(紀念魯迅專輯)，1976 年第 5 期。

在《杭州文藝》1976 年第 6 期發表《燭天烈火》詩兩首。

1977 年　61 歲

2 月，在《杭州文藝》1977 年第 2 期發表《從〈護官符〉的解釋看江青的罪惡目的》。

6 月，在《杭州文藝》1977 年第 6 期發表《讀〈遠望〉詩》。

8 月，發表《一張〈護官符〉的解釋》，載《語文戰綫》，1977 年第 4 期。

8 月 27 日，兒文涵高中畢業即赴浙江蕭山農村插隊。

9 月，發表《懷念毛主席》，載《教學參考資料》，1977 年第 9 期。

當年秋冬時節，受時任杭州市文化局局長孫曉泉邀，對在“文革”中破四舊所抄出之舊書甄别進行指導，在亂書堆中發見清代浙江海鹽人陳其泰評點《紅樓夢》的手跡本，細察讀之，以爲“陳氏識見超卓，爲舊紅學評本中之佼佼者”。立即建議將此手跡評點本歸入杭州圖書館。旋又於館中逐卷逐頁細讀。眉批總評，一一迻録，窮三月餘，抄閲完畢。再經翻閲志書家譜，考證辨察，整理成《桐花鳳閣評〈紅樓夢〉輯録》，另撰寫有關清代陳其泰桐花鳳閣評《紅樓夢》的研究文稿 5 萬多字。自此，該手跡本遂爲學界所垂青，杭州圖書館因製書篋珍藏之。如今陳其泰評點《紅樓夢》手跡本已爲該館的鎮館之寶。

1977—1978 年在《浙江日報》《杭州日報》上發表詩詞十多次，近 20 首。

1978 年　62 歲

2 月，中斷十年之久的“高考”恢復，兒文涵從所插隊的浙江蕭山樓塔公社，經兩輪考試篩選，被重點大學山東大學録取，成爲 1977 級大學生。

4 月，發表《〈張衡傳〉敘説》，載《語文戰綫》，1978 年第 2 期。

8 月，經浙江省教育衛生體育辦公室聯合批文，正式認定爲副教授(1963 年 9 月報審)。

9 月，發表《清代陳其泰〈桐花鳳閣評《紅樓夢》〉敘録》，載《杭州大學學報》(哲學社會科學版)，1978 年第 3 期。

9 月，發表《略談〈護官符〉》，載江西師範學院中文系《語文教學》，1978 年第 5 期。

10 月，發表《魯迅〈湘靈歌〉釋義及其他》，載《教學參考資料》,1978年第10期。

會議間隙與兒文涵相會於濟南趵突泉

10月20—30日,赴山東濟南,參加在原濟南軍區第二招待所由山東大學組織召開的1978年文科理論研討會。來自全國20個省市的50多所高校的400多位學者、理論工作者雲集泉城,超過邀請人數的一倍之多。當時"文革"餘悸仍然十分沉重,"兩個凡是"在一定程度上還繼續禁錮着人們的心,該研討會堪稱"文革"以來公開組織學術活動的歷史紀録中的第一次文科盛會。操南先生被列在著名學者之中。

同年赴江西井岡山等地參加了有關學術會議和進行了學術交流活動。

1979年　63歲

2月,發表《亘古男兒一放翁》,載《浙江日報》2月18日(星期日)第4版。

2月,發表《二十八宿釋名》,載吉林省社會科學院《社會科學戰綫》,1979年第1期。

4月,發表《亘古男兒一放翁》(續),載《浙江日報》4月8日(星期日)第4版。

4月,參加浙江歷史學會。

8月,參加浙江文學學會。

11月,發表《〈紅樓夢〉中"新編懷古詩"意義何在?》,載《杭州大學學報》(哲學社會科學版),1979 年第 3 期。

11 月,完成《從前八十四回寶玉的詩詞看他的思想性格發展》稿,文後注:“1979 年 11 月 10 日。”

11 月,發表《毛主席詩詞三首試釋》,載《教學參考資料》,1979 年第 7、8 期。撰寫中篇評話《王佐斷臂》《唐知縣審誥命》《敫桂英哭訴海神廟》。

中國民主同盟(民盟)組織恢復活動。

當選爲杭州市西湖區人民代表大會代表。

招收中國古代文學專業方向碩士研究生 2 名。

1980 年　64 歲

發表《〈招魂〉:“瑶漿蜜勺,實羽觴些;挫糟凍飲,酎清涼些。”箋證》,載《古典文學論叢》第 1 輯,齊魯書社 1980 年版。

1 月,出版《武松演義》(增訂本),浙江人民出版社出版,香港國際書店翻印,約 25 萬字。據不完全統計,先後有河北、山西、四川、江西等地的出版社翻印或借版印刷,印量達 80 多萬册。

1 月,發表《浙江潮》,載海寧縣文聯《海寧潮》。

3 月,發表《五大行星命名不本於地支而本於觀測説——評〈陰陽五行思想與《周易》〉》,載《杭州大學學報》(哲學社會科學版),1980 年第 1 期。

3 月,民盟杭州大學支部恢復組織活動,選爲支部副主委。

4 月,參加“浙江省文學學會成立大會”,擔任常務理事。

5 月 20 日,與友好發起籌備成立了“西湖詩社”,在成立大會上被選任副社長。

6 月,發表《評京劇〈獅子樓〉與〈十字坡〉》,載《浙江師範學院學報》,1980 年第 2 期。

6月,參加中國作協浙江分會第二次代表大會,當選爲第二届理事會理事。

6月,參加浙江省文聯舉行的浙江省文學藝術工作者第二次代表大會。

6月23日至26日,參加浙江省曲藝工作者第二次代表大會,浙江省曲藝工作者協會更名爲中國曲藝家協會浙江分會,當選爲浙江分會第二届理事。

7月26日至30日,出席民盟浙江省第四次代表大會,當選爲民盟浙江省第四届委員會委員,兼宣傳部副部長,並任《浙江盟訊》副主任。在會上作了《砸爛鐵鏈起宏圖》的發言。

8月,《釋去來》再載《淮陰師專學報》增刊《活頁文史叢刊》第73期。

8月,《砸爛鐵鏈起宏圖》的發言,載入《中國民主同盟浙江省第四次代表大會發言專集》。

8月,發表《杭灘》(浙江地方曲種介紹之三),載浙江省群衆藝術館《文化娱樂》,1980年第4期。再整理杭灘《綉孺記》和蘇灘《綉孺記》及撰文介紹。

9月,發表《括蒼山贈友人》詩,載《教學與研究》(社會科學版),1980年第3期。

10月,發表《憶吴恩裕教授杭州之行》,載杭州市文聯《西湖》,1980年第5期。

10月,發表《清代陳其泰〈桐花鳳閣評紅樓夢〉考略》,載《〈紅樓夢〉研究論叢》,吉林人民出版社1980年版。

11月,發表《讀〈紅樓夢〉大觀園題詠〈有鳳來儀〉等四首詩》,載《杭州師範學院學報》(社會科學版),1980年第2期。

12月,發表《釋"菰蒲"》,載《教學參考資料》,1980年第12期。

12 月 28 日，參加浙江省文學藝術各界舉辦的李叔同先生誕生百周年紀念會並發言。

據《浙江哲學社會科學志》(第 745 頁)載，1957 年開始招生，授中國古代文學碩士課程。1981 年授權。

據學年教學任務登記卡録：《楚辭》研究，中文系四年級，十九周，每周二小時；《水滸傳》研究，研究生，十九周，每周三小時；中國文學，理科(物理、化學、地理等)選修十周，每周二小時；進修生四名；指導畢業論文六名；批改學生、研究生作業。①

1981 年　65 歲

1 月，參加中國民間文藝研究會浙江分會。

1 月，參加紅樓夢學會。

2 月，發表再版《〈武松演義〉前言》，載《紹興師專學報》，1981 年第 1 期。

3 月，發表《中國古代星象淺説》，載《教學與研究》(據 1979 年 11 月 8 日在麗水師範專科學校講演稿整理)，1981 年第 1 期。

3 月，發表《梁山調查記》，載《杭州大學學報》(哲學社會科學版)，1981 年第 1 期。

4 月，發表《石奇神鬼搏　木怪虎狼蹲——試析妙玉身世》，載《紅樓夢學刊》，1981 年第 4 期。

5 月 2 日，參加浙江大學等四所高校聯慶馬寅初百年大壽的慶賀會，賀詩載《馬寅初先生百歲壽辰慶賀會文集》，浙江大學刊印。

撰《讀毛主席七律〈答友人〉》，署 1981 年仲夏(原稿無題)。

---

① “文化大革命”後，首年實行教學工作量任務，僅載此學年記録，在職期間餘年工作量大多超此。下略。

6月，發表《雖九死其猶未悔——漫談屈原的愛國主義思想》，載《浙江日報》6月9日第4版。

6月20日，在杭州科協禮堂主講《試談詩詞的寫作與欣賞》（民盟浙江省委主辦）。

7月，發表《林黛玉悲題"五美吟"闡義》，載《復旦大學學報》（社會科學版），1981年第4期。

7月，《武松演義》盲文版出版，北京盲文出版社1981年版。

盲文版《武松演義》

7月，《北美浙大校友會通訊》（無期號）刊發《調寄鷓鴣天》詞（並未向海外學友發函，是《通訊》編者輾轉取得）。

10月，《桐花鳳閣評紅樓夢輯録》出版，清陳其泰評，劉操南輯録，25萬字，天津人民出版社1981年版。

10月，發表《讀〈九歌·山鬼〉一個花雨繽紛的人物形象》，載《紹興師專學報》，1981年第4期。

10月，發表《評賈、林、薛三家的白海棠詩》，載《浙江師範學院學報》（社會科學版），1981年第4期。

12月，發表《〈秘抄白蛇奇傳〉題記》，載《書林》1981年第6期，上海人民出版社1981年版。原載《江蘇、上海、浙江兩省一市〈白蛇傳〉研究學術討論會論文集》。

12月,發表《離騷》劄記《"蘭蕙"説》《"爲衣""爲裳"説》二則,載浙江省文學學會編《文學年刊》。

12月,發表《試論香菱學詩》,載《温州師專學報》,1981年第2期。

12月24日至31日,杭州市人民代表大會活動恢復,當選爲杭州市第六届人民代表大會代表,歸屬西湖區。代表共875人,會址在湖濱旅館。市革委會通知:交伙食費伍元、糧票10斤,並自備生活用品。賦七律一首,刊於《會議簡報》第18期。

冬,參加中國民間文藝研究會浙江分會1981年年會。

論文《〈招魂〉:"瑶漿蜜勺,實羽觴些;挫糟凍飲,酎清涼些。"箋證》,載《楚辭論叢》,吉林人民出版社出版。

在施耐庵文物史料考察座談會

1982年　66歲

1月,兒文涵從山東大學畢業,獲理學學士學位,爲恢復"高考"後的首届畢業生。

3月,發表《釋:權、衡、機、樞、橋》,載山東社會科學院《東嶽論叢》,1982年第2期。

4月,赴江蘇興化參加施耐庵文物史料考察座談會,帶論文《對江蘇省新發現的關於〈水滸傳〉作者施耐庵文物資料考察報告》;4月28日,於揚州萃園撰寫《成立中國水滸學會倡議書》等,均刊於興化縣施耐庵文物史料成立室編印《施耐庵資料》(一)。

7月,發表《從民間口頭創作到〈武松演義〉》,載中國民間文藝研究會浙江分會編《民間文學研究文集》。原文刊《1981年年會論文》之九。

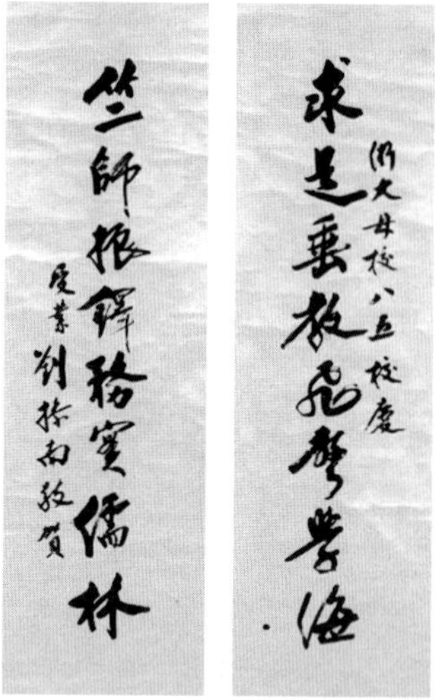

贈母校浙江大學建校 85 周年賀聯

7 月，出版《古代遊記選注》（與平慧善合作），上海古籍出版社 1982 年版。

8 月，無錫老家落實政策，發還“文革”中被抄去的殘剩物件、書稿及舊居等財産。把象徵性的補償款全部捐出：向無錫市清名街道捐款 4000 元，其中 3000 元用於街道辦事處青少年福利事業，1000 元用於清名街道前塘浜居委會幼托事業，剩餘部分給了胞兄。所有被抄去而未歸還的物件、書籍及手稿等均無法統計。

9 月，發表《〈周髀算經〉讀記》，載中華書局《文史》第 15 輯。

10 月 22—30 日，參加中國紅樓夢學會召開的全國《紅樓夢》學術討論會。提交論文《賈寶玉的積塵》。會議地點：上海師範學院。

臺灣大學傑人方豪教授，在貴州浙大講學，操南蒙師青睞，惠予教誨，恩澤時念心頭，爰賦七律兩首空投。不久遥聞師之噩訊，悼詩紀念，學友謂：古之有情人也。

母校浙江大學建校 85 周年校慶，特撰聯敬賀：“求是垂教，飛聲學海；竺師振鐸，務實儒林。”友人代書，賀聯現收藏於浙江大學檔案館。

1983 年　67 歲

2 月，發表《賈寶玉的積塵》，載《温州師專學報》，1983 年第 1 期。

3 月，國家教育委員會職稱評審小組通過操南先生的教授任職資格，專業爲古典文學。

3 月 3 日至 8 日，參加杭州市第六届人民代表大會第二次會議。交伙食費肆元、糧票 10 斤並自備生活用品。賦七律一首，刊於《會議簡報》第八期。

4 月，發表《〈離騷〉騏驥説及鷙鳥、鳩鳥説》，載《楚辭研究》第 3 輯。

4 月，由中文系調入杭州大學新成立的古籍研究所。

4 月 25 日，撰成《〈史記・天官書〉述略》。

4 月 30 日，參加民盟浙江省第四届三次全會，增選爲常務委員。

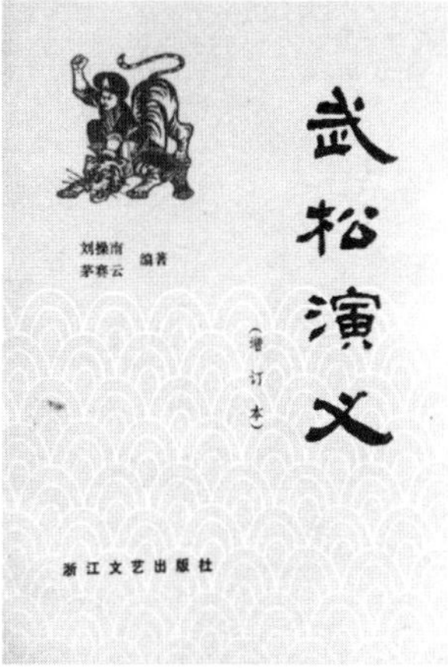

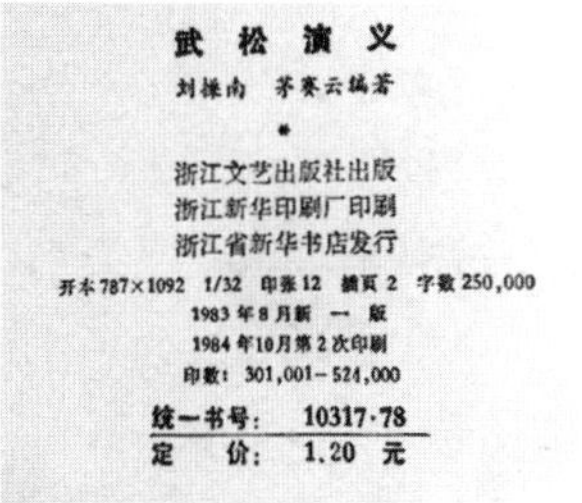

武松演义

刘操南　茅赛云编著

浙江文艺出版社出版
浙江新华印刷厂印刷
浙江省新华书店发行

开本 787×1092　1/32　印张 12　插页 2　字数 250,000
1983 年 8 月新一版
1984 年 10 月第 2 次印刷
印数：301,001－524,000

统一书号：10317·78
定　价：1.20 元

再版、借版《武松演義》100 餘萬册

5 月，發表《略述干支記日》，載浙江省語言學會《中學語文報》第 46 期，1983 年 5 月 1 日第 2 版。

5 月，發表《"落梅"辨釋》，載《紅樓夢學刊》1983 年第 2 期。

5 月，與民盟成員王承緒、王錦光、徐兆華等共赴浙江麗水師範專科學校進行爲期一周的教育幫助和輔導工作。

8 月，發表《論"武十回"》，載《水滸争鳴》第 2 輯。

8 月，再版《武松演義》(增訂本)，劉操南、茅賽雲編著，浙江文藝出版社 1983 年版。後山西、四川、江西等地諸出版社陸續借版印刷,共印約 100 餘萬册。

8 月 2 日至 7 日,赴大连參加遼寧省屈原學術討論會。

9 月,赴山東菏澤參加全國第二届《水滸》學術討論會。提交論文《略論武松打虎》。

9 月,兒文涵從蘇州輕工業化學電源科學研究所考入杭州大學,爲碩士研究生。

10 月,發表《聽中篇評彈〈真情假意〉》並七律一首,載浙江省文化局《戲文》,1983 年第 5 期。

10 月,發表《妙玉身世再析——答沙藜先生商榷之二》,載浙江文學學會年刊《文學研究》(1983 年)。

10 月,浙江水滸學會成立,任名譽會長。

11 月,發表《題〈桐花鳳閣評《紅樓夢》〉》,載南京師範學院《文教資料簡報》總第 143 期。

11 月 23 日至 28 日,赴南京參加紀念曹雪芹逝世 220 周年學術討論會,賦詩一首。

12 月,發表《〈楚辭〉天官圖説》,載《寧波師專學報》(教育科學版),1983 年第 4 期。

12 月,發表《談范仲淹〈漁家傲〉》,載全國語文教學法研究會《教學通訊》,1983 年第 12 期。

12 月 18 日,赴長沙參加嶽麓詩社詩詞學術討論會。

招收中國古籍文獻學專業碩士研究生。據《浙江哲學社會科學志》(745 頁)載:1961 年開始招生,授中國古籍文獻學碩士課程。1983 年授權。1984 年招生。

1984 年　68 歲

2 月,發表《説“涉江”》,載《教學通訊》,1984 年第 1 期。

3 月，發表《紅樓一夢豈荒唐》，載《戲文》，1984 年第 3 期。

3 月，發表《屈原的時代、生平及其政治鬥争》，載浙江廣播電視大學《電大教育》(語文版)，1984 年第 3 期。

3 月，發表《范仲淹〈漁家傲〉賞析》，載中州書畫社《古典文學名篇賞析》第 3 輯。

3 月 15 日至 20 日，參加杭州市第六届人民代表大會第三次會議。賦七律兩首，刊《會議簡報》第十期、二十九期。

發表《九歌〈湘君〉與〈湘夫人〉賞析》，載《楚辭研究》(遼寧省首次楚辭研究學術討論會論文集)。

4 月，發表《隨省政協調查組詣麗水遂遊南明山雜詩之一》，載《麗水師範專科學校學報》，1984 年第 2 期。

4 月 11 日至 17 日，參加中國民間文藝研究會江蘇、浙江、上海兩省一市分會召開的《白蛇傳》學術討論會。會議地點：杭州勞動路浙江軍區招待所。發表《白蛇傳序録》，載《江蘇、上海、浙江兩省一市〈白蛇傳〉研究學術討論會論文集》。

5 月，撰文《略論詩的欣賞與寫作》。

5 月 27 日至 6 月 2 日，參加浙江省政協支麗工作組，赴浙江麗水進行講座及考察。

6 月，參加新成立的中國俗文學學會。

6 月，據《浙江哲學社會科學志》載：中國屈原學會成立，劉操南當選爲學術委員。

7 月，出席民盟浙江省第五次代表大會，當選爲民盟浙江省第五届委員會委員、常務委員，擔任文史工作委員會副主任委員。會議地點：杭州新新飯店。

7 月，受邀爲《杭州大學 1960 級畢業同學 20 周年聚會紀念册》撰寫《騏驥一躍不能十步 駑馬十駕功在不舍》文。

9 月，發表《南宋臨安以來的話本小説》，載政協杭州市委員會編《南宋京城杭州》,浙江人民出版社 1984 年版。

9 月,參加由中國社會科學院文學研究所在山西太原舉辦的中國通俗文學研討會,向大會提交論文《論武十回》。

10 月,發表《〈紅樓夢〉的三筆》,載浙江省社科院《學習與思考》,1984 年第 10 期。

10 月 26 日,出席浙江省水滸學研究研討會並致開幕詞,開幕詞刊水滸學會《簡報》。

10 月,發表《重差術及測定日距方法考》,載《杭州大學學報》(古籍研究所論文專輯),1984 年第 14 卷(增刊)。該文後被收入《高校古籍整理十年》,江西高校出版社 1991 年版。由臺灣清華大學主辦,英國劍橋李約瑟研究所和東京大學協辦的《中國科學史通訊》,在 1996 年 10 月第 12 期對該文作了摘要介紹。

10 月,發表《楚簡陵陽釋文》,載《杭州大學學報》,1984 年第 14 卷(增刊)。

10 月,出版《武松演義》(增訂本),浙江文藝出版社 1983 年版,1984 年 10 月第 2 次印刷,印數達 524000 册。

11 月 11 日,參加浙江省陶行知研究會籌備理事會議。

12 月 25 日至 28 日,參加在杭州大學舉行的浙江省歷史學會年會暨會員代表大會,參加中國古代史組的討論。

《北美浙大校友會通訊》第 13 期刊發操南先生函(簡述多年履歷)及詩 2 首。14 期刊發 2 函及詩 2 首。其一函爲核對及闡釋竺可楨校長《國立浙江大學黔省校舍記》文中字辭含義;另一函中曰:“浙江文史資料,擬出浙大校史專號,倘有稿件　惠賜,至勝歡迎。請寄弟處,當妥爲轉遞也。”《通訊》編者按:“竺校長《黔省校舍記》,蒙張鎮平學長校正,又蒙劉操南學長,再予覆核。謹於此表鄭重之謝忱。浙江省文史資料室,正編輯浙大校史專號。諸學長如有興趣投稿,請與劉操南學長洽接爲荷。”①

1985 年　69 歲

1 月,發表《書要讀活 古爲今用——略析曹劌論戰》,載民盟中央委員會《中央盟訊》,1985 年第 1 期。

1 月,發表《漫説〈義妖傳〉》,載《麗水師範專科學校學報》,1985 年第 1 期。

3 月,發表《竺可楨教授的治學方法》,載杭州大學研究生會《研究生》,1985 年第 3 期。

4 月,杭州市曲藝家協會成立,受邀參加。

4 月 20 日,撰寫《徵集出版〈海外校友憶浙大〉一書的初步意見》,向海外浙大學友發函。

5 月,發表《授時曆術述要》,載《寧波師院學報》(社會科學版),1985 年第 2 期。

5 月,參加中國作協浙江分會舉行的第三次代表大會,任第三屆理事會顧問(第三屆理事會延長至 1992 年,中國作協浙江分會更名爲浙江省作家協會)。

5 月 5 日至 10 日,參加杭州市第六屆人民代表大會第四次全體會議。

經政協浙江省五屆十九次常委會議(5 月 7 日)通過,操南先生增補爲中國人民政治協商會議浙江省第五屆政協委員。

5 月,擔任中國屈原學會學術委員會委員。

① “文化大革命”後,老浙大學友先後創有《浙大 1942 級級友通訊》《求是通訊》等刊物,操南先生是熱心的參與者。因保存、搜集不力,僅有零星資料,在年譜簡編中均不録。感謝錢燕老師(錢寶琮先生之女)贈送《北美浙大校友會通訊》多册,得以此録入。

6月,寓所自松木場杭州大學河南宿舍2幢2號(現編號爲6幢8號)搬遷至浙江省政府特供房文二路228號花園北村高知宿舍8幢2單元102室,125平方米。

7月,參加中國科技史學會。

8月,發表《司馬遷的"天人之際"學説初探》,載《固原師專學報》,1985年第2期。

8月3日至7日,參加全國第三屆《水滸》學術討論會。同時應邀爲"中國古典文學系列講座"的學員授課。賦詩六首。會議地點:河北秦皇島。

10月,參加在杭州由中國科學院與浙江大學主辦的竺可楨研究會學術年會,提交論文《發揚求是精神,開拓中國研究古籍的領域,促使建立衆多的具有中國特色的社會主義的新學科》(簡稱《"竺學"蠡測》),載《竺可楨研究會學術年會論文集》。

發表《妙玉凹晶館聯詩究竟如何理解——答沙藜先生商榷之一》,載浙江文學學會年刊《文學研究》(1985年)。

根據1985年9月到12月26日的授課,整理記録《"詩經研讀"講稿記録》,8講共93頁,由張湧泉等整理。

1985年夏,夫人尣冰清患急性白血病住院,全家終日惶惶,醫院方面卻表示仁至義盡,治療已無計可施……

此時操南先生正在整理陳漢章遺著,心力交瘁,仍然寫道:"惟有一事,亘千古而未變者,維護民族文化的傳統,使華夏民族與文化生生不息,生氣蓬勃,浩然存在於天地間也。我等浙江後學有責也!"

《北美浙大校友會通訊》第15期刊發詩3首及函,函中仍提竺可楨校長《國立浙江大學黔省校舍記》事:"因詣古蕩浙大檔案室,取原裱拓片及照相片復勘,知尚多訛。弟草率從事,深感歉宥!今將複印一紙奉上,以備參考。茲將14期原刊全文,與原裱校勘，成校讀記，逐録於次，祈 亮鑒之。”

吁！幸得天助！夫人尤冰清在醫院躺了半年之久，居然活着回家了！錢亦耗盡。

1986年　70歲

2月，發表《〈橘頌〉頌橘》，載《固原師專學報》（社會科學版），1986年第1期。

3月，體會文稿《我對海外浙大校友通訊的點滴認識》，載《民盟浙江省爲四化服務和盟務工作經驗交流會材料》（續）。民盟浙江省委員會轉編《情況反映》（1986年第6期）。

3月20日至25日，參加杭州市第六届人民代表大會第五次會議。要求隨帶伙食費、糧票和其他生活用品。賦七律一首，刊於《會議簡報》。

3月24日至27日，參加民盟浙江省爲四化服務和盟務工作經驗交流會。會上發言題爲“我對海外浙大校友通訊的點滴認識”。會議地點：大華飯店。

4月，《〈紅樓夢〉講稿》刊杭州老年大學《文史教材》（史）字86—4。

4月，《紅樓夢彈詞開篇集》由浙江文藝出版社按出版計劃，已付型。終因出版經費問題，擱置在出版社庫房，未能付印問世。

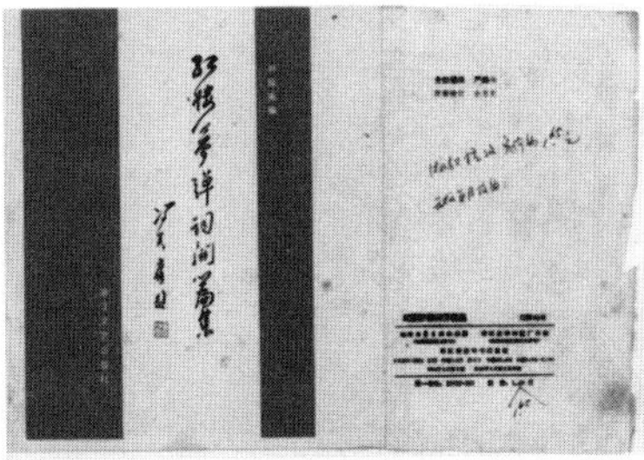

已成書樣的《紅樓夢彈詞開篇集》

5月3日，撰寫《文史報告》（手稿）。

5月，參加在杭州富陽召開的“屈原學術討論會暨中國屈原學會第二届年會”，並擔任中國屈原學會學術委員會委員。會上宣讀論文《〈九歌〉賞析》。

5 月,《北美浙大校友會通訊》第 17 期刊發詩 2 首。

1986 年劉文涵在杭州大學獲碩士學位

6 月,兒文涵從杭州大學碩士研究生畢業,獲理學碩士學位。旋執教於浙江工學院(浙江工業大學的前身)化工系。

6 月 16 日至 20 日,參加中國俗文學學術研討會。會議地點:上海大百科出版社招待所。

7 月 31 日至 8 月 15 日,參加浙江省政協在莫干山舉辦的暑期學習班。通知要求每人每天交伙食費 1 元,糧票 1 斤 1 兩。

8 月初,在浙江省群衆藝術館上主講杭州評話“武十回”的特色與成就,由省文聯舉辦。

8 月,發表《論〈武十回〉》,載《通俗文學論叢》,北嶽文藝出版社 1986 年版,獲 1987 年浙江省高等學校自然科學、文科科學研究成果榮譽獎。

9 月,浙江省政協詩書畫之友社成立,當選爲副社長。

9—10 月,應邀前往新疆博爾塔拉蒙古自治州師範學院講學 2 個月,受到當地黨政領導及學校師生的贊譽。撰詩《新疆吟草》三十二首。

10 月,發表《〈齊風·盧令〉鑒賞》,載《詩經鑒賞集》(中國古典文學鑒賞叢刊),人民文學出版社 1986 年版。

10 月 20—25 日,參加由浙江省社會科學院主辦的“國際黄宗羲學術討論會”。

1987 年　71 歲

1 月，發表《老浙大校史一束》，載《杭大校史通訊》第 3 期。

2 月，發表《西安吟草》兩首，載《詩刊》，1987 年第 3 期。

2 月，受聘爲杭州老年大學文史專業老師。

3 月，發表《孔子刪〈詩〉初探》，載《杭州大學學報》，1987 年第 1 期。

3 月，參加浙江省第二次全省文史資料工作會議。

4 月，受聘爲浙江省職稱改革領導小組“浙江省圖書資料專業人員高級職務評審委員會”委員。

4 月，擔任主編的《天涯赤子情——港臺和海外學人憶浙大》出版，撰寫《海内存知己 天涯若比鄰》作爲代序。浙江人民出版社 1987 年版，29 萬字。

4 月，發表《〈九歌〉賞析》(〈東皇太一〉〈雲中君〉〈少司命〉三篇賞析)，載《淮北煤碳師範學院學報》(社會科學版)，1987 年第 2 期。原載《中國屈原學會第二次年會論文集》，1987 年 4 月 10 日。

5 月，《闞家蓂詩詞集》由中國友誼出版公司出版，其中有操南先生爲《詩詞集》撰寫的《序》。

5 月 14 日至 21 日，出席政協浙江省五届五次全會，爲民盟界别的政協委員。住杭州國際大廈，隨帶交糧票 20 斤及伙食費等。

5 月下旬，參加在北京師範大學召開的“秦九韶《數書九章》成書 740 周年紀念暨學術研討國際會議”。宣讀論文《略論中國古代曆算中的哲學和數學的神秘主義色彩》，載《秦九韶〈數書九章〉成書 740 周年紀念暨學術研討國際會議論文集》，受到國内外學者的高度評價，會議總結報告中認爲“劉教授的論文宣讀報告尤爲會議增色”,是爲大會作了紀念性演講。美國學者席文教授、比國學者李倍始教授等尤表興趣和嘉許。

5 月,論文《論〈武十回〉》獲浙江省高等學校自然科學、文科科學研究成果獎,是浙江省教育委員會頒發的文科科學榮譽獎。

6 月,參加在北京舉行的中華詩詞學會成立大會,會上誦讀了賀詞,刊於《會議簡報》。1988 年版《中華詩詞年鑒》收録其論文(題目不詳)。

6 月,參加在紹興師專召開的“浙江省水滸研究會第五次學術討論會”。

6 月,參加中國通俗文藝研究會。

6 月,發表《〈紅樓夢〉中所寫的遊園三筆》,載浙江省文史研究館編《古今談》,1987 年 6—7 合刊。

7 月,受邀爲杭州引錢塘江水入西湖工程撰寫《引水亭記》碑文和亭聯,聯曰:“引力竟神通,汩汩清流西子活;水源何綿邈,深深幽徑潮江靈。”碑立於杭州市九曜山麓太子灣公園引水亭旁,碑文和亭聯由著名書法家沙孟海、張令杭書。

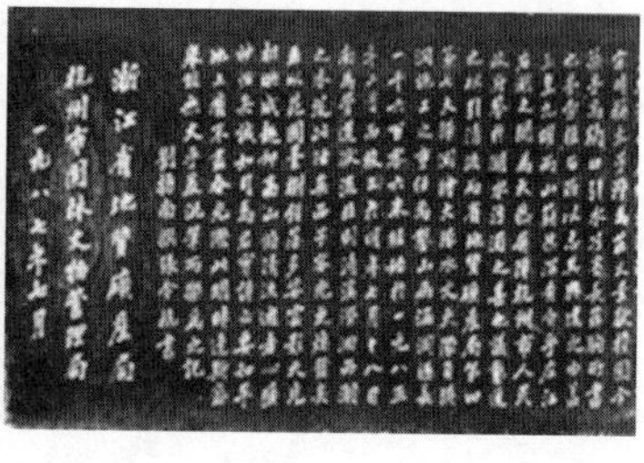

左:操南先生在新修建的引水亭中(右二),現亭聯已更換;右:《引水亭記》碑托片

8 月,發表《興化施彦端非錢塘施耐庵辨——〈施氏家簿譜〉中傍書“字耐庵”三字係後人竄入論》,載《水滸争鳴》第 5 輯。該文獲“第四届全國《水滸》學術討論會暨中國水滸學會成立大會”

贈母校浙江大學建校 90 周年賀聯

優秀論文獎(1987 年 12 月 4 日湖北)。

10 月 26 日至 11 月 3 日,參加《三國演義》《水滸》第四次全國學術討論會,提交論文《諸葛亮出山緣起》,賦詩 16 首。會議地點:湖北襄樊。

11 月,中國《水滸》學會在湖北成立,當選爲理事。

11 月,《北美浙大校友會通訊》第 20 期刊發一函:"《海外學人憶浙大》一編,獎飾逾量,愧不敢當也。……對於作者無力致以稿酬,爲深感愧赧與不安耳,祈請兄長等有以諒之。"

12 月,參加中國曲藝家協會浙江省分會第三次代表大會。

12 月 21 日至 24 日,出席民盟浙江省第六次代表大會。當選連任民盟浙江省第六屆委員會委員、常務委員、聯絡委員會委員。(在民盟浙江省五届工作報告中受到表揚:與北美浙大校友建立聯繫,書信往來,編輯《海外人士憶浙大》一書等)

母校浙江大學建校 90 周年校慶,特撰聯敬賀:求是興學堂,溯洄讜議宏論尊御史;民主稱堡壘,培植繁桃艷李繼風流。賀聯現收藏於浙江大學檔案館。

爲我國第一座由中國人(茅以升主持)自己設計建造的鐵路公路兩用橋——杭州市錢塘江第一橋建成 50 周年撰寫紀念碑

文(原稿)《錢江第一橋建成五十周年紀念碑記》。

列席浙江省政協五届常委會有關會議。

擔任浙江省政協詩書畫之友社《聯誼詩詞》(11月印行)第一輯主編,刊5首詩詞。

1988年　72歲

1月,《〈惜往日〉鑒賞》,載《楚辭鑒賞集》,人民文學出版社1988年版。

1月,發表《秦可卿之死新論》,載《北方論叢》,1988年第1期。

1月,出席政協浙江省六届一次全會,爲社會科學界委員。

2月,《文史新探》(杭州大學古籍研究所編)轉載《太史公書春秋十二諸侯史事輯證自序》和《祖冲之、祖暅父子球積術闡義》,上海社會科學院出版社1988年版。

2月,方伯榮主編的《歷代名賦賞析》出版,其中刊有操南先生爲此書撰寫的《序》,重慶出版社1988年版。

2月,發表《〈詩·周南·葛覃〉釋義》(有删節),載《徽州師專學報》,總第14期。

2月,在《詩刊》1988年第5期上發表《秋瑾烈士八十年祭》。

4月,《武松演義》(增訂本)浙江人民出版社第4次印刷。

6月,發表《詩三百篇的創作與累積考説》(有删節),載《杭州大學學報》(哲學社會科學版),1988年第2期。

6月,受聘爲美國紐約四海詩社名譽顧問;被《全球當代詩詞選集》聘爲編委。

6月,浙江詩詞學會成立,當選爲副會長。

7月,參加在浙江麗水舉行的浙江省水滸分會會議,發表《試論〈水滸傳〉的成書及簡繁兩種版本的關係》,載浙江水滸研究會編《水滸研究與欣賞》第1輯。

7月,擔任浙江水滸研究會名譽會長,《水滸研究與欣賞》編委。

8月,發表《我的中學時代》,載語文報社編輯部編《語文報》第324號,1988年8月15日第2版。

8月,受聘爲新加坡新聲詩社名譽顧問。

10月,發表《敦煌問世曆日辨析——冥志室劄記之一》,載《敦煌語言文學論文集》,浙江古籍出版社1988年版。《浙江省哲學社會科學志》載其篇目,認爲"是當今關於敦煌科技研究的重要論文之一"。

10月,發表《話本放異彩　小説辟蹊徑——臨安以來的話本小説》,載《南宋京城杭州》(杭州歷史叢編之四),浙江人民出版社1988年版。

10月11日至21日,首届中國國際武術節分别在杭州和深圳舉行,受邀爲此次國際武術節撰寫三副對聯,掛在浙江省體育館的三個正大門上,分别是"急雪還風,高下彩綢舞;穿雲裂石,迴旋玉笛聲";"弄精神,隔架遮攔,武術名揚四海;盡氣力,盤旋點搠,强身澤及三生";"虎旗獵獵,顯上下數千年華夏文明,射御詩書,光輝日月;鼉鼓逢逢,攬縱横幾萬里兒女身手,槍刀棍棒,氣壯山河"。

操南先生所撰三對聯懸於浙江省體育館三大門

11月,《孔子刪〈詩〉初探》,載《中華詩詞年鑒》,中國民間文藝出版社1988年版。

參加在湖南岳陽市汨羅市召開的中國屈原學會第三次年會,會上創作詩詞八首。

在《古今談》1988年第1期上發表《小説每見大道兼論“舉賢授能”》;在1988年第2期上發表《〈河殤〉提出的結論需要科學論證》。

發表《敦煌本毛詩傳箋校録讀記》,載《寧波師院學報》,1988年第4期。

發表《〈武松演義〉的整理和再創作》(《武松演義》增訂本後記),刊載於中國曲藝家協會浙江分會、杭州曲藝家協會編《杭州曲藝評論集》。

爲原浙江陸軍監獄撰寫浙江陸軍監獄犧牲烈士紀念碑文。

作品《竺可楨研究會上喜迓國均伉儷學長》被中共浙江省委對臺工作組辦公室評爲優秀稿件。

擔任浙江省政協詩書畫之友社《聯誼詩詞》第二輯主編,刊創作詩詞5首、楹聯3副。從事徵選、編輯、校對等工作,並撰寫《編後記》。

年終隨記云:“日常工作情況:平均每日工作在八小時以上。除疾病外,一般在夜深十二時後上床。出視星斗,四舍悄然,僅余一窗孤燈粲然而已;每日平均接信兩封,發信兩封;每周平均去杭大統戰部一次,每兩周去省政協文史辦一次;友人來訪,基本上都回拜;參加學會,提出論文,並作調研準備,藉以目驗前所著積疑難問題,歸作劄記;心有所感,往往寄之於詩;積稿數部,深愧無暇整理。意欲創造條件,卻少辦法。誠恐一旦溘逝,成爲遺憾。”

1989 年　73 歲

1 月,在中國曲藝家協會浙江分會、杭州曲藝家協會編刊的《杭州曲藝評論二集》上發表《南詞〈秘抄白蛇奇傳〉題記》《杭州曲藝評論二集附言》。

3 月 14 日,政協浙江省六屆五次常委會議通過增補劉操南同志爲政協文史資料委員會副主任。

3 月,發表《孔子删〈詩〉初探》,載《文學遺産增刊》第 18 輯,山西人民出版社 1989 年版。(轉載於《杭州大學學報》1987 年第 1 期)。

4 月,發表《宋徵輿三首:小重山、玉樓春、浪淘沙令》,載《金元明清詞鑒賞辭典》,南京大學出版社 1989 年版。

4 月 25 日至 5 月 2 日,出席政協浙江省六届二次全會,爲社會科學界委員,任政協文史資料委員會副主任。

5 月,在《詩刊》1989 年第 10 期發表《觀〈河殤〉書感》(外一題)。

5 月,兒文涵結婚,兒媳周麗萍博士(現爲浙江大學教授)。

5 月 19 日手記:下午三點半,過(杭大)金融樓,應民主黨派辦公室幹部白雲同志邀,隨乘學校面包車去紅太陽廣場,勸導同學進餐及返校。在廣場呼口號擁護黨與憲法,懲治官倒與腐敗現象。

6 月,發表《〈史記・天官書〉恒星圖説》,載哈爾濱師範大學《北方論叢》編輯部編《古文獻研究》。

7 月,章回小説《諸葛亮出山》(再創作)出版,據汪雄飛演出提綱纂修,浙江文藝出版社 1989 年版,24.3 萬字。

7 月,發表《千紅一哭 萬艷同悲——略述〈紅樓夢〉中婦女的悲劇性》系列文章:《封建主義的"風刀霜劍"下付出生命的——林黛玉》《"爆碳"般的家庭奴隸横遭慘死的——晴雯》《在買賣婚姻下被糟蹋了的懦小姐——賈迎春》《深陷重圍，受盡暗氣，落得吞金自盡的婦女——尤二姐》《大觀園中敢於忠貞於愛情的烈女——司棋》等，載《語文報》1989 年 7 月 17 日，第 372 號。

7 月，發表《諸葛亮出山緣起》，載《古今談》，1989 年第 2 期。

9 月，赴温州樂清雁蕩山參加浙江省詩詞學會雁蕩山詩會。

10 月，發表《興化施彦端與施耐庵史料考辨》，載浙江水滸研究會編《水滸研究與欣賞》第 2 輯。

11 月，發表《紅樓夢彈詞開篇集・自序》，載浙江省詩詞學會編《浙江詩詞》，1989 年創刊號。

12 月，發表《〈詩・曹風〉四篇考釋》，載《寧波大學學報》（人文科學版），1989 年第 2 期。

12 月 25 日，原杭州大學人事處沒有按有關政策，即《浙統[1989]18 號》（1989 年 6 月 6 日）文件《省委組織部（注：指 1986 年 21 號文件）、省委統戰部關於政協委員任職期間不辦理離退休手續的通知》執行，在操南先生任政協浙江省六屆委員、省政協文史委員會副主任期間，且未通知操南先生的情況下，操南先生被莫名其妙地提前辦理了退休手續。

12 月 27 日，被浙江省人民政府聘任爲“浙江省文史研究館名譽館員”（省府字第 069 號，浙江省省長沈祖倫簽署）。

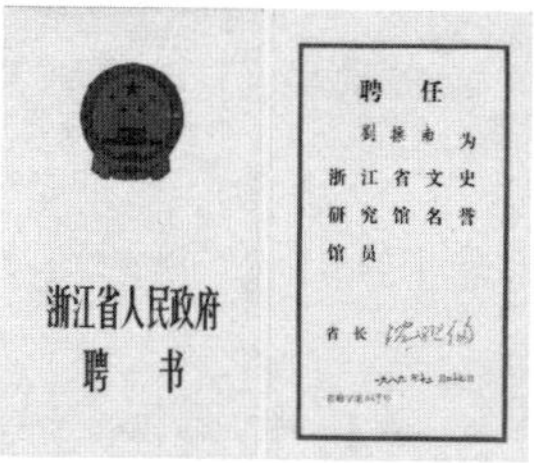

浙江省人民政府聘書

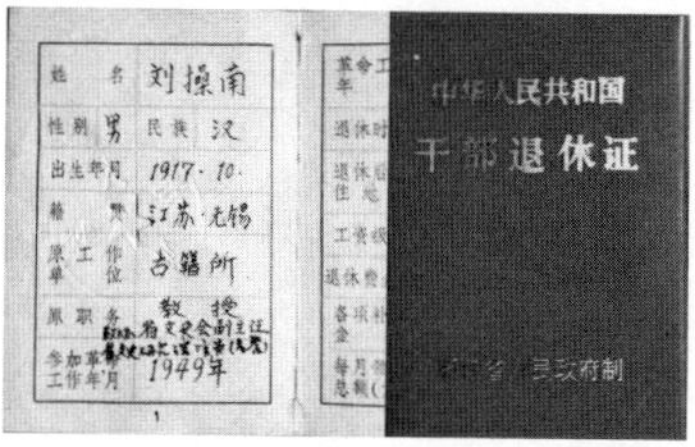

杭州大學退休證

擔任浙江省政協詩書畫之友社《聯誼詩詞》第三輯主編，刊創作詩詞 5 首、楹聯 3 副。從事徵選、編輯、校對等工作，並撰寫《編後記》。

1990 年　74 歲

1 月，被寧波大學聘爲兼職教授。

1 月 20 日，參加浙江省人民政府參事室、浙江省文史研究館召開的春節座談會，會上頒發浙江省文史研究館名譽館員的聘書。會議在杭州孤山後山路 8 號（放鶴亭側）浙江省文史研究館會議室舉行。

2 月，浙江大學出版社出版《浙江大學在遵義》，刊載操南先生的《浙江大學文學院中文系在遵義》、《故鄉賦》（1938 年課堂作業）、《王樹椒傳》等文及《遊遵義湘山寺》（1942 年舊作詩）、《偶憶舊遊》（三首）和《拜讀蘇師〈辛酉新春感賦〉》（四首）等詩。

2 月，發表《敦煌本毛詩傳箋校録疏證》，載敦煌研究院主辦《敦煌研究》，1990 年第 1 期。

2 月，發表《姜白石詞賞析舉例》，載《古今談》1990 年第 1 期。

2 月，發表《"竺學"蠡測》，載《竺可楨誕辰百周年紀念文集》，浙江大學出版社 1990 年版。

2 月，爲臺灣高雄市古典詩學研究會訪問團與杭州大學海外聯誼會、科研處舉辦的"蘇杭詩詞研修會"講學並賦詩 20 首，臺灣 13 家報紙刊載消息及詩詞作品。

3 月，擔任主編的《一代宗師竺可楨》出版，内載所撰《前言》和《竺可楨教授與中國古籍研究》兩文，浙江人民出版社 1990 年版。《浙江文史資料選輯》第四十輯轉載此兩文。

3 月，發表《〈詩經〉是陰陽五行之詩嗎？》，載《浙江學刊》，

1990 年第 2 期。

3 月，出席政協浙江省六届三次全會，爲社會科學界委員，任省政協文史資料委員會副主任。

4 月，發表《〈周易〉是殷周奴婢起義史嗎》，載《古今談》，1990 年第 2 期。

4 月，在浙江省政協主辦的國内外公開發行的《聯誼報》上發表《桃葉桃根本一支》，1990 年 4 月 20 日第 138 期。

5 月，詩詞集《揖曹軒詩詞稿》初步編就（電腦打印本），收録詩詞近 500 首。

5 月 28 日，在《西湖詩社成立十周年紀念專刊》上發表《西湖詩社成立十周年紀念特刊序》《西湖詩社成立十周年的回顧與展望》等。

5 月，出任杭州馬一浮研究所顧問。

6 月，發表《儀禮與〈詩〉辨析》，載《杭州大學學報》（哲學社會版）1990 年第 2 期。

6 月 12 日，撰成《詩詞創作與欣賞舉例》文稿。

6 月 27 日，端午節，西湖詩社假成立十周年之際與臺灣六經學術研究會聯吟，以西湖詩社副社長身份接待臺灣詩人 40 餘人。相互唱和，編成《西湖詩社成立十周年紀念專集》和《端午詩人節兩岸聯吟集》。

7 月 5 日，爲政協詩書畫之友社與詩詞學會聯合舉辦的講座主講《詩詞的創作與欣賞舉例》。

8 月，在“杭州浙大 41 級級友”編的《求是》第 11 期上發表《母校紀念竺可楨校長誕辰 100 周年》文。

9 月，文稿《傳統評話〈三國〉》在浙江省通俗文學學會舉辦的首届通俗文學評獎中獲優秀作品奬。

10 月，著作《古籍與科學》（《北方論叢》叢書之一，選取多年撰就的文史、天文曆算類文稿中一小部分）出版，哈爾濱師範大學出版社 1990 年版，25 萬餘字。其主要内容後被收入臺灣清華大學主辦，英國劍橋李約瑟研究所和東京大學協辦的《中國科學史通訊》1996 年第 11 期。胡道静先生贊曰："竺學之興，在尊撰乎；竺學之精，在大構也。"沈康身先生稱："劉著對國内外都有影響，有的還載入中國科學史研究泰斗李約瑟博士《中國科學技術史》所引文獻。""《〈緝古算經〉叙録》一文是叙述辛亥革命以前研究該書最爲詳細的論述。"

10 月 10 日至 13 日，參加省政協赴寧波考察團，調研寧波大學等辦學情况。

10 月 16 日，赴浙江金華參加浙江省詩詞學會理事擴大會暨金華詩會。

10 月，任中國水滸學會理事。

10 月，浙江大學爲劉操南在浙江大學畢業 50 周年頒發證書。

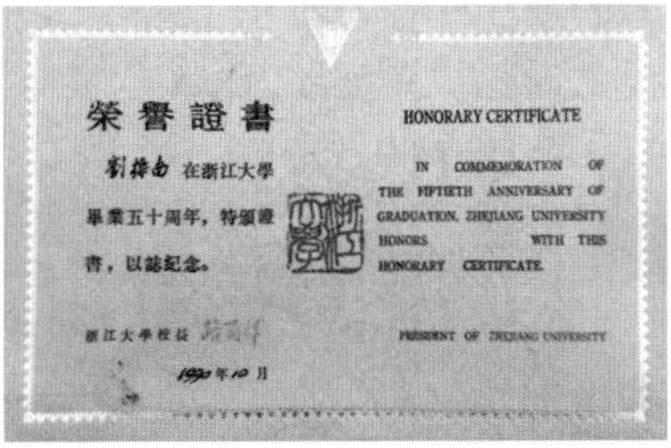
榮譽證書

劉操南 在浙江大學畢業五十周年，特頒證書，以誌紀念。

HONORARY CERTIFICATE

IN COMMEMORATION OF THE FIFTIETH ANNIVERSARY OF GRADUATION, ZHEJIANG UNIVERSITY HONORS WITH THIS HONORARY CERTIFICATE.

浙江大學校長

PRESIDENT OF ZHEJIANG UNIVERSITY

1990 年 10 月

在浙江大學畢業 50 周年的證書

11 月，《孔子删〈詩〉初探》獲浙江省社會科學優秀成果評選委員會頒發的浙江省社會科學優秀成果三等獎，獲浙江省文學學會頒發的 1987—1988 年度優秀科研成果二等獎。

12 月 20 日，重寫《于子三烈士墓記》。1947 年 10 月第一次代撰墓記、墓聯、挽聯。烈士墓位於杭州鳳凰山萬松嶺南麓山坡上，現爲省級文物保護單位。署國立浙江大學全體同學敬立。墓聯云："男兒死耳江水白，英魂來兮鳳山青。"挽聯云："萬里磕鄉關，雨夜淒涼東海遠；千秋齎壯志，忠魂澎湃浙江湖。"

12 月，撰写《浙江大學文學院革新運動燼餘殘稿》。

擔任浙江省政協詩書畫之友社《聯誼詩詞》第四輯主編，刊創作詩詞 5 首、楹聯 6 副。從事徵選、編輯、校對等工作，並撰寫《編後記》。

1991 年　75 歲

1 月，章回小説《青面獸楊志》出版，由胡天如口述，徐鍾穆筆録，劉操南纂修，黄山書社 1991 年版，15.5 萬字。

1 月，發表《紅樓夢彈詞開篇集前言》，載《紅樓夢學刊》1991 年第 1 輯。

2 月，在《古今談》1991 年第 1 期發表《杜甫〈月夜〉賞析》。

3 月，發表《〈詩・小雅・鹿鳴〉三篇闡義》，載《杭州師範學院學報》(社會科學版)，1991 年第 2 期。

3 月，出席政協浙江省六届四次全會，爲社會科學界委員，任省政協文史資料委員會副主任。

4 月，發表《論露與藏——詩詞創作析談》，載《古今談》1991 年第 2 期。

4 月，以浙江詩詞學會副會長名義接待菲律賓寰球詩社詞丈。唱和之作刊於《聯誼詩詞》第 5 輯。

5 月，發表《鷓鴣天・敬悼嚴慰冰烈士》《小園賞春》，載《當代詩詞點評》，中州古籍出版社 1991 年版。

6 月，發表《詩歌的音韻論析》，載《古今談》1991 年第 3 期，署名劉冰弦。

6 月，錢塘詩社印行的《近百年詩詞集序跋選》收録所撰《〈近百年詩詞集序跋選〉序》和《〈闞家蓂詩詞集〉序》。

6 月 16 日，赴桂林參加全國第四届當代詩詞研討會。

6 月，以浙江詩詞學會副會長名義接待新加坡新聲詩社社長及其社友。多次唱和之作刊於《僑聲報》。

8月,校訂的《歷代錢江潮詩詞選》出版,中國國際廣播出版社1991年版。

10月,擔任首届中國《水滸》學會理事。

10月,載入《高校古籍整理研究學者名録》,北京師範大學出版社1991年版。

10月25日至30日,代表浙江省政協文史資料委員會參加在山東舉行的華東地區第九次政協文史資料工作協作會議。

11月20日至22日,參加在紹興舉行的浙江省第一次各市地政協文史工作協作會議。

12月,被載入《無錫名人辭典(二編)》,學林出版社1991年版。

參加中國科學技術史學會。

撰寫國立浙江大學1940、1941年兩届同學畢業50周年《浙江大學畢業同學紀念碑》文,碑立於貴州遵義。

《北美浙江大學校友會通訊》第27期(5月)載抒懷五絶;第28期(11月)載詩3首。

擔任浙江省政協詩書畫之友社《聯誼詩詞》第五輯主編,刊創作詩詞5首、楹聯6副。從事徵選、編輯、校對等工作,並撰寫《編後記》。

1992年　76歲

1月,發表《河圖、洛書源流考辨》,載《北方論叢》1992年第1期。

1月22日,受聘爲浙江省作家協會第四届顧問。

2月,發表《北魏太平真君十一年、十二年殘曆讀記》,載《敦煌研究》1992年第1期。

2月，發表《張紹忠教授身教重於言教》、《詩詞的音節論析》（署名劉冰弦），載《古今談》1992年第1期。

3月，發表《賓祭之詩與弦歌之詩考釋》，載《杭州大學學報》（哲學社會科學版），1992年第1期。

3月，《竺可楨書條幅勉學生》《林啓太守辦學》《馬一浮講學浙大》《于子三烈士墓記》等4文載入《兩浙軼事》，上海書店出版社1992年版。

3月，《浙江民革報》1992年3月25日新第119期第4版刊發《張宗祥墨寶》（爲劉操南《太史公書春秋十二諸侯事輯》所寫跋）。

國立浙江大學一九四零一九四一兩屆同學畢業五十周年返校紀念
炎時局落潮資自勵棟樑之材英傑之士其心由于學乎一九三七年菁菁學子相
率讀書于國立浙江大學時方日寇爲虐神州蕩析校長竺師藕舫可楨教授身肩
重任舉校西遷數閱寒暑途經六省計程二千六百餘公里自杭州五播而最後定
居于遵義八載之間絃歌不輟上懷國家下哀民生以爲天將降大任于是人也必
當發揚蹈厲馬竺師之施教育也高瞻遠矚倡導綜合性大學有文有質有農有工
海納百川有容乃大法前修之善而自發新知存中國之長而兼明西學教學不僅
于傳授知識祈能獲得文化修養篤實光輝樹立風氣以期改善社會國家負荷建
設重任爲人爲學悉以求是之校訓貫之而冀有所創新當時名師雲集學風蔚然
一九四零年一九四一年兩屆同學適逢多難興邦之際風雨同舟薰沐受教仰之
鑽之精進不已追思往事倏忽于今已半世紀矣風雨如晦鷄鳴不已猶歷歷在人
耳目也畢業以還乃得獻身社會貢力上國飲譽禹域振藻海外咸能明志立行不
負初衷甯非風昔師長循循善誘身教言傳之功乎方今國家以發揚華夏優秀文
化傳統爲事益喜母校人才輩出動見瞻觀蜚聲寰宇與有榮焉特于一九九零年
十月返校歡慶爰撰斯文以相激勵而志不忘云爾
一九九二年四月浙江大學一九四零年一九四一年兩屆全體同學謹記
劉操南撰朱希侃書

國立浙江大學1940年、1941年兩屆同學畢業50周年返校紀念文

3月，出席政協浙江省六届五次全會，爲社會科學界委員，任省政協文史資料委員會副主任。

4月，應邀赴寧波東錢湖參加沙孟海書學院成立慶典，賦詩5首。

4月,發表《求是精神永放光芒》(國立浙江大學1940、1941屆同學畢業50周年返校紀念),刊登在《浙江民革報》1992年4月25日新第102期。

4月,發表《王樹椒別傳》,載《古今談》1992年第2期,署名劉冰。

5月,發表詩詞鑒賞之作多篇,如袁枚《謁岳王墓》《澶淵》、林則徐《赴戍登程口占示家人》、陳其泰《秋笳》、金和《盟夷》、周星譽《永遇樂·登丹鳳樓懷陳忠湣公》、許南英《奉和實甫觀察原韻》《吊吴季籛參謀》等,載《愛國詩詞鑒賞辭典》,南京大學出版社1992年版。

5月,《北美浙江大學校友會通訊》第29期載《古籍與科學·自序》《國立浙江大學1940年1941年兩届同學畢業50周年返校紀念文》及詩詞8首,其中紀念文由學友寫成立軸,現收藏於浙江大學檔案館。

6月,發表《〈尚書〉禪讓淺説》,載《古今談》1992年第3期。

6月,發表《夜讀〈粟廬詩集〉,緬懷鄭曉滄教授》,載《春風化雨:鄭曉滄先生誕辰百年紀念集》,杭州大學出版社1992年版。

6月,在杭州曲藝家協會所編《杭州曲藝評論四集》發表《〈青面獸楊志〉後記》。

6月,國立浙江大學求是書院舊址重修完成,應邀撰寫碑文《求是書院重修記》,由張令杭先生書。碑立於杭州市大學路求是書院舊址内。2019年國務院核定求是書院舊址爲第八批近現代重要史跡及代表性建築類全國重點文物保護單位。

8月5日至9日,代表浙江詩詞學會參加在金華舉行的浙江省社會科學聯合會召開的第五次學會工作會議。

8月22日至25日,出席民盟浙江省第七次代表大會。由於年齡原因,不再擔任民盟職務。民盟浙江省委員會對操南先

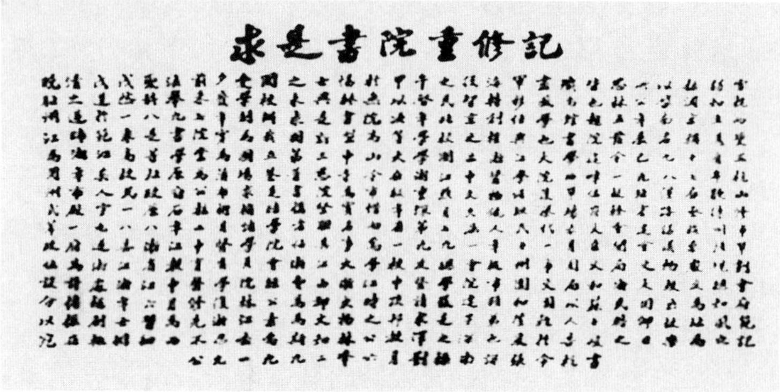

《求是書院重修記》碑文

生進行表彰，對其爲民盟事業發展作出的積極奉獻表示致敬，並頒發榮譽證書。兒文涵是浙江工業大學的代表，亦同參加會議。

8 月 25 日至 30 日，參加由浙江大學、杭州市科協在杭州聯合主辦的中國科技史國際學術研討會。提交論文《祖冲之〈大明曆〉改易古曆算釋疏證》，並作爲天數組代表於 30 日作大會發言。會議地點：杭州西子賓館。

9 月 26 日，當選爲浙江省政協詩書畫之友社第二屆理事、副社長。

9 月，經四十餘年研究的集大成之著《史記春秋十二諸侯史事輯證》出版，21 萬字，天津古籍出版社 1992 年版。張宗祥先生稱該著："爲治《左》治《史記》學者，得一津逮。"沈祖緜先生評："大著繼吾浙萬、全、邵、章之後，非尋常事。"學界名士繆鉞題簽，張宗祥、鍾毓龍、陸維釗、朱師轍等先生作序，沈祖緜、張慕騫等先生題詞書評。

10 月，《古今談》1992 年第 4 期摘要發表《祖冲之〈大明曆〉改易古曆算釋疏證》。

11 月,《北美浙大校友會通訊》第 30 期轉載《〈中國歷代花卉詩詞全集〉序》。

11 月 14 日前後,在浙江象山參加陳漢章先生紀念碑亭落成典禮,並爲綴學亭撰聯和撰寫緬懷陳漢章先生詩二首,其詩刻於陳漢章先生墓道紀念壁上。

緬懷陳漢章先生詩二首刻於紀念壁上

12 月,發表《奉賀沙孟海書院成立》,載《浙大校友》下册,浙江大學出版社 1992 年版。

12 月,發表《浙江大學校歌釋疏》,載《中國當代理學大師馬一浮》,上海人民出版社 1992 年版。同書還載馬一浮原著五篇:《論六藝該攝一切學術》《與蔣再唐論儒佛義》《玄義諸書舉略答賀君昌群》《童蒙箴》《復性書院開講日示諸生》,爲操南先生輯校標點,報酬 50 元。

12 月,《黄宗羲全集》(第九册)由浙江古籍出版社出版。操南先生爲《曆學假如》《授時曆故》《日月經緯》等天文曆算部分依循曆術,爲之標點、算校。統稿、統校撰《校讀記》若干條,爲之釐

爲陳漢章先生紀念亭(綴學亭)撰聯(現收藏於浙江象山陳漢章先生紀念館)

正,而明其訛舛之由。耗時數月,報酬 300 元。

12 月,《杭大校史通訊》1992 年第 2 期刊載《求是書院故址修葺焕然一新風範宛在》消息,並附操南先生所撰求是書院碑文《求是書院重修記》。

12 月,浙江省詩詞學會《浙江詩訊》第 7 期刊發操南先生在浙江省詩詞學會第二次代表大會上所作的工作報告《團結、務實、創新爲振興中華詩詞而努力奮鬥》。

12 月 19 日前後,列席政協浙江省第六次委員會第二十二次常委會。

《北美浙江大學校友會通訊》第 30 期(11 月)載《〈中國歷代花卉詩詞全集〉序》、楹聯及告知科研近況函。

擔任浙江省政協詩書畫之友社《聯誼詩詞》第六輯主編,刊創作詩詞 5 首、楹聯 5 副。從事徵選、編輯、校對等工作,並撰寫《編後記》。

爲浙江大學建校 95 周年撰寫賀聯:"富國裕民,質測知幾,端先科技;清風廉政,創新求是,必仗人才。"賀聯現收藏於浙江大學檔案館。

1993 年　77 歲

1 月，發表《〈詩·周頌〉中沒有"合理内核"嗎》，載《杭州師範學院學報》(社會科學版)，1993 年第 1 期。

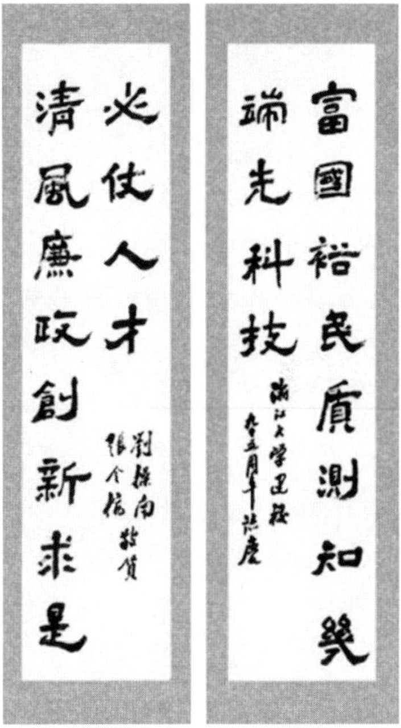

贈母校浙江大學建校 95 周年賀聯

1 月，受特邀列席政協浙江省七届一次全會，時任省政協詩書畫之友社副社長、文史館名譽館員，歸屬文藝界。

3 月，擔任政協浙江省蕭山市委會出版的《朱翼厂先生專輯》特邀主審。

3 月，《浙江民革報》1993 年 3 月 25 日新第 131 期刊載浙江大學前身求是書院重修的消息，文後附《求是書院重修記》碑文照片。

入選中國當代藝術界名人榮譽狀

3 月，撰寫《〈尚書·堯典〉新釋》。

3 月 16 日至 19 日，參加紀念馬一浮誕辰 110 周年在杭州召開的馬一浮國際學術研討會。

4 月，陸志亢著《漢字形近偏旁辨析》一書出版，刊有操南先生撰之《〈漢字形近偏旁辨析〉序》，三秦出版社 1993 年版。

4 月，應徵撰寫《如何實踐〈易經〉聖人之道，以恢復禮儀之邦》一文，同年 11 月，獲臺灣中華日報社、中國六經學術研究發展基金會聯合舉辦的第三届儒學徵文比賽第二名。

5 月，《北美浙大校友會通訊》第 31 期刊《求是書院重修記》，轉載《讀〈草戴震算學天文著述考畢系以二章〉——紀念錢琢如先生算學教學之一片斷》及詩詞 6 首。紀念錢琢如先生文的主要内容被收録於臺灣清華大學主辦，英國劍橋李約瑟研究所和東京大學協辦的《中國科學史通訊》，1996 年 10 月第 12 期。

5 月，載入《中國當代藝術界名人録》，中國國際廣播出版社 1993 年版。

5 月，發表詩歌鑒賞多篇：姜宸英《惜花》，龐鳴《吴宫詞》，梁佩蘭《粤曲》，朱彝尊《觀獵》、《鴛鴦湖棹歌》（百首選四），《延平晚宿》等，載《歷代絶句精華鑒賞辭典》，陝西人民出版社 1993 年版。

5 月，發表《南國經筵弘學術　西泠翰墨焕文章——徐映璞先生學述》，載《聯誼報》1993 年 5 月 14 日第 298 期第 3 版。

6 月，發表《詩以言志》，載《浙江民革報》1993 年 6 月 25 日新第 134 期。

6 月，作爲中國科學技術史領域一項基礎工程的《中國科學技術典籍通彙》（河南教育出版社）陸續出版，其中《天文卷》載操南先生撰写的《〈史記・天官書〉提要》《〈史記・律書〉提要》《〈史記・曆書〉提要》《〈步天歌〉提要》《元趙友欽〈革象新書〉提要》《大宋寶祐四年會天曆提要》《王應麟〈六經天文編〉提要》《黄宗羲〈授時曆故〉提要》等 8 篇。

8 月，發表《鷓鴣天》，載《金榜集》，學苑出版社 1993 年版。

8 月，在浙江省政協詩書畫之友社編《聯誼書畫集》發表《觀潮》詩一首，文後附操南先生簡介。

8月，撰寫《求是鐘銘》碑文。碑文：“鹽官歲歲海潮洄，雪浪排山浴日來。夢裏濤聲時澎湃，浮沉大地鑄雄才。癸酉長夏劉操南觀潮有作　王京盦役穎”碑於1996年4月立在浙江大學玉泉校區電機工程樓。

9月，發表《〈詩·豳風·七月〉所詠的歷史社會現實釋證》，載《杭州大學學報》（哲學社會科學版），1993年第3期。

9月，發表《齊詩評議》，載《華東師範大學學報》，1993年第5期。

10月，發表《竺可楨教授的兩首悼兒詩》，載《古今談》1993年第3期。

10月，發表《〈青面獸楊志〉後記》，載《浙江曲藝理論選集》，浙江文藝出版社1993年版。

10月12日，作爲浙江省文史館名譽館員，參加在杭州召開的浙江省文史研究館成立40周年紀念會。

劉操南詩
王京盦書

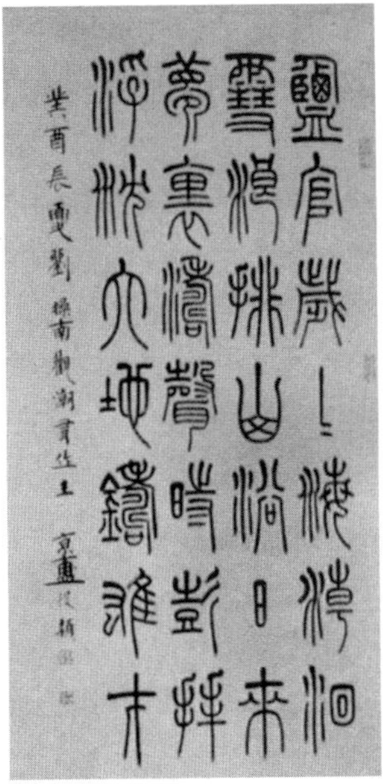

《求是鐘銘》碑文

11月，發表《收藏名家朱翼厂先生》，載《聯誼報》1993年11月5日第323期第3版。

11月，在《北美浙大校友會通訊》第32期上，刊出《竺可楨校長的兩首詩》《國立浙江大學校歌釋疏（一）》。

12月，爲丁宗文著《素心吟草》撰寫《〈素心吟草〉序》。

12月，發表《恭讀毛主席詩詞——爲紀念毛主席誕辰一百周年作》，載《杭州大學報》，1993年12月15日。

12月，發表《從電視劇〈一代女皇〉説開去》，載《古今談》1993年第4期。

1994年　78歲

1月12日，《團結報》報導操南先生的《如何實踐〈易經〉聖人之道，以恢復禮儀之邦》文榮獲由臺灣中華日報社、中國六經學術研究發展基金會聯合舉辦的第三屆全球儒學徵文比賽第二名的消息。《杭州大學報》1994年4月30日亦作了相關報導。

獲臺灣中國六經學術研究發展基金會第三届儒學徵文比賽第二名獎盤

1月，發表《〈浣溪沙〉賞析》，載《姜夔詩詞賞析集》(中國古典文學賞析叢書)，巴蜀書社1994年版。

1月，發表《五桂樓訪書記》，載《文獻》1994年第1期。

2月，應浙江省殘疾人聯合會之邀，爲浙江省殘疾人就業培訓樓落成撰寫《浙江省殘疾人就業培訓樓碑》，碑坐落於杭州市天城路141號浙江省殘疾人就業培訓樓内。

2月，發表《中國古代第五大發明——淺談漢字六性》，載《古今談》1994年第1期。

2月，受特邀列席政協浙江省七届二次全會，時任省政協詩書畫之友社副社長、文史館名譽館員，歸屬文藝界。

3 月，發表《竺可楨教授的兩首詩》，載《情繫中華》1994 年第 1 期。

3 月，《浙江詩詞》第三集刊載操南先生的《〈中國歷代花卉詩詞全集〉序》。

4 月，發表《珍貴文物獻諸國家——記浙江蕭山收藏名家朱翼庵先生》，載《中國典籍與文化》，1994 年第 2 期。

4 月，發表《湯壽潛進士試卷略析》，載《古今談》1994 年第 2 期。

《浙江省殘疾人就業培訓樓碑》碑文

4 月，日中友好漢詩協會機關雜志《一衣帶水》第 24 號刊載操南先生的《恭讀毛主席詩詞》。

4 月，紐約四海詩社編《全球當代詩詞選續編》刊載操南先生的《雁蕩吟》《賞荷》《富陽懷古》等詩。

4 月，杭州《周易》研究會成立，擔任研究會顧問。

5 月，在《當代詩詞》第 29 期上發表絶句 5 首。

5 月，《北美浙大校友會通訊》第 33 期轉載《國立浙江大學校歌釋疏(二)》及載詩 2 首、簡述近況一函，函提："拙稿列入徵文比賽第二名，過蒙獎掖，曷勝感幸。自諗愚魯，敢不淬勵。弟於群經，早歲誦之。老來伏處户牖，時感寂寞，奉六經會書，頗有空谷足音之喜也。"

6 月，政協蕭山市委員會文史工作委員會《朱翼厂先生專輯》

出版，收録操南先生撰寫的《〈朱翼厂先生史料專輯〉序》及《珍貴文物 獻諸國家——記浙江蕭山收藏名家朱翼厂先生》两文。

6月，《團結報》1994年6月4日(第1514號)轉載《人間自有真情在——竺可楨教授的兩首詩》。

7月，發表《兩岸三地現代化與中國文化研討會抒懷》等3首詩詞，載《中華詩詞》創刊號。

8月，發表《孔子所辦的一件外交大事》，載《古今談》1994年第3、4期。

9月，發表《祖冲之大明曆改易古曆算釋疏證》，載《冰繭彩絲集：紀念繆鉞教授九十壽辰暨從教七十年論文集》，成都出版社1994年版。該文的主要内容被收録於臺灣清華大學主辦，英國劍橋李約瑟研究所和東京大學協辦的《中國科學史通訊》，1996年10月第12期。

1994年劉文涵晉升爲副教授

9月，兒文涵在浙江工業大學破格晉升爲副教授。

10月，發表《讀書志存愛國》，載《浙江日報》1994年10月22日第7版。

10月，擔任特邀編委的《當代浙江山水詩詞選》出版，浙江文藝出版社1994年版。

10月26日至28日，參加由浙江省蕭山市政協主辦的湯壽潛學術研討會和湯壽潛紀念碑的揭碑儀式。

11月，發表《〈長安鎮志〉問世》，載《聯誼報》1994年11月23日。

11 月,參加在浙江省餘姚河姆渡遺址博物館召開的"1994 年浙江省姚江詩會"。

11 月,應天台國清寺可明方丈之邀,由允觀副監院來杭接引,與書法家沈定庵一同前往天台山華頂、石梁等地,爲華頂寺(華頂講寺)、大雄寶殿、藏經樓、中方廣寺、下方廣寺和山門等撰聯,諸聯由沈定庵書,一撰一書,將懸掛各處。至 2016 年 8 月,華頂講寺大雄寶殿内的兩楹聯已掛就,背部楹聯由萬州劉江書。中方廣寺正在修建,下方廣寺(現稱古方廣寺)建築基本完工,殿柱還未掛楹聯。

天台山華頂寺大雄寶殿正殿與背部兩副楹聯

楹聯内容可參考操南先生所撰《遊天台山華頂、石梁散記》,載《浙江佛教》,1996 年第 4 期。又《遊天台山散記》,載《古今談》,2000 年第 4 期。

11 月,《北美浙大校友會通訊》第 34 期轉載《國立浙江大學校歌釋疏(三)》及載詩 5 首。

12 月,《祖冲之〈大明曆〉改易古曆算釋疏證》載《古文獻研究》第 2 輯,浙江古籍出版社 1994 年版。

12 月,發表《杭世駿奉旨收賣廢銅爛鐵》,載《錢江晚報》1994 年 12 月 31 日。

12 月,載入《中國當代教育名人傳略》,成都科技大學出版社 1994 年版。

12月,專著《史記春秋十二諸侯史事輯證》獲浙江省教育委員會頒發的1992—1993年度哲學社會科學優秀成果三等獎。

專著《史記春秋十二諸侯史事輯證》獲獎

操南先生從小在無錫的大窑旁生活和勞作,有切身經歷和體會。他一直有願望:把父輩燒製磚瓦的創業歷史和技巧方法記録整理與世。1957年他父親在世時,《窑譜》初稿擬就,已請老人過目。今年在初稿的基礎上撰寫了《無錫大窑創業史録》大綱和細目十餘頁,計劃《史録》寫20萬字。後終因事冗及病重未完成,離世前曾爲此歎息。嗚呼!無錫雖窑業頗負盛名,至今卻也未見有此專述。

1995年　79歲

1月,《中央日報》1995年1月28日第19版轉載操南先生的《奉旨收賣廢銅爛鐵的杭世駿》文。

1月,受特邀列席政協浙江省七届三次全會,時任省政協詩書畫之友社副社長、文史館名譽館員,歸屬文藝界。

2月,浙江省文史研究館文史研究叢書第六號《清官史話》面世,汪振國編著,内有操南先生撰寫的《序》。

2月,《江南遊》1995年2月10日第321期副刊刊載《天台山石梁撰聯記》。

2月,發表《"對酒當歌"爲何而歌》,載《錢江晚報》1995年2月10日第2962期。

2月,發表《"春秋筆法"一例》,載《古今談》,1995年第1期。

3月,發表《〈毛詩·周南·關雎〉主題思想的再認識》,載《杭州大學學報》,1995年第1期。

4月,發表《〈元光元年曆譜〉考釋》,載《古籍整理研究學刊》1995年第1、2期合刊。該文主要内容被收録於臺灣清華大學主辦,英國劍橋李約瑟研究所和東京大學協辦的《中國科學史通訊》,1996年10月第12期。

4月20日,浙江省和紹興市政府在紹興大禹陵前聯合舉行公祭,省長萬學遠恭讀祭文。操南先生爲祭文主要撰稿人。

5月,發表《〈水滸傳〉的成書與杭州"説話"》,載《杭州曲藝評論五集》。文稿寫於"1989年5月16日夜闌人静時"。

5月,發表《〈詩·周南·關雎〉主題思想的再認識》,載《杭州師範學院學報》,1995年第2期。

5月,《北美浙大校友會通訊》第35期轉載《國立浙江大學校歌釋疏(四)》。

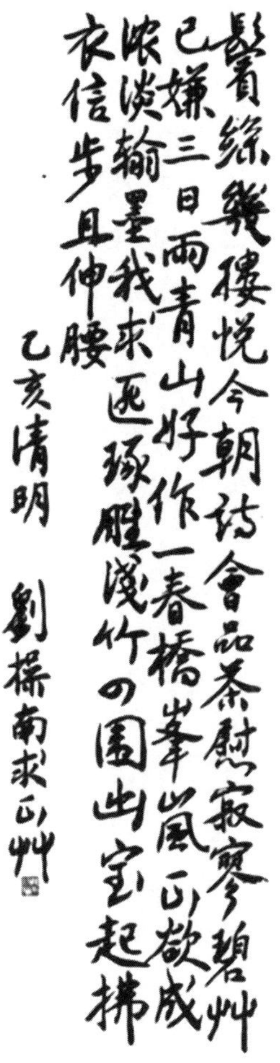

乙亥小詩求正

6月20日,撰寫《己所不欲 勿施於人》。

7月,草擬"中國古代天文曆算著述計劃"。計劃提及将整理:史記曆書算釋疏證、漢書律曆志算釋疏證、魏楊偉景初曆算釋疏證、宋何承天元嘉曆算釋疏證、唐李淳風麟德曆算釋疏證、唐一行大衍曆算釋疏證、郭守敬授時曆算釋疏證。少則數萬言,多者十餘萬言。言:"中國之大,此非大舉,或謂小事也,不必多士承之,然能讓有些人有些條件,盡其涓滴之忱,不使扼腕,則不負於盛明之世矣!"

8月,浙江省文史研究館編《古今談集萃》出版,文史資料出版社。收録操南先生《湯壽潛進士試卷略析》《中國古代第五大發明——淺談漢字六性》两文。

8月,發表《耐人尋味的試帖詩》,載《古今談》1995年第3期。

8月,撰寫《浙江省文學志》部分章節,查到手稿有第一編古代文學作品、第四章小説中的第一節文言小説和第二節白話小説、緒言、目録等計332頁。

9月,專著《史記春秋十二諸侯史事輯證》,天津古籍出版社版,第2次印刷。該著作由繆鉞題簽,張宗祥題詞及跋、又跋,鍾毓龍、陸維釗題詞。

9月,發表《湯壽潛先生進士試卷議析》,載《湯壽潛研究》,團結出版社1995版。原載《湯壽潛先生國際學術討論會會議論文集》。

10月,發表《〈革象新書〉提要》,載《古籍整理研究學刊》,1995年第5期。由臺灣清華大學主辦,英國劍橋李約瑟研究所和東京大學協辦的《中國科學史通訊》,1996年10月第12期對該文作了摘要介紹。

10月23日至30日赴鄭州參加老浙大42届學友聚會。"耄年遠遊,稍覺躊躇,終於成行(先3天到,由時在鄭州大學的陳飛老師陪同)。遊覽登封嵩陽書院、中嶽廟、少林寺等古迹,爲儒學、道教、佛教三者融洽之所。元郭守敬曆法改革,重視實測。而告成鎮北周公廟内的測景臺和觀星臺,是他進行天文觀測留下的唯一實物例證,築於至元年間。心嚮往之已久。"後與老友歡聚,"舊雨新知大業開,八方踴躍鄭州來"。在鄭州、去開封、到黄河,飽覽中南河山,賦詩撰文,乘興而返杭州。

11 月,發表《沈園聯詩評析》,載《古今談》1995 年第 4 期。

11 月,發表《遊天台山華頂、石梁散記》,載《北美浙大校友會通訊》第 36 期,同期刊有詩 3 首及函。

11 月,被新加坡獅城詩詞學會聘請爲名譽會長。

12 月,確診直腸癌(Dukes A. T2N0M0),住浙一醫院手術。1995 年 12 月 18 日至 1996 年 4 月 22 日在醫院。

擔任浙江省政協詩書畫之友社《聯誼詩詞》第七輯主編,刊創作詩詞 2 首、楹聯 11 副。從事徵選、編輯等工作,並撰寫《編後記》。

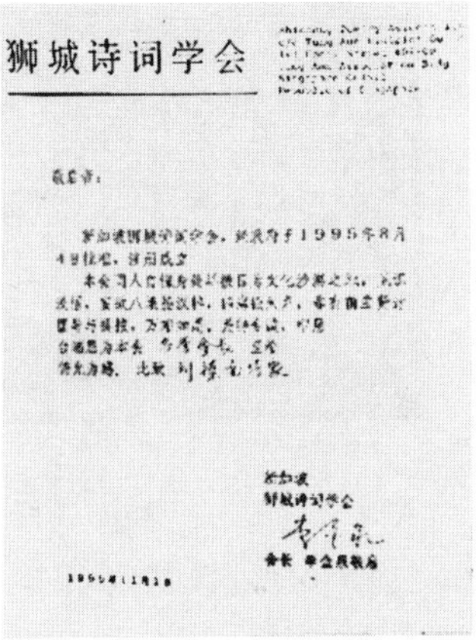

獅城詩詞學會聘書

1996 年　80 歲

2 月,發表《〈史記·律書·曆書〉考釋》,載《古籍整理研究學刊》,1996 年第 1 期。該文的主要内容被收録於臺灣清華大學主辦,英國劍橋李約瑟研究所和東京大學協辦的《中國科學史通訊》(1996 年 10 月第 12 期)。

2 月,發表《對"文白之争"的反思》,載《古今談》1996 年第 1 期。

2月，受特邀列席政協浙江省七届四次全會，時任省政協詩書畫之友社副社長、文史館名譽館員，歸屬文藝界。因病未能參會。

3月，發表《言之無文　行而不遠》，載《學習與思考》1996年第3期。

4月，發表《安子介也是文字語言學家》，載《聯誼報》1996年4月26日第571期。

4月，浙江大學電氣工程學院（原電機系）王國松教育基金會碑建成，碑立於玉泉校區第二教學大樓電氣工程學院電機大樓進門門廳，其碑銘由操南先生撰寫。

《王國松教育基金會碑銘》

5月，發表《歡聚在中原》，載《浙大校友》上，浙江大學出版社1996年版。

5月，發表《物候與氣象》，載《古今談》1996年第2期。

5日，《北美浙大校友會通訊》第37期載《淺談漢字六性》《浙大42届校友歡聚在中原》、詩8首及函，函告學友提及："因人際關係和包銷等無此承受能力，書稿多庋閣。"

7月，《古代遊記選注》臺灣版出版，劉操南、平慧善選注，臺灣建宏出版社1996年版。

8月，發表《上庠的盛事 錢塘的光彩——記唐耿良先生在杭大的講演》，載《古今談》1996年第3期。

9月，載入《無錫名人辭典(四編)》，南海出版公司1996年版。

9月1日手記："在浙一醫院住院病中擬草及出院後整理完成了《〈史記·曆書〉算釋考釋》《〈漢書·曆書〉算釋考辨》兩本著作的初稿(自2月至7月擬草，改稿自6月至8月寫成，這時大小便難以控制，逐次好轉。坐着褲中常有便污)，約30萬字，兩文合稱《〈史記·曆志〉算釋考辨》。其中《〈史記·曆書〉算釋考釋》是在大學畢業後就已開始研究，"文革"中寫成的初稿。病後出院感到去日苦多，來日苦短，因此負病强坐數月定稿的。此稿有一定質量，而且須綜合多門學科：文獻學、歷史學、訓詁學、中西天文學，纔能下手。今日研治此學者不多，古代亦如此。我總要到火葬場，眼見此學淹没，爲學術計，深爲惋惜！""《史記·曆書》一、二兩册、《漢書·律曆志》一、二、三册，計五册，1996年7月20日費時兩月在病後陸續整理完畢，部分電腦打印複製。尚有《漢書·律曆志》四、五、六三册尚未整理，期待時間，以作此工作，餘事耽誤矣。"操南先生大病出院，瘦弱不堪，不思休養，依靠信念在强撐。

臺版《古代遊記選注》

10月，發表《天台山華頂、石梁記遊》，載中國風景園林學會編《風景名勝》，1996年第10期。

11月，發表《治學絮談——我爲什麽撰寫"日蝕考辨驗證"》，載《古今談》1996年第4期。

11 月，發表《緬懷吾師費鞏烈士》，載《聯誼報》1996 年 11 月 1 日；發表《讀毛主席詩詞》，載《聯誼報》1996 年 11 月 16 日。

11 月，載入《當代詩詞家大辭典》，華中師範大學出版社 1996 年版。

11 月，發表《〈詩・周南・關雎〉闡義》，載《中國人民警官大學學報》（哲學社會科學版），1996 年第 4 期。

11 月，《北美浙大校友會通訊》第 38 期載《〈清官史話〉序》、詩 6 首及函，函告學友："病來突然，所幸手術順利。爰思去日苦多，來日苦短，不敢停下也。"

12 月，《浙江佛教》1996 年第 4 期，轉載《遊天台山華頂、石梁散記》。

12 月 8 日，手記："《各史曆志算釋考辨》的首兩種，草稿百餘萬言，將成'絶學'，惜條件不足，年邁難遂初衷，思之淚下，爲學術計，祈黨鑒之。"

爲建德市梅城鎮重建青柯亭（原亭建於宋嘉祐二年）撰《重建青柯亭記》。

1997 年　81 歲

2 月，受特邀列席政協浙江省七届五次全會，時任省政協詩書畫之友社副社長、文史館名譽館員，歸屬文藝界。

3 月，病發住浙一醫院幹部病房，仍不思歇息，還把書桌搬到了病床，左手吊針，右手倚着床桌書寫，刊於《杭州日報》1997 年 3 月 20 日的《杭州六和塔新增景點碑亭六合鐘聲徵聯啓》就是作於此時。當時爲了讓操南先生休息，家人將紙筆拿走，他就向護士借，或用床邊的衛生紙撰寫。

3 月 30 日，浙江大學、浙江大學北美校友會共同建造的費鞏烈士（爲國立浙江大學教授，因參與民主憲政運動，1945 年被

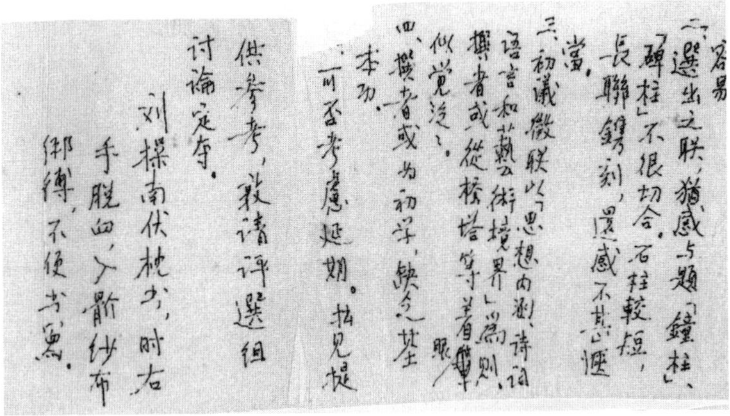

二、容易選出之联，猶感与题「鐘柱」、「碑柱」不很切合，石柱較短，一長聯鐫刻，還感不甚便當。

三、初議徵联以「思想内涵、詩詞语言和藝術境界」爲則，撰者或從楼塔等着眼，似覺泛泛。

四、撰者或为初学，缺乏基本功。

一、可否考慮延期。拙見提供参考，敬請評選组讨論定夺。

刘操南伏枕书，时右手脱臼，入骱纱布绑缚，不便书写。

4 月 28 日手書(借用衛生紙)致“六合鐘聲徵聯”工作人員函

特務秘密殺害。1978 年上海市政府正式追認費鞏爲革命烈士)紀念亭落成，位於玉泉校區第七教學樓前的碧苑景點内。操南先生受浙江大學、浙江大學北美校友會、浙大 1942 屆校友之托，爲費鞏烈士紀念亭撰寫了碑文和亭柱對聯。

費鞏亭

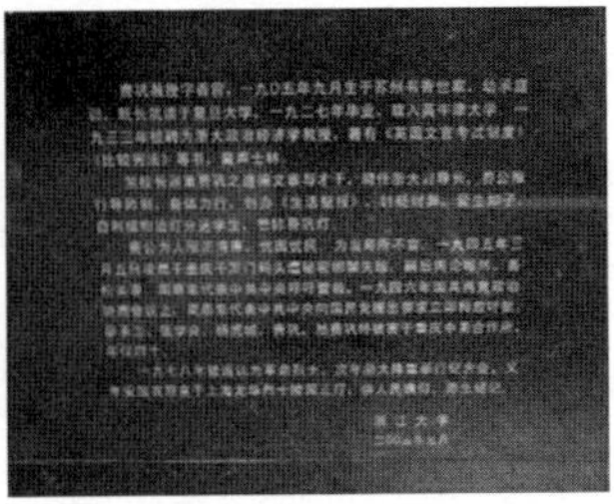

費鞏亭碑以及 2005 年重刻的碑文

4月，發表《司馬彪〈續漢書·五行志〉日蝕考辨驗證》，載《古典文獻與文化論叢》，中華書局1997年版。

4月1日，爲慶賀浙江大學建校100周年，撰寫《"求是鷹"紀念碑碑記》（七絶），該碑位於浙江大學玉泉校區第五教學樓東南角，是國立浙江大學北美校友會特爲母校百年校慶捐資所建，鷹爲銅質，由中國美術學院教授傅維安製作。

求是鷹碑記：

賀母校浙江大學建校一百周年

浩蕩風雲寄短吟，百年桃李一蹊深。
德存修己關仁術，學尚安人見道心。
嘗膽臥薪興社稷，精忠報國矢丹忱。
千秋求是鷹揚頌，獻作炎黄海外音。

國立浙江大學北美校友會

一九九七年四月

浙江大學玉泉校區的求是鷹碑

4月，載入《杭州大學教授志》，杭州大學出版社1997年版。

5月，發表《天文學説西學東漸考》，載《古今談》，1997年第1、2期。

5月，載入香港中國國際交流出版社中國經貿出版社（CET）《世界名人録——中國卷》，1997年5月第1版。

5月，《北美浙大校友會通訊》第39期載詩8首及函，函中告學友："恐年歲之不吾與，整理舊稿，成《〈史記·曆書〉算釋考辨》《〈漢書·律曆志〉算釋考辨》定稿三十萬言，打印數份，暫庋篋中。消耗精力不少，康復亦稍受影響也。"

6月18日至7月5日，在杭州龔自珍紀念館、龔自珍詩書畫院舉辦的《慶回歸　雪國恥　慰先賢》詩書畫展中的詩詞作品，被該館收藏，並頒發榮譽證書。

6月，中國科學技術史學會主辦的《中國科技史料》1997年第18卷第2期轉載《讀〈草戴震算學天文著述考畢系以二章〉——紀念錢琢如先生算學教學之一片斷》。

8月，發表《中國古代天文算學的特色》，載《古今談》1997年第3期。

8月，汪振國著《清官史話》出版，刊有操南先生撰的《〈清官史話〉序》，浙江教育出版社1997年版。

9月，受聘爲浙江省詩詞學會顧問。

10月，發表《〈關雎〉與〈漢廣〉釋義》，載《中國人民警官大學學報》(哲學社會科學版)，1997年第4期。

11月，發表《〈史記·曆書〉算釋考辨》，載《古今談》1997年第4期。

11月，浙江象山縣政協編《經史學家陳漢章》出版，黄山書社1997年版，操南先生爲該書顧問。刊有操南先生撰寫的《從中國學術傳統略述陳漢章先生經史考據之學》《發掘漢章先生經史之學》《〈周易古注兼義〉讀記》《緬懷陳伯弢先生》等文及詩、聯。

11月，《中國花卉詩詞全集》第一集(全四集)出版，河南人民出版社1997年版。其中《序》爲操南先生所撰寫。

11月，爲楊子華《水滸民俗文化》(華藝出版社1998年版)一書題詩："於樂寓教氣象雄，濟濟多士沐春風。夢梁已逝耐庵老，贏得昭時翰墨功。"

11月，《北美浙大校友會通訊》第40期載《緬懷吾師費鞏教授》及詩8首。

12月，浙江大學40—48屆聯合級刊，北京校友會編輯的

《求是》第 21 期轉發《費教授香曾烈士傳略》。

爲母校浙江大學建校 100 周年撰寫楹聯敬賀："求是經筵傳道德，淛江翰墨煥文章。"張令杭書，賀聯現收藏於浙江大學檔案館。

擔任浙江省政協詩書畫之友社《聯誼詩詞》第八輯主編，刊創作詩詞 6 首、楹聯 10 副。從事徵選工作。

贈母校浙江大學建校 100 周年賀聯

1998 年　82 歲

2 月，發表《〈漢書・律曆志〉算釋考辨》，載《古今談》1998 年第 1 期。

收到王淦昌先生爲《曆算求索》所寫題簽及序言。2 月 2 日手記："昨接王師題詞，雀躍不已，病勢也減輕幾分。今午喚孩子，撫余起床，伏案奮筆申謝，以酬師隆誼盛德。王師健康初復，行動不便，猶展紙題詞，以掖後學，令人感激涕零，没齒難忘。日服鯊魚軟骨膠囊，神志清醒，勝於往昔，諒是藥物作用；惟便泄失常，胃納不香，骨瘦如柴。尚是無力起坐，終日僵臥床鋪，浪擲大好時間，不知春暖花開之際，能恢復正常生活否耶？"時操南先生病入膏肓，猶懷憧憬，唯念學問。

2月11日,入住杭州浙江醫院。自此,終日少言不食,身已衰敗,心仍清朗。

3月29日,凌晨1時辭世於浙江醫院。子女從醫院取回了近百張字跡歪曲、不易辨認的未完手稿。

4月2日,《浙江日報》第3版和《杭州日報》第2版同時刊登訃告。

訃 告

中國古典文獻學、詩詞學著名學者,浙江省第五、第六届政協委員,原省政協文史委員會副主任,民盟浙江省委常委,省文史館名譽館員,杭州大學古籍研究所教授劉操南先生,因病醫治無效,於1998年3月29日凌晨1:00在杭州不幸逝世,享年82歲。

謹定於4月9日(星期四)下午2:00在杭州殯儀館舉行告别儀式。欲送花圈、挽聯者,請與杭州大學古籍所聯繫(郵編:310028,電話:0571－8273353,傳真:0571－8073802)。

特此訃告

杭州大學

1998年4月2日

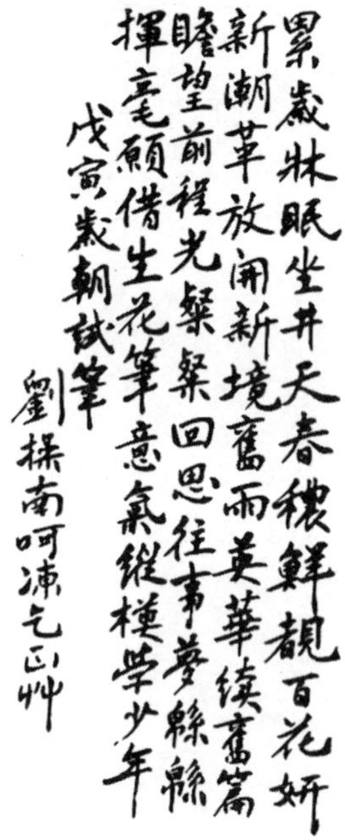
累歲牀眠坐井天春穠鮮靚百花妍
新潮革放開新境舊雨英華續舊篇
瞻望前程光粲粲回思往事夢緜緜
揮毫願借生花筆意氣縱橫學少年
戊寅歲朝試筆
劉操南呵凍乞正艸

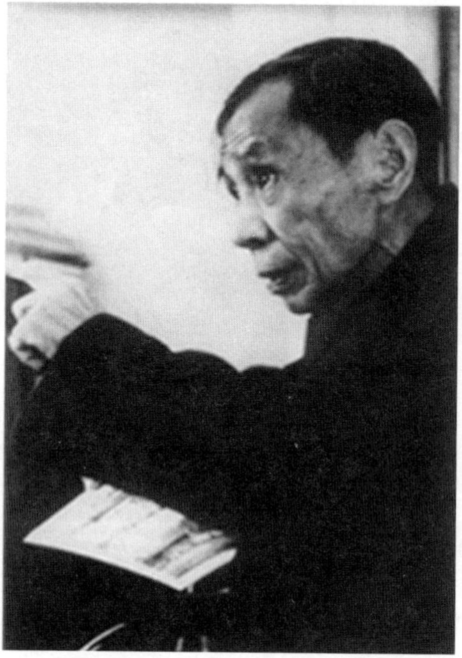

虎年首日,瘦骨嶙峋仍抖擻精神的操南先生硬撐下床,歡然蘸墨揮毫寫下此詩。次月先生長逝,“試筆”成“絶筆”。這是絶筆與生前最後一張照片。

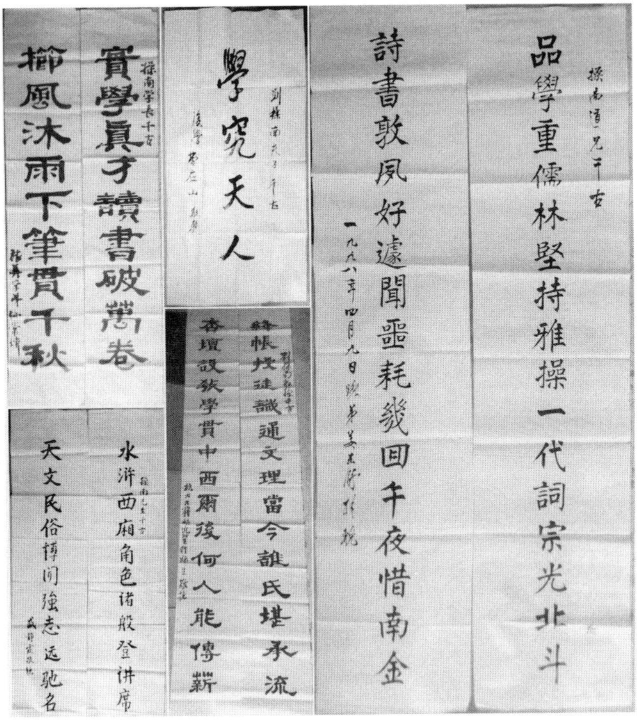

劉操南先生追悼會上的小部分挽聯

4 月 9 日下午在杭州殯儀館天下第一殿舉行告別會，浙江省、杭州市、學校各級領導、社會各界人士及親朋好友 300 多人到場，杭州大學副校長徐輝教授致悼詞，先生兒劉文涵教授致答謝詞：

爸爸！我們敬愛的父親，您在與病魔抗爭了 28 個月之後，最終還是離我們而去了！您是帶着對事業的不懈尋覓，帶着對生活的憧憬，帶着對我們的深深眷戀和無盡的期盼無奈而去的。

今天,在這裏,有這麼多的省、市、學校領導,這麼多的您生前的同事、好友、學生,這麼多的親友晚輩深切地送别您,我們爲您感到無比的欣慰,也給了我們莫大的安慰。在此我代表全家向在百忙中趕來送别您的各位長輩、各位領導和所有到會的親朋好友表示衷心的感謝!

告别會上劉文涵致答謝詞

爸爸您一生勤奮,專於學問。從我們記事起,我們看到的您,是整日看書寫作的背影,您連吃飯、行走亦常神遊在您那作學問的海洋中,心無旁騖,這也是您一生中唯一的嗜好。您學識廣博,文理滲透、中西交叉,治學態度踏實嚴謹,一絲不苟,使我們從小就受到了影響。但是,"文革"破滅了您對我們的期望和培養。雖然目前我們三姐弟都在各自的工作崗位上兢兢業業,事業略有所成。但是我們都未能繼承您的事業,對您的學問不能有所輔助。您爲之傷感在心,惟有自己更努力地抓住分分秒秒。您那已問世的300餘篇(册)和未問世的800多萬字文稿,是在没有助手和缺乏各方面理解與幫助的狀況下艱辛凝聚而成的。您爲之耗盡了您畢生的心血,也爲之耗盡了您一生有限的積蓄。1996年暮春您直腸癌手術後出院,"恐年歲之不與吾矣,老冉冉其將至,還有許多事要做"。您把醫生的囑咐和家人的勸説置於一邊,更加勤奮不輟,拖着大便不能自控和十分虚弱的病體,抓緊整理舊稿、撰寫新篇,常常伏案到更深人静,數月時間整理成40萬字的《曆算求索》書稿。有幸受杭州大學領導重視,獲得重點出版基金資助,又蒙業師中科院院士王淦昌先生賞識,爲之題簽和作序。同時,浙江文藝出版社又將出版和再版您的水滸通俗小説《水泊梁山》《武松演義》《楊志演義》,給了爸爸您在臨終之年最大的慰藉。

爸爸,您爲人坦率真誠,耿介如一,處事頂真負責,敢於堅持原則。對於祖國,您即使身陷囹圄仍懷着赤子的熱誠,竭忠效智,始終不渝;對於政協、民盟,您時時不忘參政議政職責而自尊自勵,積極參與;當文漪和我都加入民盟時,您欣慰地關照我們要和黨同心同德;對於學校,您自始自終視杭大和古籍所如己家,盡己所能,負重奉獻;您在病危期間,四校合併的步履正歡,老學子回歸母校的喜悦使您常常忘了病痛的折磨。

爸爸,您一生清貧節儉,"日寫三千斜草字,兩眼何曾向錢看",視"不義而富貴若浮雲"。到了晚年您的社會活動頻繁,常在市内四處奔波,總是安步以當車,布衣淡飯聊自慰。您對自己的節儉已到了苛求的地步,可是衹要救災、捐款您卻怎麽也不會拉下……您雖爲飽學鴻儒,卻無半點學者架子,禮賢下士且誨人不倦,謙虚隨和;您臨終前口不能言,最後的表示是艱難地把兩手作揖狀,向换注射瓶的護士、照顧的保姆微微擺動又擺動,以示感謝,之後爸爸您的眼再也没有睁開……

爸爸，雖然我們對您隱瞞病情，可睿智的您早已知道自己身患絶症，並連癌魔擴散至骨也知道得清清楚楚，但是您從不言恐，坦然直面，始終對生命充滿了信心，即使在身體徹底衰敗的最後時刻，您口中喃喃吐出的仍是：明天會好的，我還有許多事要做。望着爸爸您充滿企盼的眼神，我們心如刀絞、淚如雨下。很長一段時期來，我們小一輩始終不願放棄任何一分的希望，盡着最大的努力，我們爲父母的病體奔波得人憔悴、頭髮花白、工作事業受影響，我們始終企盼着母親當年的奇跡會在父親身上再現（注：母親1985年患急性白血病，後來完全緩解），可是天不憐惜，病魔還是奪走了您！終使我們姐弟肝膽欲裂，悲愴難抑！

爸爸，您放心走吧！您留下的文稿我們會盡力整理；我們也一定會照顧好疾病纏身的母親；我們會永遠銘記您一生的準則：老老實實做人，認認真真做事。您的座右銘“見賢思齊焉，見不賢而内自省也”，亦將時時鞭策我們。小一輩一定争取無憾地走完人生路。

敬愛的父親，您辛勤勞作了一生，好好地休息吧！

家屬代表：劉文涵

1998年4月9日

4月，《古今談》1998年第2期，刊載操南先生遺作《〈史記·天官書〉提要》。

4月，《浙江畫報》“浙江現代文化名人”專題采訪刊登《寂寞研絶學　豪情綴華章》，景迪雲撰文，劉丹旗攝影。

寂寞研绝学　豪情缀华章

《浙江畫報》1998 年 4 月刊《寂寞研絶學　豪情綴華章》

5 月,《中國人民警官大學學報》(哲學社會科學版) 1998 年第 1—2 期,刊載操南先生遺作《〈詩·周南·關雎〉中"河"字解》。

由亞泰諮詢有限公司企劃製作,電子音像版《宋詞三百首》(CD－ROM)出版發行,浙江電子音像出版社 1998 年版。內含操南先生用古吴語吟誦的宋詞,聲文圖並茂。

8 月,操南先生載入由蘇步青題字的《浙江古今人物大詞典》,江西人民出版社 1998 年版。

是年,劉操南先生的骨灰安放在杭州南山陵園 10 區 22 排 53 座。

不同版本的《宋詞三百首》

劉操南、尤冰清夫婦墓志（2007年重修）：

劉操南（1917年12月13日—1998年3月29日），字肇薰，號冰弦，江蘇無錫人。浙江大學古籍研究所教授。1942年畢業於國立浙江大學中文系，留校任教終身。志潔行堅，持躬清儉。謙和平易，樂育英才。爲中國當代著名古典文獻學家與詩詞家。治學重文理滲透，中西交融。考據、義理、辭章兼顧，科研與創作成果卓著。生平著述約一千三百萬言，所撰諸作，多發前人之所未發，騰譽當時。晚逢盛世，益邀清選，歷任浙江省政協委員、省文史研究館名譽館員等職。影響遠播海外，聲聞重於一代。

實學真才讀書破萬卷　櫛風沐雨下筆貫千秋

尤冰清（1917年3月10日—2007年10月13日），江蘇無錫人。1938年畢業於江蘇省立蠶絲專科學校。秀外慧中，冰壺秋月，清風勁節。

譜後：

1999 年

4 月，操南先生創作的評話小説《水泊梁山》(41 萬字)、《武松演義》(22.7 萬字，與茅賽雲合著)、《楊志演義》(15.5 萬字，與胡天如、徐鍾穆合著)三書，由浙江文藝出版社出版。與《林冲演義》《盧俊義演義》組成"水滸通俗演義"系列叢書。

浙江文藝出版社的"水滸通俗演義"系列叢書

11 月 12 日，《浙江日報》"一瓣心香"欄目，刊登沈祖安《懷念劉操南先生》文。

《唐詩三百首》光碟

12月，中華書局編《文史》第4輯，刊載操南先生遺作《曆算疏證曆意校勘一例》。從投稿到發表歷經九年。

由亞泰諮詢有限公司企劃製作，電子音像版《唐詩三百首》（CD－ROM）出版發行，華東師範大學出版社1999年版。内含操南先生用古吴語吟誦的詩詞，聲文圖並茂。

2000年

8月，操南先生終筆著作《曆算求索》（生前基本定稿，32.9萬字），受杭州大學學術著作出版基金資助，浙江大學出版社出版，2000年8月第1版。王淦昌院士題簽並作序（絶筆）如下：

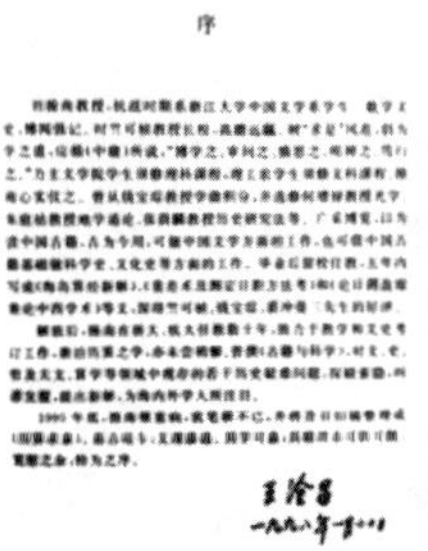

劉操南教授，抗戰時期係浙江大學中國文學系學生。耽學文史，博聞强記。時竺可楨教授長校，高瞻遠矚。樹"求是"風範，倡爲學之道，應循《中庸》所説："博學之、審問之、慎思之、明辨之、篤行之。"力主文學院學生須修理科課程；理工農學生須修文科課程。操南心實儀之。曾從錢寶琮教授學微積分，並選修何增禄教授光學、朱庭祜教授地學通論、張蔭麟教授歷史研究法等。廣采博覽，以爲讀中國古籍，古爲今用，可做中國文學方面的工作，也可借中國古籍基礎做科學史、文化史等方面的工作。畢業後留校任教，五年内寫成《海島算經新解》《重差術及測定

日距方法考》和《論日躔盈縮兼論中西學術》等文，深得竺可楨、錢寶琮、裘沖曼三先生的好評。

解放後，操南在浙大、杭大任教數十年，致力於教學和文史考訂工作，兼治曆算之學，亦未嘗稍懈。曾撰《古籍與科學》，對文、史、哲及天文、算學等領域中現存的若干歷史疑難問題，探賾索隱，糾謬發覆，提出新解，爲海内外學人所注目。

1995年底，操南罹重病，猶筆耕不已，並將昔日舊稿整理成《曆算求索》。茹古咀今，文理滲透。其學可嘉，其精神亦可欽可佩。寬慰之餘，特爲之序。

王淦昌
一九九八年一月二十日

12月，《古今談》2000年第4期，刊載操南先生遺作《遊天台山散記》。

2001年

2月，操南先生曾擔任主要撰稿人的《浙江省文學志》出版，中華書局2001年版。該書始編於1993年7月，終於2000年12月，歷時七年多。收録其文多篇。“本志編纂始末”言：“原杭州大學劉操南教授身罹凶疾，在病床上猶不忘替文學志補撰條目事。”

2月，《水滸争鳴》第六輯(《2000年水滸學會年會暨學術研討會論文集》)，“詠《水滸》詩詞選刊”刊載操南先生遺詩《參加首届水滸學術討論會遂遊武漢三鎮勝跡》。

2月，操南先生被載入《浙江省文學志》，中華書局2001

年版。

3 月,《古今談》2001 年第 1 期刊載操南先生遺作《馬老講學》(馬老即馬一浮)。

4 月,華夏書畫學會叢書《書畫論集》(群星燦爛),刊載操南先生遺作《評王伯敏詩》。

《自然科學史研究》第 20 卷第 3 期刊載韓祥臨教授評論《劉操南著〈曆算求索〉》文,對《曆算求索》一書進行了高度的評價:"並對天文學説西學東漸進行了考證和評析,所有這些,對於歷史學研究都是十分有益的。""古籍的翻譯,尤其是像《律曆志》這樣的綜合性古籍,既要表達原意,又要行文流暢,既做到信、達、雅,談何容易,但劉操南教授做到了。"

2002 年

11 月,紀念操南先生去世五周年,受浙江文史研究館資助,操南先生詩詞集《揖曹軒詩詞》由西泠印社出版。共收録詩詞及聯 1100 餘首(副),多爲未及面世之作。蘇步青教授曾曰:"承示佳作,聲韻構思皆臻完善。《春雨》尤佳,'江南又緑苗千頃,澤國更紅花萬枝',二句可傳矣。"

《揖曹軒詩詞》西泠印社 2002 年版

2003 年

5 月,操南先生所编《紅樓夢彈詞開篇集》(12 萬字),在陳飛老師的幫助下由北京學苑出版社出版,紅學家馮其庸題簽。此書 1986 年已排版,因經費問題未能付印,17 年後得以實現出版。日本波多野太郎教授稱贊題曰:“大作三篇,尤其夜雨,恰似朗誦紅樓夢子弟書,纏綿悱惻,如泣如訴,實爲江南水磨調也。”

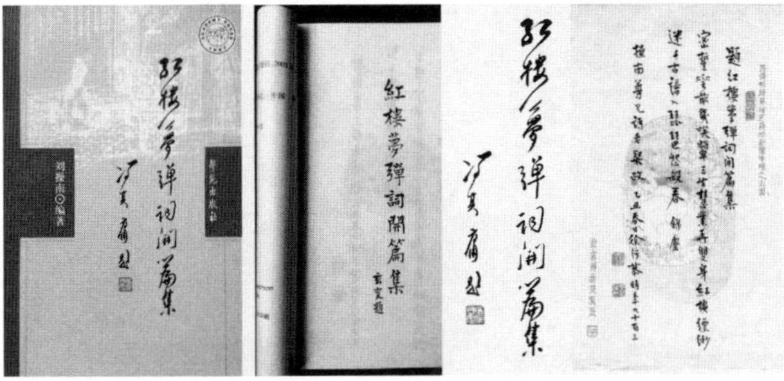

《紅樓夢彈詞開篇集》學苑出版社 2003 年版

8 月,操南先生遺作《中國曆法史資料長編前言》,載《雪泥鴻爪:浙江大學古籍研究所建所二十周年紀念文集》,中華書局 2003 年版。

操南先生著作《詩經探索》(28 萬字)獲浙江省省級社會科學學術著作出版資金資助,浙江大學出版社 2003 年 8 月出版。國學大師姜亮夫題簽。

《詩經探索》
浙江大學出版社 2003 年版

2004 年

《無錫文史資料》(第 52 輯)刊載《訪出色“通才”劉操南教授》,景迪雲撰文。

浙江《海寧潮》刊載陸子康《書信裏的師恩》長文,紀念操南先生。

2006 年

操南先生遺著《曆算求索》榮獲浙江省社科聯首届社科研究優秀成果獎理論研究一等獎，兒劉文涵教授出席大會並代領獎。

3 月，《浙江大學報》2006 年 3 月 10 日第 194 期刊登徐鍾穆《追憶劉操南先生》文。

《古今談》2006 年第 2 期刊登薛家柱《那堂〈離騷〉課》文，追憶操南先生。

2007 年

9 月 15 至 17 日，浙江象山縣舉辦第十届中國“開漁節”，其間隆重舉行陳漢章先生紀念館開館儀式和舉辦陳漢章先生學術研討會，鑒於操南先生對宣揚、整理校勘陳漢章先生遺著所作的贡献，其兒劉文涵教授受縣委縣政府的特邀參加了在象山縣東陳鄉東陳村陳漢章先生故居的落成典禮和陳漢章先生紀念館開館儀式，以及在象山賓館舉辦的陳漢章先生學術研討會，並作了大會發言。

劉文涵在父親所撰聯“綴學深心爲國重，斯文懷抱以書傳”前留影

2008 年

《浙江大學報》2008 年 10 月 24 日、《古今談》2008 年第 4 期先後刊載美術史論家中國美術學院王伯敏教授《寂寂寥寥　以公天下——贊劉操南》文。

劉文涵參加陳漢章先生學術研討會,與陳漢章先生曾孫象山縣文聯主席陳明吉合影

2009 年

《古代天文曆法釋證》
浙江大學出版社 2009 年版

5 月,操南先生遺著《古代天文曆法釋證》(62.7 萬字)由浙江大學出版社出版。此著係浙江大學"百年求是學術精品叢書"之一。張道勤編審在《出版説明》稱本書:"是著名學者劉操南先生一生有關天文曆法研究重要學術成果的結集。劉先生是竺可楨先生在浙大長校期間培養出的知識淵博(姜亮夫語)、文理兼長的學者。讀書期間,文史而外,兼修高等數學、光學、地學、建築等多門課程,成績優異,深受竺可楨、王淦昌、錢寶琮諸先生好評。天算之學,學者視爲畏途,操南先生獨好之,自青春至於耄耋,於《史記》《漢書》下至元、明諸史天文律曆文獻,及祖冲之至黄宗羲諸曆家的學説精研不殆,寫出解説翻譯、算釋、驗證及考辨文章百餘萬字,成就爲海内外學人注目。

1995 年 12 月劉先生身患重病,自感來日無多,遂於年底手術後集中精力整理《史記》《漢書》曆算諸篇,耗時一年,集成《曆算求索》一書,自謂'畢生精力,殫絶於此',而尚'有大量文稿未及整理',遺憾至深。"

2010 年

陳飛教授在中國人民大學主辦的《國學學刊》2010 年第 2 期發表《誰説天官非國學　終教野史托悲歌——劉操南先生"絶學"述略》文。

2014 年

6 月,浙江古籍出版社出版《陳漢章全集》(第一册),其中《〈詩〉學發微》《〈公羊〉舊疏考證》《〈古微書〉補遺》校注爲操南先生所撰。中國國際交流出版社《世界名人録——中國卷》(1997 年 5 月第 1 版)對此有所介紹。

2015 年

中國科學技術史領域的一項基礎工程,《中國科學技術典籍通彙》自 1994 年由大象出版社(前身是河南教育出版社)陸續按卷分期出版,全書分 11 卷 50 册。《天文卷》共 82 種分 8 册。其中第一分册載有操南先生撰寫的《〈步天歌〉提要》(唐・王希明)、《〈革象新書〉提要》(元・趙友欽)、《〈大宋寶祐四年丙辰歲會天萬年具注曆〉提要》(南宋・荆執禮等),第二分册有《〈六經天文編〉提要》(南宋・王應麟)、《〈授時曆故〉提要》(清・黄宗羲),第三分册有《〈史記律書、曆書、天官書〉提要》(漢・司馬遷),合計 6 種(篇)。

《中國科學技術典籍通彙・天文卷》收録操南先生文稿 6 種

11 月，受浙江大學文科高水平學術著作出版基金、中央高校基本科研業務費專項資金資助，《劉操南全集》出版計劃正式啓動，全集定 22 册，由王雲路、陳飛兩教授任主編。

《年譜》再版編後記

父親劉操南先生1942年畢業於國立浙江大學中國文學系，爲浙大西遷貴州遵義後新設立中國文學系首届唯一的畢業生，受校長竺可楨教授的青睞留校任教終身。

父親劉操南先生，1917年12月13日生於江蘇無錫南門外大窑鄉劉源昌號。祖上爲劉源昌磚瓦製造業(燒窑)的民族手工業主。1937年畢業於無錫輔仁中學，8月以第一志願考入國立浙江大學史地系，9月下旬隨全體新生遷至臨安於潛西天目禪源寺浙大一分部讀書。冬天，與同鄉7學友回無錫，旋去上海住姑母家。1938年2月，考入之江大學文理學院土木系讀書(位於上海博物院路廣學會大樓，亦稱慈淑大樓)。由於抗戰爆發，觸目驚心，他懷着要儲國力、雪國耻，奮發圖强、爲國求學的意念，繞道追隨已西遷的國立浙江大學，道路阻斷，轉經香港、廣州灣等地，幾經跋涉，抵達廣西宜山復學，讀史地系。

1938年8月，國立浙江大學奉教育部令新添設中國文學系，即轉入中國文學系就讀，次年隨學校遷至貴州遵義。求學期間家中經濟資助斷絶，仗奬學金，課餘抄寫講義，在遵義縣中學授課、補課維持生計，得以完成學業。

父親曾説：在隨國立浙江大學西遷讀書和貴州任教的七年期間，生活十分清苦，穿着藍色的福生莊出售的織得很粗的土布衣褲或破舊的長衫，吃的是何家巷飯廳裏八人一桌的飯，已談不上供給菜了，往往在桌子中央放上一隻鉢頭，全是湯水，湯底沉着一些黄豆芽，便是菜了。自己用紙包一些鹽，是用一点点油炒的，稱爲油鹽，小心打開蘸着舔舔，有些味道就算過飯菜了。至於吃肉那是一種奢望，經過肉攤時一般是看了又看，算飽眼福了；常常是幾個月實在熬不過了，纔掏錢買一小塊細細嚼嚼，那是飽飽口福的牙祭了。至於讀書,全都是很用功的,在柏油燈下,刻苦熟讀深思,書是整部整部從頭到尾讀了圈點。父親談及當年竺可楨校長主張的中西兼通、文理滲透的治學理念和求是校訓,感覺受益非淺,畢生受用。

這次重新整理《年譜》,到"文化大革命"期間的内容時,看到作爲知識分子的父親当年抱着"有識之士,觸目驚心,感覺要儲國力,雪國恥,奮發圖强"的求學報國願望,而歷盡艱辛追尋西遷的國立浙江大學的壯志在盛年時期被迫中斷,我的手顫抖了。

新中國成立後,幾經政治運動的教育,使父親愈加小心翼翼的。而 1966 年開始的無産階級"文化大革命",父親還是没有躲过"臭老九"的帽子,先後遭受戴高帽遊街、被抄家、进牛棚、下田勞動,並離開杭州去外地的五七幹校勞動改造的待遇。時間一久,本就體弱的父親因勞累過度且營養不良患上肝炎遣返回杭州。又被安排在學校的學生食堂做雜工及清點飯菜票。而教書育人和研究創作的本職工作停頓了近十載! 在十年的浩劫中,杭州和無錫老家也被抄去了大量的物品、書籍和文稿,連祖産房子也無緣無故被没收。過後已很難統計到底遺失了多少。我的母親尤冰清在"文化大革命"初期因家庭成份不好被抄家等突發情況衝擊後導致精神錯亂住入精神病院而拖累終身;姐姐文漪未及成年即作爲知識青年上山下鄉;越幾年我也到農村插隊務農。這些莫可名狀的遭遇都使父親黯然神傷。虽然父親在世時與我很少提及這段往事,但我時常感覺到他的無奈、無助和悲哀,當然也有不甘的動力。記得他常常在夜深人静時,埋頭於故書堆中,不停歇地磨不同顏色的墨寫字,算盤珠子聲時斷時續地響響停停,父親自己裝訂的 13 本《中國古代曆志算釋疏證》的手稿(1340 餘頁,橙蓝黑 3 色,50 多萬字),就是那個時期偷閒撰就的。裹面有長達十多位數字的數學乘除運算,那時是連簡單的計算器都没有的,可以想見耗費時間和精力之多。前些時爲了整理出版,我還核驗算過一部分數據,發現小數點後兩位基本不錯。父親還利用批林批孔機會對《紅樓夢》《水滸》《天論》等進行研究,並搞評話再創作。

"文化大革命"後期,環境有所寬鬆,父親悉心備課爲工農兵學員上課傳授文化知識;並連續應邀到部隊、工廠、學校作天文曆法和中國古代文學的講座,受到好評;同時以清掃家屬宿舍道路、練墨筆書法等來排遣心中對教學科研和學術研究的企盼。

"文革"結束了,春回大地。姐姐文漪通過自身努力,到了機關工作;我亦成爲重點大學的首屆本科生、研究生。現在算是繼承了父親的衣缽,已是大學教授,不同的是父親習文我攻理。父親額手稱慶,高興得如孩童一般。同时他也迎來了學術研究的春天,他更加努力地工作,無暇顧及家庭與生活,幾乎每日伏案到深夜。他一生辛勤勞作,留下了大量發表和未發表的文稿。父親在世時曾説自己也不清楚寫了多少,在"文革"中又散失了多少。由於父親所存的文稿數量太多,放的地方也較雜,加上父親晚年常被社會上的一些俗事纏身,耗盡時間和精力;工作上無助手、無經費,而其他條件也有限;母親多年生病,亦費神費心。父親對所撰的文稿無暇進行系統歸類和整理,衹是在不停地思考,不止地寫。以至在患重疾以後,他也戲謔:何必大驚呈色變,縱然小怪撼風流。來之豈若安之好,勿用巧語我不憂。他不聽任何人的勸阻,仍是抱着"病來突然,所幸手術順利。爰思去日苦多,來日苦短,不敢停下也"之念,筆耕不輟①。惜於經濟所困,父親生前衹能自費出版有限的幾部書,更多的是未刊稿。甚感遺憾。

---

① 在整理時發現了 1996 年 9 月 1 日和 12 月 8 日兩頁手記,可爲父親之心跡和努力,見前,此略。

父親在認真完成教學科研任務之餘，鑽研自古來視爲冷門的天算曆學，直至終年也從未止息；他又常出入書場，聽説書藝人彈唱，瞭解他們的疾苦，並從爲搶救民間文化藝術傳統入手，不僅將説書藝人的口頭創作進行整理，編撰成書，還自己創作通俗小説並演講，社會上反響很好。這些對社會有益、於他人無害的學術事，單純率真的父親怎麼也不會想到會遭到譏諷，被指"不務正業"。他研究撰寫的各朝曆書律志算釋論文，文科説不屬於社會科學，而理科又説不屬於自然科學，推來推去，在各學科都很難得到發表和評獎的機會，"燈昏淚下何曾拭，羞對故人説刊書"。生性淳樸厚道的父親，單純又天真，根本不善於人際關係的經營，所以在學術上飽受不公正的待遇。更有甚者，在中共浙江省委組織部有明文規定，父親當時是省政協委員，是符合到年齡不辦理退休手續規定的，卻被杭州大學人事部門莫名其妙地辦理了退休。導致隨後參加會議、帶研究生、獲國務院特殊津貼都與之無緣……"不逐時芳原碌碌，甘持清節興融融"，父親的書齋名爲揖曹軒，蓋心欽曹雪芹，以此爲勵之故。父親生前吟誦《離騷》黯然欲涕、動人肺腑，顯然與他所歷的處事之艱難與哀苦不無關係，然而他亦如屈原，不墜其志雖九死猶未悔，且老而彌堅。

父親生性睿智，雖是學者，卻從不倨傲，衹要是他不沉浸在那學問的海洋中時，總是平易隨和待人，普通的衣着，甚至顯得不修邊幅，卻談笑有鴻儒，往來也不乏布衣，常常在不經意間與普通勞動者交上朋友，是典型的平民學者。小時候父親帶我們去杭大宿舍附近的農田挖薺菜、馬蘭頭，往往是父親在與地頭的農人聊得歡，我們也在旁邊玩得歡，把挖菜事忘得乾乾浄浄；他在諸暨四清社教時與房東相處得很好，以後房東大伯每年都會到我家來住上幾天，一直到"文革"結束時大伯去世；"文革"期間，他到蘭溪農村接受再教育，當時的駐隊幹部在 20 多年後父親去世，還趕赴杭州參加告別會。在父親的告別會上，我們還見到了也是專程從淳安趕來的縣文化館的劉志華先生，他說：我與劉老從未謀面，信函相通也是在去年的 11 月開始的，主要是爲發展淳安的旅遊，縣擬搜集有關千島湖的格律詩詞，準備結集出書。在向劉老的徵集過程中，我有要求、有建議、有請教，劉老他不厭其煩，數次函告，字裏行間流露出的衹是一種誨人不倦、虛懷若谷的長者風度，卻没有提及病情。我在感激之下，也没有想到他的生命已處於倒計時，在 3 月中旬我還去函，請他用墨筆寫首詩，没有等來墨寶，卻見到了杭州大學的訃告。今天我一定得來，見劉老第一面也是最後一面。

父親劉操南先生一生黽勉從事、任勞任怨，寧願被人負，他終不負别人。他經常教育我們“勤勤懇懇做事，老老實實做人”，他以“見賢思齊焉，見不賢而内自省也”爲座右銘。他是這樣説的，也是這樣做的。我在整理材料時見到父親爲原杭州商學院某老師晉升職稱的論文所寫的鑒定稿，父親爲此撰寫了引證資料、論證觀點的手跡草稿足有 25 張大紙，全是密密麻麻的墨蹟小楷，約估有　萬餘字，到了正式鑒定稿僅剩下寥寥数百字的兩頁紙，言簡意賅，妙辭疊現。父親善於動腦思考，動手能力很强，能做家中很多技巧性的活，卻舉凡家裏瑣碎雜事一概不聞不管的。他對於社會各界的需求，力任勞怨，往往是有求必應，不厭其煩地爲他人、爲社會作了大量的無償勞作，也别提什麼報酬，連複印、交通費都是自掏腰包。在這次重新整理《年譜》中，我看到了一些原始資料，尤其是一些爲故地名勝或單位等所創作的楹聯紀文等，專程去實地查看而無果或未署其名，猶不知散落在外的捉刀之作有幾何。父親默默地、不留痕跡地在爲社會無私奉獻。

不久前,我偶見國立浙江大學在貴州復員回杭的微信短文,父親劉操南的名字隱現於復員教師的名單中,旋即我與兒昭明去浙江檔案館查考,在1946年5月7日收藏的檔案中,查到了在國立浙江大學用箋紙上手寫名單的電子影印文檔。第一批復員回杭的教師分三輛卡車送行,第一車爲老教師,後兩車爲相對年輕的教師,父親劉操南列在第一車的名單中。《竺可楨日記》1946年5月7日亦有記載,日記提到了復員回杭的少數幾位教師中有父親劉操南的名字,竺校長於臨行前特親自拍了數張照片,家中至今還保留着第一車臨行前的車上合影。民國時期的檔案資料内,還有多處出現父親名字,因浙江檔案館資料不能隨意下載而未能詳細收集。我在編撰《年譜》的過程中,每次查找都有新的發現,可以想見應還有許多未知或未查到的事宜。尤其是"文革"以前和民國時期的内容,由於時代久遠和歷史的原因,更是無從查考。典型的有劉操南編著的《數學難題新解》,於1944年由上海經緯書局印行出版,至今尚未獲得,①當年由於戰亂和身在異地,作者劉操南生前從未見過自己編著的書。豈不令人扼腕歎息!

據不完全統計,父親一生寫作約1300多萬字,835篇部,已出版發表380篇部574萬字,尚有更多的未刊文稿和未完成稿。

此《年譜》在原刊於《古代天文曆法釋證》(列入百年求是學術精品叢書,浙江大學出版社2009年版)中的《年譜》基礎上,經過一年多斷斷續續的不斷搜集再整理所成。在編寫中引用他人記載叙述,如《竺可楨日記》《費鞏日記》所提到的事亦僅以忠實

① 2018年8月,有網名"蟲夫子"者,由陳飛老師學生王娟網文中獲悉爲編輯《劉操南全集》在找尋《數學難題新解》,慨然將其所藏的一册捐賜,堅辭謝儀並隱真名。此固君子之高行嘉惠,全然出於道義與學術也!

原稿引用爲準。因本人學識所限，在整理和撰寫中存有遺漏和錯誤在所難免，萬望各位給予補充指正，爲感爲盼。

感謝陳飛兄！爲父親洗清在校理陳漢章《周易古注兼義》篇上所蒙受的不白之冤，陳兄把父親這一篇的手稿、陳漢章的手稿、《陳漢章全集》（浙江古籍出版社 2014 年版）三種文章（稿），逐字逐句（包括標點符號）反復校對，反復研究，再根據文獻鑒别的基本方法，梳理了《陳漢章全集》中的《周易古注兼義》篇確實爲劉操南先生所整理的五大主要證據，彰顯説明。使所謂"剽竊"之論不攻自破。非陳飛兄，谁能歟？

感謝陳飛兄！在父親去世後，仍時時爲父親的著述操心盡力。《劉操南全集》二十二册得以結集，是他承擔了絶大部分的編定工作，文稿數量很多、内容錯綜複雜、分類工序繁碎，工作量之巨大而陳兄編判的要求又高，説苦不堪言絶不過分。自 2015 年《劉操南全集》出版計劃啓動以來的幾年中，陳飛兄除應付繁忙的本職工作之外，其他的零打碎敲時間，特别是節假日、雙休日都投身於此事；爲了趕進度，他的寒假暑假，每天都早起晚睡，推開所有活動和雜務，全力以赴，春節也衹有休息兩天。現在任務還在進行中，諒陳兄以後都不得休息了。父親泉下有知，該足得欣慰了！

劉文涵

2018 年 1 月 10 日

又及：

見到父親對“文革”中所謂歷史問題的申訴報告，此爲歷史事實，特録在下。

中文系黨總支：

我的審查結論，當時受林彪、四人幫的迫害，有許多誣衊、不實和無限上綱的話，通過復查，應予推倒。結論當時給我看時，是在步行去莫干山的途中，臨時通知，彎着腰祇看了幾分鐘，我的情緒緊張、恐怖，有許多已記不清楚了。這裏，且説兩點：

一、解放前，從貴州老浙大復員回杭州後，由任雨吉、金福臨、朱兆祥等介紹，我曾參加科協工作者協會，曾去莫干山參加觀察日蝕的活動。拍有照片，參加這協會的，當時還有楊士林、谷朝豪、李文鑄等的。這協會是老浙大地下党領導的。

杭州快解放前，國民黨反動派的敗兵，紛紛想流竄到大中學校裏，進行搗亂。老浙大講師助教會、學生自治會等發起護校，在工學院大飯廳後築一垛牆，用來防止、攔阻。築牆時由金福臨、任雨吉來邀我，我欣然參加了這築牆運動，出了一些力。這件事，實際上是浙大地下党領導的。參加築牆，無疑是進步的。這件事，現在浙大的校黨委常委李文鑄同志可以證明，他當時是地下黨員，但那時我是不知道的。解放後不久，地下黨員公開身份後纔知道的。任雨吉同志等當時也是地下黨員。杭州解放那天，任雨吉還與我一同去浙大慶春街校門去歡接解放軍的。當時，搞這些工作，實際是提“團結、護校、安全”，但局限於當時條件，不是這樣提的，而用“應變”這個名辭。所以，這件事應作具體分析，結論上説是“反動”，這是誤解，而且是錯誤的。這事請向李文鑄、楊士林、任雨吉、金福臨、谷朝豪、蘇步青（蘇在築牆時在大飯廳前講了話）、李秉宏（當時是學生、地下黨員）等同志瞭解，他們可以證明。

解放前，我曾參加文學院革新運動。這事可向任雨吉、李文鑄、周治平等同志瞭解證明。關於革新運動，有些稿件保存在我處。即周治平同學寫的第一張壁報《我愛我師，我尤愛真理！》、“中文、外文、教育、史地各系同學反對張其昀的簽名書”（白報紙一長幅）、《文學院革新運動委員會上竺校長書》底稿等一包。在我受審查時，工宣隊師傅來取去。此材料，未知現在何處，請檢查。如在請發還，或妥爲珍藏。

二、說我解放以後，還繼續站在反動立場，寫了《武松演義》等，爲大叛徒劉少奇樹碑立傳。這話顯然是一種誣衊。寫景陽岡上打虎的武松，有什麼錯誤？除《武松演義》外，我預備改寫《水滸》。把《水滸》顛倒了的東西，再顛倒過來，成《水泊梁山》百餘萬言，已成初稿六十餘萬字。這部稿子，尚未寫定。中文系同事都尚未見過。在我的稿子中，宋江這一英雄形象，是重新塑造過的：義旗高舉，通過三打祝家莊、打大名府、破曾頭市，草地稱君到結束。這部稿子是歌頌梁山英雄的轟轟烈烈的農民起義戰爭的。如能完成，應該說在小說創作上有一定的意義的。在英明領袖華主席爲首的黨中央領導下，貫徹“雙百方針”應該得到鞭策、鼓勵與支持的。我的話，是否有當？請討論、研究。此上，並致

敬禮！

劉操南　上

1979 年 12 月 6 日

中共杭州大學委員會〔校復字(1983)014 號〕發文：撤銷

校黨委〔(1979)014 號〕。推翻了强加在劉操南先生身上的不實論調。

編者説明:此《劉操南先生年譜簡編》係據劉文涵 2018 年 1 月發來之電子稿,作者原擬編入全集之前繼續補充完善,豈料次月猝然離世,遂成永憾!現由陳飛稍加編訂,充分尊重原稿,僅對文字及相關信息明顯誤差者加以訂正核準,稍有重複,亦予保留,略志紀念。

在交稿前,劉文漪、劉昭明對《年譜》的内容又逐條作了核實及補充,同時增加了幾條劉文涵的基本内容,權且慰藉。

家蠶不産卵蛾之發生及其補救法之研究

殷秋松　尤冰清

蠶種製造之際，往往發生“空圈”。空圈大别之，爲不産卵及少産卵兩類，其發生之顯著者，竟達 10%—20% 有之。此增大蠶種之拆净率，影響産種量匪鮮，是則有損於蠶種之生産費者也。

不産卵蛾之發生，其主要原因，概基於蠶兒生殖腺或蠶蛾之生殖器官或生殖機能之障害、損傷及其他異狀有以致之；然此種影響爲蠶兒或蛾局部的疾患，而不足以禍患其生死者。夫家蠶産卵之能否，於成蟲期始能見之，其幼蟲或蛹，皆無任何異樣可睹，故欲考察其生理的或病理的解剖，實至難之事，本研究僅根據上述推考，而觀察其發生之原因而已。

一、蠶品種的關係

家蠶不産卵蛾，假定有遺傳的關係者，則有不産卵因子者，一般的蠶兒之生殖腺或蠶蛾之生殖器之全部或局部的發育不全，退化、畸形，缺陷及位置異狀等，由於卵之保護，飼育環境之適否，而助長其發生，惟此於從來之發現，未敢遽爾證明，玆將其與各品種之關係詳述於次。

(一)原種之不産卵蛾調查(民國三十年春製種)

第一例　大有原種部於民國三十年春製種

品種名	調查總蛾數	不産卵蛾數	同上百分率/%	備注
諸桂(本)	252	17	6.75	
諸桂(校)	658	34	5.17	
洽桂	1400	122	8.71	
G五	700	112	16.00	
華五(一)	402	12	2.86	
華五(二)	602	28	4.65	
華五(校)	966	35	3.62	
華八	238	40	16.81	

第二例　大有原種部民國三十年春製種

品種名	對匡製種(28蛾)100張之不産卵蛾數	同上百分率/%	備注
諸桂(本)	414	14.79	
諸桂(校)	409	15.72	
洽桂	151	5.39	
G五	565	20.18	
華五(一)	163	5.82	
華五(二)	418	14.93	
華五(校)	208	7.43	
華八	212	7.57	

(二)交雜種之不産卵蛾調查

第三例　大有原種部民國三十年春製種

品種名	調查總蛾數	不産卵蛾數	同上百分率/%	備注
華五(一)×(二)	644	35	5.43	
華五(二)×(一)	1036	101	9.75	
諸桂(本)×(校)	98	18	6.43	
諸桂(校)×(本)	224	21	9.38	
洽桂 × G五	392	33	8.42	
G五 × 洽桂	2800	317	11.32	

第四例　大有各分場民國三十年春製種

品種名	對匡製種100張之不産卵蛾	同上百分率/%	備注
諸桂 × 華五	220	7.86	
華五 × 諸桂	268	9.57	
洽桂 × 華七	131	4.67	
華七 × 洽桂	212	7.57	
G五 × 華五	228	8.14	
華五 × G五	273	9.75	
G五 × 華八	308	11.00	
G五 × 洽桂	302	10.79	

綜觀上列各表,雖無一定之趨勢,但原種之各品種,第一例以華八爲最多,G五次之,華五(一)最少,似與平時飼育蠶兒體質之强弱相吻合,即不産卵蛾之發生多者,有蠶兒體質較弱之感覺。然以此例第二例,雖不盡然,第二例中,其發生多者爲G

五,似與第一例相巧合,G五之發生不産卵蛾多者,其品種之關係乎?其他各品種在二例中,無相同之傾向,惟一般的,一化性較二化性,其發生率似高。

次言交雜種,第三、四例所示,雖無一致之傾向,但與G五交雜者,均較其他發生率似大,第三例中,正交較其反對交雜,其發生率小,參照第一、二例,其原種發生多者,似以原種爲圭臬,即交雜種不産卵蛾之發生者,隨其母體而有遺傳似者。然於第四例中,一化×二化蠶種,母蛾二化者,其不産卵蛾之發生,反較一化爲多。

二、製種時期的關係

吾國蠶種業者,一年間概於春秋兩季,飼育蠶兒兩期,春期約於四月十日左右開始催青,秋季則約於八月十日前後着手浸酸,間或有飼育晚秋蠶者,但爲數較少。春期育蠶,蠶齡中氣温逐漸加高,秋期則反是,即收蟻至製種,氣温漸次降低。

第五例　民國三十年大有各場製種平均

品種名	飼育時期	對蠶種100張之不産卵蛾數	同上百分率/%	備注
洽桂×華七	春	131	4.67	
洽桂×華七	秋	118	4.21	
華七×洽桂	春	212	7.57	
華七×洽桂	秋	75	2.68	

第六例　民國三十年製種調查

場名	品種名	次批	對蠶種100張之不産卵蛾數	同上百分率/%	收蟻月日
大有二場	諸桂×華五	1	260	9.29	四月廿五日
		3	171	6.11	四月廿七日
大有六場	華五×諸桂	2	287	10.25	五月廿三日
		4	249	8.89	五月一日
大有十場	G五× 華五	1	254	9.07	四月十四日
		3	212	7.57	四月十八日
		5	339	12.11	四月廿一日
大有一場	洽桂×華七	1	79	2.82	八月廿日
		3	87	3.11	八月廿五日
	華七×洽桂	2	55	1.96	八月廿日
		4	82	2.93	八月廿五日
大有二場	洽桂×華七	1	37	1.32	八月十九日
		3	46	1.64	八月廿六日
	華七×洽桂	2	63	2.25	八月廿日
		4	51	1.81	八月廿七日
大有四場	洽桂×華七	1	71	2.54	八月廿一日
		3	232	8.29	八月廿五日
	華七×洽桂	2	34	1.21	八月廿一日
		4	84	3.00	八月廿五日

第五例所示,不論蠶種母蛾爲一化或二化,均春期不産卵蛾之發生率,較秋蠶期者爲大,此概由於春蠶期蠶兒時代用人工補温,而使蠶室内達到一定之温度,種繭保護中,則時届暮春,氣候

温暖,製種期則初夏天氣,外温較高,而影響其不産卵蛾之發生乎?秋期反是,蠶齡中正值炎暑未消,餘熱猶存,種繭保護及製種時期,已秋涼氣爽,有以致之乎?且可由此推論,蠶齡期中保護温度,影響於不産卵蛾之發生,較種繭保護及製種時期者爲小,尤其保護温度較低方面,似其發生率小者,亦可想像得之。

第六例中,同一場所,同一品種,前後批飼育製種,其發生不産卵蛾百分率,在春期前批多於後批,秋期則反是,考其原因,其主要者,亦由於其種繭保護及製種時期,氣温升降之關係,與第五例之趨勢相同,蓋本年氣温,第一批蠶齡終了時遇高温侵襲,待第二批時,已漸入梅雨期而氣温下降,入夏雖炎熱難當,但八、九月之交,漸次下降,如入深秋,以致蠶兒五齡經過有七八日之多,以後氣温又升,有以致之歟?

三、地域的關係

地域不同,則氣象、營養環境亦有異趣,其發生不産卵蛾,是否依地域而有關係,列表以説明之。

品種名	場名	場址	對蠶種100張之不産卵蛾類	同上百分率/%	備注
G五×華五	大有四場	江蘇望亭	108	3.86	以上春製種調查
	效華種場	江蘇滸墅關	235	8.39	
	大有十場	浙江德清	268	9.57	
洽桂×華七	大有一場	江蘇滸墅關	83	2.93	
	大有二場	江蘇昆山	42	1.50	
	大有七場	江蘇蘇州	78	2.78	
	大有四場	江蘇望亭	152	5.43	

綜觀上表，不產卵蛾之發生，與地域無關係可言，蓋各地域間，相距不出數百里，其氣象之變化，大同小異，桑葉發育，隨各地區氣象而變遷，更不易獲得其間之差異也。

四、生理障害的原因

（一）生殖器官因外傷、病蟲及其他藥劑而損傷，往往發生不產卵蛾，如用玻棒燒熱刺激或強揮發性之 Xylole 塗抹蠶兒之第八環節背面卵巢部位及石渡氏腺（Ishiwata's sexual spot）或蠶蛾之生殖外器等，如下表所示，給予石渡腺及蠶蛾生殖外器之損傷殊大，蓋蠶兒石渡氏腺化蛾後爲交尾囊、貯精囊、粘液腺及陰道之一部，受刺激而損傷、不發育或變異或腔道閉塞等，以致卵不能産下，此與松室重正、高梨亮次朗、足立潔諸氏之研究相符合，第八環節背面卵巢部位，則未見任何影響，故吾人於五齡蠶兒之鑒別雌雄，及製種時交尾後之割愛等技術，不可不安詳謹慎。

類别項目	供産母蛾	不産卵蛾	同上百分率/%	備注
玻棒燒紅熱燙生殖器	20	19	95.0	不能交尾
同前法熱燙卵巢部位	19	0		
Xylole 塗抹生殖器	12	2	16.6	
同前法塗抹卵巢部位	12	0		
磁漆封鎖生殖器	8	1	12.5	
玻棒燒紅燙蠶蛾生殖外器	21	21	100	

（二）不產卵蛾與病毒。蠶蛾之不能產卵者，概非病理的關係，下表所示，可知與微粒子病毒無關，衹於脂肪球過多，或有妨礙生殖機能上着想而臆測之。

項目	供試不産卵母蛾數	微粒子病蛾數	同上百分率/%	備注
第一例	283	0		
第二例	103	1(杆狀菌)	0.9	脂肪球多,幾占95%以上

(三)不産卵蛾體量及形態

個別		蠶蛾體量/gr	不産卵蛾體量指數	備注
正常産卵蛾五十五頭平均		1.29	1.00	
不産卵蛾	1	1.50	1.16	
	2(二頭)	1.35	1.05	
	3	1.15	0.89	
	4(二頭)	1.45	1.12	
	5	1.47	1.14	
	6	1.57	1.22	
	7	1.10	0.85	
	8	1.25	0.97	
	9	1.37	1.06	
	10	1.30	1.01	
以上十二頭不産卵蛾平均		1.35	1.05	

注:供試品種爲華五,民國三十年五月十八日調查

由上表觀之,不産卵蛾之體量,雖亦有較正常爲小者,但一般言之,不産卵蛾之體軀肥大,其平均量較大,即正常蛾之體量,其最小0.8gr,最大1.6gr,其差及倍,然其形態正常,與不産卵蛾之變態不同,如翅翼卷曲或縮小、鱗毛剥脱等。

項目	形態	數量	百分率/%	備注
翅	卷曲或縮小	28	28.0	
胴腹	肥大,長方	28	28.0	
鱗毛	剥脱	37	37.0	
生殖外器	損壞	5	5.0	
死亡者	軟化	12	12.0	

注:供試不産卵蛾100頭,於産卵翌晨八時調查

不産卵蛾之形態,並非拘於變異者,如上表所述,翅、胴腹、鱗毛等,生殖外器之損壞,或由於生殖器自身發育不良,減退、異樣等,或由於受外傷而有所致者。然不産卵蛾亦有形態正常而不能産卵者,如下表,此概緣由於生殖機能之減退、損傷等乎?

項目	數量	百分率%
變態蛾	24	24.0
正常形態蛾	76	76.0

(四)不産卵蛾之生命調查。民國二十九年六月八日産卵之蠶蛾,集其不産卵者,而調查其生命,其最短者不及一晝夜即死亡,最長者雖有十二日之久,但僅占1.33%,大部分(73.98%以上),於一周間死亡,其平均生命僅五日左右,概較一般正常者縮短多矣。(6月9日—20日)

時刻	9日	10日	11日	12日	13日	14日	15日	16日	17日	18日	19日	20日	合計
上午六時		17	5	2	3	4	3	6	1	2	1	0	
下午一時	2	7	1	4	6	3	5	1	7	2	1	1	
下午六時	2	12	3	2	2	5	2	4	2	4	1	1	
下午十二時	4	9	0	3	2	3	0	2	1	1	1	0	
全日合計	8	45	9	11	13	15	10	13	11	9	4	2	150
死亡率/%	5.33	30.0	6.00	7.33	8.67	10.0	6.67	8.67	7.33	6.0	2.67	1.33	100
平均價	8	90	27	44	65	90	70	104	99	90	44	24	5.1

五、環境不良的原因

(一)絶食。五齡期蠶兒飼食後,不論何日,若停止給與桑葉,而陷蠶兒於饑餓,將來化蛾後産卵,足以減退其生殖機能,如下表所示:

五齡期中	不産卵蛾率/%	
飼食時間/時	洽桂	華七
標準區	0	4.76
10	5.02	4.78
15	5.46	0.90
20	8.60	4.25
24	3.50	6.54
36	2.40	5.26
48	9.89	5.21

雖無甚顯著關係可見,然一般的足以增加不産卵蛾之發生,其於一化性方面尤爲顯著,故五齡期中,不可陷蠶兒於過度饑

餓，以妨礙其生殖機能是也。

（二）交尾及産卵之保護温度。種繭保護於同温度之種繭，發蛾後交尾産卵，而異其温度，於低温中交尾産卵，其不産卵蛾發生率大。種繭保護温度不同，而交尾産卵，雖無精確調查，但保護於低温中者，其産生不産卵蛾較多，與此有同一趨勢。

交尾温度/F	産卵温度/F	供試母蛾數	不産卵蛾數	同上百分率/%
58	58	23	4	17.39
75—77	75—77	13	0	
85	85	18	0	

注：華五種繭保護温度77度(F)

（三）雌蛾冷藏。雌繭或雌蛾冷藏，於萬不得已時行之，蓋其無益於産卵，如不受精卵增加，産卵緩慢等弊，爲吾人所熟知者；惟能於適當之時期，及時冷藏，如蠶蛹複眼變黑色時，或於苗蛾發生時而行冷藏，以温度在四五度左右，時間短者爲宜。此與清水棟治氏試驗不産卵蛾不論冷藏之温度如何，冷藏日數三日以内爲佳之説，不謀而合。至於交尾後遇低温之侵襲，事實上無之，然其與不産卵蛾之發生，似亦不無關係。

冷藏時期	温度/F	時間/時	供試蛾數	不産卵蛾	同上百分率/%	備注
蠶蛾蛹複眼變黑時	45	48	40	1	2.5	
發蛾前	45	12	28	0		
發蛾後(一)	45	24	62	3	4.84	内有不受精卵三蛾
(二)	45	6	7	1	14.30	
(三)	45	3	15	1	6.67	

冷藏時期	温度/F	時間/時	供試蛾數	不産卵蛾	同上 百分率/%	備注
交尾後(一)	62	4	9	0		
(二)	45	2	8	0		
(三)	45	4	137	6	4.38	
(四)	50	4	124	5	4.03	

(四)雄蛾再交尾。製種之際,以缺少雄蛾,而行再交尾者,爲習見之事;至於再交尾所産之蠶卵,不受精卵增多,及産附較劣等,亦往往爲吾人所見者。惟其要否影響對偶之産卵機能,自下表視之,謂其無甚關係,亦無不可。

區别	供試母蛾	不産卵蛾	同上百分率/%
標準區	198	12	6.06
割愛後雄蛾冷藏三小時	75	6	8.00
同上冷藏一晝夜	176	13	7.39
割愛後即再交	138	7	5.07

注:品種爲洽桂×華七,冷藏温度45度(F)

六、預防及補救法之研究

不産卵蛾之發生,爲減少蠶種生産,於經濟上之損失匪鮮,吾人致力於蠶種製造,當謀其事前之防範,或事後之補救。如蠶兒時代務使蠶兒飽食,不陷於饑餓,及講究飼料。鑒别雄雌及割愛等技術,務必安詳,勿損傷其生殖器官。種繭保護,交尾温度,産卵温度及氣流,務必講究,合於規定乃是。若不産卵蛾或少産卵蛾發生時,可延長其産卵時間,或再與雄蛾交尾,而再産卵,均可校正其一部。

項別	供産蛾數	再産卵蛾數	同上比率/%	每蛾産卵數			健卵率/%	死卵率/%	不受精卵率/%
				最多	最少	平均			
延長産卵時間一晝夜	84	61	72.61	683	8	169	35.73	24.18	22.08
不産卵蛾×再交尾雄蛾（四小時）	56	45	80.35	692	5	335	90.45	3.82	5.73
同前×鮮雄蛾（四小時）	56	39	69.64	752	13	426	94.06	3.36	2.56
同前×再交尾雄蛾（六小時）	66	52	78.78	670	13	395	92.52	5.07	2.40
同前×鮮雄蛾（六小時）	56	41	73.21	655	10	348	82.92	12.73	4.35
同前×再交尾雄蛾（十小時）	23	19	83.04	674	50	352	81.25	1.96	6.80
同前×鮮雄蛾（十小時）	28	25	89.28	738	56	451	94.06	4.56	1.37

綜觀上表，不産卵蛾延長其産卵時間，一晝夜後，其能産卵者達72%以上，其每蛾産卵數，雖有683—688，5顆之差，但其健卵占53.37%，惟其不受精卵及死卵，皆有顯明之增加，若不産卵蛾與雄蛾不論雄蛾之曾否交尾過者，再行交尾四、六、十小時，然後使之産卵，其能産卵者達90%左右，至少亦有70%能夠産卵，且其中健卵占90%以上，此與大槻貞二氏之試驗結果，亦相吻合。

至於不産卵蛾之再産卵，對於次代蠶兒毫無影響，故其蠶種價值，不稍低減也。

（原刊《中國新農業》1942年第二卷第一期）

編者説明：新近發現尤冰清師母早年論文《家蠶不産卵蛾之

發生及其補救法之研究》(執筆者)一篇,時師母在江蘇大有蠶種製造場(本文中提大有原種部)任技術員,這是民國時期規模最大的蠶種場,在全國蠶桑業中有很大影響力。附此以志紀念。

挽聯、悼詩、悼詞、紀念文選

一　哀悼篇

劉操南吟長千古

治國學以起家，提要鉤玄，著述流傳成絶響；
傍西湖而結社，倚聲聯句，音容宛在哭先生。

——西湖詩社同仁 敬挽

操南詞家不朽

治史窮經，潛心繹算，論詞章，尤贍博雅；
勵行敦品，瘁志傳薪，廉操守，足仰楷模。

——錢塘詩社詩友 敬挽

劉公操南詞長千古

十載聯誼，想見音容空有淚；
一朝永訣，再聆教益恨無緣。

——戴盟鞠躬 敬挽

冰弦學長夫子千古

大雅云亡，斯文將絶，世事歎無常，空留書劄；
哲人其萎，吾道已窮，音容渺何處，悵望海空。

——旅美學弟孫常煒 敬挽

操南道兄千古

品學重儒林，堅持雅操，一代詞宗光北斗；
詩書敦風好，遽聞噩耗，幾回午夜惜南金。

——晚弟姜東舒 拜挽

操南先生千古

道德文章，一代醇儒欽長者；
春風絳帳，千行清淚哭先生。

——詹瀛生率子宏俊 拜挽

敬挽操南先生

鶴去樓空，痛失詩壇韻友；
星沉斗折，哀亡學苑良師。

——後學錢明鏘 鞠躬

劉操南先生靈座

揮麈高談，絶學文章驚講席；
扶輪大雅，暮年詞賦動吟壇。

——後學王翼奇 敬挽

劉操南先生千古

學界沐春暉，桃李滿園嘉後進；
詩壇沉泰斗，風霜連月泣先生。

——後學徐儒宗 敬挽

劉操南教授千古

想見音容雲萬里，思聽教誨月三更。

——海寧高千里 敬挽

痛悼劉操南吟長(二首)

王斯琴

每憶縱談抵掌時，交親濡沫感相知。哭君我已無多淚，惟向階前奠一巵。

祝加珍重好扶持，何意竟成訣别辭。哀訃驚傳寒食夜，簾前春雨正絲絲。

敬挽劉操南先生

徐　元

求是園中早結緣，亦師亦友意纏綿。驚聞痼疾多磨難，共歎詩文不值錢。① 腹笥圖書藏萬卷，程門桃李化三千。深情最是梁溪月，猶待劉郎返里船。

悼劉操南教授

周槐庭

忍聽西湖墜哲星，清芬銘臆感紛呈。昂昂一老松筠矯，濟濟三千桃李榮。獵盡縹緗存絶學，築來吟坫領新聲。名山事業窮今古，風範長懷畢世耕。

病中驚聞操南長者仙逝

朱馥生

年來益友半凋零，悵聽哀歌斷續聲。鑒史通經翁筆健，融文究理我心明。論詩不棄庸才俗，賜稿難忘長者情。怕向靈前傷永别，遺篇拜讀悼先生。

① 劉先生的專著《古籍與科學》《史記春秋十二諸侯史事輯證》出版後，未得分文稿酬。

紀念劉操南教授(三首)

張濟川

漢粹弘揚信善鳴,杭城剪燭快平生。獨憐他日重遊處,難覓高賢故舊情。

新詩遥播到遐陬,猶憶朋儔聲氣求。明辨是非堪贊許,曾爲正義惹煩憂。

萬里傳書慟故人,種瓜種豆有前因。欣聞名士詩成日,垂愛人間見性真。

挽劉操南教授

周明道

噩耗驚聞後,低徊淚暗流。睽違纔四月,孰信竟千秋! 博識演天曆,宏才播海陬。人琴今俱杳,壇坫失龍頭。

杭州大學教授劉操南仙逝,作句敬悼

魏振綱

曾憶當年聽鳳笙,清音幽雅繞杭城。驀聞乘鶴仙臺去,飛淚悲歌送遠行。

悼劉操南先生

徐弘道

經易精研更揖曹，詩因文史亦人豪。春來抱疾騎鯨去，細雨紛紛泣李桃。

深切悼念劉公操南教授不幸逝世

海　鹽　黄心培

燃盡餘光燭已殘，五更風送雁聲酸。天堂忍看文星隕，素練輕披浙水寒。幾念往時多寄語，教從何處復瞻韓！春宵月斷紅樓夢，手撫遺編淚暗彈。

驚悉浙江詩壇創始人之一劉操南教授不幸逝世，急就七律一首以示哀悼

徐士進

當年有幸仰高風，愛墨軒中喜氣融。① 孰料箴言猶在耳，如何病竪竟欺公？心驚噩耗腸如斷，雪叩莊門路不通。小苑幽蘭春又發，清芳無復慰詩翁！

① 1993 年 6 月 28 日劉操南教授曾代表浙江省詩學會出席鹽官愛墨軒詩畫社成立大會。

小重山·悼劉操南同志

張學理

求是橋邊憶舊遊。春風生四座,説《紅樓》。湖濱攜手幾春秋。　肝膽照,風雨記同舟。白首共吟謳。夕陽無限好,句中收。鶴軒忽去不回頭。花園寂,酬唱與誰謀?

鷓鴣天·挽劉操南先生

金持衡

桃李芬芳見落英。忽傳訃訊至江城。桐花鳳閣紅樓輯,博大雄懷詩學情。　平生事,顯心靈。幾回魂夢幾回驚。誨人不倦高功德,淚濕君書月照明。

二　懷念篇

追懷劉操南學兄

陳其昌

操南兄的逝世,對我震動極大,他在患病期間的來信,從未談起他的病情,衹是説“現在身體已大不如前”而已。最近接到操南兄長女文漪的信,詳細地講述她父親病中的情況。特别是談到她父親在生命垂危的時刻,猶抓緊時間,堅持寫作、整理舊稿。在被病魔折磨得手指無力,不能握筆時,仍咬着牙忍着痛堅持寫。這種爲學術研究作拼博至終的精神,使我非常感動。又看到了《浙江畫報》(1998 年 4 月)上,採訪記者在病中所拍攝兄長的憔悴面容，不禁悲從中來，淚如雨下……

操南兄是我青年時代的同窗好友，又是八、九十年代休戚相關的莫逆知己，現在他離我而去，今生不能再見了。這真是很可悲的；但從另一方面想，他一生勤奮，盡瘁於學術研究，終於完成了他的名山事業。他的著作必將信今而傳後，他的名字必將永垂史册，這又不能不使我們爲他感到欣慰。

記得三十年代初，我在無錫縣立初級中學讀書時，操南兄是我同班同學，而且是同坐在一張雙人課桌椅上的。我們兩人經常在一起，幾乎形影相隨，不離左右。當時他家住在南門外，離學校較遠，因此寄住在連元街舅母家，而我正住在大婁巷老宅，我們兩人的住所靠得很近，平時放了學，互相往來頻繁，親如手足。操南兄從小在私塾讀書，讀的是《四書》《五經》，没有進過小學。進入初中後，由於他勤奮好學，接受能力强，加上腦子靈活，善於思考，他的英語、數、理、化各科學得都比我好，考試成績總是名列前茅。我非常佩服他的鑽研精神和驚人的記憶力。記得在初中三年級時，他對幾何這門課程很感興趣，便在四邊形這一方面，搜集各種有關材料，旁徵博引，作深入的研究，數月之内，寫出了五六千字的《四邊形研究》的長篇論文，發表在無錫縣立初級中學甲戌年春季的畢業紀念刊上。他在這時已有志於著述，曾表示對幾何這門課還要繼續深入研究，把成果公之於世。操南兄對感興趣的任何一門課程，都能抓住要點，作深入的探討，鍥而不舍，持之以恒，這種鑽研精神爲他後來從事學術研究大有幫助。

操南兄的記憶力極强，祇要他感興趣的，幾乎能過目不忘，甚至五十多年後還能記得。我們在學校讀書時，有位教國文的繆海岳老先生，是當時著名的書家，他非常愛好詩詞，常常把他自己創作的詩印發給我們，並在課堂上詳細講解，深受學生的歡迎。在八十年代初操南兄來到無錫，有一次，我們偶爾談起繆老先生的詩，操南兄不假思索，朗朗上口地背誦出繆老先生當時作的幾首《中秋》七絶，我卻早已忘得一乾二净了。他的記憶力真是達到了驚人的地步。

初中畢業後，操南兄考入無錫輔仁中學高中，我考入無錫國專補習班（即今所謂預科），從此我們兩人分道揚鑣。抗日戰爭爆發，操南兄隨浙大撤往大後方，我們失去聯繫達四十年之久。在七十年代末，我從國專同學吴嘉愚兄處獲悉了操南兄的通訊地址，馬上寫信聯繫。不久，便接到了操南兄的回函，他非常高興，寫了一首詩，並附寄新近創作的詩稿數頁，還邀我到杭州一叙契闊。我接信後也立即寫了兩首七律寄給他。現把這兩首詩録下，以明我當時喜悦和敬慕的心情：

才如江海氣如虹，讀罷新詩拜下風。東嶽高攀君獨健，長征續戰志何雄。揮飛椽筆凌霄漢，吹拂春風滿宇中。附驥登龍我乏術，至今碌碌愧無功。

滄桑塵世别離中，往事如煙一雁通。玩水常誇西子好，觀魚應憶惠泉紅。百花齊放千蜂鬧，四害横行萬馬空。剪燭西窗今有約，聯床夜話傾葵衷。

從此，我們不時往來，並且在學術問題上，大家志同道合，時常相互切磋、研討，增進了更爲親密的新的情誼。

以上一些往事的回憶，作爲我對操南兄逝世周年的懷念！

1998 年 9 月 10 日於無錫惠麓書屋時年八十有一

深切懷念操南學長

朱耀根

1937年，操南兄和我同時考取浙大，但均於1938年纔同去廣西宜山入學。因不是同學院同系，且未同住文廟宿舍，彼此間少有接觸。南寧失守，學校西遷遵義，操南兄與我同住何家巷，乃得經常晤叙，更幸運的是因家庭淪陷，經濟來源斷絶，於1940年秋大三上學期，我倆同去遵義縣中兼課，常常同行相遇。操南兄授初三語文，我教初二女生班數學。劉兄學識淵博，教學認真，深得學生贊許，學校當局對劉兄亦相當尊重。

1942年秋，我倆同時畢業留任助教。翌年且同上講堂授課，他授補習語文，我先後授工院外系的應用力學、材料力學。在浙江大學，助教上講堂正式授課，確屬少有，難怪1947年，我倆當了5年助教與其他多位助教一道申請升等，果然遭到評審委員會的幾位教授的反對，聲稱堂堂浙江大學，僅當5年助教便升講師，並無先例。幸經中文系郭斌龢、土木系吴馥初兩位主任力争，操南兄和我均破例升任講師，得以在陽明館和求是園中晤聚談心，相互切磋，誠是幸事。

1948年底，我離開浙大，與操南兄分道揚鑣，關山遠隔，但風雨同舟，患難與共，同窗情深，早夕思念，無時或已。1987年4月，我返杭祝賀母校九十周年校慶，與劉兄在杭重逢歡聚，一同參加竺可楨校長銅像揭幕儀式，並在校門口合影留念。1992年金風送爽的9月，同窗級友連同陪伴夫人，竟有43人不遠千里赴杭，會同在杭級友11人重逢歡聚，紀念畢業50周年。我抓緊機會與操南兄促膝談心。在9月25日，文、理、師和工院級友共15人懷着興奮的心情訪問杭大母校，拜訪學校領導和舊日母校老師,幸運地見到正值90高齡的陳立教授和朱福炘教授及年過八旬的胡士煊老師,先由到會級友的各學院代表先後表達對昔日老師的崇敬感激和對今日杭大母校發展的祝賀之情,當場向母校贈送紀念品並向陳、朱二老贈送由操南兄賦詩、王蕙姐作書的祝壽條(條幅賀詩已載《浙大校友》1993年上期和42級級刊二期)。

1992年返校團聚以後,又承陳國光、柳克令、龐曾漱、熊修懿等級友熱情發起於1995年金秋時節,在河南鄭州再度舉行級友聚會,原以爲操南兄身體欠佳,千里迢迢,不會赴會,但出乎意料,他懷着對級友的深情厚意和尋根謁祖、考古研究、探幽攬勝和旅遊休養的心情,不辭辛勞,欣然赴會。操南兄在鄭州與級友歡聚,應開封市長馬達興校友邀請,暢遊開封相國寺、包公祠、鐵塔、龍亭和菊花展覽時,莫不興致勃勃、暢懷吟詠。10月26日晚全體歡宴,劉兄即席賦詩,首聯:"舊雨新知大業開,八方踴躍鄭州來。作東暫住蓬萊旌,暢飲交飛琥珀杯。"對級友中原再聚的喜悦心情,溢於詞表。遊包公祠,看到東殿怒斬陳四美彩塑,吟詩:"執法如山氣自豪,勘今賂納已如毛。狂生欲獻河清頌,毋忘包公虎鍘刀!"顯係有感於當時中央領導已在提倡反腐倡廉,但願能動真格。遊鐵塔時所吟:"彷徨時向夢中陳,誰是人間不壞身。一塔斜陽千載立,纔知華夏鐵精神!"係有感於鐵塔亘千古而巍然屹立,充分體現我國古代勞動人民的卓越才能和智慧。

因鄭州聚會當時,我體有不適,未敢遠行,不及和級友暢叙攬勝,尤其是未能再與操南兄重逢歡聚,至今追悔不已!

操南兄出於對同輩摯友的一片深情,熱衷爲42級級刊、浙大校刊、《求是》惠稿。撰浙大求是校風的可貴,竺可楨校長對浙大的貢獻;對費鞏教授、繆彦威教授的崇敬及對海内外同學的關注,流溢於字裏行間。最使我感動的是劉兄近年多病,且動了大手術,卻仍一如既往,伏案著述,不肯休息。當他驚悉北京曾漱

學姐辭世的消息,他已病發不能下床,猶爲其撰悼詩:

惡耗驚傳入夢難,縈懷往事淚重彈。撰傳翰墨承關注,訪謁宏辭不禁寒。抗日姊真稱健者,讀書弟愧守庸殘。天涯摩詰休相問,茶鐺藥爐已自安。

汴京攜手拂煙蘿,回眸前塵感慨多。何巷幽居藏翰牘,柳街高唱壯山河。不堪零雁愁中聽,忍使片雲病裏過。四海知音相聚日,憐君其奈蒼生何!

操南兄寫此詩的心情是很沉重的。

操南兄博學多才,嚴謹治學,在學術上造詣甚深,涉獵甚廣;他學貫中西,文理兼長,考據詞章,詩詞散文,著作等身,可謂博大精深。我爲失去這樣一位親密級友,感到無比哀痛和深深惋惜!本以爲還能見到他的新作問世,我們還能再晤面,想不到1992年秋與兄在杭州大學的促膝談心,偕遊校園,共赴歡宴,且承在午後車上依依惜別,竟成永訣,悲夫!

化作春泥更護花

——悼念劉操南友

王鴻禮

江南暮春,在清明時節雨紛紛的日子裏,又傳來了一位老友辭世的消息,劉操南兄於1998年3月29日凌晨病逝了!人到八十,老友凋零過半,不禁悽然!

我與操南兄相識始於1938年在宜山剛入國立浙大不久。那時,中文系同學很少,自然彼此十分熟悉。他在浙大4年中,專心治學，成績優異，同學們都稱他爲“劉大師”，畢業後就理所當然留校任助教。從此 50 多年來，他在杏壇育人，又精心治學，終於成爲蜚聲海内外的中國古典文獻學、詩詞學的著名學者和詩人。

劉兄在浙大讀書時就非常用功，在顛沛流離中勤學不懈，真是手不釋卷，三更燈火五更鷄。這一勤奮嚴謹的治學態度，他保持了 60 年。所以在學術上造詣很深，涉獵極廣，形成了博大精深的特色。他學貫中西，文史兼長，文理兼通，考據、義理、詞章並重，詩詞、散文、小説、曲藝均有著述，是杭州大學古籍研究所受人尊敬的專家，是當代的學者。他問世的著作有《古籍與科學》《史記春秋十二諸侯史事輯證》《諸葛亮出山》《水泊梁山》《武松演義》等十數種和論文 300 餘篇，未發表的手稿還有 800 多萬字。他培養的人才散布於海内外，不可勝數。爲弘揚中華優秀傳統文化和培育英才，劉學長是鞠躬盡瘁，至死不渝。

劉兄是一位愛國的知識分子，對國家興衰和人民疾苦十分關心。他與我交談時，對社會的不良風氣深表不安，這種感情，在他的詩詞中也常有流露。在鑽研學問的同時，他積極參加社會活動。他是省政協委員，積極參政議政；他是省政協文史委員會副主任，積極搜集和整理文史資料；他是民盟浙江省委常委，也積極參加民盟活動。他還與海外浙大校友有密切交往，他企盼祖國中興和海峽兩岸和平統一。我在與他的交往中，深切感到他是身在書齋而心繫天下的愛國知識分子。

劉兄對浙大校友會的工作也很熱心，他是《浙大校友》的編委，非常關心《浙大校友》，在《浙大校友》《北美浙大校友會通訊》《求是》和《浙大 1942 級級友通訊》上都常可看到他的詩文。

劉兄博學多才，是學者，又是詩人，他的詩詞蜚聲海内外。不僅馳名國内詩壇，與日、美、加、新加坡和泰國詩人都有交往唱和,是新加坡獅城詩詞學會名譽會長、全球漢詩詩友聯盟顧問和美國紐約四海詩社名譽顧問。他的詩詞精品收集於他生前自編的《揖曹軒詩詞稿》中,其中有紀遊、詠史、唱和之詩,也有抒懷、感時傷事、愛國愛民之作。珠璣滿目,美不勝收。從抒懷詩中,可以看到他對教育事業鞠躬盡瘁的敬業精神。如在《七九年元旦試筆》中他寫道:“獻身教育及明時,敢效春蠶巧吐絲……中夜鷄鳴神益旺,寒風那怕暗侵衣。”在《教師節抒懷》中,他又寫道:“辨騷明詩夢未迷,護花猶願作春泥,詞鋒無恙肝腸寄,硯水多情心血題。”在《雜詩》中他又寫道:“中宵星斗正闌干,風露重重不懼寒,日寫三千斜草字,幾曾兩眼向錢看!”他那種安貧樂道,“春蠶到死絲方盡”“化作春泥更護花”的精神躍然紙上,不禁令人肅然起敬。他數十年兩袖清風安貧樂道,身在書齋而心繫國家的精神是很可貴的。這不僅是由於他熱衷於中國優秀傳統文化的傳播,也來源於他對祖國的熱愛。在《滿江紅》一詞中他寫道:“奕奕神州,又過了風雲歲月,眼前是嶺梅怒放,報春消息……四化事,争朝夕,千秋業,掛胸臆……愛國家,錦綉好河山,同料理。”在《雜詩》中他又寫道:“侵曉寒蛩不住鳴,夢回未曉是幾更?自慚猶有東山淚,爲問黄河何日清?”一個關心祖國興衰的知識分子的愛國熱情躍然紙上。

在“文化大革命”中,劉兄與許多知識分子一樣是受苦受難的。但在粉碎四人幫以後,他精神振奮,對祖國的美好前景充滿了希望與激情。這時他滿懷喜悦地寫了《熱烈慶祝粉碎四人幫》:“旌旗滚滚人流湧,四海同聲頌大功……瞻望神州赤縣地,燭天烈火正熊熊。”在《迎春獻辭》中,他歡呼:“摧枯拉朽成昨日,光輝燦爛是新年!”改革開放以後,他更爲祖國的復興而萬分鼓舞。同時,也爲沉渣泛起,社會風氣不良而焦慮不安。在多次傾談中,我深刻感受到他這種與祖國同呼吸的愛國深情。他愛恨分明，以筆作刀槍，本着“三分鞭撻七分謳”的原則，一面歌頌大好形勢和好人好事，一面滿懷義憤地鞭撻醜惡，他義正辭嚴地譴責驕奢淫逸、紙醉金迷的社會頽風：“聞道高樓鱉宴多，提單下酒問如何！”“望湖樓帔醉顔紅，浴罷按摩笑語工，試向原田低處望，拋荒人在玉樓中。”“官書一紙挾皮包，灑灑洋洋欲自豪，蒼蠅嗡嗡難拍盡，大蟲攔路待開刀！”在這些詩句中，我們看到了詩人嫉惡如仇的憤慨，也看到了詩人與邪惡戰鬥的激情與那先天下之憂而憂的滚燙的心。

詩言志，從以上對劉兄部分詩詞的摘録中，我們對劉兄的思想與爲人可以有進一步認識，也使我們更增加對他的敬佩之情，也對他的飄然仙逝更深深地感到惋惜，因爲中國又少了一位飽學之士，又少了一位充滿正義感的詩人！

劉兄對母校浙大有深厚感情，浙大西遷時，他隨學校到過天目山、泰和、宜山和遵義，抗戰勝利後又一起復員回杭州。風風雨雨十多年，與母校同甘苦，共命運。我們在一起傾談時，他常贊歎浙大求是校風的可貴和竺可楨校長對浙大的偉大貢獻。他尊師愛友，他極爲敬重竺可楨校長和他的導師費鞏先生、教詩詞課的繆彦威教授。他參加竺可楨研究會，他撰寫過紀念費鞏烈士的碑文，在《憶彦威師》一詩中，他寫道：“播州立雪許程門，記取心魂與淚痕。”他與蘇步青先生一直有交往與唱和。他的海内外詩友很多，但關係更密切的是浙大老校友茅於美、闞家蓂、馬國均、孫常煒幾位。他長期受中國傳統文化薰陶，尊師愛友、不忘舊交是他爲人處世的一種特色。

從 1938 年起，我們相交六十年，近四十年還同在杭州。但是，來往較多是在“文革”之後，特别是在我離休以後，因爲這時彼此都較爲空閒了。前幾年，他常來我寓所，我也去拜訪他。老友情深，無所不談，從“文革”的遭遇到當前的事；從家事、校事到國事，一談就是半天，縱論古今，披肝瀝膽，可稱知己之交。他患癌症之後，我曾去醫院看望他幾次，開始時，醫生和他家人都瞞着他，他不知病的實情，他高興地告訴我，手術進行順利，正在恢復中。後來，他知道患的是癌症，但情緒没大的波動，出院後，照常伏案著述，躺在床上也不肯休息。今年春天，他有幾次躺在床上與我通電話，我去他府上看望他時，他身體已十分虚弱，躺在床上，情緒説不上好，説話聲音哽咽。我强忍悲痛，言不由衷地好言安慰他，其實我已知道他這時癌症已向全身轉移，已是回天乏術了，這也是我們最後的一次見面。幾天後，他又來電話告訴我，次日將去住院輸血，似有告别之意，時隔不久，就收到了杭州大學發來的訃告。從此，又一位老友、好友、學者、詩人與世長辭了！我倆相交六十載，石火流光一瞬間，我再也見不到恂恂然儒者風度的劉兄了！但是，他的音容笑貌卻依然在我腦中縈回，他的道德文章將永爲後人所景仰。

懷念操南學長

馬國均

六十年前，浙大師生們隨校西遷，客居於貴州遵義。大部分同學擠居在何家巷三號閣樓上。没有窗子，室内暗沉沉的，僅靠屋頂上幾片明瓦，透進幾縷陽光，藉以自修功課。此外唯一的消遣，衹有找人聊聊天而已。

我的同房陸福臻學長很愛交朋友，他是無錫人，所以常有無錫老鄉來聊天。無錫方言我半句也聽不懂，所以和他們很少交談。有一天，陸君心血來潮，要替我介紹一位無錫朋友。他指着客人：“劉操南，國文系的‘大師’！”然後介紹我：“馬鬍子，機械系的‘詩人’!”我是湖南人,“翳子”是湖南人對朋友的昵稱,操南未解此意,見我没有翳子,不禁哈哈大笑。

此後,我和操南便成了文友,經常論文談詩,十分投契。有一天晚飯後,他問我:今晚月華如水,同到河邊去散步好嗎?我點頭同意。於是我倆穿過大橋走下河床走到一片小石灘邊坐下。操南問我:你是學科技的,對天文有没有興趣?我乍聽之餘,有些詫異。他接着説道:我是錢寶琮先生的私淑弟子,從他那裏,我學習了一些中國古代曆算和天文知識,使我非常着迷!錢先生是我的微積分老師,師出同源,儘管我對天文一無所知,卻下意識中對操南的好學十分敬佩。難怪陸福臻要稱他爲“大師”了。那天晚上,操南指點我如何認識北斗星和文昌星,也講述了不少關於蒼龍、白虎、朱雀、玄武等二十八宿的常識,我越聽越糊塗,暗中對操南之博學真可謂五體投地。

畢業以後,天各一方,四十餘年,渺無音訊。1979 年秋,我首度返國,拜訪了杭州母校,匆匆來去,没有機會見到操南,祇聽説他在杭州大學執教,名氣很大。那年夏天浙大母校曾由劉丹校長率領教育考察團一行八人,來美國考察,曾在匹兹堡停留數日。臨别依依,我寫了一首《八仙歌》以志其事,刊登在《北美浙大通訊》上。操南讀到了,他對末尾兩句“忍待江南蓮熟日,與君同泛西湖船”,頗爲欣賞。他曾寫了兩首七律相贈,直接引用了我這兩句詩在他的詩裏。足見詩人心心相印的境界,是何等親切得令人感動!

此後,我曾數度返杭,每次都見到了操南,彼此都十分高興。相逢之後又是一番離别。别後以詩寄思,互相唱和。我已將唱和的詩篇一一輯入拙著《小休堂詩詞稿》中,以留永念。

戊寅春季,操南仙逝。我接到杭大的訃聞已遲,無法及時爲文吊唁,心中常哀傷難過。我追述與操南六十年來的同窗情誼,傷感之情自然義不容辭。並賦七律二章聊抒落月停雲之傷感云耳：

烽火流亡憶孑遺，求真求是友兼師。君攻文史窮星宿，我習科研詠黍離。白首重逢詩濺淚，黄爐永寂夢難期。傳經曠代儒林仰，海外招魂轉恨遲。

遵城往事總難忘，破廟危樓翰墨香。琴韻書聲諧静謐，素餐瓢飲果饑腸。農工文理英才綺，化雨春風麗澤長。最憶相攜消夜永，偎依北斗辨參商。

懷念劉兄操南二三事

陳國光

1999 年 3 月 29 日春暖花開之際，是操南學長逝世一周年之日。緬懷兄長一生勤奮治學，著作等身，成爲我國當代斐聲海内外的中國古典文獻學、詩詞學的著名學者和詩人。兄長又從事高等教育事業近六十載，誨人不倦，樂育英才，難於勝數。誠一代傑出人物。

值此兄長逝世周年相近之際，小記懷念之情以抒心懷。弟與操南兄雖屬浙大同級同學，但他讀的是中國文學系，而弟卻念的是電機工程系，當年在宜山、遵義時雖常見面，由於所習有異，不相爲媒，切磋機會甚少；後來文理農等科再遷湄潭，可説在畢業前也少謀面，衹常從傳聞：操南兄爲“才子”“大師”，出口成章。在學校讀書時即已成名。

1992 年 9 月底 42 級同學聚會於杭州母校紀念畢業五十周年，得以再見操南兄，與弟想像中的“老夫子”迂腐形象大相逕庭,交談中劉兄誠懇熱情,也没有"國學大師"架子,出言爽直,倍感親切,特別給我留下深刻好印象。據聞劉兄治學之餘,盡爲他人着想,凡有所求,必盡己所能有求必應,甚至有人請他查找某首詩詞出處,他都會放下手邊事,立即認真對待還作詳細解答,常常還要找出原著核對或其他作品求證,一點也不肯馬虎。到了晚年,找上門來和寫信向他索取者更多,其中不乏爲人作嫁衣捉刀之事,耗神費力,無名無利,劉兄始終坦然處之。弟聞之更對劉兄爲人景仰不止。

1995 年 10 月應鄭州熊兄修懿之邀,42 級再度級友重逢,又有機會再見操南兄,並暢遊鄭州和開封大相國寺、包公祠、鐵塔等諸名勝以及參加開封菊花盛會,相聚甚歡,機會十分難得。操南兄曾有專文報導其行盛況,載《級友通訊》第十期。同時級友聯絡會又決定邀請操南兄撰寫費鞏先生傳略,兄長欣然同意,願爲建費公亭作出奉獻。

《費公傳略》第一稿估計成於 1996 年上半年(曾刊於浙江《聯誼報》1996 年 11 月)。操南兄在半年中精心收集費師生平資料,並與費公長女瑩如數度通信交換撰稿意見。操南兄在 1995 年底因直腸癌住入浙醫一院動手術,術後發燒,身體十分虛弱。操南兄心惦着此事,忍着頭昏手抖又坐不穩的苦痛,半靠床沿寫稿或倚於其孩子身上想想寫寫停停。爲了查實出處,數度命孩子返家翻書櫃往醫院搬資料,往往重複多次。他在醫院寫給費瑩如的徵求意見信,洋洋灑灑五六張紙還有附圖,但字歪斜,與未患病前寫的全然不同。操南兄對老浙大事一貫是全力以赴的,何況費師又是尊敬的導師,他不肯留下遺憾。初稿在幾次修改後又複印寄發廣泛徵求意見。操南兄出於對恩師的熱愛和崇敬,要求《費公傳略》能充分反映費師生平事蹟,如剛正清廉、憂國愛民、宣導民主、愛護學生、譴責時弊,終遭反動派所捕而被害。操南兄認爲碑石上不僅要有遺像，並且碑石直立要可容千字的傳略，因此第一稿有 1100 字，第二稿雖更精煉，卻仍有 970 餘字(曾刊於《求是級刊》1997 年 12 月 21 期)。而浙大校方已將費公亭建築一事交由其校建築設計院負責，該院未與 42 級聯絡組聯繫，自行決定取消原熊兄修懿的亭體設計，改爲目前的模樣。由於井字型亭體中心面積有限，僅 0.5 * 1.0 米，容不下直立可容千字的碑文，操南兄費盡心血撰就的傳略還得做大的刪改，可此時操南兄癌症又復發轉移，臥床不起。級友們不忍心再將這重任交給他，校友總會遂把此棘手任務交由龐姐曾漱完成。龐姐克服種種困難將傳略刪改至現存的 360 字碑文，因時間緊迫也顧不上再與操南兄商榷遂作定稿，落款即以浙江大學署名(42 級聯絡組早先已定，操南兄知道)。此事前後校方有些變化，時間局促，通氣較少，盼望操南兄的在天之靈瞭然、安然，爲之釋然。

懷念兩則

一

徐　規

劉學長操南教授於 1937 年秋考入國立浙江大學史地系。次年，西遷廣西宜山的浙大恢復中國文學系，他轉讀該系，爲首屆唯一的學生。1942 年畢業，成績優異留校任教，又是該系直到 1947 年爲止的唯一助教。其後歷任母系講師、副教授、教授，爲連續執教時間最長的一位教師。畢生安貧樂道，盡瘁高等教育事業，貢獻很大。

1939 年秋，我考入浙大龍泉分校中文系，是該系第二屆學生。次年，長途跋涉赴西遷貴州遵義的浙大總校轉入史地學系史學組肄業。

1940年秋,我選修了中文系蕭璋先生開設的“文字形義學”課程,與劉學長同堂聽課,遂得相識。他博聞强記,國學根基扎實,學業成績斐然,與同届同學史地系史學組王樹椒學長齊名。劉學長受到中文系教授繆鉞先生的賞識,王學長屢承國史教授張蔭麟先生、李源澄先生的贊許。惜王學長英年早逝,未盡其才;而劉學長壽高體健,成就獨多。

劉學長文、理皆通,詩、詞並茂,考據、文章皆精,著述涉及領域頗寬,特别是對中國古代的天文、曆法、算數之學有較深入的研究。先後刊布論文多篇,同輩中無人能與倫比,可謂得浙大老校長竺可楨先生的真傳。

二

沈康身

操南兄精於古典文學,是中文系的名教授,這是人所共知的。他又兼治天算,有獨到的見解,成果卓著,極爲難得。五十多年來他撰寫有關科學史論文多篇,篳路藍縷,以啓山林,厥功至偉。對國内外都有影響,有的還載入中國科學史研究泰斗李約瑟博士《中國科學技術史》所引文獻。記得在五十年代初期某日杭州大學路建德村一號錢寶琮(琢如)業師寓所,中國數學史授課畢,臨行錢師囑咐我:上山(當時學校在六和塔月輪山)後有些問題可向中文系劉操南請教。錢師對操南兄倚畀之重。

操南兄温和謙恭平易近人。數學系每有中國數學史的學術活動,他總樂於參加。1956年數學系舉行科學報告會,他的論文《梁祖暅球積術》在會上宣讀,獲得全系師生的好評,八十年代後，操南兄是自然科學基金會課題——中國古典數學研究正式成員。課題組每星期舉行兩次讀書報告會，操南兄風雨無阻每會必到，所作報告學術水平之高，治學態度之嚴謹。深深感動和激勵了年輕學子。我因受委託英文譯並釋我國兩大數學經典《九章算術》和《數學九章》，該兩著序文提綱挈領十分重要，但引經據典特別多，工作難度大，操南兄不厭其詳，長期予以指導，終使化難爲夷，順利成章。

操南兄離開我們周年了，音容如在，常常地悼念着。

劉操南學長二三事

皇甫煃

我初識操南學長，是在 1942 年 9 月。當時我通過了浙大中文系二年級的插班考試，剛住進遵義老郵局宿舍後不久。那時遵義的宿舍相當緊張，像老郵局三樓東間這樣的房間，三面有窗，又是地板房，竟擠住了九個人，而其中的詩詞愛好者就有三個：馬國均（機械系，四年級）、葉顯美（外文系，四年級）和皇甫圻（化工系，四年級）。他們都和操南學長相熟。一天下午操南學長忽然來玩，他穿了件灰布大褂，走得微微有些出汗。同學們都尊之爲劉大師，站起來和他招呼。他則一一拱手爲禮，度數稍爲深了些，雖然不是一拱到地，我想，如果《西廂記》裏的紅娘見了此禮也一定會叫個什麼名堂的。那天圻侄給他和我介紹了一下，這纔知道他是中文系今年的新畢業生，留校任助教的。其餘還談些什麼，如今都記不清了。

轉眼我也到了四年級了。1944 年的秋天，確乎是個多事之秋。秋冬之際，日寇發動了黔桂戰役，一路直打到獨山、都匀，貴陽震動，整個貴州都受到震動。而在這之前，我一位同班同學劉思學的父親因家庭口角細故，憤然從家鄉興義縣出走，步行千里到遵義找兒子。這位老人識字不多，根本不知道大學學制四年，讀完纔能有工作做。等到他來到何家巷，找到兒子後，纔傻了眼：目前的生活費用這樣高，怎麽辦？老劉更是急得團團轉。那時大家都靠國家的一點"貸金"吃飯，菜衹有一素一湯，還是一桌人共用的。想吃葷除非在中學裏兼些課，或是參加學校的勤工儉學（如刻鋼板）纔有可能。老劉和他一些"乾人"（窮人）友好們商量再三，後來覺得辦個補習學校，向考不取正規中學的一些紳糧子弟打點主意，或者還能行。他們想找一位合適的人充當補習學校的校長，並且推我和另一同學去見劉大師。大師起初慢慢瞭解情況，一面若有所思，最後表示："好，爲了同學，我幹。我本來在編、校《浙大文學院集刊》，每期的工作量不少，工夫是不多的……"他終於答應了。開學那天，大師來作了一番講演。他的話簡短明瞭，富有針對性，學生都能理解。他們想：浙大的先生來當校長，肯定不一般。所以報名參加補習的人還不少。學校很快就辦起來了。不巧的是劉思學的父親不到兩月病故了，又逢時局動蕩不安，補習學校年底也就解散了。

我 1945 年在中文系畢業，過了暑假被派去附中。附中在湄潭，新蓋了一座二層樓房，這就叫"求是齋"。我這個新來者成爲求是齋的一員，真有點受寵若驚了。有個星期天的上午，劉大師趁到湄潭上課的間隙到求是齋來訪友，樓上住的和他同屆的學長有張生春、張葉蘆、孫嗣良、錢學中等。他見我的房門開着，也進來坐，見到桌上稿紙裏有兩句寫得四不像的詩句："卻到湄江飽看山，白雲來去有無間。"詩思枯澀，寫不下去了，就此擱着。他拿在手裏，沉吟道："把卻字改爲客，這兩句仍是你的，底下我來續兩句。"他續的是：故人卻有驚人句，小别還當刮目看。呵！

連用典故,高唱入雲,我卻愧不敢當哩！而他的才華、他的詩思敏捷,立意新穎,於此也就可見一斑了。

一彈指頃,四十幾年便成過去。他總在浙大、浙師、杭大轉悠,我卻在蘇南等處轉了幾個地方。直到 1987 年 8 月初,南京師大工會組織我們到千島湖休養,歸途過杭,在杭大賓館借宿。晚上我獨自往訪劉大師。因怕有雨,小坐即出。重勞大師遠送不已,途中他大談“文革”中的“趣事”,開懷之餘不免有點傷感,真可謂謔而虐矣！再過八年,1995 年 10 月,母校爲畢業 50 周年校友舉行返校團聚大會,因得與大師再度相見。這次是與史地系楊竹亭兄一起去看他的,我帶了一本我校新出版的《文教資料》去,裏面有我一篇考證文章,打算向他請教指點的。他見了非常重視,當即就翻看起來,接着又翻檢他近年來的著作多種送給我,有《揖曹軒詩詞稿》[①]和《古籍與科學》等,我暗自好笑:我簡直成了用鰺條釣白魚了！

我同劉大師恢復通信,大約就在 1995 年的春天,那時因爲京、杭的級友們打算編印通訊録,而我系的級友缺員太多。我向他打聽吴渌影、劉思學等人的消息,他也不知道。但他在信上又説:“社會風氣,不愜人意。弟不解吟詠,然有所感,則率爾書之,非敢玩物喪志也。録呈數首,祈乞正之……”這裏檢録他寄來的《乙亥清明茶人之家品茗詩會抒懷》的其中兩首:

際此清明穀雨時,鶯聲嚦嚦寸心馳。茶煙縷縷山村館,酒意悠悠畫郭旗。老去深懷餘夙願,新來逸興訂佳期。夢回猶有蒼生在,敢向滄浪問釣居。

---

① 《揖曹軒詩詞稿》爲學長的詩詞自選集,筆者曾作《劉操南學長和他的〈揖曹軒詩詞稿〉》,在《浙大校友》1997 年(下)刊登時,題目被改爲《劉操南學長和他的詩詞》。

顧盼山川淑氣稠,無端詩鬼襲心頭。孤舟渺渺吹簫市,群女翩翩賣酒樓。劍氣已隨花影逝,茶香猶染曉光浮。山村畫廊知安否,莫把長吟付白鷗。

可見他的詩多因有所感而作,富有憂患意識,固不當以"小道"目之。1996 年 6 月,他已有病,還寫信告訴我:"'文革'時所撰《諸史曆志算釋考辨》百餘萬言須加整理修改;現在整理首册《〈史記·曆書〉算釋考辨》已畢,五萬餘言。循次爲《〈漢書·律曆志〉算釋考辨》廿餘萬言……南京紫金山天文臺張培瑜研究員,蒙獎飾,知海内尚有知者。惜自罹病,半年未通音驛矣。"信末又附數語:"書甫就,接北京中國科學院與臺灣新竹清華大學歷史研究所主辦《中國科學史通訊》報導弟之著作論文,附告。"可見操南學長對於古代律曆的研究着手已久,可謂嘔心瀝血。對於自己數十年的心血結晶受人重視,進而産生實用價值,使他得到莫大的精神安慰,祖國的文化事業也從而得到發展。衹是,作創造性勞動的操南學長太艱辛了!此外,操南學長還别開生面地對《水滸》中的人物進行再創造,開當代作家與藝人合作之先河,而飲譽海内外。南開大學朱一玄先生在《水泊梁山·序》中已有詳細介紹(見《明清小説研究》1995 年第 2 期),這裏就不贅述了。

1997 年元旦,操南學長寄來了賀年卡,上有他的《丁丑自勵》一首:"拂卻心塵辭舊年,硯田馳驟着鞭先。書生多事勞生定,戽水穿泥破曉煙。"牛年以耕牛比喻他自己,雖是自我解嘲,亦是牛氣十足的"自勵",而且幽默得好。衹是:老學長太辛苦了!

這年歲暮,他又給我來信,連呼"奇跡!真是奇跡!癌症開刀、治療後至今無恙,我又可以恢復我的寫作了"。他想托我在南京買一些書，以便作爲參考，把他的寫作繼續下去。我一看信就覺得不妙，趕緊給他回信，勸他不要心急，且安心静養一年半載再作道理……我的猜想不幸而言中，次年春上，我收到訃告，劉老學長與世長辭了！

劉操南學長是一位天分很高又肯刻苦鑽研的詩人、學者和小説家。這三者都是各自獨立的概念，有人“一身而二任焉”已屬不易，他卻一身三任，這既是他的天分，更是由於他的勤勉，使他夠條件。他有時也會有“書生多事勞生定”之歎，辛勞當然是辛勞，我看他最根本的一條是：寫作不輟，坐得太多而運動太少。這可能是他致病、致命的根本原因。如果他能像北京有些老人天天爬香山、長城那樣，在杭州天天爬初陽臺、上玉皇山去耍子（玩耍），那他也不會患什麼直腸癌，正是他的敬業精神和辛勤勞作耽誤了他，否則他一定還會健健康康地活着，還會做多少有益的事情。——但是現在，夫復何言！

操南兄先走了……

朱兆祥

操南兄先走了，不勝悲痛！

我看到了從杭州寄來的刊有操南兄 1997 年底遺照的文章。當時他雖已久病，還是精神抖擻，依稀有五十多年前在遵義時期的“老夫子”模樣。他腦際深深的皺紋記録了他畢生辛勤耕耘的歷史，他的眼睛依然非常明亮鋭利，足以洞察融會古今文理的深奥。他是實現了竺可楨先生的“學貫中西，文理滲透”期望的。

我們的相識是在抗戰末期的遵義，在柿花園浙大教職員俱樂部裏。我們當時都是助教，在那裏食宿。雖然生活艱難困苦，政治環境惡劣，但有這樣一個議論天下時政、切磋學問的場所，就很能使我們迅速熟悉，自得其樂了。我和操南兄有比較深一步認識，是源於我們對古代中國天文學有共同的愛好。我是讀土木工程的，因課程中要學習用磁針定“磁北”、用恒星觀測定“真北”的技術，由此對天文學引發了興趣。同學中有“天文學習會”的組織，我在學習中感受到中國古代天文學有突出的成就，但是我對中國古籍毫無基礎。此時操南兄就指導我們讀《史記·天官書》，他也把自己感到疑難處提出來一起討論。在文科學者中有像操南兄那樣具有理工科的基礎而且始終保持着對理工科的興趣的人實在是太少了。

抗戰結束後一年，浙大全部遷回杭州。國内要求民主的呼聲高漲，内戰爆發。浙大教師成立了幾個團體來支持學生運動，其中有一個團體叫作中國科協杭州分會，操南兄也加入了。這個團體旨在唤起科學工作者的自覺，高舉五四運動中要求“科學與民主”的旗幟和蔣介石鬥争。局外人一定很奇怪，爲什麽一個中國文學的學者竟然參加了科學工作者的團體與活動。其實，人們不知道操南兄對古代天文學的愛好和造詣，而社會的黑暗已經迫使學者無法“安分守己”而要呐喊和鬥争了。我的記憶已經衰退到記不清操南兄的言論和具體活動了，但我找到了兩張老照片足以證明他當時的思想動向。一張是操南兄參加了“杭州科協”和“科學時代社”聯合組織的去莫干山觀察日食的照片；另一張是操南兄跟浙大土木系兩位助教——任雨吉與我一起在錢江大橋上的照片。這是在 1948 年風雨如晦、鷄鳴不已的年代裏留下的可貴的紀念。因爲思想上的某種共同之處，使我們接近了起來。

1986 年我帶了使命回家鄉建立寧波大學，曾經聘請操南兄爲寧大兼任教授。當時寧大秉承竺可楨先生的教育思想，希望文科學生學些理工科知識;理工科學生學些文科知識。操南兄本人就是在這個方面上身體力行的典範,他在文理兩方面兼具的功力使學生大受裨益。

1992年浙江大學95周年校慶之際,出於對母校的懷念之情,一批平均年齡已到古稀的校友,在母校重新演出了已經多年不唱的浙大校歌。校歌是由國學大師馬一浮作詞的,詞義意境深遠,引用了《易經》和《書經》上的不少典故,深奧難懂。爲了幫助聽衆理解歌詞内容,我們試着對歌詞作出今譯,在演出之前朗頌。校歌從“大不自多,海納江河”開始,終結於“樹我邦國,天下來同”,有巨大的氣魄,字裏行間充滿了中國古代樸素的辯證法,對全校師生寄以遠大的希望。這次朗誦和演唱受到在校的青年同學的熱烈歡迎,路甬祥校長還跑到後臺來向老合唱團員表示感謝和祝賀。在翻譯歌詞時我們遇到了很大的困難,幸虧有早年郭斌龢教授和王駕吾教授的注釋,纔勉强釋完,但對有些句子的釋法總感到不能滿意,總使我想起要找操南兄請教商討一下。稍晚一些時候,我聽到一個消息,説操南兄也在對浙大校歌作今譯,不禁喜出望外。這似乎不是一次偶然的巧合,總有心靈上的某種共鳴在促使身居兩地的老校友有這種共同的願望。後來有人告訴我,操南兄寫的關於浙大校歌的文章已在北美浙大校友會刊上登載。我連忙設法找到一份,可惜因爲篇幅的關係,文章衹能分期刊出,我找到的第一部分衹是個開場白,還没有進入實質性的内容。後來我始終没有看到以後的幾部分。

我一直希望能有機會遇到操南兄,圓一圓我們共同的對浙大校歌正確而深入理解的好夢,老天爺似乎在捉弄我們,夢未圓,操南兄卻先走了……

往事零想兩則

其一

陳天保

1938年春夏之交，上海的報上刊登了一則簡告，要去廣西宜山國立浙江大學的同學，相約在復興公園集合，商量行止。我去參加了集會，最後決定結伴同行者二十餘人。因我的兄長當時在太古公司任職，買船票比較方便，就推我做召集人。一下子買了太古某輪官艙20張票，把它的官艙船票位都買下來了，彼此互相照顧方便。當時看到操南兄和另一同學王昌，瘦瘦的，身體較弱。

船近温州洋面，風浪漸大，開始有同學暈船，過了温州，差不多都躺倒了。衹有甘屨登和我兩人没有暈船，分别照應着躺倒的同學，給他們送水、倒嘔吐物，後來有的同學没有東西吐出來，吐的都是有酸味的黄色液體。當時操南兄表現得鎮静，請他看遠處洋面景物，減少暈眩的感覺，他都能堅持照做，我感到他真能静心挺住。快近臺灣海峽時，風浪更大，開飯時兩桌衹有兩個人，各占一桌，什麽也吃不下。

過泉州時，突聞廣州失守，爲日軍占領。這樣，過境廣州，西去學校的原計劃落空，輪船開往香港，同學們商量下來，衹能從香港轉道廣州灣(法國租借地)再前去學校。

輪船到香港後，加入了姚文琴同學，我們變成了有21人的團體。姚懂得廣西話，以後外出交涉，全仗她了。

戰争一年，法幣已經貶值。1937年時，一元法幣值二個港幣，現在衹值(1938年夏)半元港幣。在港衹覺得百物騰貴，什麽都要節約着也難對付。大家在旅館歎苦經。操南卻很樂觀地説,過路香港,待不了幾天的,想吃什麼,就畫個什麼,精神上享受一下吧。他的一本正經的濃重的無錫口音,引得大家都笑了。我想操南兄是真能幽默地韌性對付困難的。

我們買到了去廣州灣的船票,一行人有説有笑到了那裏。要年輕人苦惱也非易事。

到廣州灣後,没有幾天就包了部車子。大家搬行李上車。操南兄徑直往後排的位置去:“有了包租車坐蠻好了。你們奔走辛苦,路上也許有啥事體打交道,坐在前面方便些。”讓了座,還要講讓人寬心的話。

那天,終於順利到了宜山。彼此分手,分住到標營、文廟等處。旅途結下的友誼忘不了,但見面的機會少,有次碰到操南兄,他告訴我,他已從史地系轉到中國文學系讀書了,彼此鼓勵好好學習。對於他會學得出色,我很有信心,是由於他的沉着、幽默和堅毅。

過了一年,浙大又遷往貴州遵義。不久傳來信息,操南兄被人稱爲國學大師,想來他學習出色爲大家所敬佩。有一次,碰到他,我稱他大師,他笑笑説:“老朋友了,天保,别開玩笑。”我説:“我是誠心的。”臨畢業前半年,我因參加學運,被學校開除,且有被捕可能,匆匆離校,很多同學,都無法話别,包括操南兄。

1990年,一别半個世紀。我是1937年入學,去過天目山,操南兄和我一樣,也去過天目山,我們都算是41届的,參加了40、41届的返校活動。老友相見,真有説不出的感慨!我還專程去宿舍看望他,暢叙幾十年的簡況。往事已成雲煙,那堪回首。他已是有聲望的教授。我在離休後,參加了老年大學,學習詩詞欣賞,由於不諳音韻,不能寫詩詞,我向他請教。他笑笑説:“天保,你先背幾十幾百首詩詞,愈多愈好,就會漸漸地有意思了。”想不到,這就是我們永訣的晤面。

其二

周志成

1945 年我在貴州永興國立浙江大學分部任助教,操南學長也在那裏任教,我們開始認識。我當時住在永興江館的一個小樓上,樓下不遠處就是學生的生活壁報欄,學生對政治和生活上的意見就在壁報上發表。那時進步學生要求和平、反對内戰,支援昆明的"一二・一"運動(反對國民黨在 12 月 1 日用手榴彈屠殺昆明師生 4 人)的呼聲强烈;而國民黨、三青團要搞反蘇遊行,壁報欄中辯論劇烈。我就留意經常看壁報的老師和學生,以發現要求進步的積極分子。我看到了操南不僅常看壁報,還邊看邊念,因此就有意識地和他接近了。

操南博覽群書,學識豐富,大家都稱他爲"劉大師"。我經常向他請教,衹是許多内容現在已忘了。至今仍難以忘懷的是操南學長對曹操的評價。我問他:曹操從歷史學角度來看,功過如何?操南説曹操是開明的政治家,他能把在袁紹家裏繳獲的手下將上寫給袁的信,不看而焚,説明他對下屬是很寬容的,因此曹操手下猛將如雨,謀士如雲,使國家從亂到治。我又問:曹操不是殺了很多人麽。操南説確實曹操殺了一些不該殺的人,但是宫庭鬥争本來就是殘酷的,如果曹操失敗了肯定也會遭到滿門抄斬。《三國演義》從正統觀點出發,崇劉貶曹,把曹操説得很壞很壞,可也抹殺不了他做的好事,如文姬歸漢。我還問:曹操用的是不忠不孝的有才之人,不忠我能理解,不孝就不能,孝子總比不孝的要好些。操南反問我,你讀過《二十四孝》嗎?就以其中的王祥卧冰爲例,父親病重想吃魚,可以買、可以打個冰洞釣,可是王祥赤身卧在冰上,以感動上天化冰取魚。他或是個呆子或是個沽名釣譽的人(當時忠孝賢良的人可以上報做官,因此沽名成風),這兩種人都不可以用。曹操此説,表明他是個改革家。操南的這番話説得我心悦誠服……

1946年浙大遷回杭州,我們仍時有來往。有一次他談到浙大的助教升講師要由教授會決定,講師、助教一點發言權也没有,難免對教授唯唯諾諾的能沾光,而有所創新的反而倒楣。我覺得這番話反映了講師、助教的不平之聲。因此在1947年反饑餓、反内戰運動中成立講師助教會時,向校方提出要求:凡教授會討論教員升級時,講師助教會的主席得列席參加。大會上通過這一要求,校方不得不同意。

操南原已考上之江大學土木系,這個系也是很出名的。但他西遷到宜山後又改讀浙大的中國文學(當時新成立,不稱系而稱門)。舍工就文,非常難得的。因爲工科出路好,待遇高,而文科往往畢業即失業,能當上中學老師就不錯了。操南不在乎這些。他雖讀文科,吟詩作詞,熱衷文學,卻並不埋頭在文史中,他接受竺可楨校長的教導,要藉古籍之根底,文理兼治,學以致用,開物成務。因而他對天文、數學乃至光學都很有興趣,廣泛涉及,選讀錢寶琮先生的微積分、何增禄先生的光學、朱庭祜先生的地學通論,還注重把學到的知識用於實踐觀測。記得1948年日全蝕,在莫干山可觀測到月亮擋住面積達98%的日偏食。中國科學工作者協會杭州分會組織會員去莫干山觀測,操南不是會員,也要求參加,他成了參加觀測的唯一非會員。雖然那天太陽被雲遮住了,天空暗了又明,操南仍興趣很高,感到在同伴中學到了許多東西。從他現取得的成就來看,幾十年如一日孜孜不倦地廣泛鑽研,這些細小的學習機會也不放過就是必然的。他可稱爲竺校長的好學生了!

可惜我 1949 年離開浙大到北京後,與操南學長接觸很少了。唯此些難忘的往事以表對學長的懷念。

憶操南學長

王啓東

我與操南學長相識是自 1943 年底在貴州遵義開始的。那時我剛從國立浙江大學機械系畢業留校任助教,申請到遵義柿花園浙大單身教工宿舍中居住。等了近半年,有了空房纔移居到那裏的。無論年齡、資歷我都最小。記得初去那天,在臥房内安頓好被鋪與書籍後,就要在大廳中就餐了。當時與老學長都不相識,又是八人一桌吃飯的,我一時不知當往哪桌上坐,頗有些尷尬不安。操南學長見此情況,主動來招呼,指出空座,並向我一一介紹同桌的教師與職員。飯後還介紹了教工宿舍的情況與規則。我對操南學長的印象,從一開始就認爲他是很願意幫助别人,是助人爲樂的人。

1993 年我再次去找他求助時,他已年近八旬,他還是那樣的熱情主動。那年浙大機械系 1943 級級友在杭州玉泉聚會紀念畢業五十周年。大家決定集資在浙大校園内購置一口大型電鐘,並立一碑説明我輩都銘記老校長竺可楨先生的教誨,十分珍惜時間。碑中要引用竺校長在大學路校園中建造的一口鐘的鐘座上的題字,“勿謂長少年,光陰來轉轂”,以之來勉勵在校青年學生,並責成我來辦理。當時在選擇鐘廠與選好鐘型外,寫好這篇碑文是最艱難的任務,一則竺校長的題詞我們是憑記憶的,是否會有差錯? 二則要能準確表達級友心願,有情有意,我没有把握,我立即想到了操南學長,因此寫了一初稿,就去找操南學長,請他查找原句的出典,保證引用正確,並修改文稿。操南學長十分爽快地接受了,找出原句的出處,修改了文稿,還找了書法家王京盙先生寫了碑文,超額完成了任務。以後我又爲家兄墓碑上的題字去麻煩他,他也一樣熱情接待,一樣迅速而認真地完成。

我對操南兄的第二印象,是他在學術上自覺遵循文學藝術爲人民大衆服務的路綫。他特別注意怎樣以小説、傳奇這類的文學形式來鼓舞與唤起群衆。當年浙江大學中文系是屬研究“三老”“五經”爲主的古典學派。但操南學長在從事古籍研究之外,同時對我國小説與元曲進行研究,特別對一些人物如武松、林黛玉等進行了深入的研究,在當時的中文系獨樹一幟。當時他就有兩個外號,一是“大師”,一是“紅學家”,可見師友對他的評價。我們在飯後也曾經聽他講過水滸的故事,是非常楚楚動人的。現在回想起來,操南學長當時的學術思想是既有我國傳統的學術思想,又接受了外文系中西洋文學的思想,更糅合進了當時浙大學生中進步思潮的影響,即爲祖國、依靠人民大衆的思想。早在四十年代初,操南兄已在探索文學藝術爲工農兵服務的道路了。

1946年浙大自貴州復員回杭州後,我就去美國留學,回國不久浙大即分成四所大學,我和操南兄分别在兩所大學執教,接觸較少,衹在政協與民盟的一些活動和會議上相遇。他的發言及在民盟從事的一些活動都反映他十分關注社會政治生活和教育事業,特别是培養全面發展的高學歷的人才。他的教育思想的特色是把我國儒家仁義道德、修身養性,與西方基督教中的仁愛和毛澤東思想中爲人民服務、爲人民大衆謀幸福融合在一起,是集中各方面精華,很有生命力的,是應當繼續探索的。

操南學長在詩文方面造詣很高,善以詩會友。以之結識國内外很多學者，在老校友特别是國外校友中很有影響。他的詩文介紹國家建設的成就，宣傳了黨的政策，起了積極的作用。

操南學長仙逝了。在悼念他時，我們要學習他熱忱助人、發揚國粹、掌握時代的精神。並努力把四校合併後的浙江大學辦好，爲國家培養出大批全面發展的跨世紀人才。

痛悼念劉操南兄

楊竹亭

聽到劉操南兄的噩耗，震驚不已。劉兄是我們浙江大學校友中交友最廣，也是最樂於助人的老學長。大家非常尊敬他，因而有劉大師之譽。以這樣一位熱忱、大度、開朗、達觀的學者，理應享有高壽，然而剛過八十就走了。這真使人感到沉痛！

許多有關劉兄的往事，不禁又一一湧上心頭。

中美建交以後，國外各地校友都紛紛寫信給劉兄打聽一些同學的行址。他不僅爲之多方面探詢，儘量滿足老校友的要求，還在與老校友通訊百餘封信的基礎上，編成了一本三十餘萬字的《天涯赤子情》(浙江人民出版社 1987 年版)。書中有文有詩，劉兄以他特有的中文功力，把 60 餘位同學的愛國愛校之情，洋溢於字裏行間。這本情文並茂的書，觸動了每個讀過此書的校友的心弦。

1987 年母校舉行 90 周年校慶，我負責上海校友的組織工作。當時登記參加校慶的有 200 餘人，而母校寄來的請柬僅 100 張，正在爲難之時，我想到了操南兄。於是寫信請求幫助，在他與張則恒兄的努力下，又得到杭州大學江希明與夏越炯二位副校長的大力支持，順利地解決了這個難題。此外在校慶以後,杭大還辦了十餘桌酒席,歡宴我們回杭大團聚的校友。參加的人都非常感激這番盛情的款待。

在與操南兄的交往中,給我印象最深的是幾次編寫竺可楨校長紀念文章的事情。

在竺校長百歲誕辰之前,操南兄告知浙江省政協文史辦準備編印一本紀念竺公文集,名爲《一代宗師竺可楨》,要我發動上海校友寫稿。我遵囑寫了一篇,題爲《竺可楨是我們心中的聖人》。不久操南兄與文史辦兩位編輯不辭辛勞,趕來上海要我陪同去拜訪蘇步青、談家楨兩位老師,希望他們撰寫紀念竺可楨的文章。兩位同意抽空由我去作專訪,由他們口授後整理成文。這事辦成後,操南兄又請我去華東師大訪問竺師早期的學生胡焕庸和李春芬兩先生,也邀請他們寫稿,他們也都同意了。操南兄爲這本書集的出版,可謂嘔心瀝血,不辭辛勞。

在《一代宗師竺可楨》出版後,遵義地區地方志編委會打算在紀念國立浙江大學遷黔 50 周年之際,出版一本名爲《浙江大學在遵義》的文集。編委會的兩位主編爲此專程來上海找我,要我組織稿源,並聘我爲編委。我便首先寫信給操南兄。他當仁不讓,很快就寫成了《浙大文學院在遵義》,他又發動校友寫稿寄遵義。這部《浙江大學在遵義》文集由於校友們的熱心撰稿,成爲 60 萬言的宏篇,大大超過了原定 10 萬字的預計。

此時,浙江大學也準備編寫一本《竺可楨百歲誕辰紀念文集》,並定在紀念誕辰前出版。當時時間已十分緊迫,我既負責上海校友的有關工作,自然義不容辭地又去組稿。我考慮到竺校長對我國古籍有精深的研究,而這方面卻無人撰寫,進而想到操南兄是杭州大學古籍所的教授,就請他來填補這一空白。他對此又當仁不讓,日夜投身查閱竺校長的日記、著述,花了半個月的工夫就寫成了《竺可楨教授與中國古籍研究》這篇洋洋萬言的論文。令我振奮的是此文收到不久，操南兄又寄來一篇題爲《竺學蠡測》的二萬餘言長文，要我閲後選擇一文寄浙大刊入《紀念文集》（前文後來登刊在其他文集中）。

按“竺學”一辭，是由杭大教授嚴德一先生首先提出的。竺校長學問精深博大，其覆蓋面包涵現代地理學、氣象學、古物候學、考古學、天文學、農學等衆多學科。他的學術成就和治學特色蔚爲一代學風，因此他理所當然地成爲現代科學界的宗師。我們浙江大學的求是精神，就是由他發揚光大的。操南兄在此文中宏揚“竺學”，把它比之於《説文解字》的“許學”（許叔重）和《水經注》的“酈學”（酈道元），並以十六字概括“竺學”：學貫中西、文理滲透、博大精深、開物成務。他繼浙大校友吕東明主編《竺可楨傳》《竺可楨文集》和《竺可楨日記》等巨著以後，以竺可楨及門弟子的地位，把先師的學術理論提高到了一個新的歷史高度。

操南兄不愧爲竺校長的好學生，他也以學識廣博著稱。他早年進入之江學土木，後轉史地，最後在中文系畢業，文工理各門功課都能觸類旁通。工作以後，仍不放棄在浙大所學，他對數理、工程、史地、天文、古文、古詩、小説、曲藝都有很深的造詣，對上述各門學科幾乎都有著述，可謂飽學鴻儒，著作等身。

操南兄悄然仙去，他在生命結束前寫下了最後一首詩：

> 累歲床眠坐井天，春穠鮮睹百花妍。新潮革放開新境，舊雨英華續舊篇。瞻望前程光粲粲，回思往事夢綿綿。揮毫願借生花筆，意氣縱横學少年。

死神已在向他招手，他還是那樣安詳、從容、樂觀和豪放，仍顯示他那洞察萬物、徹悟人生的大學者風範。他的爲人爲學、音容笑貌留給後人永懷念。

懷念劉操南先生

謝德銑

劉操南先生是我敬佩的大學老師,我們之間的師生關係始於1954年秋天,迄今已有近半個世紀。當時,杭州各大學剛完成院系調整,浙江大學、之江大學的文理各系,剛合併爲浙江師範學院,在六和塔之江大學舊址辦學;其他各系也各另建不同專業的浙江醫學院、浙江農學院等獨立的高等院校,在湖濱路和華家池畔辦學;而工科各系則歸入浙江大學,在大學路(後遷老和山麓)辦學。

一天,新出版的校報《浙江師院》增刊上,發表了劉操南先生的古典文學研究論文,我仔細看了幾遍,没有讀懂,但不久即打聽到這位劉先生將來還準備教我們古典文學課,從此對他産生了幾分敬意。半年以後,他果然來開課了,但不是我們一、二班,而是另外一個小班即三、四班的課。但由於是同一年級的,我很快就認識了這位個子小小的、戴着眼鏡的老師,年紀大約40歲左右。别看他外貌並不出衆,是位普通的"講師"(他晉升爲教授還是"文革"結束恢復職稱評定以後的事),但知名度很高,學問也的確淵博。據三、四班同學説,這位劉老師講課時聲情並茂,尤其講到屈原、講到《紅樓夢》時,可以不看書本、不看講稿不停地講課,講得實在激動時,竟會當着那麽多學生潸然淚下。例如,他背誦林黛玉的《葬花詞》,就完全共鳴了,自己也跟着女主人翁哭泣起來,使學生動容,尤其是女學生也禁不住掉下同情的淚水。後來,我纔發現劉老師是個感情豐富且善於動情的人,是位外柔内剛、有强烈詩人氣質的教授,這與他本身的家庭、個人遭際可能也多少有點關係。

1966年“文化大革命”開始,他也被關入“牛棚”,吃了不少苦頭。1973年,他“解放”以後,纔和一批學生及年青教師下鄉,到紹興農村參加“教育革命實踐”。我當時也在紹興的一所師範學校任教,聽到杭州大學有教改小分隊來紹,當即乘船前往東湖,在一間低矮的破舊的宿舍裏,見到了闊别已久的劉先生。他並没有多談自己在運動中受的委曲,衹是非常詳細地詢問我的生活、起居和工作的情况。當得悉我在編一本内部刊物時,他當即鼓勵説:“這很好,搞資料可以積累學問,又可鍛煉文筆,是很有意義的事。”後來,他瞭解我仍在進行魯迅著作的學習和史料搜集整理的工作時,更大加贊賞,説:“魯迅是中華民族的偉人,是紹興之寶、浙江之寶、中國之寶。你生活在魯迅故鄉,有近水樓臺之便,深入研究,堅持下去,必有大收獲的。”當時,我幫助古稀老人董秋芳(冬芬)先生整理了回憶録《回憶魯迅先生》一文,並寄給了劉先生。他看過以後,高興地説:“這篇回憶録記述了不少鮮爲人知的第一手材料,非常珍貴,很有價值,非親身經歷者是寫不出來的。”他還告訴我説,解放初期,董老也到杭州來工作過,與自己有同事之誼,但已有幾十年不見面了,如有機會,很想與他老人家見見面。我於是約他在方便的時候,上城來一次,陪他一起去拜訪董老先生。劉先生不久即專程來到紹興城孝義弄老宅,拜訪了久違的董先生。他與董老已有二十多年睽違,詳細地談了浙江師院從六和塔遷到松木場的情况,以及以後改建爲杭州大學的經過。董老聽到學校發展很快很高興;又詢問了學校一些老教師及老領導的情况,也談了自己離開杭州,奉調至國家教育部中小學教材編寫組工作的情况,尤其是與葉聖陶、吴伯蕭、張傳宗先生等協作的情况。末了,我們三人還來到附近東街照相館拍照留念。

1978年,我所在的學校由中師改爲大專,劉先生聞訊十分高興，曾應邀多次來校講學。1980 年 5 月 7 日，學校經國務院批准，正式建立“紹興師範專科學校”，當我把這喜訊告知劉先生時，他即寫了《紹興師專成立獻辭》一首，辭云：

> 欣挹越州生聚鄉，千秋斯義未能忘。隻身瀛海風雷動，薦血軒轅意氣揚。夙仰紹庠饒碩學，遐思桃李益芬芳。山陰道作長征道，九畹雲蒸發異香。

劉先生寫成後，還作了詳細注釋。①

劉先生的這首賀詩，不是寫在普通的信紙上，而是由西泠印社副社長、著名書法家郭仲選先生親筆寫成條幅寄來的，彌足珍貴，也足見他老人家對紹興師範改建爲大專的重視和關愛之情。學校對此很珍惜，賀詩及附注曾發表在《紹興師專學報》創刊號(1981 年第 1 期)上。郭老珍貴的手跡也一直被珍藏着。

紹興師專成立以後，根據地委決定，學校由山區遷回紹興市區辦學，劉先生到紹興指導的機會就更多了。1984 年 5 月中旬，省古典文學研究學術年會在紹興召開，先生應邀赴會，並在會上作了《漢魏詩歌發展概況》專題學術報告。報告就我國五言詩的形成和發展，五七言詩出現及其現實意義，從漢詩看市民文學等方面，作了簡要的講述，重點談了魏晉詩人與文人作品的關係。他引用《後漢書・周澤傳》詩，説明漢武帝時已有七言詩六句，云：“生世不諧，作太常妻，一歲三百六十日，三百五十九日齋，一日不齋醉如泥。”既寫出婦女的哀怨，又不乏對丈夫的情意，是非常生動形象的。劉先生還聯繫紹興實際，講了秋瑾女士“秋雨秋風愁煞人”名句的來歷，認爲最早似乎可追溯到漢古歌《古詩源》及《樂府詩集》。書上有詩云：“秋風蕭蕭愁煞人，出亦

① 另注：注釋見本册第 38—39 頁。

愁,入亦愁,座中何人,誰不懷憂,令我白頭。胡地多飆風,樹木何修修,離家日趨遠,衣帶日趨緩,心思不能言,腸中車輪轉。”寫出了離人愁緒,也是非常生動形象的。這些,都給大家留下了深刻難忘的印象。

進入九十年代以後,劉先生已退休,但仍留杭大古籍所指導研究生。在繁忙的教學工作中,仍堅持社會科學研究和古詩詞的創作。1993 年夏,浙江省社聯在舟山岱山舉行工作會議,劉先生代表浙江省詩詞學會參加,我們在岱山山頂賓館又再次見面了。他雖年逾古稀,鬢髮卻是全黑的,依然顯得精神矍鑠,這在知識界,特别是對飽經風霜的老教授來説,也是少有的。當我問先生有什麽養老決竅時,他笑着説:“心寬體自胖,多思腦必健。人壽有限,但衹要不懈地勞作,活八九十歲不難。”兩年後,我在杭州大華飯店餐廳,又一次見到了劉先生。他來參加浙江省中國作家協會會員大會,會上他還領了獎。我衷心地祝願先生健康長壽。但不久忽然傳來了劉先生患病且是重病的消息,真令人不安了。我於是決定專程去劉先生家探望。

1997 年 8 月 20 日下午,我來到杭州九蓮新村附近,轉輾數次,方找到劉先生所住的花園北村寓所。已是下午 3 時許了,衹見劉師躺在南向的窗下小床上,見我入内,連聲用無錫鄉音喊道:“難得相見了,請坐啊!”我首先代表在紹興和杭州受他教誨過的老同學向他老人家問好。他説,醫院查出的是直腸癌,已開了刀,切去了 30 厘米,一年多來病情穩定,衹是近來感到骨頭有點痛。我説,我們這批六和塔時的老學生也都到了退休之年,時間過得真快,教過我們的先生在世的已不多了,您是身體一直來相當不錯的,要多加保重啊!他點點頭,談將要出版《水滸》的進展情況,以及中科院及海外學者對他《曆算求索》等高層次論著的肯定與贊賞,説王淦昌院士要爲該書題字。末了,他從床下抽出一本《史記春秋十二諸侯史事輯證》送給我留念，説本來可以簽個名的，但現在手不聽使喚，衹好從免了。記得以前劉師也曾送我不少著作，包括《武松演義》《青面獸楊志》等幾十種，扉頁上都留有他老人家的親筆題字和紅印章。這次送我的，是唯一一本無簽名、不蓋章的贈書，未免感到可惜。但當我看到他微微顫抖的手，聽到他明顯已經沙啞而低沉的話音時，纔悟到先生已是八十高齡，又是重病人，於是一邊道謝，一邊接過贈書，繼續談些社科界、教育界、文史方面的新事。

劉先生和我談話時，冰清師母就睡在他對面朝北的床上，一邊插話，一邊介紹劉老的情況。師母與先生同年，這對老夫妻相濡以沫，已半個多世紀，現在同時成了病人，雙雙臥床，成了真正的"老來伴"。聽劉師母説，她並無大病，衹是前幾個月一不小心跌成骨折，纔臥床至今，現在全靠女兒、兒媳和保姆護侍。她説，劉先生開刀以後，曾經比較穩定，但年老力衰，病不饒人，現在已站不起來，難以動筆了。這是他最感到難受和痛心的。因爲，他畢竟教了一輩子書，站了一輩子講臺，捏了一輩子筆桿子啊！她説，劉老的《水滸》出版，現在正好配合電視劇《水滸》的放映，估計不久即可與讀者見面。我想，要是劉師能再活上五年十年，他肯定會有更多更大的成果問世。劉先生還向我介紹了浙江省文史研究館和《古今談》雜誌的情況，要我多寫稿多支持。他也順便和我談了浙江省知識界和杭大的一些情況，眼神悽然，言外對時下金錢萬能、人情冷漠、世態炎涼、舊友雲散等狀，有不勝今昔之慨。但對我今後如何待人處世，爲人爲文，也不無教誨和指導的作用。

這是我跟劉師最後一次會面的詳況。時間雖然衹有一個多小時，卻給我留下了終身難忘的印象。我與劉先生見面後不久，即是 1998 年元旦，他就題了賀新年詩寄給我。此後，中間也通過幾次電話,互問音信,原以爲他活到本世紀末、下世紀初是没有問題的。殊不料,開春後不久,即接到他長辭的噩耗。

人生易老,歲月苦短。劉老師已經匆匆走過了八十年的人生之旅,這是不平常的八十年,他在浙江文壇、教壇頑强征戰了六十年,他認真治學、勤奮爲文、誠摯爲人了六十年。我爲能有這樣德高望重、著作等身的恩師和忠厚長者而驕傲,並深感榮幸! 如今,老師謝世已一年有餘了,想必在地下一定也還在繼續進行着他未竟之事業,一定在想念他的老伴、家人和老學友、老學生。記得費在山先生在挽聯中形容他“學究天人”。“學究”者,大學問家也;“天人”者,自然是永遠長存不滅的。他的精神是不死的,他的著作也將永遠與世長存,並且隨着時間的推移,將永葆其學術的青春,在偉大的中華文化寶庫中,永遠閃耀其不滅的光輝……

1999 年 5 月 30 日於杭州

那堂《離騷》課

薛家柱

1956 年,我從濱海小城浙江寧海,考進了杭州大學這堂堂高等學府,不免有幾分欣喜、幾分惶惑。一聽中文系教授名單,全是當時學界的一代名宿:敦煌學權威姜亮夫,唐宋詞大家夏承燾,外國文學教授孫席珍,明清小説史家胡士瑩,古漢語專家任銘善,還有王駕吾(焕鑣)、胡倫清等教授。後來成爲浙江美術學院書法大師的陸維釗,當時還僅僅是位副教授;古漢語權威蔣禮鴻當時是講師;元明戲曲專家徐步奎(朔方)當時也衹是個普通教師……嘖嘖，杭大中文系不愧爲全國學術界的半壁江山，連北大也要刮目相看。聽説這批老先生都是原浙江大學文學院的班底，1953 年全國院系調整時，因不願去寒冷多沙的北方而情願留在西子湖畔。我以能成爲這批名教授的弟子，聆聽他們宏論博學的講課而感到自豪。

1957 年秋天，開始上古典文學課。先是陸維釗先生的先秦文學，接着是《詩經》《楚辭》。我生性魯鈍，茅塞未開。對之乎者也的古文不太感興趣，再加上不肯用功，成天想當作家，就把所有精力耗在寫作上。每次上大課，我都坐在階梯教室的最後一排，管自在筆記本上搞創作。反正講臺上的老師看不見，我樂得埋頭大寫詩歌；再説上課的教師不斷調换，他們絶對不認識我這個不事張揚的矮小學生。

這一天講授《楚辭・離騷》。我一如既往早早躲在最後一排座位上，開始我的詩歌寫作，整個身心沉浸在詩人的金色夢幻中。聽説授課的是一個講師，這有什麽聽頭？姜亮夫這樣的名教授講課，我都照樣思想開小差呢。

突然，一陣抑揚頓挫帶着濃重無錫腔的聲音在偌大教室響起，如同餘音繚梁的雷聲在九天滚動，那樣慷慨激昂，又是那樣沉鬱悲涼……一下把大家震懾住了，全場異常肅穆，寂然無聲。我也連忙從繆斯的懷抱中掙脱出來，停止寫詩而望着講臺。可能大家都在抬頭張望，也可能這位老師實在太矮小，一眼望過去竟然看不到講臺上的人。我好不容易擡起屁股，從濟濟人頭縫隙中窺視，總算見到了這位先生。五短身材，其貌不揚，再加不修邊幅，頭髮凌亂，臉上鬍子拉碴，模樣實在不敢恭維，他，能講得好屈原《離騷》這樣的千古名篇嗎？

誰知這位老先生石破天驚，竟然一口氣把《離騷》從頭到尾背誦下來，滴水不漏。啊，不是那種學究式的死記硬背，而是全身心地投入，傾注了他的全部感情；普通話不夠標準，但吴語腔調再加上古詩辭的吟唱，更把《離騷》的原汁原味傳神地表達出來。高昂處如同哭喊，低回處如在飲泣，仿佛 2000 年前汨羅江畔的屈夫子，又重新出現在我們的面前，披頭散髮臨風浩歌、赤臂跣足對天哭問……噫嘻，一個没有親身感受的人，絶對不可能發出如此動人肺腑的吟誦。

接下來的講解自然不必説了，旁徵博引，鞭辟入裏，對屈原、對《楚辭》如數家珍，分析得頭頭是道、絲絲入扣。講到得意處，眯縫着眼睛手舞足蹈；説到動情處又黯然欲涕……顯然，屈原的《離騷》讓他想起哀樂中年坎坷的身世與艱難經歷。

下課後，同學們紛紛議論開了。爲這位先生的背誦功夫，更爲他的廣聞博識。消息靈通的同學透露："你們知道他是誰嗎？劉操南，背書的高手！不要説《離騷》，《紅樓夢》他都能大段大段背誦呢。"

"啊？！"大家聽了瞠目結舌，這纔領略到：祇有十年寒窗，卜晝卜夜，博聞强記，遐搜廣采；先讀懂背熟，再登堂入室，纔能真正進入人類智慧的浩瀚寶庫。

一堂《離騷》課下來，令我對劉操南先生刮目相看。爲他融古通今、出入沉潛的真學問，也爲他的平民意識、平民作風。一次，我在書店買到一本新書——《武松演義》，茅賽雲講述，劉操南整理。我饒有興趣地一口氣讀完，比讀《水滸傳》還有興趣。茅賽雲是杭州説大書的著名藝人，滿肚子杭州典故，很多流傳在杭州而《水滸傳》没有記載的故事，都從他的嘴中演繹出來；再經過劉操南先生整理，就成了新的話本小説。

那時，我成天做着作家夢，因此對劉操南先生遠比對别的大教授還佩服。可是學術界遠不是那麽一回事，學校不把《武松演義》列爲學術著作。甚至流傳一種説法：不好好在書齋做學問，成天往書場跑……我爲此有點打抱不平，難道成天鑽故紙堆纔算真學問，而深入民間調查就低人一等了？那麽，研究明清戲曲、話本小説的，不也同樣與劉操南先生没有本質的區别嗎？

由於和劉操南先生心靈較相通，畢業後我又分配在杭州文化系統，對劉操南先生幫助整理杭州評話工作有進一步瞭解。特别是我負責主辦《西湖》之後，劉操南先生常是攜稿子來編輯部，我們自然關係更爲密切，既是師生，又是作家和編輯的關係。他告訴我：平生搜集了不少民間傳説的各種版本，有一種善本的《白蛇傳》，可能是獨一無二的孤本了。

1978年中秋節前後，劉操南先生又來編輯部訪我，興奮地談起他的浙大老校友闞家蓂女士最近回國探親，同他重逢，互以詩詞唱和，大家興奮不已。他從提包裏掏出一本紀念册説："你看，他們組織了浙大北美校友會，每年聚會一次，老校友盡情歡叙呢。"

一種本能的衝動，我順手翻到一張很大的聚會合影，一眼瞥見後排一個人，大聲叫嚷："這不是我哥哥嗎？！"

我用顫抖的手查對了照片下的人名，果然是我中斷聯繫近30年的哥哥。

"啊，真是你哥哥？"劉操南先生的興奮之情絲毫不亞於我，滿臉眉飛色舞。

當晚，劉操南先生即陪我去"樓外樓"面見闞家蓂女士。她一聽也非常欣喜，很樂意爲我捎信。從此，分離三分之一世紀的骨肉之情，終於重續上了。這件事充分體現出劉操南先生待人的熱情和真誠。

劉操南先生已長眠在地下8年了。可那一堂《離騷》課猶縈繞在耳。這樣的講課，對我來説，也許一輩子就衹有那麽一次。

（原刊《古今談》2006年第2期）

唁電：

驚悉劉操南先生不幸逝世，不勝悲慟！

作爲劉先生四十年前的學生，曾親沐過先生的智慧和崇高道德情操的薰陶。深爲先生的强記博聞、治學謹嚴、學問精深與艱苦樸素、平易近人的人格光輝而折服。四十年來一直銘記心頭，視爲典範。

劉先生的逝世是母校一大損失，也是我省我國古典文學、古典詩詞等方面的重大損失。相信他的學生和朋友們會永遠記住劉先生的風範；他的學術著作也永遠留在我國的文學寶庫中，世代發揮作用。

一代宗師劉操南先生安息！

學生　薛家柱

緬懷劉操南老師

鍾　嬰

劉先生是我大學時的老師。我最後一次見到他，是 1998 年 3 月 18 日。前一天晚上接到劉先生女兒的電話，説她爸爸叫我去一趟，有點事要我辦。我知道劉先生病重，第二天早上就去浙江醫院。劉先生囑辦的都不是大事，但其言可悲。他説："我都不會寫字了。"對這位著作等身的著名學者來説，這話有多傷感！他讓我看一份將發排的校對稿，他修改的字句寫得彎彎扭扭，真難辨認。我捉摸着逐一"翻譯"出來，寫在另一張紙上，再念給他聽，他滿意地説："對。"這時，他掛吊瓶的皮管已不滴水，我緊張起來,護士用針筒打了兩次,終於滴了。他吃力地給我交代完事情,我臨走時,他説:“不曉得是不是還能看到你。”我的眼眶濕了,趕緊心情沉重地走出病房,暗暗祈禱……

按劉先生的囑咐,我20日去浙江省文史館辦了第一件事;遵文史館之約,30日我去辦第二件事時,卻聽到先生已於昨日凌晨去世的惡訊。傷心之餘,真遺憾老天怎麽就不恩賜一天,遲了這一步,竟來不及告訴先生事已辦妥!想起先生在彌留之際仍一直心繫學術事業,深深感動,更不勝感傷。

回憶讀大學時劉先生給我們講課,至今印象尤深。特别是他講《楚辭·九歌·湘夫人》,他兩眼一眯,帶着無錫鄉音充滿感情地吟誦:“帝子降兮北渚,目渺渺兮愁予……”先生還未開講,就已把我們帶進一個美妙而充滿古情調的藝術境界,陶然、怡然了。有趣的是他講《紅樓夢》,不説先生精湛的作品剖析,衹説他在引用原文時,常常不用看書,大段大段地全部背誦如流,讓學生對他敬佩不已,我由此體會到了老師治學的勤奮與扎實。

我與劉先生的接觸,始於他在我的作業上的批語:有見解。我到底有什麽見解已忘了,重要的是老師的談話和提點,以至我逐步領悟老師自己治學的一個特點:精到的見解。這一教導影響了我後半生。至今我每講課、寫文章時,不管如何引經據典,不管掌握多少資料,總要先問清自己:“我的見解呢?我應該要有自己的東西。”這也是教導了我爲人爲學之道:在任何情況下,都不要迷失自我。我當老師了也不忘記鼓勵學生有自己的見解。

我曾一度與另外一位同學一起,幫助劉先生整理屈原流放圖及其他資料,我學到了很多東西,尤其是他嚴謹的治學態度,更欽佩他的博學。如今當人們爲“文理分界”學科之間壁壘森嚴而造成知識碎裂等問題而開始探討時,劉先生卻早已“融通”了古天文學、地理學、文學等多學科。研究成果卓著，就是古小説研究中，也“融通”了“雅”與“俗”，他發掘整理的民間説書已多部。他學問之深、之博，令人驚歎。

劉先生爲人誠摯、敦厚、正直。我的道路並不平坦，丈夫錯劃爲右派，一度在余杭縣的中學教書。所謂“世情看冷暖，人面逐高低”，這本是常情。在我艱難的日子裏，我萬萬没有想到劉先生竟會來看我。那時他女兒文漪也插隊在余杭縣，我永遠不會忘記劉先生帶着他的女兒到我家來，看望我這個“倒楣”了的學生。這給了我莫大的鼓舞與安慰。

師恩難忘！

1998年12月26日

師恩難忘——悼劉操南先生

徐漢鐘

1998年3月29日，在民盟工作的朋友告訴我劉操南先生逝世的消息。我震驚萬分，急忙約了幾位老同學趕去先生的寓所，此時，客廳已成了靈堂，牆上，先生面帶微笑的相片已被黑紗罩住，室内擺放着吊唁的花籃。望着那慈祥而又親切的先生遺像，我們悲痛萬分，幾十年間的往事又一幕一幕地浮現在我的眼前……

初識劉先生是在杭大中文系的課堂上，劉先生給我們59級的學生講授中國古代文學史。他備課極其認真，我看他的講稿都是用蠅頭小楷認真謄寫，而且用朱紅和墨緑等彩筆作過圈點和修改。他舊學功底淵深，才思敏捷，記憶力過人。常在鞭辟入裹的剖析中,穿插大段的引述,他引述原著簡直都是一字不漏地背下來的,所以,聽劉先生講課既輕鬆,又記得住,真是一種享受,時間總是在不知不覺中過去。同時,這本身也在示人以扎實治學的榜樣,其潛移默化的功夫是不言而喻的。中文系的學生多數對古典文學感興趣,考試時無需多加複習便能考出好成績,這不能不説是有像劉先生這樣的教師群體的緣故。

我與劉先生有較多接觸,當是 1962 年左右的事了。當時,思想禁錮有所放鬆,大學裏學術空氣空前活躍,學生們組織的各類興趣小組、科研小組如雨後春筍般蓬勃發展。我們成立了古典文學小組,大家一致同意聘請劉先生爲我們的指導老師,並讓我負責與劉先生聯繫。劉先生雖然一肩擔教學,一肩擔創作,工作非常繁重,但衹要是學生有請,他總是有求必應。他經常給我們作講座,毫無保留地將他的治學心得傳授給大家。也許受空前活躍的學術空氣的影響,這期間,劉先生與我的個人交往也多了起來。他經常與我一起談他的學術研究和創作,有時還讓我幫他整理一些東西。這一時期,他幾乎是手把手地教我寫作,我從他身上學到了許多寶貴的治學方法和經驗。我覺得他身上集儒者的敦厚、學者的睿智以及長者的風範於一體,他從不擺先生的架子,對學生總是關愛有加,舊道德、新思想在他身上奇妙地親和與融匯在一起。

劉先生是一個文史兼長、文理皆通的學者,又是一個卓有成就的通俗小説作家,這都是人所共知。我還讀到過劉先生記述錢江引水工程的一篇散文,靈光閃爍的古漢語,在劉先生那裏得到出神入化的運用,其尖新與樸素,奇巧與渾厚,用詞之準,狀物之妙,情景之逼真,造意之深遠,不可思議地交織在一起,没有扎實的舊學功底,是絶對寫不出這樣的文章的。難怪人們要將他的這篇文章鐫刻在石碑上,讓它像錢江水那樣永遠流傳下去了。

“文革”以後,他在詩歌創作領域也有開拓性的進展。這時期他寫了大量的舊體詩,並常有新作寄我。他的絶句,詞意暢達,承轉自然,妙在言語之外,是近乎天籟的那一種。律詩和古風則格局工整,該排則排,該偶則偶,排則曲盡其妙,偶則言簡而意工,常常是大而化之,充斥着一種浩然之氣,使我輩不能追其萬一。對他的詩作,我曾寫信給他談過自己的感想,他即回信説:“自愧才思苦澀,拙作蒙鼓勵,殊感。暇時,稍有所作,敬抄録數首,請批評!”其謙遜之情溢於言表。

劉先生身上這種虚懷若谷的精神,作爲一種人格的力量是時常可以切實感受到的。記得1973年暑假,友人畢君專功書法,欲覓名家指點。因爲劉先生曾有一首《晚耘先生書法歌》寄我,我立即就想到了劉先生。於是,我和畢君便帶上一些書法作品去請教劉先生,先生聽完我們的來意後,馬上解釋説自己在書法上是個門外漢,並且婉言謝絶了我們要他留點墨寶的請求。他還熱情地向我們推薦胡士瑩先生,並親自帶我們去見胡先生,那次,我們向胡先生請教了許多,獲益匪淺。劉先生的這種謙遜又博大的態度,使我想到了他寄我的一首《詠梅》詩:“幾度冰霜幾度寒,迎來春色到人間。峥嶸傲骨慚桃李,獨立花圃不鬥妍。”這真是他自己爲人的一個很好的寫照。

1997年暑假,劉先生病重,他身上的癌細胞已經擴散到全身,常常痛得大汗淋漓。住院後,一當在藥物的作用下疼痛稍有緩解,他便繼續進行寫作。一次,我與老同學去醫院看他,見他異常消瘦,不過,他一見到我們便非常高興,精神出奇的好,完全忘了身上的疼痛,他不停地與我們交談,談浙大、杭大等四校的合併,談浙大、杭大兩校的歷史,談他的研究和創作。我們發現他的記憶力仍是驚人的好,腦子也異常的清醒,他念念不忘的仍是事業和工作,他所關心的是研究成果能否早日問世,創作的作品能否早日出版。無論對事業還是對家庭,他真是一條生命不息,耕耘不止的老黄牛,他從來就没有想到過要休息和享受。我們怕影響他的治療,不敢多談,便要向他告别,他卻表現出依依不捨的樣子。足見劉先生眼裏是没有什麽晚輩不晚輩的,他一概將我們當作老朋友對待。他待人的誠懇與真摯由此可見一斑,稱他是平民教授,絶不爲過。

現在劉先生去了,無情的病魔奪去了他的生命,學術界失去了一位學識淵博、成就卓著的學者;文學界失去了一位諸體兼長、著作豐厚的作家;我們失去了一位德高望重、誨人不倦的良師。先生雖逝,但他的音容笑貌猶在,他的言行猶銘刻在我們的記憶裏。他已在我們心中矗立起一座豐碑,爲我們樹立了一個光輝的榜樣。他的人格力量將永遠鼓舞我們前進。

師生情重不言别。

師恩如山永不忘!

2000 年 1 月 15 日

書信裏的師恩

——獻給吾師劉操南教授在天之靈

陸子康

恩師劉操南先生走了,二十四年了,與先生相聚的一件件往事化成了淡淡的回憶。從此,我祇能在夢中向先生求教了……

當代人都喜歡以“假如”爲題聯想翩翩,我也曾遐想,假如我没有遇到劉操南先生,没有得到先生的指導,今日的我將是一個什麽樣的“我”呢? 簡直不敢想象!

常思寫一點回憶文字,紀念先生。可是,濃濃的師恩,沉沉的悲哀,綿綿的思念,真不知該從什麼地方説起,該從什麼地方下筆。這裏,且打開記憶的閘門——取出幾疊厚厚的先生寫給我的書信。暈黄的燈光下,一封封地翻過去,看下去。於是,先生仿佛又活在我的眼前了,正步履緩緩地向我走來……

你可要多讀一點書啊

足下暇時。可讀《昭明文選》及《鶴林玉露》二書。對於寫作、豐富才思及詞彙有幫助。

我時常記起先生信中的這幾句話。人貴有自知之,我是1968年畢業的中等師範生。學生時代,大躍進、三年自然災害及"文化大革命",全遇上了,讀了多少書,衹有天曉得!劉先生最清楚我的底細,因此,他經常在信中開導我説:"你可要多讀一點書啊!"

1974年上半年,杭州大學開門辦學,在海寧舉辦初中語文教師培訓班,我就是那個時候認識劉先生的。那是一個焚書的時代,一切舊書古籍都被投之一炬,化爲灰燼,人們衹能偷偷摸摸地看一點書。那時,我雙層鋪的枕頭下邊藏着兩册《説文解字》(一部《説文》爲四册,這兩册是我從"文革"抄家物資中拾得的殘本),没有人時便偷偷翻看。劉先生聞説此事後,覺得詫異:怎麼,這年頭還有年輕人在翻看《説文解字》,怪哉?或許,就是這個緣故,先生開始注意我了,我們開始交往了。漸漸地,每天中午、晚上,衹要有空,我便待在先生的宿舍裏向他求教,先生也總是孜孜不倦地輔導我,我們成了"忘年交"。

幾個月的師訓班結束了,我們去紹興參觀魯迅紀念館。先生知道我的字寫得不好,曾許多次提到要我練練字。在去紹興的火車車廂過道裏,在擁擠不堪的人堆裏,在轟隆轟隆的火車聲裏,我與先生相對而立,依依不捨地敘談着。臨别之際,先生又一次殷切地説:"有空,你可要好好地練練毛筆字,最好從正楷練起……"説來連自己也慚愧,我這個人性子急,聽説要從正楷練起,就嚇怕了,哪裏還敢去動毛筆呢?先生信中要我讀的《鶴林玉露》,至今也一直没有碰過。那個時候,在鄉鎮小學附設初中班任教,到哪裏去尋覓這本書呢?如今,在圖書館工作,有的是書,可整日忙於行政雜務,又哪有讀《鶴林玉露》的閒情逸趣呢?

1976年,我又參加了杭州大學在海寧舉辦的第二期師訓班,但没有幾天,因家中有事而停學了。劉先生對此甚覺惋惜,給我來信:

> 你因家事牽累,中途輟學,覺得十分可惜。但讀書主要是靠自學的。寄上雜誌數册,乞檢收。

十年"文化大革命"結束了,大學裏又開始招收研究生了,劉先生也帶起了研究生。一次,我在先生家作客,熱情好客的劉師母當着先生的面對我説:"你讀劉先生的研究生吧!"這是求之不得的美事,我何嘗不想?但我有自己的難處:兩個孩子正由我帶着讀小學,讀書、吃飯與睡覺,都是我管的。我走了,孩子們怎麽辦?這豈不耽誤了下一代的學業?劉先生知道我的苦衷,笑了笑説:"讀不讀研究生一樣的,讀書靠自己,有空多讀點書就是了。"

回想二十多年以來,我能夠比較順利地幹了一些實實在在的事情,大概就是因爲記住了先生的話:多讀一點書。

十年同"磨"一《舉要》

唐朝詩人賈島有一句詩,"十年磨一劍";而拙著《形近字舉要》,1981年寫成,1990年由江蘇教育出版社出版,時間的跨度也是十年。十年間,劉先生對於這部書稿,曾經給予熱情關切,一直縈念於懷。可以説,劉先生是與我十年同“磨”一《舉要》。

1981年,教學之餘,我開始撰寫《形近字舉要》一稿。那個時候,“文化大革命”的遺毒尚未肅清,倘若有人知道我在寫書,豈不被人譏爲“白專道路”“一本書主義”等,自尋煩惱?因此,撰寫書稿,我衹能在晚上偷偷地進行。二十多萬字書稿草就了,怎麽投稿呢?當時,不要説出版著作,就是報刊上發表一篇短文,編輯部也要發函向單位領導調查作者政治面貌、工作表現和家庭社會關係等等,弄得十分緊張。於是,我想到了劉先生,將書稿寄給他。因爲對書稿的質量没有把握,我將書稿比作“醜媳婦”,並説“醜媳婦總得見公婆之面”,懇請先生指正。

先生收到書稿,殊出意外,甚是欣喜,立即給我來信。剛巧,先生因出差路過南京,就去江蘇人民出版社幫我聯繫書稿出版之事。書稿留在出版社,一直没有消息,先生去信,也不見回復。1982年下半年,先生見我着急,就來信勸慰我:

> 江蘇人民出版社。余自武漢返杭。路過南京時曾與聯繫。將足下稿之首册,作爲書様,留作審閲。迄今未見教示。聯繫編審,嘗將姓名寫在紙上帶回,近日翻於書簏多次,此紙尚未找到。一稿採用,感覺甚不容易也。

1983年3月,我收到了先生的信,告訴我書稿已被採用:

> 江蘇人民出版社已有信來,皇天不負苦心人,您的大作已被決定採用,可喜可賀!
>
> 現將出版社來函奉上,原稿另郵掛號同時發出,祈請察收。大作我未閲讀,否則,我可幫您寫一篇序,出版社也許可更重視些。

我收到先生的信後,按照出版社教育編輯室的意見,又將書稿作一些修改。先生曾約我去他家,我親聆指教。先生説我運氣好,第一次寫書就被出版社採用,有的人寫了好幾部書稿,卻都未被採用出版,出版社要我在 7 月份前將修改定稿寄去,爲了不誤時,我每晚忙到半夜以後。先生知道了,又來信寬慰我,説書稿如不能如期定稿,也没有關係,可先寄一部分去。因爲出版社審稿,要費很多時間的,一部稿子到印刷廠排印,一般要兩年多時間。這還算正常的,那些擱得久的,會拖很多年的。

1983 年 6 月,書稿正式定稿,寄江蘇人民出版社,此事總算告一段落。

出書之難,我有着切身的感受。從 1983 年定稿,到 1990 年始見樣書,一轉眼就是八年。書稿是寄江蘇人民出版社教育編輯室,出版時的教育編輯室已成了江蘇教育出版社了。這八年中,先生儘管工作很忙,但深知著書立説非易事,故總是惦記着書稿,信中經常提到此事。1990 年 10 月,當我將散發着油墨清香的《舉要》樣書掛號郵寄給先生時,頓覺渾身輕鬆自在,暗暗慶幸:蒼天有眼,書稿終於印成了,這總算没有辜負先生十年的心血,没有辜負先生對我的殷切期望。

是鼓勵,還是對弟子的偏愛

1992 年下半年開始,我在教育局教研室任中學語文教研員,出版社將出版我編著的《漢字形近偏旁辨析》一稿。我請先生寫一篇序,先生一口答應。没有多久,先生來信了:

> 序文撰就,不免借題發揮,略抒拙見;然以之聯繫大作,似較得體。俗士吹捧。余所不敢取也。

先生的序文,從漢字的歷史性、綿延性、科學性、藝術性、實用性和國際性等六個方面道來,洋洋灑灑,四千餘字,而我的《辨析》僅僅十餘萬字，不免感到害臊。而序文中的文字，更是叫人羞愧汗顔。

> 辨析字形，古已有之。陸君此作，視爲弘揚民族優秀傳統可也……陸君1990年曾有《形近字舉要》一書問世，近又撰《漢字形近偏旁辨析》一書，繼往開來，實有其歷史與現實意義的。

> 陸君原爲中學教師，副校長，今又爲教研室教研員。日夕與學生相處，教學相長，針對現實，提出問題，研究問題，解決問題，撰爲此作，是有其貢獻的。

> 陸君早年爲海寧小學附設初中班教師，1974年開門辦學時入培訓班，在余門下僅半載。今得見其成長，獲此成就，燈下書之，心潮澎湃，不禁喜不寐矣。

是鼓勵，還是對弟子的偏愛？我自己也説不清楚。於是，我又憶起了一件件過去的事。

七十年代，我自學《説文解字》，對幾個漢字的解釋提出了一些異議，先生在來信中循循善誘地引導我：

> 所示諸字解釋，頗有道理，足見足下好學深思，實堪嘉尚。不過這是孤證，尚難作爲定論。

還是七十年代，我創作了一首曲藝作品《水》，寄給先生請求指正。先生看了，滿腔熱情地向刊物推薦：

> 你用海寧民歌——哈頭調創作的《水》，寫得很有特色，已向《群衆演唱》推薦。

1989年，我撰寫小説《劉伯温出山》，將開頭幾回寄給先生

請教。先生時在病中,但仍然立即覆信:

邇來體軀漸健,大病没有,小病則時罹也。《劉伯温出山》看了幾回,侃侃而談,引人入勝,確見弟之才華。

寫到這裏,我不禁想起了紅燭,是的,先生就是紅燭,就是一支燃燒着的紅燭,他用煌煌的火焰,照亮了弟子前進的道路,鼓勵着弟子奮然前行。

像慈父一般的關懷

對於讀書做學問,先生對我的要求甚是嚴格;對於我個人生活中的事情,先生又像慈父一般地關懷我,照顧我,體貼我。翻開先生的一頁頁書信,衹覺得每個字都是滚燙滚燙的,仿佛有些灼手……

一個夏收夏種季節,颱風屢屢襲來,我放暑假在家。家中種着幾畝承包田,割稻、打稻、耕種,忙得不亦樂乎。因爲老天爺不作美,又是風,又是雨,農民很苦。尤其是曬穀,太陽一出來,用畚箕畚出去,要下雨了,又畚進來。先生曾經參加學大寨工作隊到農村蹲過點,熟悉農村的情況,他給我來信了:

今年雙搶,颱風影響怕誤了農時,曬穀困難,插秧當更忙了,這是可以想見的。但盼過了秋分,還要注意勞逸結合,適當休息一下。

八十年代,我偶爾寫些東西,晚上常過了半夜纔休息。先生知道我的脾氣,總是來信要我注意休息,保重身體。1986 年,我眼睛患病,先生知道了,總是縈懷着,記掛着:

足下目疾,待訪名醫,倘有所聞,容緩續告。

學校裏開始評職稱了,劉先生又爲我操心。評職稱要有論文、著作，先生知道拙著《形近字舉要》正在出版之中，就來信告訴我：

> 《形近字舉要》聞已審畢，同意出版，可喜可賀，不負足下耗去一番心血也。排印周期較長，於足下中學教師職稱評審恐有誤，可以將此實情，向出版社同志説明，請他們出一證明或説明，則足下可向有關方面匯報，證明足下之學力矣。此作直接爲教學服務。説服力强，足下可以一試。

這麽多的事情，先生怎能不操碎了心，我真有些不忍回顧眷念以往，先生爲了教學、科研與寫作，日夜忙碌，工作不息。可是，對於我的關懷，甚至於家庭中的瑣事，都是無微不至，令人刻骨銘心，感激不已。1988 年，小女考取師範學校，先生知道了，爲之欣喜激動："令愛已録取師範，甚慰。莘莘學子，得一上進之路，快何如之。"1992 年，兒子在杭州讀書畢業了，原想在杭城找一個工作單位，後來因故又回到了海寧。先生知道我心裏有想法，又來信婉言相勸："公子返海寧工作，殊便。安知非福也，幸勿介意。"

劉先生，您給我的關懷是那麽多、那麽多……我，受之有愧、有愧……

春風種桃李，無言自成蹊

> 承蒙不棄。時以衰朽爲念。我庸庸碌碌，愧無一善足述，讀足下書，益增感慨。我欲春風種桃李，於無言下自成蹊，此願此志。不意君猶拳拳，然則，我之虚生爲不虚矣。

《漢書》中"桃李無言，下自成蹊"這一古諺，出現在先生給我的書信中，自是别有一番深意。桃樹李樹，無聲無息，從不自言自誇，但憑藉着自己的一樹繁花、累累果實而吸引人，人們紛紛而至,樹下自成蹊徑。做人,何嘗不是如此。先生誠然是無言的桃李,是虚心的桃李,爲了我國的古代文化遺産,在自己的園地裹默默地耕耘着;先生誠然是無言的桃李,是虚心的桃李,高山仰止,景行行止,他的道德學問爲弟子們共同仰慕。

越是有學問的大學者,越是虚心好學。這在與先生的交往中,我有着深切的感受。先生胸襟寬廣,虚懷若谷,像大海能容納百川似的。

先生撰寫章回小説《諸葛亮出山》時,師母不幸患上白血病。先生爲師母的病情所拖累,寫作擱下來了。當時,我在一所鄉中學任教,正逢放暑假,便試着幫助整理這部稿子。不知天高地厚的我,整理時也有一些歪點子,便去信向先生討教。先生一接到信,馬上作復,虚心解答:

> 表白不能用現代新名辭。所見極是。落筆時新意還是納於傳統語辭之中。
>
> 當仁不讓,爲讀者負責,還祈大膽删改,加添情節,使之飽滿突出。開始空泛處,可割去些,當從緊湊處摇筆生姿。

一個享譽海内外的名教授,一個鄉村初中的落拓窮教師,天壤之别。可是,這反差懸殊的二者,居然和諧地相融於一起,我們交流着創作的感受。

往事猶在眼前。當時,爲了撰寫《諸葛亮出山》中的“緣起”一章,先生多次與我通信商討,從内容、結構,直到文采。先生的信,一寫就是滿滿的數頁。最後,“緣起”定稿,先生頗是滿意。後來,小説正式出版時,“緣起”爲編輯删去了,留下了一個小小的遺憾。我想,倘若《諸葛亮出山》以後有再版的一天,這篇數千字的“緣起”還是補進去吧!

先生寫就文章,總是虚心地向别人徵求意見。他撰寫小説

《青面獸楊志》時,曾給過我一信:

> “青面獸”前三回匆率成書,思路、文字恐有散漫、脱節之處,請你通篇文字潤色一下,文從字順。中間夾着幾處小議,可用則用,可改則改,可棄則棄,俱無妨也。

拜讀先生的稿子,一飽眼福,我無才潤色先生的稿子,衹得原璧奉還。

春風種桃李,無言自成蹊。這個古諺,先生以自己的道德學問作了最好的詮釋,並融進了新時代的新色彩。

麥子熟了,不割要爛掉的

先生晚年,潛心於古籍的研究與章回小説的創作,嘔心瀝血,爲讀者奉獻出一部部著作、一篇篇論文。先生學識淵博,治學謹嚴,思辯敏鋭,見解獨特,爲海内外學者贊譽不絶。但他從不滿足,總是説:年紀大了,要多擠時間把肚子裏的東西掏出來,趕快寫出來。1995年年底,先生不幸患了直腸癌,割去大腸30多公分。出院後,他更加意識到時間的寶貴,抓緊時間寫東西。

一次,我收到他的信,看着、看着……坐於案前,呆呆然的,我深深地被感動了:

> 月來寫稿忙碌勞累,餘事没暇顧及。前月一月寫了三萬字,還了一些文債,還有早先約稿,没有動筆,心中着急。所以,看我退休,實際上比不退休還忙,可是人家不知道啊……我一年至少寫文十五萬字以上,自己也有些要求,麥子熟了,不割要爛掉的。我知道的一些東西,可能人家不一定知道。想把它寫出來。像蠶吐絲一樣,不吐我想是可惜的。
>
> 有一點力氣,總是伏案。酷暑揮毫。寒冬呵凍,未嘗稍

輟。人家説您該節節力,但這祇是空話而已。

先生住院期間,我去看他。走進病房,見先生的病床旁放着一隻小凳,床頭櫃上堆着書籍、稿紙與筆。同病房的病人告訴我,老先生衹要身體尚可,就把床頭櫃當書桌,坐在小凳上,伏在上面不停地寫東西。

1997 年冬天,先生病勢已沉,我去看他,先生儘管面容消瘦,但仍然精神尚好。一談到古籍文獻,先生的話就像打開閘門的水流,滔滔不絶,一談就是一個多小時。師母告訴我:先生每天還是寫東西,甚至晚上也不歇息,勸他没有一點用處,你幫我説説。

先生就是這樣不息地揮毫工作着、工作着……一字字、一行行,用自己的心血凝結成數百萬字的著作。

先生走了,還有很多很多的文字,他來不及撰寫了。成熟的麥子,真的就這樣爛掉了。每想到此,不禁愴然。

恩師劉操南先生走了,他到另一個世界去了。每當夜深人静之際,想到先生,想到先生信中的話,便心有不寧。先生曾對我寄予厚望,希望我學有所成,並做一些學問,他在信中曾説過這樣幾句話:

> 余浮生碌碌。惚無所就。翻檢書篋,成書已數百萬言;然而,知之者鮮。足下有才華,或可傳余學之一二也。瞻前顧後,於弟有厚望矣。

可是,我這個人碌碌無爲,得過且過,迄今愧無所成,一想到先生信中對我説的話,便愧怍不已。我對不起先生,我辜負了先生對我的期望,我愧對先生的在天之靈。

1998 年 4 月 9 日下午,我去杭州殯儀館參加劉操南教授遺體告别儀式。在排隊向先生遺體告别時，走到先生遺體前，我忍不住停住了腳步，默誦了一遍《般若波羅蜜多心經》，爲先生虔誠祈禱。不久前，先生的女兒來電，説先生的骨灰盒已安放在杭州南山公墓。在此，讓我再默念一遍《般若波羅蜜多心經》，願先生在地下安息，願先生在南山公墓安息！

一九九八年十二月　於海昌轉身室

一位學識宏富廣博的良師
——紀念劉操南先生逝世二十周年

張夢新

1978 年春，我這個已過而立之年的 1966 届高中畢業生與來自全省各地的 140 名同學一起，邁進了杭州大學的校門，成爲恢復高考後杭大中文系的第一届學生。杭州大學歷史悠久，其前身最早是創辦於 1897 年的求是書院和育英書院。幾經演變，育英書院於 1914 年發展爲私立之江大學，求是書院於 1928 年發展爲國立浙江大學。1952 年全國高等學校院系調整，以浙江大學文學院、師範學院、理學院的一部分和之江大學文理學院爲主體建立浙江師範學院。1958 年，浙江師範學院又與新建的杭州大學合併，定名爲杭州大學。1978 年浙江省政府發文，確定杭州大學爲當時全省唯一的重點高校，並明確爲綜合性大學。

在一百多年的發展過程中，衆多名師巨匠如竺可楨、蘇步青、貝時璋、談家楨、陳建功、王璡、陳立、梅光迪、孟憲承、王蘧常、馬叙倫、鄭曉滄、董聿茂、姜亮夫（後面近百位老師名單略，劉操南亦在内），正是老師們的悉心培養和諄諄教導，纔使我們 77

級成爲了杭州大學中文系歷史上特别優秀的一個年級。時光荏苒,歲月流逝,本人從中文系入學至今,已過去整整40年。當年給我們授業的先生們,大多已經作古,本人也已年過七旬,但對母校和先生們的感恩之情,卻深深銘記在心,不敢忘卻。雖然自己才疏學淺,拙於筆墨,但也總想爲母校和中文系寫點什麼。除了已發表拙作《憶恩師徐朔方先生》外,在這裏我再寫下對古代文學任課老師劉操南先生的若干回憶。

劉操南先生,1917年12月13日生於江蘇無錫,字肇薰,號冰弦。杭州大學教授,1998年3月29日病逝於杭州。

難忘的古典文學第一課

都説第一印象對人很重要,記得最先給我們上古典文學課的正是劉操南先生,他當時已年過花甲,頭髮卻未斑白,中等個子,戴着一副金絲邊的眼鏡,身穿一件灰色的中式對襟衫。因爲是古典文學的第一堂課,所以劉先生給同學們講述的是學習中國古典文學的意義與方法。首先,先生給我們吟誦了他寫的三首七律《述懷》:

又是一元復始時,華年潘鬢未成絲。劈山斬卻迷途棘,踏海高擎破浪旗。截竹千竿爲彩筆,割雲萬片寫今詩。高峰四化齊攀上,浩蕩天風吹我衣。

獻身教育及明時,敢效春蠶巧吐絲。曾記髫齡飛戰火,卻思垂老奮紅旗。豪情化作羲和夢,心血嘔成脂硯詩。中夜鷄鳴神益旺,寒風那怕暗侵衣。

猶是昂藏似昔時,花開花落鬢未絲。廉頗老矣還能飯,姜尚遇時獨揮旗。萬里江山歸一統,百年心事寫千詩。冰山推倒朝陽起，薄海歡騰舞彩衣。

先生無錫口音很重，擔心同學們聽不清，一邊吟誦，一邊轉身在黑板上用粉筆寫下詩作。本人很喜歡中國古典文學，至今仍完整保存着大學時上古典文學課兩年的課堂筆記。因此可確保劉先生的上述三首七律《述懷》記録無誤。先生的詩作步魯迅詩韻，巧妙地化用李賀、李商隱的詩句和羲和、雪芹、廉頗、姜尚等典故，表達了自己雖然經歷了戰亂和"文化大革命"，但在"冰山推倒朝陽起"的今日，猶當獻身教育，"敢效春蠶巧吐絲"，爲四化大業竭盡綿力的壯志豪情。先生還告訴大家，寫詩要注意形象，要有音樂性，要含蓄，有弦外之音。這三首詩，正是先生運用七律近體詩的形式，教我們如何古爲今用的示範佳作，讓人聞之動容，印象深刻。

接着，在談及學習中國古典文學的意義時，先生從巨大的認識意義、思想教育意義、美感教育意義三個方面，一一予以闡述，並希望同學們能努力做到完整地、正確地領會和掌握馬恩列斯毛關於文化遺産的學説，運用歷史唯物主義觀點，對文學遺産批判繼承。

他還對我們提出三個要求，即要正確、全面地瞭解和叙述我國文學發展的歷史過程；要對古典作家作品進行正確的思想分析和藝術分析；要對中國古典文學的優良傳統、創作經驗、發展規律作出理論的總結，並作爲今後創作實踐的指導與參考。

劉先生對學習中國古典文學的意義、方法的論述，無疑是精闢扼要的金玉良言，對同學們提出的三個要求，可謂語重心長，十分重要。先生給我們上的這古典文學第一堂課，深深地留在了我的腦海，並影響了我畢業留校後在中文系、新聞系 30 多年的古代文學教學與研究。

聲淚俱下讀《離騷》

在講了幾周的《詩經》後,劉先生又給我們講《楚辭》。本人的課堂筆記記載,1979 年的 3 月 29 日,劉先生給我們講屈原的《離騷》。先生用他濃郁的無錫口音吟誦道:

> 帝—高陽—之—苗裔—兮,朕—皇考—曰—伯庸。攝提—貞于—孟陬—兮,惟—庚寅—吾—以—降(hong)。皇—覽揆—余—初度—兮,肇—賜余—以—嘉名。名余—曰—正則—兮,字余—曰—靈均。……

先生的聲音時而平和,時而高亢,時而低沉,時而委婉,時而嗚咽悲愴,如泣如訴,時而壯懷激越,慷慨激昂;真是引商刻羽,曲折動人。更令同學們出乎意外的是劉先生竟全然忘情,當堂聲淚俱下。

當年我們中文系 1977 級學生都住在位於文三路和文二路之間的浙江省總工會幹校(現在位於保俶北路),上的是大課,141 個同學都在一個頗爲簡易的禮堂内上課。絶大多數同學都是生平第一次讀到大詩人屈原的《離騷》,也是第一次聽到有人用古時的腔調來吟誦《離騷》,更是生平第一次見到有老師用傳統古詩吟誦的方式聲淚俱下地讀《離騷》。這給我們的震撼是極其巨大的,同學們個個屏息凝神地看着,聽着,整個禮堂内衹回蕩着劉先生吟誦《離騷》的聲音。

《離騷》是中國古代文學中最爲著名的長篇抒情詩,也是愛國詩人屈原的代表作。在詩中屈原自叙了身世、才德和理想,以及群邪蔽賢、壯懷難伸的遭遇。詩人表示,儘管環境惡劣,但是自己清白的操守和報國的理想始終不會改變,表現了作者對理想的執着和"亦余心之所善兮,雖九死其猶未悔"的忠貞品格。

《離騷》中屈原大量地采用浪漫主義的手法，將神話傳説、歷史人物、自然現象等糅合在一起，創造出一個完美的藝術境界。大量比興手法的運用，使得全詩更顯生動形象，豐富多彩。該詩篇幅宏偉，氣象萬千，逸響偉辭，卓絶一世。或許是偉大的詩篇激起了先生的共鳴，或許是屈原信而見疑、忠而被謗的遭遇也使先生聯想到"文化大革命"中自己受到的衝擊和種種不公正的情況，所以悲從中來，涕淚縱横。

先生還讓大家一起跟他吟誦，他吟一句，大家吟一句。於是整個禮堂内，響起了140多人吟誦《離騷》的聲音：

帝—高陽—之—苗裔—兮，朕—皇考—曰—伯庸。攝提—貞于—孟陬—兮，惟—庚寅—吾—以—降。……

40年過去了，但140多人吟誦《離騷》聲震屋宇、動人心魄的情景，卻仿佛仍歷歷在目。劉先生對於《離騷》的精彩講述和他獨具韻味的吟誦，讓我們難以忘懷，而這種飽含真情、傾注心血的講課方式，也爲我們所銘記。

先生指導我寫畢業論文

大四年級時系裏要求，每人都要完成一篇畢業論文。記不清畢業論文的指導老師是系裏指定的還是自選的了，但幸運的是我的畢業論文指導老師是劉操南先生。

這裏有必要講一下我與劉先生的交往瑣事。記得大二有一次古典文學課後，我向劉操南先生請教《紅樓夢》中"克紹箕裘"的意思。劉先生耐心仔細地向我解釋説："'克'是能夠，'紹'是繼承，'箕'是畚箕，'裘'是皮襖。《禮記·學記》曰：'良冶之子，必學爲裘；良弓之子，必學爲箕。'比喻子孫能繼承父業。"先生還隨口説出"克紹箕裘"一詞出現在《紅樓夢》的第幾卷第幾回。事後我翻閲《紅樓夢》,果然如先生所言,令我十分佩服先生的博聞强記。

這以後,因爲上課次數多了,我與劉先生漸漸熟悉起來。有一次課後,劉先生問我,是否願意幫他謄抄幾篇文章。我知道這是一個極好的學習良機,當即毫不猶豫地同意了。於是我跟着先生,來到了道古橋附近的杭大教工宿舍。先生家在一樓,房子不大,但打掃得很整潔,窗明几净。先生拿出一本方格稿子紙和十來頁底稿,是一篇寫《楚辭・湘夫人》的文章,讓我把文章用複寫紙謄抄到稿子紙上。因爲70年代末國内還未普遍使用影印機,所以衹能一個字一個字地謄抄到稿紙上。我的字寫得並不好,但畢竟是老三届的高中生,又當過幾年中學語文老師,謄抄得正確無誤還是能做到的。第一次的論文謄抄工作,得到了劉先生的贊許,於是先生又讓我陸續謄抄了研究《東皇太一》《大司命》《少司命》《湘君》和《詩經》的一些文章。這些論文的内容十分廣博,涉及面很廣,特别是竟然還有關於古代天文曆法和數學方面的論文,讓我大爲驚歎先生學識的宏富。

我見到的底稿一般最先都是用藍墨水寫的,有的地方用黑色的圓珠筆作了修改,而個别文字,特别是開頭和結尾處,往往又用紅墨水筆作了最後的調整。我在謄抄的過程中,也慢慢瞭解到先生在謀篇布局、造句用語和遣詞立意方面的精心構思及良苦用心。儘管我還未能洞悉其中奥妙,但是對怎樣寫好一篇論文,怎樣在文章中注意闡述人所未言而爲自己獨見的觀點,怎樣在關鍵之處引經據典,用理論和史實論證自己觀點的正確,以及應怎樣抱着“文章千古事,得失寸心知”,對讀者負責和對自己負責的態度去修改文章和發表文章,則有了較爲深切的體會。因爲劉先生的這些幾經修改後定稿的論文,就是一篇篇極好的教材,它們教會了我應該怎樣寫文章,改文章。

因爲對劉操南先生講的《楚辭》印象特别深,所以在知道要寫畢業論文後,我首先想到應該寫篇有關《楚辭》的論文。但《楚辭》博大精深,憑我的有限功底,很難有所創新。爲此,自己轉輾反側,苦苦思索。那時正是1981年的夏天,而當年9月,正好是魯迅先生的百年誕辰,因此報刊上紀念魯迅先生的文章很多。而自己也曾經看過魯迅的《摩羅詩力説》《漢文學史綱要》等文章,知道魯迅對屈原和《楚辭》的評價都很高,屈原的清白操守和至死不渝的愛國精神更是爲魯迅所欽佩。魯迅還曾經請友人書寫了《離騷》詩句"望崦嵫而勿迫,恐鵜鴂之先鳴",掛在他北京寓所。在小説集《彷徨》的扉頁上,題寫:"朝發軔於蒼梧兮,夕余至乎縣圃。……路漫漫其修遠兮,吾將上下而求索。"於是毅然決定,畢業論文就寫《魯迅和楚辭》。

我粗粗擬了一份提綱,準備從魯迅對《楚辭》的喜愛、對《楚辭》多種版本的收藏、魯迅對騷體詩的創作,以及魯迅怎樣從一個愛國者、民主主義革命者成長爲一個偉大的無産階級革命家等幾個方面去撰寫論文。當我去劉先生家中請教時,雖然時值暑假,但劉先生還是立刻放下案頭工作接待了我。他同意了我擬寫的《魯迅和楚辭》的論文題目,並對我帶去的論文大綱提出了指導性的修改意見。劉先生還叮囑我説,綱舉目張,論文的提綱應該細化;要仔細閲讀《魯迅全集》,瞭解屈原和《楚辭》對魯迅的影響,魯迅對《楚辭》的論述與研究;寫清楚爲什麼魯迅會喜愛並研究《楚辭》。

離開先生家之後,我立即去學校圖書館借來了《魯迅全集》。在此後的一周裏,認真翻檢了《魯迅全集》,對於魯迅對《楚辭》的論述與研究,魯迅對騷體詩的創作及其作品,以及《魯迅日記》中有關《楚辭》多種版本的收藏、對《楚辭》詩句的書寫條幅等情况,一一作了摘録。通過閲讀《魯迅全集》,發現魯迅對於屈原和《楚辭》有着深入的研究。在《摩羅詩力説》中，魯迅稱贊屈原："抽寫哀怨，郁爲奇文。茫洋在前，顧忌皆去，懟世俗之渾濁，頌己身之修能，懷疑自遂古之初，直至百物之瑣末，放言無憚，爲前人所不敢言。"在《漢文學史綱要》中，魯迅更是把《楚辭》的代表作家屈原和宋玉專門列爲一篇，認爲《楚辭》"較之於《詩》，則其言甚長，其思甚幻，其文甚麗，其旨甚明，憑心而論，不遵矩度。故後儒之服膺詩教者，或訾而絀之，然其影響於後來文章，乃甚或在三百篇以上"。這一論述力排二千多年來儒家詩教之陳説，不愧是獨具慧眼的真知灼見。魯迅還以現實主義的深邃目光，洞察了《離騷》與當時楚國内外社會政治鬥爭的内在聯繫，把屈原理解爲時代的詩人，把《楚辭》視爲偉大的變革時代的産物。

我從《魯迅全集》中留存的 60 多首舊體詩中精選了 10 來首繼承《楚辭》精神和比興手法的各個時期的代表作寫入論文，既用以説明魯迅詩歌與《楚辭》的密切關係，也藉之分析並闡述魯迅思想的發展軌跡。得益於劉先生的指導，我的論文進展很順利，十來天就寫出了近 7 千字的初稿。

説到畢業論文，除了感謝劉操南先生，我還要感謝吕漠野先生。吕漠野先生(1912—1999)，浙江嵊州人，現代文學研究專家、世界語翻譯家。他時任中文系副系主任，也是我們 77 級現代文學的任課教師。我因爲與吕先生的公子吕憶波同爲杭大附中校友，又一起在黑龍江同江縣青年莊下鄉，所以當我完成論文初稿後，又拿去請教吕先生。

由於得到了古代文學和現代文學兩位名師的指導，前後不到半個月，我的一篇一萬餘字的論文就得以順利完成。後來，《魯迅和楚辭》一文還被《杭師院學報》録用發表。這是我發表的學術論文處女作，這一成功極大地鼓舞了我，並激勵自己畢業留系的三十餘年間在古代文學和新聞傳播學的教學與研究道路上不懈前行。所以我特别感謝老杭大中文系老師們的教導,感恩我們辛勤耕耘的老師。

後　記

今年春節,一些老杭大校友發起,決定在3月3日舉行一次老杭大人聚會,希望大家都能爲老杭大和當時的求學生活寫點東西。正當此時,2月27日突然傳來噩耗:劉操南先生的公子劉文涵教授因突發心臟病而去世。劉文涵是山東大學化學系1977級學生,本科畢業後考上了杭州大學化學系碩士研究生。生前系浙江工業大學化學工程與材料學院教授、碩士生導師。曾記得1999年8月,劉先生的三位子女文涵、文漪、文瀾曾送我先生新出版的遺著《水泊梁山》和纂修的《楊志演義》《武松演義》以表感謝。卻不想天妒英才,劉文涵教授纔剛退休不久,就英年早逝,真是令人扼腕痛惜,傷心不已!今年3月是劉操南先生逝世20周年,想到當年先生的教誨和耳提面命,我不由得於27日晚上就開始動筆,三天裏除了走親訪友,就在電腦前敲打鍵盤,寫下此文,以表緬懷之情。因時間太過匆忙,辭不盡意,還祈請先生在天之靈見諒。

又欣聞劉文涵的兒子劉昭明,自小受祖父、父母親的薰陶,在人生路上踵武前賢,砥礪奮進,未及而立之年即成爲浙江大學化學系的副研究員,成長爲劉家在浙大的第三代學人,雖然没有傳承劉先生文理兼通的學識,但亦可謂不負期許,足可告慰先輩的在天之靈!

戊戌年元宵節匆就於杭州紫桂寓所

愧對恩師

陳飛

生而令人欽敬,死而令人悼念,這樣的人或許不少;生而令人於欽敬之中加以重惜,死而令人於悼念之中加以愧疚,這樣的人決不會很多。恩師劉操南先生正是這樣的人。他老人家在世的時候,道德文章,識者莫不敬而仰之,歎爲絶學,千萬保重;他老人家歿世之後,德操風節,知者莫不懷而念之,感其澤惠,每每抱愧懷慚,追悔莫及,我自己便是其人之一。

先生之絶學世人或知一二,然而先生之學之博大精深爲世所罕及,恐怕就非一般人所能窺其涯略的了。據先生哲嗣文涵兄所初步整理的《劉操南教授著述目録》,可知先生的著作有:

1.《詩經》之部:共 96 篇(册),1014600 言;

2. 歷史之部:共 23 篇(册),79200 言;

3. 楚辭之部:共 44 篇(册),85200 言;

4. 天文曆算科學之部:共 51 篇(册),217200 言;

5.《水滸傳》之部:共 8 篇(册),4303900 言;

6.《紅樓夢》之部:共 87 篇(册),1610700 言;

7. 詩詞之部:共 47 篇(册),517400 言;

8. 其他之部:共 234 篇(册),4018500 言;

9. 補遺:共 51 篇(册),783000 言。

約計 811 篇(册),16029700 言。而這,仍然不是先生著述的全部。先生終生吟詠不輟,所作詩詞曲賦之類數量當近萬首;先生平生交往禮周儀備,書信詳密,其量應近萬通;先生教書育人,爲各級各類學員授課之講義、講話之類,其量當必可觀;先生認真負責,爲許多單位和個人撰寫學術鑒定、評語之類,其量亦應不少;先生樂群重義,曾主持和參與大量文事,所作文字,其量亦當不少。先生平生主張並力行學科交叉,文理打通,融會古今,有益世用,不僅在傳統經史之學上造詣深厚,且於天文學、曆學、算學、文字學、辭章學等方面,皆卓有成就。先生不僅長於舊體詩詞的製作,而且能寫一手極精美的賦、頌、論、贊、序、銘等駢文和古文。而先生的長篇章回體通俗小説的創作,亦爲人所稱道。如此巨大的數量,如此高深的造詣,以及爲此所付出的勞動,都是令人驚歎的,絶非常人所能及,更非一般俗儒"名流"所能夢見。僅就勞動量來説,先生每一篇文章的完成,往往要數易其稿,多歷寒暑。尤其是算學結論的獲得,往往須列紙布籌,手算筆録,積日累月。其辛苦艱難是難以想像的。由於先生所治多爲交叉學科,在當時的學科劃分和管理體制中竟無法"對口",因而先生的研究不僅得不到"有關部門"的關注,也不曾得到過什麽"資助",甚至連發表的地方也没有。

先生生前所出版的學術著作,基本上是自己出資印行的。直到晚年,先生治學的資料搜集、文稿打印以及有關的複製、郵寄與通訊等等,也都是自費。有時連參加學術會議也是一切自理。同時,先生終身清貧,晚歲尤爲拮据,以至當師母患白血病時,先生不得不變賣書籍以付醫藥費。而到先生自己患癌住進醫院時,確已到了家徒四壁的境地。即便如此,先生直到辭世前,仍然堅持工作,每至深夜。對於治學的艱難和生涯的窘促,先生雖然也偶發感歎,卻從未因此有絲毫退縮和躊躇。他所念念不忘的,衹是自己一旦去世,這大量的手稿既没人能夠讀懂,就更無法整理問世了。

我想,這個世界應該自省和自愧,先生没有向這個世界索取任何,卻默默地奉獻給這個世界如此巨大。而這個世界回報給先生的,卻有那麽多的憂患、貧病和寂凉。我想,有些人應該自省和自愧,他們於先生的道德學問未能知其一二,於先生的勤力精誠不能效其絲毫,於先生的艱苦卓絶未嘗解其點滴,卻每每將諸多無端的偏見和傷害加於先生……

作爲一個人文學者,先生始終保持着高度的純粹,往往至於令人驚異和難解的程度。先生有着赤子般的真誠,不論是對人對事,都以近乎天真的真誠與之相接應。在杭州大學中文系讀過書的人,大概都還記得,那位每講《離騷》必要濁淚縱横的老人,正是先生。其實,先生不光是在講屈原時纔流淚,他的老淚同樣爲司馬遷、杜子美、施耐庵、曹雪芹……而飄零。他誦讀古人作品時每每聲淚俱下,在吟詠自己的作品時也常常眼含淚光。先生真正是把自己的生命與研究的對象融爲一體,不作分別,一並體驗與追求的。所以他在很大程度上已是他學問精神的化身和象徵了。這無疑是人文學者的極高境界,但是當先生以純粹的真誠面對世俗社會時,便顯得迂闊笨拙,動輒得咎。在先生的性格裏,接受和保存了太多的傳統文化和現當代文化中的優良成分,但它們在很大程度上是文本性的。當現實生活中這些成分發生變異和扭曲的時候,甚至當相反的價值觀念和方式已在生活中大行其道的時候,先生仍沉浸在自己的信念和準則裏,其不合時宜也就可想而知了。因此,他每每要爲莫名其妙的被歪曲、誤解、利用和傷害而憂憤痛苦。不幸的是,先生的有生之年,正是原有價值觀念和準則發生天翻地覆變化、人們的"智慧"和"技巧"窮奇盡變的時期,於是單純如先生者,衹能常常陷於手足無措、孤立無援的境地……

我想,那些曾有幸聆聽先生聲淚俱下授課的人們裏,有些是應自慚和内疚的,這不僅是因爲他們曾經竊喜竊笑過,更在於他們輕瀆了講授者及其所同情的古先哲人的偉大心靈;我想,那些曾經有意無意地利用或傷害過先生的人們,是應該自慚和自疚的,因爲先生不僅當時就揮手寬恕了一切,而且依然報之以真誠的友善和無私。

然而,此時此刻,當先生離開我們一周年之際,我最想説的,還是深深的慚疚和悔恨。作爲先生的入門弟子之一,我是隨侍先生時間較長的一個,可是,我既没能弘揚先生的道德文章,也無力解濟先生的艱難困苦,甚至還自作聰明地"勸導"過先生如何應付這個社會……更令我心不能安的,是先生對我慈父般的仁愛。先生的時間非常寶貴,而爲我的事情他從不吝奔走;先生無暇顧及家庭和自己的生活,可對我的生活卻關懷備至;先生的來信總是又及時又認真,而我的回信卻常是既遲滯又草率……猶憶當年從師之日,先生領我沿天目山路散步,去西湖上賞月。芭蕉蔭下,揖曹軒裏,先生慈顔朗語,細解詳喻,殷殷切切,無時有倦。和暖的燈光,清幽的墨香,與那淡淡的古書陳氣,交融爲一方明媚清净的福園。我在這裏盡情地沐浴着燦爛與温暖,竟漸漸地養出了幾許散漫……最令我悔恨的是,先生慈父一般待我,而我卻不能如子一樣報答他老人家。我總是把報答留給"以後",可當這"以後"真的到來時,我卻不能珍惜。1995 年的秋天,先生不遠千里來鄭州參加會議,我應該知道年近八十的先生這次隻身遠行,主要是因爲我當時正在鄭州大學工作。可是,無論是在安排先生的起居方面,還是在陪同先生遊覽觀光方面,我都没能做得讓人滿意,甚至在先生離鄭時,我竟没能前去送别。我總相信先生的身體一向硬朗,以後報答他老人家的機會還有的是。誰能料到,那竟是先生生前賜給我的唯一的、也是最後一次機會,就這樣被我輕易地錯過了……

一九九九年三月十九日　陰雨中　北京

追憶先生

賴忠先

導師劉先生辭世近兩年了。可是,他的音容笑貌仿佛仍在眼前。先生走時因工作纏身,我没能回杭州見上先生的最後一面,甚爲愧疚。今追思先生的一些往事,以作懷念。

我是1978年進杭州大學中文系讀書的。當時,中文系借址於省總工會幹校,有一座可容納數千人的大禮堂,抬頭是房梁加瓦片,低頭是泥地和塵土,簡陋之極。我們全年級140多位同學就在這裏上課,顯得異常空曠。課間休息時,不用去操場,在室内就可跑步運動。到了隆冬季節,因教室過於寬敞,室内外温度幾乎等同。於是,上課除了老師的聲音外,不時會響起一陣陣的跺脚聲。記得那是可用冷得徹骨來形容的冬日的上午,一位身材瘦弱的老師給我們講屈原的《離騷》。講着講着,他開始吟唱起來,調子悲愴激昂,聲音在偌大的禮堂裏回蕩,我們都不覺爲之一振,專注地用心聽,以至忘了寒冷,忘了跺脚。我們學外國文學時知道古希臘有吟唱詩人,可一直不知道怎麽個"吟唱"法,現在終於明白了。由此我們體會到這位老師研究古典文學的獨特之處——他不是把屈原和《離騷》當作客觀的研究對象,而是把自己的全部思想情感都融入到所研究的對象之中了。後來纔知道他就是頗有名氣的劉操南先生。

將近十年之後,我考上了杭州大學古籍所的研究生。這時,先生也早已從中文系調到了古籍所,記得先生當時給我們開的課是"《詩經》研讀"。通過這門課的學習,我發現了先生學問的另一面:深入和廣博。先生講《詩經》並不人云亦云,按當時流行的思路去分析解釋,而是廣徵博引,上至天文下至地理,涵蓋面極全，信手拈來，滔滔不絶，常常是一首詩甚至一首短詩需要三四個星期纔能講完。通過一首詩，先生向我們展示了幾千年前先民的生活和感情，深感獲益非淺。

兩年之後，到了我們要撰寫畢業論文了。古籍所安排先生爲我的指導老師。聽人説先生對學生的論文要求極爲嚴格，我心裹有些不安，很怕在先生那裹過不了關。我向先生匯報了我論文的設想，先生仔細琢磨後表示同意。經過幾個月的緊張努力，論文初稿出來了，我懷着忐忑不安的心情交給先生。没多久，先生把我找了去，先生以平和的語氣談了他對我論文的總體評價，説基本同意。我如釋重負，回到學校急着打開論文稿，發現先生作了很認真的批注，特别是我引用《誠意伯文集》原文的地方，先生都一一作了核實，漏了的字補上了，錯了的字訂正了。這可是一樁非常費事費力的活兒！因爲我的論文引文注解按慣例没有寫頁碼，衹注明第幾卷某一篇，這就是説，爲了核對引文中的一兩句話，先生就得把那篇文章從頭至尾讀一遍，邊讀邊找邊核對，而這論文集是二、三十年代出版的，字體象米粒大小，紙質發黄，讀起來很吃力，想到年逾七旬的先生一絲不苟地對待這些小事時，我深爲自己的草率馬虎而頗感不安了，同時對先生嚴謹求實的作風，崇敬之心油然而生。

先生離開了我們，他對中國優秀民族文化的摯愛，對做學問終生不渝的追求，對待後學平和樸實、誨人不倦的態度，永遠長駐在我心中。

一九九九年五月七日

北京 花園村

父親劉操南點滴

劉文漪

趁着國慶長假的休息,我整理父親遺下的文稿,在堆積尺餘的關於研究陳漢章先生著述的文稿中,有半張薄薄稿紙驀地飛了起來,上面留有父親當年的字跡:

> 陳先生治學嚴謹,涉獵廣博,每讀一書,必考其優劣,校其佚漏,辨其真僞,評其得失。遇有心得,隨手筆録。余深以爲然亦躬行實踐。余以爲可從三方面對陳先生的成就進行研究:一是學習陳先生的勤學,重視治學、充分掌握材料的基本功;二是著述宏富,學科多門,觸類旁通,要很好地發掘、探索陳先生遺著中的精華;三是熱心教育事業,"立志以學報國",爲弘揚民族優秀傳統不遺餘力之舉。

父親的文字勾起了我對他潛心研究陳漢章著述往事的回憶。

記得那是在1984年,當時的《杭州大學學報》(社科版)"古籍研究所專輯"中載有這麼一則消息:"整理規劃擬定:陳氏各著,不論已刊未刊,一律以叢書形式統一校點,分册出版。現經部各著,如《周易古注兼義》《詩學發微》《公羊舊疏考證》《古微書補遺》《周易雜説》《周禮孫疏校補》《孔賈經疏異同評》《孔賈經疏異同續評》《禮書通故識語》《論語徵知録》等已落實到人,將於一九八五年交稿。"而父親對"伯弢先生道德文章,服膺仰慕數十年矣"。他是額手稱頌古籍所推出的此舉,並且欣然領受了對其中三種陳漢章先生著述的校注任務。那時我們剛搬家,從文二路的花園新村，到孤山浙江圖書館古籍部要轉兩次車。遇上古籍部開放的日子，無論天雨天晴，衹要可抽出時間，年已68歲的父親便趕早去查閱和輯録有關陳漢章先生的資料。爲了節省時間，他中午不回家，往往就着開水吃下早上在路途中買的已冷冰冰的大餅油條，權當中飯。然後趴在長桌上打個盹，下午繼續，歸家後又埋頭於書桌，挑燈至更深人静。

多年來我們子女最熟悉的便是父親伏案勞作的背影，那幾個月就更甚了，往往要在夜深十二時後上床。出視星斗，四舍悄然，僅剩一窗孤燈粲然。誠如君子一諾，父親如期按要求完成了古籍所分配的任務。但不知何故，此規劃至今也未見梓行於世。

1985年夏天，我母親突然患上了聞之色變的白血病，全家惶惶。在寢食難安中，父親還是對《〈詩學發微〉校注》《公羊舊疏考證》《古微書補遺》等三種文稿作了再次修改，並費資請人謄抄。之後又四處奔波求助，有一家書社終於同意出書，父親再加修改、潤色。文稿終於排完字進入初校，那家書社又考慮到經濟效益，提出要全額交錢，八十年代的一介書生無從訴説當然也無錢可交，於是出版之事告吹。父親黯然神傷，我們勸慰，他也不與我們争辯，僅在紙上寫道："惟有一事，亘千古而未變者，維護民族文化的傳統，使華夏民族與文化，生生不息，生氣蓬勃，浩然存在於天地間也。先生之學，不擅張揚；先生之學，得失利弊；中國學術歷史長河既明，可於長河中位置之。我等浙江後學有責啊。"後來，父親又往浙江圖書館複製《周易古注兼義》，整理校點，得二萬六千餘言。並撰寫《〈周易古注兼義〉讀記》。前三種文稿加此種文稿估計有十五萬字。

進入九十年代，陳漢章先生的家鄉，浙江象山縣領導重視弘揚陳漢章先生的學術貢獻，擬出陳先生紀念專集。請父親擔任顧問，並主動提出要把父親撰著的《〈周易古注兼義〉校注》《〈詩學發微〉校注》《〈公羊舊疏考證〉校注》《〈古微書補遺〉校注》共四種文稿收入專集，父親慷然允諾並竭力襄助。不料，同年冬父親患直腸癌，術後未待身體恢復即在病床上籌劃，發信函“與其友好聯繫，徵集文稿、題詞，聯繫出版事宜”等。受父親所邀，蘇淵雷、譚建丞、錢仲聯、李朝龍等等名家先後賜予詩文。父親還撰寫了二萬餘字的《從中國學術傳統略述陳漢章先生經史考據之學》和《發掘漢章先生經史之學》等論文，論述陳先生之學在中國學術史上的業績與地位。一個瀕臨生命極限的學人，一次次悉心校對着書稿，到三校時已臥床不起，但父親仍置案於床前，近視眼鏡用繩穿上掛在脖子上一會兒戴上一會兒又脱下，背靠着枕頭，一個字一個字地校訂，他憧憬能就此了卻數十年的心願。父親在 1997 年 9 月終校完成後給象山縣政協的信中寫道：“余甚願爲陳老此書略盡綿力，有事請示之，自當有始有終，‘鞠躬盡瘁，死而後已’。勉之勉之。”

唉！“世上不如意事常八九”，就在 1998 年 3 月下旬父親棄世的前幾天，《經史學家陳漢章》一書自象山縣快件郵來，書中在父親終校時還有的《〈周易古注兼義〉校注》《〈詩學發微〉校注》等四種文章已找不見了……

父親對陳漢章先生的治學態度“深以爲然”，同時也以自己終身的言行對我國民族優秀文化和陳先生的學術成就“躬行實踐”。父親文史兼長，文理兼通，學貫中西，考據、義理、詞章三者並重，一生注重行知結合。他以他廣博、精深的學識，執着地爲民族優秀文化添磚加瓦，孤寂地做着奉獻。父親生平“爲人爲學爲事，冀欲自勵，未敢存苟且心”。始終秉持抱樸守拙的態度，没有世俗的精明，得與失都看得廣遠和豁達，實心實意致力於做人做事的誠信。可歎當年我等年盛浮躁，不能領悟至理，對父親關懷甚少，更不能在學術上輔助他，在精神上慰藉他,甚至有時還嘲笑他的書生迂腐氣。而今我立在慈父遺像前,面對近千萬字的父親遺稿,思緒紛飛如麻,心酸如錐狠扎,懷有深深的歉疚。

(原載《古今談》2008 年第 4 期)

懷念劉操南先生

沈祖安

半個多世紀來,浙江學界有三位在中國戲曲和民間文藝研究中比較傑出的前輩,那就是胡士瑩、錢南揚和劉操南三位先生。

胡士瑩先生對古籍的話本和曲本,以及曲藝(包括寶卷和蒙古車王府馬頭琴詞)的流變和演變,瞭若指掌。

錢南揚先生是吴梅(瞿安)先生之後的戲曲大家,當代南北許多著名的戲曲學者和實踐者都是他的學生。

劉操南先生的名氣,雖不及前兩位覆蓋面大,但講真才實學和畢生孜孜以求的苦功,實不亞於前面兩位前輩。同時在他的詩文方面的造詣來説,又是獨具一格的。我與操南先生相交近五十年,相知有三十餘年,他是我的良師益友和同行同好的學長。爲他的一生寫一篇認真的評介文章,是我二十年來的夙願。

操南先生,爲梁溪名門之後,幼承家學,及長熟覽群書,喜愛戲曲和民間文學,尤酷愛曲藝與説部,對《三國》《水滸》非常熟悉。在浙江執教後,即開課中國民間小説及曲藝,爲杭州大學中文系的一大特色。從五十年代開始,浙江在曲藝藝術及民間文學上的研究,就有操南先生的貢獻。尤在六十年代中期前和八十年代至九十年代的前後兩個歷史階段中,這一門類的研究成果——包括兩代人的崛起中,都有他的影響。我在七十年代至九十年代以較主要的精力關心和襄助曲藝藝術的研究期間,操南先生給了我們較大的幫助。記得趙景深先生在二十年前曾對我説:"浙江的劉操南在研究民間説部上成就不小!"

但是操南兄是一介書生,祇知勤做學問,不知學術界的世俗關係,更不知有所謂門户和門路等複雜的人際關係。因此在他悉心研究和勤奮筆耕中,常有事與願違的干擾與麻煩,甚至有被誤解和受委屈的事。譬如他經常冒着酷暑和風雪去書場聽書,並以默記和意會的方法爲民間藝人記録、整理書目,有的老藝人非常感激,有的卻因不理解引起矛盾。作爲老友,我曾爲之陳述和剖解操南兄因愛而入迷,由迷而沉浸於藝術氛圍中,又因未曾事先商榷而受到誤會的情況,如評話名家汪雄飛和茅賽雲等,最後皆因操南先生的誠懇而冰釋前嫌,即此兩事,我在從中調停中,亦逐漸由同情而至敬重地進一步瞭解了操南先生的淳樸與厚道,單純和天真。

操南先生對武松、宋江和盧俊義、秦明、楊志等人物的研究,不僅見諸他執筆的幾部同名演義小説——根據話本改寫和改編的説部,亦見諸他的同一題材的研究文章中。尤其是他最後一部有他自己獨創精神的《水泊梁山》專著中,不僅梁山英雄的性格和感情、情緒有很强烈鮮明的特色,即使對反面人物高俅、蔡京及慕容彦達等人,都是寫得實如其人,恰如其分的,把他們壞在骨子裏的醜惡靈魂,刻劃得入木三分。許多人物和情節、細節,在《水滸傳》中是看不到的。即使對矮腳虎王英這樣人品不高但也不失率真的人物,也寫得很有分寸,這在舊話本中是没有的。同時,以他的學識和功力,使《水滸》説部中的詩詞賦贊具有相當的魅力。

在編著水滸人物故事中,操南先生是耗費了畢生心血的,也是有許多豐富、提高和突破的,他實際上是既豐富擴展了《水滸》,也幫助了演説《水滸》的説書先生。同時,他也時刻不忘許多評話藝人對他的幫助和啓迪。記得數年前,他在癌症開刀之後對我説:“倘有可能,我要把那幾位對我幫助很大的説書先生在藝術上的成就,一一寫出來,留點事實,讓後人可以知道。”

可惜,他走得早了一點。在他還來不及一一説清他的《水滸》小説的出處及背景時,就撒手而去。否則,他至少會在《水泊梁山》的前言或後記中交待清楚的;操南先生是個講信義的人,我深知這一點。

我不想多贅述他在《水滸》故事中的文學價值和藝術上的成就,希望讀者能在讀他的那幾部話本小説時,仔細地領略吧!

謹以此文,作爲一瓣心香,奉獻我所敬重的操南先生。

1999 年 6 月於杭州洪春橋借館

(原載《浙江日報》1999 年 11 月 12 日第七版“一瓣心香”)

緬懷劉操南教授

鄭仕文

杭州大學古籍研究所教授劉操南先生因癌症不幸於 1998 年 3 月 29 日去世,享年 82 歲。

劉先生學識淵博,對古典文學、詩詞學功底尤爲深厚,論著創作頗豐,乃當今享譽中外的知名學者。

先生秉性厚道,平易近人,書生氣十足,卻無半點架子,真可謂平民教授。他治學嚴謹,勤奮一生,儉樸一生。晚年仍堅持伏案研讀,寫作不輟,並常臨帖習字,鍥而不捨。他在民盟曾任省委常委,一度還兼任過宣傳部長。他在兼職省詩詞學會副會長期間,長期親自主持刊物編務,辛勞備至,貢獻特多。

先生講課時深入淺出,聲情並茂,常能引導學生或聽衆隨之進入"癡迷"境界。我在五十年代於浙江師範學院高中師資訓練班聆聽過先生"關於詩歌形式發展的問題"及《紅樓》《水滸》等古典名著的講座,頗有啓迪。舉例涉及《紅樓》《水滸》時,尤爲生動。他對名著的不少回目或章節,成竹在胸,每每脱口成吟,倒背如流,如數家珍,的確堪稱一絶。

1981 年 6 月 20 日,又在民盟内聽劉先生講"試談詩詞的寫作與欣賞"。相隔廿七年,師已鬢有銀絲,德高望重;才華造詣,亦更深矣。我曾作詩:"憶昔當年秦望山①,先生講學慎思堂。紅樓珠玉顆顆亮,水滸英豪個個强。口若懸河驚四座,詩承李杜比三唐。而今又聽吾師課,畢竟梨花勝海棠。"

在中國古典文學及詩詞學術界,劉先生實屬"國寶"級的專家學者。可是,他生前曾歎缺少助手和經費,許多研究課題及創作計劃,都因勢單力薄、年老體衰而未及完成,如今終成一大遺憾矣!

劉先生治學從教一生,又無私奉獻於社會一生。光明磊落,精神富有;桃李芬芳,業績不凡。可是在個人物質生活上卻是清貧一生。所謂榮華富貴,竟與這位"國寶"無緣。有人不免爲之不平,先生卻能安貧樂道,始終不失爲謙謙君子的可敬形象……

劉先生,慢走!——安息吧!並請接受我虔誠的挽詞一聯:

博古通今,文苑教壇同敬仰;
安貧樂道,榮華富貴了無由!

---

① 秦望山、慎思堂爲當年浙江師範學院所在地地名及講堂,後爲浙江大學三分部。

痛惜劉操南先生

馬成生

聽到劉先生逝世的消息，浙江《水滸》研究會的會員都感到無比的悲痛！

記得是在1983年10月下旬，在杭州道古橋畔的華西旅館，召開浙江《水滸》研究會成立大會。來自全省各高等學校與文化科研單位的二三十位代表，在醞釀研究會的領導班子時，一致感到要有一個學術上的帶頭人與指導者。經過廣泛思索，充分討論，大家一致公認治學嚴謹、知識廣博，並在《水滸》研究上已有顯著成就的劉操南先生最合適。於是，便決定請劉先生擔任名譽主席。當我們幾個會務組成員向劉先生表達了這個意思之後，先生很快便欣然同意了。隨之先生即平和地大家一起聊《水滸》研究以及如何開展研究會的工作問題。記得當時着重談了兩個方面：一是對《水滸》，先要來個"撥亂反正"，把《水滸》研究與《水滸》教學工作引到正路上來；二是除了參與討論全國共同關心的問題以外，必須結合浙江的實際，充分利用省内的有利條件，深入研究《水滸》中一二個問題。據此，不久便很自然地提出一個"突破點"，即重點研究發生於我省的《水滸》"征方臘"部分。它既可以利用我省各縣的地方史志，更可以進行實地考察，如山川形勢、語言風俗、民間典故等等，分析它們與《水滸》的密切關係。我省《水滸》研究會的初期工作，基本上就是這樣開展的。而後，我們在省内和全國的《水滸》學術研究會上，提供了不少有分量的論文，受到許多同行的贊揚和鼓勵。這裏劉先生的指導起了很大的作用。

到了1988年秋天,省第六届《水滸》學術研究會前夕,我們準備編印論文集《水滸研究與欣賞》第一集。劉先生非常高興,給予我們熱情的鼓勵,他答應立即爲刊物題寫書名。在編寫過程中,我們幾個搞具體工作的人,難免還有些不安:這幾十篇論文,二十幾萬字,雖然各有特色,總還缺乏"壓卷"之作。然而,就在這時劉先生送來一篇宏文《試論〈水滸傳〉的成書及簡、繁兩種版本系統的關係》,幾近兩萬字,觀點鮮明,材料充實。自然把它冠於卷首。此文爲這個論文集提高檔次,增添了光彩。我們幾個編委,在説不出的欣慰之際,不由猜想,可能劉先生早就意識到這一點而特意趕寫出來的吧,對劉先生的崇敬之情,不禁再次而生。到次年10月,我們編印《水滸研究與欣賞》第二集時,劉先生又送來一篇大著《興化施彦端與施耐庵史料考辨》。這兩輯論文集,與各省兄弟學會交流,均得到很好的評價。劉先生實實在在爲大家撑了腰。

我省《水滸》研究會成立之後,每年都有一次學術討論會,分别在建德、淳安、金華、湖州、麗水、温州、舟山等地輪流舉行。會前,劉先生幾乎都有具體的指導;會後,也常一起總結經驗。除非有特殊事故,劉先生都親自與會,爲會務組出謀劃策,做"把舵"工作。有好幾次,劉先生不便報銷,全是自費參加。1995年深秋,第十三届研討會在睦州(即梅城)召開。此時,劉先生已在便血,身體很虚,可他顧不上去醫院作檢查,還是振作精神,參加了會議全過程。並且還去考察了烏龍山這個《水滸》"睦州戰役"的古戰場,與大家一起暢談《水滸》作者是如何把這一帶的山川形勝融於《水滸》之中的。會後劉先生便一病不起住入醫院……先生之好學精神,實在令人感動!

對浙江《水滸》研究會,劉先生不僅是總體上的指導,對一些學術研究中的具體問題,還常常有精闢的見解。在八十年代初,蘇北、上海、北京等地不少學者認爲:蘇北的施彥端就是施耐庵,也就是《水滸》作者,他們發表論文、講話,一時沸沸揚揚形成"施耐庵熱";他們的共同"力證",就是施滿家抄的《施氏家簿譜》中,在"始祖彥端公"右旁,注有"字耐庵"三字。不少不同意"施彥端"即"施耐庵"的學者,根據"字耐庵"三字的墨漬較淡,因而斷定爲"不是施滿家當時手跡",可能是後來另加。這樣的反駁,有一定的力量,但還不夠。劉先生全面研究了施氏宗譜,羅列其有關稱呼,便别開生面地指出:從"通例"看"始祖彥端","蓋屬衹有名者,名以字行,故稱彥端公",彥端如果有"字",後代不會如此稱呼,就因無"字",故子孫不避爲諱而稱"彥端公"。這樣一分析,"字耐庵"三字之不足爲據,便顯得更爲有力。我們在十分佩服劉先生的見解之際,就在治學方法上也感到是一種示範。

劉先生,我們老一輩尊敬的學者,雖然永遠離我們而去了。但是,他那孜孜不倦地投身於學術研究,親切熱情關懷後輩的風範,自在我們中間永駐!

追念劉操南先生

費在山

與劉操南先生相識,記得是在六十年代初。一天,他與省文聯陳山、谷斯範、朱明溪等一行來到湖州王一品筆莊采風,給我的印象是一位笑容可掬、滿口無錫話的學者。二十年後,我們在浙江省政協會議上不期而遇,住在國際大廈十四樓同一房間,故友重逢,感到分外親切,話史敲詩,説古道今,談了個通宵。劉老説他會後將去北京出席一個學術會議;我也因要出席民進全國代表會議,相約在首都再次歡聚。政協會議的最後一天,因行色匆忙,劉老將他隨身帶的一本袖珍綫裝《詩韻合璧》遺忘在枕邊,我把它帶到會場交給他,他動情地説:“我真老糊塗了!”到了北京,我住羊房店,他在馬甸,相距甚遠,無法見面。回來後以詩代簡,各叙見聞,其樂融融。

劉老學養俱豐,虚懷若谷,每有所吟,即抄示我,還讓我代筆書寫。日子久了,我索性請人刻了一對印章“梁溪劉操南詩”“苕溪費在山書”。這樣“合作”了多次,最後一次是爲梅城青柯亭詩碑抄録劉老的一首七律,已經刻石,並見到了拓片;杭州六和塔碑亭對聯,是劉老在病重期間所撰,我本可在清明前完成,萬萬想不到噩耗傳來,悲痛難抑,無心下筆……

劉老辭世,使我失去了一位耳提面命的好師長!從此再也不能“合作”了。寫此數字,已淚汗齊下,不得不止……

泣撰哭劉操南先生四首:

清明雲慘澹,孰道黯杭垣。聞耗悲難止,硯池半淚痕。①

王莊初識面,花港賦同遊。夜話聯床樂,恨難再唱酬。②

揮毫復治印,應命配尊詩。“雙溪”成往跡,此日淚空垂。③

---

① 正欲爲劉老所撰聯書贈六和塔文保所,噩耗傳來,無心下筆。

② 六十年代初識劉老於王一品筆莊;八十年代重聚於杭州,在花港同遊賦詩,同出席省政協會議。

③ 劉老常以其詩作命山配字,因刻“梁溪劉操南詩”“苕溪費在山書”朱白印,連同“溪光”起首章使用至今,不意“雙溪”成單,能不潸然。

“伸眉擁翠微，束稿足音稀”；青柯遺碣在，豈忍對斜暉。①

追憶劉操南先生

徐鍾穆

時光飛逝，操南先生已離開我們八周年了。

操南兄是我的摯友和合作夥伴。從我年輕時直至他仙逝，幾十年來，關係親密。

還是在五十多年前的五十年代，我踏上教育崗位不久。有一天他走來找到了我（當時没有私人電話，更談不上手機），説是打聽到我是亞偉速記學校的高材生，便問我對評彈藝術感不感興趣。當時，我的女友（現在的夫人）就是蘇州人。我本人雖是教外語的，但對發掘民間口頭文學，並用文字形式固定下來，使祖國的民間文學遺産能得以發揚光大，我們完全是志同道合的。

於是，我們就開始了漫長的幾十年的追尋之路。評彈是祖國江南的奇葩，流行地域首推上海。正好我是上海人，他就委託我去老家奔走。接觸下來，都受到冷遇。因當時解放不久，這些老藝人跑慣了“碼頭”，書目和書回及演出檔次等等，都没有個文字記録，全憑肚裏的“老腳木”來演唱的。衹有詩、詞、賦、對聯等是憑師傅口頭傳下背憶的，餘下的全憑“説書”的經驗積累了。

老藝人們普遍認爲，這是他們的看家本領，一旦採録刊印後，會影響他們的賣座率。因爲，别人有據可依，會學説，搶他們

① 浙江梅城青柯亭碑林有劉老詩，山爲書，竟成最後一次合作。

的飯碗。我低聲下氣地多方設法去商量,甚至把有點關係的住在岳陽路小洋房裏的滬上名家蔣月泉先生請出去,幫我去説情,這纔勉强説了一段給我一個人聽並記録下來(當時連個答録機也没有)。

回杭州後,我按照速記符號複述了一遍給操南先生聽。我們考慮到“小書(評彈)”形式雖好,但缺乏“大書(評話)”的“一股勁”;“小書”有“一段情”(多了個彈詞唱詞),若用“大書”就失去了唱詞。到底用哪一種呢? 切磋下來,決定不全用一個人的。作爲搶救民間口頭文學的一種方法,還是以評話爲主,保持原評話腹稿的精華,採用綜合方式,輔之以文學形式。

方案定下後,他就委託我在蘇州等地專訪有關説《水滸》的老藝人,皆因種種原因未成。最後,決定就地取材,在當時的杭州曲藝團中尋訪。此後的兩三年中,請了兩位老藝人開講,每次都是我去老藝人家裏速記,每次約一小時,回家後,我再把速記符號譯爲中文,次日上午送杭大劉先生處,隔一天再去録。操南先生看後感到空洞的多,小市民的噱頭多。最後,换了茅賽雲先生,實質性的内容纔多了些。至今,在操南先生的書房裏的書架頂上還存放着一大摞當年我的初稿。在成稿的幾年中,爲了弄清某些學術問題,他和我先後去拜訪了好多名人專家。比如,形容行者武松的服飾時,説到他頭上帽子上的一個“飾物”時,藝人們形容得都不準確。我們特地去求教當時住在杭州的京劇名家,時稱“活武松”的蓋叫天老先生,承他賜教,説這件飾品叫“劍珠”。又如,説到宋江在潯陽樓上看中國畫時的一段,爲了技術上不出偏差,先生和我又去專訪了住在杭州的名畫家黄賓虹老先生。總之,諸如此類,即使一個小細節,他都盡力推敲,足見他做學問的認真。

中國衹有《水滸傳》,没有《水滸演義》,操南先生和我就想編出一整部來。我們也這樣奮鬥了。當我們原來設想的第一部——《宋江演義》好不容易成稿時,正值當時掀起政治運動——批"宋江是個投降派"之際,不得不按下不提,而轉向武松。因武松這個人物形象,自普通老百姓,直至高層,都是人人稱道的懲惡揚善的民間英雄。所以,這本《武松演義》成了"水滸演義"叢書中的第一本出版物。

之後,我因結婚成家,遷蘇州,又在蘇州衆位著名藝人中最後約定了胡天如先生,由他來對我開講《楊志演義》。當然,又是幾度春秋的艱辛。其間,不停地修改,不斷地補充和考證。爲了把魯智深這個人物刻劃得更深刻,操南先生還和我特地去了趟山西五臺山。我們主要想把有關人物寫得更生動些,少些噱頭。同樣的目的,先生又委託我專程去了山東的水泊梁山(當時他在開省政協會議),廣泛收集水滸英雄的有關民間傳説。他還多次到蘇州,在我的陪同下會見了文化局長、評彈專家周良先生,以及蘇州評彈團領導及專業演員,反復探討武松、楊志等的人物造型的種種成因。

事實上,我們已把一整套稿子都備齊了。從當時尚未出版的《林冲演義》《石秀演義》等,一直寫到了《高唐州演義》,水滸英雄幾乎全部犧牲完爲止。可惜現今"昔人已乘黄鶴去",光靠單個人的力量,要出齊這套叢書,已力不從心了。

操南先生不僅學識淵博,還關心别人。我年輕時,他知道我愛下象棋,曾忠告我:"弈之爲數,小數也;然不專心致之,則不得也。"我接受了。後來,我不能成爲象棋大師,卻能和他同心同德,爲文學事業留下一朵小小的心花,已甚感欣慰。

先生平時很儉樸,身體力行。那時,我常在他家用餐,先生親自耕種了一小片菜地,有好幾次,我和他一起挑糞水,在菜地裏澆菜施肥。他對我説:"一粥一飯,當思來之不易。"一個高級知識分子,時時不忘記勞動,使我印象頗深。

劉先生以他嚴謹的治學精神,爲人民服務了一輩子,鞠躬盡瘁,死後而已,是值得我們後輩永遠懷念、學習的!

二〇〇六年春節 於蘇州

(原載《浙江大學報》2006 年 3 月 10 日)

懷念劉操南教授

施廷揚

歲月匆匆,劉操南教授離開我們已多時了! 每憶及,心頭就不能平,特别是夜静更深,一幕幕往事都會閃現在眼前。

我們相識於"文化大革命"期間。那時,劉老師(我仍按平時的稱呼)帶領幾個杭大學生,到蘭溪滕家圩村,接受貧下中農"再教育"。那個年代,滕家圩村是金華地區文化"樣板",每天都要接待許多人參觀和勞動。當時,我是游埠區委派駐該村的駐隊幹部。劉老師的到來,使我高興,使我愁。高興的是"盼到一位大學老師,可向他學習";愁的是"怎樣安排他的生活和活動?"大凡到滕家圩參觀的人,都要就地參加一些時間的勞動。這可説是當時、當地的"土特産"。而劉老師當時已經 50 多歲了,身體又很瘦弱,怎好叫他參加繁重的勞動? 那時知識分子不吃香,許多人不理解知識的價值。我稱不上知識分子,卻是對知識分子十分崇敬。劉老師的到來,我當然要千方百計照顧他。還好駐隊幹部也有一點實權,劉老師在滕家圩接受"再教育"期間,生活、活動,我全包了! 於是我和劉老師同吃、同住,白天陪他訪問貧下中農,夜間陪同到政治夜校聽課。這樣就避開了勞動這一課。相處時間多了,彼此都很瞭解,成了莫逆知交。

劉老師返杭後,常有來函道及往事,並幾次邀我到杭州做客。

有一年,我到杭州登門拜訪,得到劉老師全家人十分熱情的招待。那時,劉老師奮筆疾書修改《武松演義》,已經改寫好許多章回。劉老師拿出稿件叫我看,並説:"看了後,提提意見。"我不敢接受劉老師的囑咐,笑而答曰:"在老師面前,我是小字輩,要我提意見斷不敢接受,如果免了這一條,我倒是想先睹爲快。"劉老師答應了。我就足不出門,坐在劉老師的書房捧讀《武松演義》。誰知讀了以後劉老師仍很誠懇地要我提意見。在難以推脱的情況下,我就選擇幾個章節,根據自己的看法提出幾個細節問題。比如,在武松上景陽岡打虎以前,在酒店飲酒,稿件上寫的是用"酒杯",我説:酒杯太小,改"碗"爲好。"改碗?他要飲十八碗,行嗎?""武松是位英雄,又是位豪俠志士,能飲。況且也飲醉了!"劉老師點點頭。還有另幾個章回,我也盡情地談我自己的看法,劉老師均笑着點頭稱是。《武松演義》再次出版了,劉老師首先寄我一本,當即捧讀,見我曾提的幾個細節問題,都作了改動。這使我想得很多,這樣一位學問淵博的長者,竟能接受"小輩"班門弄斧之言,虛懷若谷、不恥下問的胸懷,使我倍感尊敬。

蘭溪—杭州,路途不算遠,但我去得不多。而去了,必要拜望劉老師。每次去,總是熱情接待。有求於老師的事,他也總是千方百計爲我操勞。如恢復高考時,小兒欲想試試。可是復習資料在蘭溪小城市很難找到,寫信向劉老師求助,老師接信後立即抽出時間跑了杭城大小新華書店,花錢買了有關方面的資料寄來,小兒於第二年終於圓了大學夢……這些往事永遠也不會忘記。

後聞劉老師患病,動了手術。我和妻子於 1996 年 10 月 2

日赴杭特地去看望。當時劉老師已出院多日，而身體仍很瘦弱，老師高興地上街買菜陪同我倆吃飯。飯後，坐在書房。劉老師和我談了近期與海外朋友文化交流等情況。身患疾病還不肯停下休息，這種精神深深感動着我。時間久了怕劉老師太疲勞，起身告辭，又送我《青面獸楊志》等著作。誰知，這次辭別竟成永訣！真後悔那次去也匆匆，回也匆匆。此後，再也見不到尊敬的劉老師了。

劉老師的仙逝，是學術界和教育界的重大損失。我也失去了這樣一位德高望重的長輩、老師、摯友。每想到此，不禁悲從中來……

驚聞老友仙歸去，撕心裂肺淚滿眶。憶昔相知多難日①，於今分手隔陰陽。詩必贈予猶如昨，見物思情恨夜長。但願夢魂能寄託，再談今古賦詩章。

一九九八年十一月二十八日

哲人其萎 風範長存

——我所知道的劉操南先生

葉炳南

劉操南教授辭世已有多時了，但他的音容笑貌和熱情、正直的愛國知識分子形象，卻至今仍不時地在我的腦際映現。

1986 年前，我和劉先生並不相識，從浙江省社會科學院調到浙江省政協文史資料委員會工作後，纔從在那裏幫助工作的

① 多難日，指“文革”時，同在蘭溪滕家圩村接受貧下中農“再教育”。

老先生們的談論中,經常聽到劉先生的名字。特别是當時正在負責徵集編輯《天涯赤子情:港臺和海外校友憶浙大》史料專輯的張運鏗先生,對劉先生自告奮勇,以浙大老校友的個人身份,寫信致函,穿針引綫,發動海外浙大校友撰寫回憶母校的文章的那份熱情,更是贊佩不已。需知那時的劉先生還與政協的文史工作毫無干係,本可"事不關己,高高掛起"的;但當他得知省政協文史委正在爲缺乏徵集文稿的綫索,難以與海外的衆多浙大老校友們直接聯繫而犯愁時,就毫不猶豫地挺身而出,自願充當"紅娘",滿腔熱情地爲之呼號奔走,耗費了許多時間和精力,兩年中,先生發信兩百餘封,收到復函、文章、詩稿字數總計百萬以上,從中編選二十萬餘,並親自動手爲這本專輯撰寫了《海内存知己 天涯若比鄰》的代序……可以説,若没有劉先生的這份熱心參與,這本頗有史料價值的關於老浙大的"三親"回憶史料專輯,是很難順利出版的。如今知悉此情者已不多,劉先生的功不可没,爰爲之記。

1987年下半年,省政協準備换届,劉先生被推舉爲省民盟界别的省政協委員候選人之一,第六届省政協成立後,劉先生擔任文史資料委員會的副主任,我有幸得與先生合作共事,經常受到他的賜教,這纔漸漸互相熟識起來。

爲了紀念浙大的老校長竺可楨先生誕辰100周年,第六届省政協文史委決定徵集編印一本《一代宗師竺可楨》的"三親"回憶史料專輯,劉先生又是義不容辭地爲此書的徵編出版傾注了巨大的心血。他不但和過去一樣熱心地提供能夠撰寫回憶竺先生事蹟文章的老浙大師生、校友們的綫索,幫助我們徵稿組稿,而且親自擔任該書的主編,並撰寫了《竺可楨教授與中國古籍研究》一文,以及該書的"前言"。在他的主持下,該書終於得以在竺先生誕辰100周年的前夕公開出版,取得了良好的社會效益。

第六届省政協期滿後，由於年事關係，劉先生不再擔任省政協委員和省政協文史委的職務，但他仍一如既往地關心政協的文史工作，每次到省府五號樓來參加省民盟、省政府文史館的會議或其他社會活動，他總會順道到政協文史委的辦公室來看看、坐坐，並承他不棄，謙稱我爲“葉兄”，以忘年交待我（無論從年齡、學歷、道德、學問哪個方面來説，他都是我的師長輩，我則始終以師禮待之），除了關切地詢問文史工作的近況外，天南海北，無話不談，使我備受教益。在屢次的交談中，給我印象最深的，有兩個方面的内容：一是他雖已退休，卻始終保持着中國知識分子“位卑不敢忘憂國”的愛國主義優良傳統，他關心國家大事，爲祖國改革開放以來日新月異的巨大進步而歡欣鼓舞，同時又對社會上的不良風氣特别是腐敗現象（包括文化知識界和高校教師隊伍中少數人的惡劣表現）深惡痛絶，激憤之情，溢於言表；二是對在市場經濟大潮的衝擊下，人文學科特别是中華民族優秀的傳統文化遺産在相當多的情況下，尚未能受到全社會的普遍重視和應有的支持，表示擔憂，對包括自己在内的人文學界許多學有專長的老年知識分子“無用武之地”，不少很有學術價值的著作不能出版傳世，深感痛心，有時説到激動處，甚至涕淚交流，令聞者爲之動容。近幾年間，他因病很少外出，我則因雜務較多，加之懶惰，除了一次春節慰問到他府上拜望外，没能常去問候，直至他病逝的噩耗傳來，纔忽覺遽失良師益友之痛，並爲自己對他的關心不周而深感悔疚。尊敬的劉先生如地下有知，懇請能得到您的諒恕！

來自新疆的悼念

王瑞琪

昨天上午接到杭州大學古籍研究所的來函,得知劉操南教授因病醫治無效,於 3 月 29 日凌晨去世。噩耗傳來,深感痛惜!

劉教授是我 1986 年在新疆博爾塔拉州師範教學工作中結識的一位學識淵博、德高望重的老教授。那年秋天,他已經是七十高齡了,爲了新疆的教育事業,不遠萬里,從杭州大學來到小城博州師範,給文科大專班講授古典文學。在教學工作中他老人家克服種種困難,特別是高山反映引起的身體不適,有時頭暈、心煩、反胃等,但他從没因此而影響上課。有的學生由於文學底子薄,加之地方口語關係,對古文難於理解,他就不厭其煩地,手口表情並用,一遍又一遍地給學生講解,直到聽懂理解爲此。

劉教授離開新疆博州師範已有十餘載了,學校有了很大的變化。但是,這裏與劉教授一起工作過的老師對他的崇敬之情没有變。“朵雲何妨落天涯,戈壁藍天志未賒;不是更生更有興,天山會看雪蓮花。”這是他在博州師範大專班班會上即興朗誦的一首七言詩。劉教授雖然永遠地離開了我們,但他忠誠黨的教育事業,在教學上對學生嚴格要求,悉心指導,誨人不倦的精神,將永遠激勵着新疆博州師範的各位師生。

劉教授堅持以歷史唯物主義爲指導,理論聯繫實際,探索中國學術精華與文化優良傳統。課餘時,他同我們一道對博州的文化古籍、風土人情進行了深入細緻的考察,特別是去伊犁考察。記得那是深秋的一天早上,天空飄浮陰雲,還下着零星小雨，天氣真有點冷，身穿中山裝的劉教授一大早就叫我去找汽車司機，發動汽車去伊犁。我很快地讓李師傅發動好汽車，這時新疆師大的周東輝老師也來了，我們一起坐上師範學校唯一的那輛淡綠色的小汽車，向伊犁方向駛去，兩個多小時，汽車到了博爾塔拉州和伊犁州的交界處的賽里木湖畔，汽車停下了，我和周老師一起攙扶着劉教授下車，我剛打開車，風卷着雨雪便撲打在臉上。我們頂着冰凜的風雨，踏着冰雪覆蓋的湖畔坡地，向湖邊走去，望着兀立的雪峰，劉教授忘了寒冷，詩興大發，寫下了《賽里木湖懷古》："百里浄湖一鑒開，下車冒雨又徘徊；直言我愛洪亮吉，每讀遺詩淚滿懷。　　雪峰倒影記真人，豈是終年玉嶙峋；十月梨花如席大，雪綫失據獻疑陳。"

新疆時間十點許，山上的風雨更大了，我們趕緊陪劉教授拍了一些照片，又登車向伊犁駛去。中午二點多鐘，我們到了霍城縣委招待所，吃了午飯，在客房休息時劉教授身體突然不適，又吐又瀉的，我們勸他休息幾日再去伊犁，他硬是不肯，説時間寶貴，堅持一下可以就挺過去的。第二天一早，他就讓我去霍城縣委聯繫，縣委派了一輛汽車，由霍城文史館長陪同，前往林則徐居住過的伊犁惠遠考察，在古城惠遠，劉教授登上鐘鼓樓，極目遠望，寫下了《游惠遠鐘鼓樓》："曉寒百里絮雲開，點翠飛黄上壁苔。一路聽歌兼遠眺，雪峰送我惠樓來。"在考察中，劉教授不放過一絲綫索，就連在一般人看來是不起眼的小瓷片、碎陶片都要摘下眼鏡，翻來覆去，端詳許久，細緻琢磨，他説這些都是可進行分析與研究的第一手材料。參觀將軍府，劉教授寫下了"赫赫將軍府，綿綿伊犁河。天聲震禹域，壯士夜荷戈"的《將軍府懷古》；在林則徐開渠遺址，留下了"日下廢墟炮眼開，故城河畔一徘徊；戍邊我眷雙賢士，十萬牛羊惠遠來"的詩句；又在伊犁公園烈士墓前，吟誦下"雨露陽光黨最親，民吾同胞一心陳。飛機失事催人淚，換得山川萬木春”催人感奮的詩句……

劉操南教授雖衹和我們工作生活了一個學期，但是，他那種以“天下興亡”爲己任；深愛祖國、深愛邊疆人民的言行；他那待人真誠，胸懷坦蕩，愛恨分明，爲追求學術和培養人才嘔心瀝血的精神，都顯示了老一代知識分子的高尚情操，是我永遠學習的典範。他在文史、詩詞、古文獻、科技、曲藝上的成就和在教育教學上所做的貢獻，將長存不没。

一九九八年四月十七日

一封來信

劉志華

杭州大學古籍研究所：

《訃告》收到。驚悉劉操南教授不幸仙逝，熱淚盈眶，悲慟不已！

我與劉教授素不相識，直到現在還没見過一面。但在這半年的書信來往中，他那博大、精深的學識，對人謙和、真誠的崇高品格，給我烙下了難以磨滅的印象。

去年 11 月初，我受縣委（淳安）領導之命，開始向社會廣泛徵集有關千島湖的格律詩詞，準備結集出書，爲進一步發展千島湖的旅遊事業服務。劉教授是位大學者，具有極深的古文、詩詞造詣，這我是早有所聞的。但他的爲人怎麽樣？肯不肯屈尊爲我們這樣一個小小的地方效力？説句實話，我的心中是没底的。於是，就抱着試試看的心情，給他去了一封信。結果出乎我的意料，11 月 27 日他就給我寄來了《題靈棲洞天》《題千島湖》《題新安江水》《題梅城青柯亭》四首詩。我一看，這四首詩中，除了《題千島湖》一首外，其他三首都是寫建德和桐廬的。爲了告訴他那三首詩不録的原因，以取得他的諒解，我又去了一封信，將徵詩的範圍作了進一步説明。12 月 3 日他又給我來了一封信，説："關於徵集攝寫新安江之詩，弟意涉及其上下流諸景點，理解有誤。爰綴《題紫金鎖瀾》一詩，祈乞正之。"並徵詢："方臘洞是否屬所寫範圍，願得明示，並請提供些資料，可以補作。"我欣喜若狂，馬上給他去了一封信，告訴他方臘是所寫範圍，並複印了一份《青溪寇軌》給他寄去。到 12 月 25 日，他就來信了，説："資料看了兩遍，勉詠一律，題作《題方臘洞》，沿郭沫若舊名也。未審當否？祈考慮之。"其詩爲：

青溪幽谷日徘徊，往事縈懷夢幾回。漆楮遍山苦搜刮，煙雲遮眼異蓬萊。擾多花石天心怒，官尚侵漁黎首哀。糜費民脂須大悟，我來殷殷聽驚雷。

詩確實寫得很好，短短八句五十六個字，把方臘農民起義的地點、原因及對現在的警策作用，都寫出來了。應該説，這是我們淳安歷年所收的詠方臘作品中的最好的一首。

衹過了五天，他又寄來了一首《陳碩真頌》：

睦州起義萬民歡，鳳翥龍騰一舉安。開史文佳尊女帝，招旌僕射躡山巒。桐廬鱷徙水軍振，於潛鯨吞勁敵寒。太息婺州攻未下，沉沙碧血至今丹。

在這期間，他來信的每次落款都是"劉操南伏枕書"。我琢磨不透這"伏枕書"是什麽意思，總以爲是劉老年歲大了，冬天氣候不適或身染微恙，害怕下地，就坐在床上寫了。直到 12 月 31 日，杭州二中的楊子華老師來信告知："您先後給劉老師的信都已收到了，對您的一番盛情表示由衷的感謝。可是由於劉老師開刀後不久,雖然病情略有好轉,但終日臥病在床,不能坐起來,更不能起來走動,也就不能親自給您寫回信,特囑我代他寫這封信。”直到這時,我纔知道劉教授“伏枕書”的真正原因,心裏感到無比的震驚和愧疚!劉老這麼大年紀了,又開了刀,身體狀況應該不太好,而我卻不明就裏,還在不斷地寫信打擾他,給他出難題,這不是讓他雪上加霜麼?我是越想越覺得對不起他,越想越愧疚!

前幾天,我以爲劉老的病好了,出院了,我又給他去了一封信。意思是,他以前的詩是寫在稿紙上的,我要他用白紙寫一份,以便當手跡製版印到書前的插頁上。昨天接到你們的信,我還以爲是劉老上班了,把字寫來了呢,可拆開一看,我頓時驚呆了,眼淚也按捺不住流下來了。昨晚我輾轉反側,怎麽也睡不着。我想劉老是多好的一個人哪!自己生命已處於岌岌可危的地步,什麽也不計較在一心一意地考慮我們千島湖的事情,給我們創作詩詞,幫我們想書名,出主意;他學識淵博,名望很高,但卻不恃才自傲,藐視他人。字裏行間都流露出一種誨人不倦,虛懷若谷的精神。他的逝世,不僅是我們學術界、教育界的重大損失,也是我們千島湖的重大損失。我爲失去這樣一位德高望重、甘爲他人獻出畢生精力的長者而感到深深惋惜和萬分悲痛!

爲了表達我的哀思和對劉老生前的感激之情,4 月 9 日下午二時,我一定按時趕到杭州參加劉操南教授的遺體告别。麻煩你們代我準備一個花圈,所需費用請先墊付,到時我來結算。花圈落款衹寫“淳安縣文聯劉志華哀挽”就行。麻煩你們了,不勝感謝!

一九九八年四月五日

三　評論篇

寂寂寥寥　以公天下——贊劉操南

王伯敏

編者按:劉操南,1917年生,江蘇無錫人,1942年畢業於國立浙江大學中文系。留校任教。生前爲浙江省文史館名譽館員,歷任數屆民盟浙江省委常委,浙江省政協委員、文史委副主任等,於1998年3月逝世。十年之後,中國美院教授王伯敏先生撰寫文章追思故人,王先生言與劉先生"交往多年,沒有一起吃過一餐酒肉飯,(情)淡於水又濃於酒"。現將王先生與劉操南之女的紀念文章一起刊發,以期激勵我們弘揚老一輩知識分子的風骨和操守。

劉操南先生是一位文史兼長、文理兼通的著名專家,去世整整十個年頭了。我曾寫過幾首悼念詩,其中有引用杜甫哭鄭虔句"便與先生應永訣,九重泉路盡交期",我是悲傷已極,衹好把"相見"的希望,寄託在"九泉"的路上。刻撰其事三則,既是悼念,又贊斯人。

"海作硯""天爲紙"

操南兄是我學長,大我七歲。二十世紀七十年代末,在我們相熟之初的有一天,我們出席民盟浙江省委的一個會。會議還未開始,我們有四人坐在一起閒聊。這四人是劉操南、蔡堡、陸維釗和我。不知怎麽,談到了詩詞。操南一本正經,但又有風趣地説:“我們這幾個人算是‘三友’了。都是盟員,盟友也;都是教師,學友也;都愛詩詞,詩友也。”這麽一説,逗得大家都笑了。接着,陸維釗慢吞吞地笑着説:“操南兄提起‘三友’,不妨推他爲‘詩友之主’。他老兄作詩,氣魄大得很,他寫過詠雁蕩山的詩,其中一首《卓筆峰》,有句云:‘東海爲硯天作紙,好揮卓筆頌東風。’”蔡堡老人一聽,連忙接腔道:“不得了,不得了,海作硯,天爲紙,大家切莫忘了借一部大型升降機來助陣。”這一説,引起室中鄰座的幾位同志都呵呵大笑。當時在旁的張令杭,還拿着一張信箋,鋪開來請操南把《卓筆峰》的整首詩寫下來。自此之後,操南兄在我的印象中,不衹是一位教書先生,又是一位令人可敬的詩人。

友情深似海

與操南兄熟識後,我常以詩句向他請教。我寫的《半唐齋六絶答友人問》,其中一首有句云:“初寒莫問敲窗雨,迎罷千山夜轉晴。”後來發表的這首詩,易“雨”爲“雪”,這個“雪”字,便是操南兄給我改定的。古人有一字之師,操南兄便是我的老師了。1997 年春,我的《柏閩詩選》出版,我送他一册並請指正。約過了月餘,我們見面,他對我説:“大作拜讀了,老兄的詩,自然而不雕琢。”我説:“請多指教,能給我指出不是處,便是我的大幸了。”這次見面,他還將他寫的三首《品茶吟》詩稿給我看,還説:“其中一句‘笑戴儒冠已誤身’,請老兄斟酌斟酌。”不意這次見面後,以後的幾次見面都在他住院的病房中。不久,我也病了,及至他去世,一直未晤面。可是萬萬没有想到,他在病重期間,還對我的《柏閩詩選》寫了評論文章。2000 年 6 月 15 日,他的女兒文漪來信,我纔瞭解一切。文漪的信中道:"我在整理父親遺下的手稿,發現了父親的此份手跡,是談您的詩著《柏閫詩選》,這是他在浙醫一院住院時寫下的。我回憶那時,父親已被診斷爲直腸癌廣泛性骨轉移,右肩骨已用綁帶縛住。醫生説父親的骨關節已蛀猶如一堆豆腐渣,預後不佳。那時父親精神很樂觀,他對醫生説:我衹要求你們保住我的腦子能思維,右手能寫字就不要緊。記得父親手指已無力握住筆桿,他是用拇指和食指的中部夾住筆來寫字的,這篇文稿就是那時寫下的。"讀罷文漪的信,立即捧讀操南兄的手稿,没讀幾行,雙目潤濕,讀不下去,擦乾淚水,讀到文稿的最後一行:"一九九七年五月十七日劉操南於浙醫一院 2012 幹部病房伏枕書。"我的眼眶不禁又模糊了。我捧讀的,不是一篇尋常的評論文,而是一支以天地間至誠友情填寫出來的催人淚下的心曲。我手捧這篇遺稿,心中久久不能平静,歎息:"在世上,用金錢可以求得價值連城之寶,卻難得到這樣的一支心曲。"我又歎息:"斯人不重見,將老失知音,痛何似也。"操南兄在這篇遺稿中,説我的詩"出之於淡",有"苦語、悲語、歡語和豪語"。文中還有不少對我鼓勵之詞。此文不長,卻是"情深深似海"。這篇遺稿,現已選入中國美術學院爲"王伯敏八十壽誕"編的《勒石篇》的第五輯中,永存於世。

"年年歲歲一床書"

"寂寂寥寥揚子居,年年歲歲一床書",這是唐人盧照鄰評揚雄的名句。既贊學人的勤奮爲學,也是對學人處世的高度評估。

有云:"淡泊明志","寂寂"亦具"淡泊"意。這是讀書人用以進取的一種方式。做到"寂寂"不容易,要去掉名利之念,把心安下來。"年年歲歲",自非"一易寒暑"。至於"一床書",在這空間,衹有知識的珍藏,卻無"珠光寶氣"。學人於其間生活並鑽研學問,而又處之泰然,這不是人人都能做到。聯繫操南兄在這種狀況中,進行《曆算求索》《詩經探索》的學術研究,衹能用"寂寂寥寥揚子居"來看待他。

在《曆算求索》中,他對《史記·曆書》算釋,《漢書·律曆志》算釋,《元光元年曆譜》,司馬彪《續漢書·五行志六》有關日蝕等等的考辨、驗證,若無揚子居那種甘於寂寞的精神,能獲得這一研究成果嗎?换言之,倘無"硬坐十年冷板凳"之功,能在研究中提出新見解,能達到中科院院士王淦昌對他所稱贊的"茹古咀今,文理滲透,爲海内外學人所注目"的成就嗎?

對操南兄的"寂寂寥寥",如果把視角移向文藝方面去觀察他,還可以發現他在生活中的另一種詩般的境界。多年來,他專心撰寫《諸葛亮出山》《水泊梁山》和《武松演義》等評話,當他的那支筆寫到書裏那些人物的活動時,他的"一床書"的空間,必然隨着那些人物的一舉一動又生波瀾。那個時候,不難想見操南兄身在書房,心卻與孔明、宋江、李逵、武松相處在一起。那個時候,操南案頭的一杯茶或許冷卻,但是他的胸頭熱乎乎。在那個時刻,操南的心幕,正像銀幕那樣,放映出孔明南陽高臥,"大夢先覺",門外客來,童子應對,還有那雲長皺眉,張飛吹鬚……如此場面,能説是"寂寞"的場面嗎?再就是,景陽岡上,酒過三碗,岡頭虎嘯,壯士無謂,又是岡頭打虎,能説這種場景是"寂寞"嗎?此時操南兄的心胸開朗,"萬趣融於神思",其於生活,有無窮生意,這就是吾人之所謂"寂寞而不寂寞"的境界,這在王國維的《人間詞話》中,似乎還未道及。

書至此,不妨回過來再看看操南兄究竟如何對待他那"寂寂寥寥"。最難的,也是令人最敬佩的,還在於他在詩中所透露出來的那句話,"日寫三千斜草字,何曾兩眼向錢看"。際此經濟發達,市場興旺,一個文人,能具有"對錢看淡"的態度,即不謂之

“清高”，事實上卻不得不清高。在他寫《曆算》的期間，我曾經對他説：“兄長長於文史詩詞，居然熱衷於這冷門。”他回答：“老兄啊，我是無事找事做。我對此冷門有興趣，此一也；門雖冷，學雖潛，國家需要，故以熱情去攻冷門，此二也。”接着他補充道：“倘使能在這冷門中，給國家的文化建設添上一塊磚瓦，我就心滿意足了。”他的回答，出自肺腑，既是淡語，又是豪語。一個真誠的愛國學者，總是這麽執着。

二十世紀八十年代中，有一次，“民盟”與“九三”聯合舉辦學術座談會，操南兄在會上的發言，給我的印象深刻極了。他的發言很有特色，發言時，引用不少古人的話，運用不少舊文人的腔調，因爲説得實在至誠中肯，與會者不僅凝神静聽，還不時報以熱烈的掌聲。他那次發言，憑我的記憶是這樣的——“今天，我想衹談一個問題，談知識分子自尊、自重。自尊、自重者必愛國也。往昔蘇洵寫了一篇《春秋論》，力贊孔老夫子作《春秋》以公天下。我們愛國的知識分子，並非江湖上講義氣的哥兒們，吾人所做的學問，所取得的學術成果，正如陳毅同志一次在廣州會議上的講話，都是堂堂正正，爲人民，爲祖國社會主義文化建設作貢獻，不會爲資本主義服務。這難道還要上階級鬥爭之綱來衡量嗎？應該看到，吾人在學術上，在事業上所做出的努力，能力固然有大小，卻都是‘以公天下’。出其言也善，這難道還要抓辮子，受‘引蛇出洞’之戲乎？吾人之公諸天下，這天下，非齊、魯，非吴、楚，而是共産黨領導下之新中國。吾人做點學問，爲人民，爲新中國造福，安有不值得自尊、自重之理，如果有人對吾人的‘以公天下’之事一時看不清，我們自己看清了，自己首先自尊、自重，這也是對黨、對人民、對國家負責。吾今直言，大家以爲如何？請教請教。”他的發言一結束，會上鼓掌，長久不息。

操南兄去世，杭州大學發來一份訃告，内有一段云："劉操南教授以'天下興亡'爲己任，深深地愛着自己的祖國，他一生將個人的命運和祖國的前途命運緊緊地聯繫在一起，追求真理，關心國家大事，在科研教學之餘，積極參政議政，爲祖國統一大業不懈奉獻，顯示了老一代優秀知識分子的高尚情操。"訃告寫得十分恰切中肯，如果和操南兄在前面座談會上的發言聯繫起來，這番發言，正是訃告這段文字的絶好注腳。

操南兄永别了。我爲失去一位德高望重的師友而感到無限的惋惜與悲痛。操南兄待人真誠。他那可親的形象，銘刻在我的心裏。

書畢，於此讓我默哀三分鐘。

（刊《古今談》2008年第四期，前編者按爲《古今談》編者加）

附録：

春雲舒卷　秋水潺湲
——劉操南評王伯敏詩

王宏理

劉操南先生是我就讀杭州大學古籍研究所時的教授。操老天文地理無所不通，對詩學更是駕輕就熟。王伯敏先生爲中國美術學院教授，是我的博士學位論文答辯委員會主席。作爲舊時該稱門生的我，尤敬慕先生的博學與敏捷的才思。無論吟詠、題跋，往往脱口而出，操筆便成。操老與先生是好友，性情雖有别，然惺惺相惜。操老病篤住院，見先生《詩選》，有如聞韶之樂，竟忘記即將離世之病體，起而歌之，論之。其病中《評王伯敏詩》

一文，載《華夏書畫學會叢書》第二輯。

操老評先生，徜徉湖山，遇事能發，發則稱心而言。操老評先生詩，惟一淡字耳。“文字不尚藻飾，結構不崇虯巖”，行筆如“春雲舒卷，秋水潺湲”，皆“涉筆成趣，雋而彌永也。”

王國維《人間詞話》言：“詞以境界爲最上。”操老言：“詩亦以境界爲尚。”半唐齋詩之意境，正由淡中所出，明乎此，方可讀之。操老進而評之曰，由淡而出苦語，憤語，歡語，豪語。此何謂也？

一曰，先生本姓阮，浙江黄巖長浦人，出生之年，家鄉遭大水，父母迫於生計，將襁褓中之先生賣與温嶺王家，故先生有《長浦吟》八絶句，其一曰：“甲子茅林盡歲荒，洪濤風卷夜蒼蒼。傷心兒作幼雛賣，娘自汛瀾爹斷腸。”此苦語也。

二曰，十年動亂時，先生嘗作《無題》詩，内一首云：“烏雲翻滚亂江山，造反歌喉無日閑。大字牆頭書鬼語，夜深血染白沙灘。”此憤語也。

三曰，先生年七十，身體尤健旺，畫筆不輟，新著迭出，正壯心不已也。其《生日自況》云：“作畫著書鬢未斑，煮茶夜坐自安閒。而今猶幸如松健，昨日又登齊魯山。”此歡語也。

四曰，先生興至，更願將詩人之情與感染他人。先生作《畫竹寄鷺山先生》云：“一竿草草三錢墨，寄贈先生屋後栽。他日成林明月夜，婆娑影裏任徘徊。”此豪語也。

以上操老四“語”之評，可謂“知音者作推腹”語，誠爲當代之詩話。

操老病沉，無力作長文，先生之詩，其實可擊節稱賞者多矣。先生是書畫家，其衆多論畫詩，中有不少精妙之畫語，如云“法盡理無盡，理盡法又生”，正於情中吐出理。先生嘗遍遊名山大川，其紀遊詩中，對祖國的好山好水，更是一片深情。其詩云：“川湘二水全舟渡，閩贛三山畫裏遊。難得從容行萬里，判無好景不收留……”又云:“但見敦煌紅柳舞,教人無限愛中華。”此類山水詩,不僅極自然之妙造,更滲透着他那愛國、愛民與懷古誦今之情思。由此而論操老評先生詩,並非出於偶然。操老是詩人,此乃詩人論詩,誠如清代著名學者朱彝尊所言:“識者不僅識其表,貴在識其裏。詩仙論詩,論必合天道人情也。”

操老仙逝,其女文漪將其評先生詩的文稿檢出寄於先生,先生讀後默然,端坐良久。侍者再三問之,先生眼眶濕潤,歎之曰:“劉老是我學長,他贈我一文,其中最寶貴者,乃其友情也。杜甫有詩云:行色秋將晚,交情老更親。他伏枕而評我的詩,是他待友的至誠,而今他先我而去,我怎麽不傷心。”這正是一爲歿者付了真情長已矣,一爲存在於傷心中體現了朋友的“老更親”,這都貴在友好雙方的一種率真。

(原載《西泠藝報》2001 年 10 月 25 日)

循本溯源　按脈引流

——《劉操南曲藝研究論集》[①]序

沈祖安

劉操南先生是我省近半個世紀來難得的通才。他不僅於古典文學、古漢語和研究民俗民風方面卓有成就,尤其對曲藝方面的研究,成績卓著。我們是在五十年代後期相識的。那時他是杭州大學的講師,已經開課講授宋元話本和明清俗曲,他邀請我去聽了兩次他試講《水滸》中“武(松)十回”和“宋(江)十回”的人

① 此書先因劉先生雜事冗多,後病勢凶險至去世,未及寫就。

物分析,很受啓發。近四十年來,我聽他的課很少,拜讀他有關曲藝的各種文章卻不少。作爲曲藝研究專家,他當之無愧。

劉操南先生和杭州評話界的幾代藝人都有交往。曾出版了和茅賽雲合作的《武松演義》等評話本,他做了不少考訂、增補和去蕪存菁的工作。浙江省曲藝家協會在1979年重建時,我和施振眉、馬來法等同志聯繫較多,他也先後被選爲兩屆理事。我們的交往,純個人之間學術探討和資料交流的關係建立了長期的友誼。同時還有兩層關係:

一是我曾多年在杭大單項講授藝術欣賞和戲、曲藝術功能方面的課,便中向操南先生求教和商榷不少;

二是我們都是民盟的成員。我曾先後擔任民盟中央文化委員會和文史委員會的委員,並兼任過浙江的文化、文史的委員和文化委員會主任,有一些工作方面的相互支持。

操南先生又是詩人,我們又是詩詞方面的同好,他和我唱和的詩不下二十首,其中不少涉及曲藝。

同時我曾推薦他參加中國紅樓夢研究會,有幾篇文章是我轉寄王朝聞和馮其庸的。據我所知,他撰寫了不下二十篇文章。

操南先生是位古道熱腸的學者。凡是我或我代人轉托的事,他都認真辦,並且很迅速。哪怕是查找一首詩的出處或一種版本的刊行年份,他都詳細地查考後告知。我對他,不僅是感謝,也很感動。現在能幫助人排憂解難的文化人太少了,何況是一位真正的學者,一無架子,二不要報酬,衹有操南先生,他幾十年不改初衷。

他在曲藝研究方面,我有幸盡了一點綿力,也從中排解和化解了一些誤會,因爲操南先生是個典型的文人,他不懂也不去研究在當前商品經濟的影響下,學術研究、資料交換中的一些實際問題,尤其是必要的人際關係。操南先生給我的信中附了一首

詩,其中有四句是:

糾紛緣我起,誤會因君消;願把平生志,權當試卷交!

這首詩的題名既是《贈祖安學長》,又是《曲論彙編緣起》。也就是《劉操南曲藝研究論集》的由來。從1984年開始至1992年八年中,已初具規模。因爲後來操南先生罹病住院,中間斷了兩年。如今他沉屙霍然,重又奮起,喜聞杭州大學出版社曾同意出版這部專著,我在感奮之餘,曾寫過一首題爲《賀操南學長》的七絶,來表對勤奮的操南先生的感佩之情,這是一部循本溯源和按脈引流的好書。

這部專著分四個方面:

一是對古本評話、説部的考證;

二是對幾部重要曲藝作品的賞析;

三是對當前曲藝研究的見解;

四是對曲藝(評話)藝術推陳出新的要求。

全書初定二十萬字,現在是四十萬字,皇皇巨著,不僅是浙江曲藝界的重要財富,也是全國民間藝術研究中的寶藏,所以欣然爲之序。

一九九八年元宵節於看山齋

又及:這篇文字尚未發表,因爲書稿尚未送出版社。但是操南先生第二次病變,遂爾不起,竟於今年三月謝世。

我在追悼會上向他遺體告别時禱告説:"操南兄,您這部書一定要出,並且要出得好,不僅爲告慰您在天之靈,也爲了鼓勵後來者繼續奮起!"

他的愛女文漪同志對我説:"爸爸有個心願未了,就是他的著作有不少未及發表和出版。”文漪是完全可以實現他的遺願的,當然,我們爲兩代的多年知己,更應該竭盡綿力。

（原載《浙江曲藝》1998 年第 1 期）

人物素描——我們的國文教師

其　一

杜峻嶺

自去年入先修班以來,我對於所選各科,並未感覺有何興趣,惟對於國文興趣與日俱增。推究其因,不能不歸功於國文先生！劉先生乃青年教師,爲浙大國文系高材生,對於文學有普遍之研究,有高深之見解,且其思想新穎,不喜保守。故對文學有革命性,有創造性,而對詩詞歌賦尤有研究！對小説如《三國志》《紅樓夢》等更爲拿手。故每學期由學生自治會請彼演講紅學而屢告客滿！而湄潭浙大亦屢來函請彼至該校演講紅學。故劉先生在浙大被稱爲紅學權威！劉大師！實非虛名也。

吾輩同學中亦曾讀過其大作,字句精闢,令人百讀不厭！足徵彼有文學天才,有創造藝術,有革命魄力,有進取精神！故彼未來對於文學之發展,確有偉大之希望。

劉先生對同學猶如待兄弟姊妹,向無架子,亦無私恨,故爲同學愛。教導有方,講解清楚,故爲同學尊。

峻嶺對於國文修養異常差池,興趣淺薄,然從劉先生學習以來,頗覺進步且日有興趣！我認爲斯非個人之努力,實由　先生之引導！然今我班結束在即,國文最多衹餘三周,雖有更進一步學習之心，且無機會再得學習之時！在此將與　吾師別離之際，實有無限悵惘之感！

唉！

其　二

梁聰訓

在教師們中，我最先認識的恐怕就是我們的國文教師劉操南先生了。我記得當我來永興投考浙大先修班的時候，在教職員的飯廳裏，我對於劉先生就有一個很深刻的印象，這大概是同桌進餐的緣故吧，瘦瘦的身材、黄黄的面龐、銀白邊眼鏡，始終在我腦子裏飛映。第一次上國文課，先生匆匆底走上課堂，同學一齊起立。先生帶着微和的笑容低聲地説："隨便一些，你們不必起立吧！"在這時我就知道了，他是我們的國文教師。

劉先生是一位和藹可親的人，也從不拿起使學生可畏的老師架子，在我們有錯處的時候，不願赤言厲色地板起面孔來責駡人，也更不願意高唱起封建社會的濫調來籠罩我們天性的思想。記得上學期有一次在上國文課時，因爲有些同學的不到和早退，引起了先生的傷感，本來上課與不上課，聽講與不聽講全是學生自己的事，也用不着别人來敦促、規戒，但是先生以愛與誠爲出發點流露出一些寶貴的話語，實誠的話語都是一句句刻在我心的深處，使我感覺有十分的敬意。先生常寫一些詩和詞給我們看，以提高我們的興趣，同時使我們對於詩詞方面有更深刻的認識與瞭解，無形中在增加着我們的欣賞能力與創作能力，先生的詩詞在懷感方面比較的多，或許是因對於社會環境的過於瞭解，由腦子中凝積的煩悶苦惱以及一切的不滿而表現在他的作品上吧！

先生在國學方面功夫用得很深，現在還懷着極大的志向在不斷地努力，將來升堂入室一定是可期待的。先生教我們國文着重於啓發的方式，不像從前私塾老師專要學生雕鑿文字及死記的方法，使我能深深體會到某種作品的好處與壞處、作者的性格、時代的背景，在這個中間去訓練我們的思想和創作能力。

三周以後學校放假，開始遷往杭州，我們也就各自回到自己的家裏，恐怕我們就是這樣和先生永遠别離了，可是先生留下給我的印象，我是不會忘記的。

其　三

……(缺前首頁，學生姓名不知，内容亦缺)

我們的國文先生，在我的觀感中，我以爲他具有一種詩人的典型，清瘦的身材，深思的眼光，典雅的形態。他酷愛着自然，我們時常見到他在郊野裏一人閒步，口中念念有詞，不定的眼光中，知道他是沉入一種夢幻的冥想，他似乎與大自然合一了，周圍的一切都不能影響他，他沉醉在大自然的安閒裏，他在郊野裏得到了靈感，來寫出他美麗的詩句。

我們讀他的詩，從他的詩中看出他很敏感，並且有一種濃厚的淒迷悵惘的閒愁，他的最美的詩也就是最淒涼的詞句，這是一種詩人的通病，也是他們詩之所以動人之點，也是我們國文先生的一種病態。

雖然我的推測不知真否，從他的詩中，我似乎看到他對於飄零生活已厭倦，渴望着早日回鄉。淒清的夜晚，在庭院裏徘徊，花影、樹影，自己的瘦影，一種無聊奈何的情緒，想到遠方的親友……又是一夜的愁思……夢裏故園家鄉好無奈，燈昏夢醒時……

國文先生常對我們提起，他想宣導出一種古今文學融會的研究文學的方法，就是舊文學用新方法去研究新文學中采用舊文學的精華，貫通今古文，發揚現代的文學。他説現代的學者對於這方面很少人注意到。他自己雖已爲從事這方面在努力，更希望能有很多有才智的學者與他共同努力，希望我們同學能成爲他的後繼。

其　四

楊邦僕

矮矮的個子，瘦瘦的身材，鼻梁上架着一副度數並不高的銀邊眼鏡，小巧而玲瓏偏分着的頭髮由於多久不加膏沐的緣故，老是有稀疏的幾根直垂下來，末稍微微搭在鏡圈邊緣上。罩着一件黑灰色而極合身的長衫，質料是一般執教鞭的人所買得起的粗布，更顯得身體清瘦苗條而飄逸，簡直會使你耽心三月裏的春風也會使他平地撲倒，的確一些女同學所贈的綽號（乾風鷄）倒也名實相符。

劉操南先生是我們國文教師。過去是本校——浙大國文系的一位高材生，是一位文藝墾荒的新進戰士及獻身於“發掘人性”的工作者。他很年輕，但是從他的外貌以及談吐上觀察，會使你覺得他已度完中年的歲數，已具有一般老年人應具有的涵養。整整一年中我從未見過他臉發紅過一次，除因講書過度興奮外。

一口道地的江浙音朗誦起文章來，會使我們西南籍同學一個字也聽不懂，音調的抑揚頓挫仿佛在欣賞一曲爵士音樂，但是講解時並不會令人失望，你一樣會清晰地聽取它旨意之所在。

他不“薄古非今”，這顯出他學習與批評的態度是異常的嚴肅，加上他殷勤的苦幹，我想未來的成功還會和他保持距離嗎？

其 五

……（缺前首頁，學生姓名不知，内容亦缺）

幽静的三岔河畔和多苔的淺水塘小徑上，時常可看到一個瘦削的人兒，他無言踟躕着，時而凝視穹蒼，時而癡望緑水，好象要尋出那深在的靈妙，忽然莞爾一笑，不知有何會心。

輕風吹動他的頭髮，掀弄他的衣襟，綽約之間，我不禁感到："噫！斯人獨憔悴！"

多情摧折了他的青春，他無時不沉溺在幻想的藍海裏徘徊；在痛苦的旋渦中，春花秋月都能觸起他的愁思；敏感的心靈即是柔絲一縷也能掀動了他；春蠶作繭尚能一旦成蛾飛出，可是他何時能得到超脱呢？

當他背誦葬花詞時，抑揚的聲調、逼肖的表情，宛然黛玉再生，他的一思一感何嘗不同於黛玉呢？我相信假如林妹妹生於今日，一定是他惟一的知音。

春天的柔風祇吹不暖他久寒的心發出來的聲音，仍是那麼淒冷。我主！你是全能的，你爲什麼使他自苦如此呢？你是要他以那淒美的詩來渲染這宇宙嗎？先生，那麼我祇有默默地爲你祝福了。

其 六

皮名濟

第一次見到他，就覺得這人有些風趣，他的個子是那麼小，臉也是那麼清瘦，充滿着刻苦的氣息，因爲聽説是我們的國文教師，便暗自忖度，文人確是偉大，單看他的風度就和一般不同，因爲在我腦子裏時常刻畫着古代文人的模影，在這些模影中，我又發現他有些和屈原相像，也許没有屈原那麼放蕩瀟灑，但比屈原也許要沉默、着實一點，這是我一個對於他的印象，也是最深，恐怕也是記得最牢的印象。

事實的證明，這人確有些異樣風度。有一次和一個同學到他寢室裏，除了兩架子書、一張床、一張桌子和一條凳子以外，再没有其他的東西了。那時候他正在讀一本甚麼書，我已經記不起了。當他一見到我們，我們看到他刻苦得瘦黄的臉龐，流露出一種不可思議的笑，和藹得使我們有些不知所措。我們看見他那零亂的床，更加深了我們對於他的印象。在我的想像裏，文人確有一種另外使人敬慕的力量，那就是他們多半愛好自然美，不喜歡修飾，他們都具有一副刻苦的精神，换句話説，這就是他們人格感動人的地方。

坐了一會，我們對於這間狹小的屋子已經熟悉了，牆上還掛了兩張詩畫；以後我們又向他討索他的詩集來看，我們真没想到因此對於他的認識又進了一層，他有一顆詩人的心，柔軟而有些剛毅。

有時候在街上碰見，他那時候的樣子似乎很幽閒，而有些失意。頃刻耳旁送過來一個聲音，雖然我聽不懂是什麽，猜想也許是在吟詩。有一次在館子裏也碰見了，我們坐在裏面，也許他没看到我們，也許他也根本不注意旁邊的人，我們聽見他在吟着詩。

事實上，他是一個對於詩很有研究的人，這是由於他的個性所致。

他是一個很用功的人，每當我們作文的時候，他手頭總有幾本雜誌，或者是書。兩次去他的寢室都看見他伏在桌子讀書。這對於他的臉的清瘦，身體的不大健康，也許是一個大的影響吧？

其 七

李才貞

去年夏天的一個下午,我被劉先生招見了,他兩手套在袖子裏,在注册組前面的房子裏踱來踱去,第一次給我的印象就是如此深刻,他用不十分流利的普通話問我的情形,最後他極親切地説:“有問題就到財王廟找我。”張先生向我介紹的劉先生果真很肯幫助人。

上課了,我静静地等待我們班的國文教師,没想到就是他,記得他開始就安慰我們不要以上先修班而難受,以後又鼓勵我們要好好念書,在此次的談話後,我想我一定要好好學國文,因爲劉先生一再表示願意幫助同學們學習,半年過去了,我讀了《詩經》和《離騷》,又讀了很多的詩,這些都是我以前没有學過的,雖然不能説是很瞭解,可是還是得益不少。在這一段日子中,劉先生表現出他對人的坦誠和對教學的認真。一次在課堂上他發現一位同學早退了,他仍以難過的心情來教授我們,過了好幾天,他告訴我們他爲這件事苦惱,同時他也極嚴厲地指謫自己,説一定是同學們對他的教授法不滿,因此纔發生了這種事情。從這一點上更叫我想到他的“嚴於責己,寬於恕人”的態度是多值得人感動。此後,班上的同學們也不遲到早退了,更加地敬重他了。

劉先生雖也具有文人的氣質,可是很多地方卻表現得與常人不同,從他的談吐當中,你就可以知道,他不頑强,不固執,而他是有着他自己的論調,決不願去逢迎别人。因此在很多人的眼光中他是一個叛逆者,於是“害怕他革命言論”博得同學們歡迎,大造謡言,離間同學們對他的好感,一部分不明白真理的人脱離了,因此他孤立,有時也會因此而難過,不過他對人對事的看法，始終如一，這些都是由我們平時的談話中覺察出來的。

劉先生從表面觀查，有人覺得他是一位多愁善感的人，正如他常愛提到的賈寶玉，是有極豐富的感情的。可惜的是造謠者成功了，於是他遭受到了那不應該受到的冷落。有時我也會暗地裏咒詛那些造謠者，爲什麼要打擊一位有用的好人，如果大家能夠和他合作，在他的指導之下好好學習，不正可以爲國家多培育一批人才嗎？

其　八

張民權

是一位風流瀟灑、曠達出群的詩人，卻没有一點高踞難攀的姿態，相反的，衹要在一次的相晤或談話中，我們就可感覺到，他是和藹祥悦的，對於青年的關切和親近，一切都是善意的、熱誠的和真摯的，使人恨不得能夠和他長久相處，尤其對於一般對文藝發生興趣的青年。

課堂上，他是一位良師，博學的良師，天文、地理、中國古代的算律和幾乎一切其他的科學，他都能滔滔地講上一兩個鐘頭，没有一個人不欽佩，尤其是他的善於啓迪年青人的思想與性靈，若有人聽講不用心或蹺課的，他會難過得暗自飲淚，他太關心和愛護他的學生了。

在課餘，他又是一位可親的益友，他會不嫌麻煩地爲你剖釋疑難，指導爲人爲學的方針，一下午甚至再延續一夜晚，他也決不會感覺困倦的，而且又是那樣富饒興致，每個人莫不感到他的離去是一樁損失的，他的對於青年人的吸引力就恰好像吸鐵石對於鐵粉一樣。

愛好看書，記憶力更是駭人的强，他時常寫詩，以抒寫他鬱悒的胸懷和寬闊的壯志，我們不要看他就是個文弱的詩人，那實在太錯誤了,而且這(在我覺得)簡直太屈辱和看輕他了。不親近他的人或許不會清楚,他實在是具有膽識和敏鋭的澎湃的正義感和革命的勇往直前的精神。他時常説:“舊禮教束縛我們的文藝太久了,殘殺了文藝的生命,我要舉起大纛,高呼反抗!”這是多雄壯的心底迸出的聲音啊!這也是時代的要求哩!他對此也能先見,所以他又説出了:“説不定我會在舊禮教的殘餘的風暴中仰倒,然而,卻留下成功給你們了!”多感澤肺腑的音語!我們能不努力繼往前進去恢復文藝的燦爛的生命嗎?在這樣一位賢良的老師教導之下,我們能不時時自惕嗎?

衹是,時光是不會爲我們等待的,短短的三星期後,我們就要和我們的老師離别了,戀戀的心情和感恩的誠意,我實在不知道應該怎樣來描寫我的老師纔好。上面如此簡略的描繪,當然衹是周鼎之一角,然而我也實在無法去寫下他的全貌,最後,我衹有深摯的祝福,希望他的偉大事業成功!永遠幸福!並且,一直不要忘記了指導他迷途的孩子們……

編者注:我們在整理劉操南先生遺稿時,發現幾張發黄的毛邊紙,字跡不同,有幾處模糊,但尚可辨認,大抵爲國立浙江大學將要復員回杭州前夕(1946年),浙大先修班的學生自發所寫關於劉操南先生印象的文字。共有八篇短文,其中兩篇闕首頁,大多標題爲“人物素描——我們的國文教師”。兹依其題,原樣編次,略見先生“青年教師”之風采。

《劉操南全集》編後記

劉操南先生著述宏富，但出版（包括書類出版和文章發表，下同）艱難。原因很多，不説也罷，總之先生在世時所出不多，已出的幾部學術著作，如《古籍與科學》(1990)、《史記春秋十二諸侯史事輯證》(1992)等，其過程之艱辛，壓力之沉重，多有不忍言者。歸山之後，間或得到一些出版資助，但很有限，衹能出"選本"，還有大量的文稿放在那裏，令人痛惜！

將先生的文字全部刊行問世，讓讀者看到先生道德文章的全貌，讓先生在天之靈得到安慰，這是我們的共同心願。劉文漪、劉文涵、劉昭明前赴後繼，不懈努力；浙江大學學校及古籍所、出版社的領導也很關心，將其納入相關出版計劃，給予一定的經費支持。於是相與商議，咸以爲當畢其功於一役，編理出版《劉操南全集》。雖然經費缺口很大，但先生後人決心堅定，不懼"自費"，哪怕賣掉房子。2015 年 11 月間開了一次會，算是正式啓動。原計劃 2017 年 12 月先生百年誕辰之前全部出齊，豈料直到現在尚未過半，雖然不能都怪疫情，但疫情確實是巨大的"不可抗"因素。

《全集》的編理力求"全而精"，根據不同情況分別處理：一是已出版的部分，特别是先生自己編定的部分，嚴格按照原樣收入全集，衹對其中的重復者作適當調整，並作説明，如《古籍與科學》《〈詩經〉探索》《曆算求索》等，皆整書收入，僅調整少量單篇。二是後來出版（非先生自編）的部分，如果與前面出版（先生自編)的部分重復過多,則不再整書收入,而是將其分編於相關著作中,如《古代天文曆法算釋》,不再原書收入全集,其中與《古籍與科學》《曆算求索》相同的部分分别歸入两書,不同的部分則與其他文稿一起另編爲《古算廣義》《天算論叢》。三是未出版的部分,原則上凡能補入已出各書的,則盡量補入,如《〈詩經〉探索》增加了"補編"。先生曾有意編集但未能完成的(包括半成品或已有意向者),則盡量遵循其意足成之,如《古算廣義》《楚辭論叢》《揖曹軒詩詞》《揖曹軒文存》等。凡已具書稿形式的,則以整書的形式編入全集,如《四邊形之研究》《〈緝古算經〉箋释》等。四是通用性講義(教材)、標點和批閲的古籍之類,暫不收入。

所有已出版和未出版的部分都依據"原稿"核校整理,並作相關説明。凡先生手寫(用毛筆、鋼筆或圓珠筆等寫於方格稿紙、普通信紙、打印紙乃至紙條上)的,稱"手稿";尤冰清師母手抄的,稱"尤抄稿";他人所抄者,稱"代抄稿"。凡蠟紙刻印的,稱"油印稿";電腦或機器打印的,稱"打印稿"。這些"稿本"很多是程度不同的未成品,不少屬片段、感想、題綱、要點之類。有的没有標題,有的簡單標題,還有相同主題多個標題乃至多個稿本者。寫作時間不一,内容、觀點也互有異同。就連一些發表過的文章,也經常可見多個"底稿"。當時尚没有如今這樣嚴格的"論文"意識和寫作規範,其文獻材料的引用、注釋、標點符號乃至分段分行等,往往與現行的出版要求不合。凡此皆按全集統一體例進行整理加工。由於"同題異稿"情況較多,我們實際處理的文字總量遠多於最終編定出版的文字總量,儘管如此,後者仍有600多萬字。

全集的出版是一項衆人合力的工程,時任浙江大學領導羅衛東、古籍研究所領導王雲路、出版社領導袁亞春、黄寶忠等給予了至關重要的關心和支持。劉文漪盡心竭力,承擔了全部文稿的收集、管理、文字録入、材料提供、書稿校對、溝通聯絡以及所缺經費等。其他人員的分工大致是:陳飛主要負責全集的總體構設、體例制定及協調落實,具體負責第二卷《楚辭考釋;詩詞論叢》、第四卷《〈公孫龍子〉箋;陳漢章遺著整理與研究》、第五卷《文史論叢》、第六卷《桐花鳳閣評〈紅樓夢〉輯録》、第七卷《古代遊記選注;〈紅樓夢〉彈詞開篇集》、第八卷《小説論叢》、第九卷《戲曲論叢》、第十卷《武松演義》、第十一卷《諸葛亮出山》、第十二卷《青面獸楊志》、第十三卷《水泊梁山》、第二十一卷《揖曹軒文存》;並爲第一卷《〈詩經〉探索》、第十四卷《古籍與科學》、第十五卷《古算廣義》、第十六卷《曆算求索》、第十七卷《天算論叢》、第二十二卷《揖曹軒詩詞》及《劉操南先生年譜簡編》做了審訂、補正等工作。應守巖負責第一卷《〈詩經〉探索》(前期)。王雲路、劉芳負責第三卷《〈史記〉春秋十二諸侯史事輯證》。何紹庚負責第十四卷《古籍與科學》。韓祥臨負責第十六卷《曆算求索》、第十七卷《天算論叢》。汪曉勤負責第十五卷《古算廣義》。劉文涵負責第十八至二十卷《古代曆算資料詮釋》(上中下),撰寫《劉操南先生年譜簡編》及全集的照片製作和配編(2018 年 2 月 27 日猝然離逝,由其子劉昭明繼承其事,並繪製《古籍與科學》《曆算求索》《天算論叢》的相關圖表,校核數學算式)。徐儒宗負責第二十二卷《揖曹軒詩詞》。凡平參與了《古代遊記選注》《桐花鳳閣評〈紅樓夢〉輯録》的校編。錢英才、陸子康、張道勤、錢永紅、李寅生、徐彬、趙鑰綺等爲全集的編理出版提供了相關幫助。研究生趙元欽、王娟、徐珊珊、劉春景、王冰慧、吴新陽、王茹、湯益、岳偉、彭家麗、沈中宇、余慶純、李卓忱、李霞、方倩、盧成嫻、林莊燕、周天婷、瞿鑫婷、陳君煜等,參與了相關文稿的校對工作。浙江大學出版社社科編輯部主任宋旭華、責任編輯韋麗娟、吕倩嵐、吴超、吴慶、胡畔、蔡帆、王榮鑫、吴心怡、姜澤彬等負責具體的出版工作。

《劉操南全集》的編理出版,從啓動至今歷時八年,有如此多的人爲之努力,先生在天有靈,一定會爲之欣慰而報以感謝的。由於各方面的局限,特别是先生的論著多屬"絶學",我雖忝爲弟子,但很多地方一知半解甚至完全不懂,因而缺點錯誤在所難免,這是我要向先生告罪並懇請讀者指教的。年前"染陽",昏沉數日,聾一耳,失一齒,至今身心猶未康復,聊記全集編理大略如此,未周之處,敬祈諒恕。

陳飛

壬寅—癸卯　古美